CHARLOTTE NICOLE DAVIS

WILD FLOWER

DIE GESETZLOSE

Die Autorin
Charlotte Nicole Davis wuchs im Herzen des alten Westens, nahe Kansas City auf, und ist Absolventin des The New School's Writing for Children-Programms. Sie liebt Comic-Adaptionen für die Leinwand und Bücher, in die eine Karte gedruckt ist. Aktuell lebt sie in Brooklyn und arbeitet an ihrem nächsten Roman.

CHARLOTTE NICOLE DAVIS

WILD FLOWER
DIE GESETZLOSE

Roman

Deutsch von
Frauke Meier

blanvalet

Die Originalausgabe erschien 2019 unter dem Titel
»The Good Luck Girls« bei Tor Teen, New York.

FSC
www.fsc.org
MIX
Papier aus verantwortungsvollen Quellen
FSC® C083411

Klimaneutral
Druckprodukt
ClimatePartner.com/14044-1912-1001

Penguin Random House Verlagsgruppe FSC® N001967

1. Auflage

Umschlaggestaltung und -motiv: www.buerosued.de
LA · Herstellung: DM
Satz: Vornehm Mediengestaltung GmbH, München
Druck und Bindung: CPI books GmbH, Leck
Printed in Germany
978-3-7341-6334-0
www.blanvalet.de

Für meine Eltern,
die meinen Traum von Anfang an unterstützt haben.

PROLOG

Mit einer Melodie im Kopf sei es einfacher, hatte man ihr erzählt.

So ruhig sie konnte, saß sie an dem Waschtisch mit den Löwenfüßen und suchte in ihrem Gedächtnis nach Stücken, die sie auf dem Klavier im Salon gelernt hatte. Aber ihr Gehirn war seit der Auktion wie leergefegt. Nur ein furchtsames, unartikuliertes Heulen war zurückgeblieben, das den klagenden Rufen der Toten nahekam. Hinter ihr murmelte Mother Fleur um die Haarnadeln in ihrem Mund herum schwärmerisch, welch eine Ehre es für Clementine doch sei, so ein hohes Gebot erzielt zu haben, und wie stolz sie auf sie sei. Die Hausdame hatte die letzte Stunde damit zugebracht, Clementine für ihre Glücksnacht vorzubereiten, hatte sie in ein duftiges weißes Kleid geschnürt, ihr Rouge auf die Wangen aufgetragen und ihre Lider mit etwas Ruß schattiert.

»Du solltest auch stolz auf dich sein«, fuhr die ältere Frau fort, bürstete Clementine das krause Haar aus dem Gesicht und steckte es zu einem eleganten Knoten hoch. Ein matter Seufzer kitzelte Clementines Nacken. »Sechzehn Jahre und endlich eine richtige Frau. Ich kann mich gut an die Zeit erinnern, als du noch ein kleiner Wurm warst – du und deine Schwester, ihr beide. Aber sie hat sich gut gemacht, und das wirst du auch.«

Clementine fand keinen Trost in ihren Worten. Mother

Fleur war weit über das Arbeitsalter hinaus. Ihr Zeichen, eine Nelke, welkte auf ihrer runzligen weißen Wange dahin, und die fluchbeladene Farbe war längst zu einem müden Grau verblasst. Clementine fragte sich, ob sie sich überhaupt noch an ihre Glücksnacht erinnerte. Hatte sie Angst gehabt? Hatte irgendjemand sich gefürchtet? Den Sundown Girls wurde nahegelegt, nicht mit den Daybreak Girls über das Geschäft zu reden. Clementine hatten sie nur das Wesentlichste erzählt. Aber nicht, ob diese letzten Minuten sich so dehnen sollten wie der angehaltene Atemzug zwischen Blitz und Donner oder ob es normal war, dass ihr so flau im Magen war, als stürzte sie in einen Abgrund. Selbst Clementines Schwester Aster hatte ihr nie irgendwelche Einzelheiten über ihre Glücksnacht verraten.

Aber Aster war diejenige, die ihr geraten hatte, an eine Melodie zu denken. *Es muss nicht dein Lieblingsstück sein,* hatte sie gesagt. *Eigentlich ist es sogar besser, wenn es das nicht ist. Nimm einfach eins, das dir wirklich vertraut ist, und denk an nichts anderes.*

Aster hatte auch darauf bestanden, dass Clementine nichts von der Süßdistel nahm, jener Tinktur, die die Sundown Girls zur Beruhigung ihrer Nerven einnehmen sollten. Sie war sogar so weit gegangen, Clementine dazu aufzufordern, sie solle Mother Fleur anlügen und behaupten, sie habe ihre Dosis schon genommen. Clementine hatte sie nicht gefragt, warum, obwohl sie ziemlich verwundert war, aber sie vertraute Aster voll und ganz.

Nun aber fragte sie sich, ob ein Tröpfchen Süßdistel nicht doch ganz hilfreich wäre.

Mother Fleur fummelte an ihrem Haar herum und steckte schließlich die letzte Nadel fest. »Beinahe fertig«, murmelte sie. Clementine versuchte, sich zu entspannen und die Tatsache zu genießen, dass sie so umsorgt wurde. In ihren sechs Jahren im Green Creek Welcome House war Mother Fleur noch nie so nett zu ihr gewesen. Nie zuvor war sie so hübsch gemacht worden, und das war eine willkommene Ablenkung von dem, was ihr bevorstand.

Clementine räusperte sich. »Das sieht toll aus«, würgte sie hervor.

»*Du* bist nicht die Person, die wir heute Nacht beeindrucken wollen«, entgegnete Mother Fleur mit einem trockenen Lachen. »Aber ich freue mich trotzdem, dass es dir gefällt. Wenn ein Mädchen weiß, dass es schön ist, bekommt es gleich mehr Selbstvertrauen.«

Als Nächstes griff Mother Fleur zu einem Kristallflakon mit Parfüm. Clementine neigte den Kopf, um die linke Seite ihres Halses freizulegen, auf der ihr eigenes Zeichen prangte: die Clementinenblüte, der sie ihren Namen verdankte. Ihre Blütenblätter flatterten von Zeit zu Zeit, als würde eine sanfte Brise sie erfassen. Sie redete sich gern ein, das Zeichen würde zu ihr passen. Bekommen hatte sie die Kokarde mit zehn. Der Tätowierer hatte die Tinte gewissenhaft zubereitet und mit den abscheulichen Ingredienzen vermengt, die ihr Macht verliehen. Das Blut eines toten Mannes. Pulverisierte Knochen. Gift eines Schwarzzahnskinks. Und dann hatte er die Nadel, scharf wie eine Pumaklaue, in die Vertiefung über ihrem Schlüsselbein gebohrt. Dieses Zeichen würde Clementine für den Rest ihres Lebens als Eigentum des Welcome House kennzeichnen.

Zuerst war die Clementinenblüte nur ein Sämling gewesen – zwei tränenförmige Blätter und ein geringelter Stiel. Aber mit jedem Jahr, das verging, war sie herangewachsen, und die Tinte hatte sich über ihren Hals ausgebreitet, bis sie an diesem Morgen erwacht war und festgestellt hatte, dass das Pflänzchen bis knapp über die Höhe ihres Kinns reichte und voll erblüht war.

Ihre Haut kribbelte unter dem kühlen Kuss des Parfüms. Mother Fleur stellte den Flakon zurück an seinen Platz.

»Na also«, sagte die Hausdame und legte Clementine die Hände auf die Schultern. Etwas Endgültiges vibrierte in ihrer Stimme. Clementines Herz tat einen Satz vor lauter Aufregung. Über den Spiegel blickte sie Mother Fleur in die Augen, während sich die Fragen in ihrer Kehle stauten.

»Vergiss nicht«, mahnte Mother Fleur. »Du wirst heute Nacht nicht nur für dich selbst eintreten. Du wirst das ganze Green Creek Welcome House repräsentieren.« Eine angedeutete Warnung, die ihr wohlvertraut war, lag in Mother Fleurs Ton. »Aber wir wissen ja alle, wie außergewöhnlich du bist, und das weiß auch dieser Aufschneider. Darum hat er solch ein Vermögen hingeblättert. Du wirst ihm beweisen, dass du jede einzelne Münze wert bist, und danach werden wir feiern, hörst du?«

Sie musste nicht erst aussprechen, was geschehen würde, sollte Clementine versagen. Die Raubvögel, die Haudraufs des Hauses, wussten, wie sie ein Mädchen züchtigen konnten, ohne an seinem Körper Spuren zu hinterlassen, wie sie in seinen Geist eindringen und ihn an einen Ort der Qualen und der Furcht locken konnten. Clementine war ihrer Zauberei schon zweimal ausgesetzt worden. Sie alle hatten das schon mindestens einmal erlebt. Jedes Mädchen musste konditioniert werden, sobald es im Welcome House eintraf. Es musste den Zorn der Raubvögel kennenlernen. Einige erholten sich nie von dieser Erfahrung – sie verfielen dem Wahnsinn und wurden zum Sterben auf die Straße geworfen.

Die verschleierte Drohung reichte, um Clementine doch noch die Zunge zu lösen.

»Mother Fleur …« Sie zögerte. »Es ist nur … Ist es normal, so nervös zu sein? Mir ist ein wenig flau im Magen.«

»Das sind nur die Schmetterlinge, Clementine. Das hat jedes Mädchen. Es liegt vor allem an der Spannung. Und warum solltest du auch nicht gespannt sein?« Sie zwinkerte ihr zu. »Und geschmeichelt. Nicht jedes Mädchen erregt die Aufmerksamkeit solch eines angesehenen jungen Mannes.«

»Wer ist er eigentlich?«, wagte sich Clementine vor. Vielleicht ein Politiker oder ein gelackter Geschäftsmann oder ein Weltklassezocker, der die Taschen voller Gewinne hatte …

»Wenn ich dir das sage, wirst du nur noch nervöser«, entgegnete Mother Fleur. »Er wird gut zu dir sein. Das ist alles, was du wissen musst.«

Zu ängstlich, weiter nachzuhaken, gab sich Clementine damit zufrieden. Und schließlich, was machte das am Ende noch aus? Ihr ganzes Leben in Green Creek hatte zu diesem Moment geführt. Nach dieser Nacht gab es für sie keine Dienstmädchenarbeit mehr, kein Geschirrspülen, bis ihre Hände rau waren, kein Schwitzen über dem heißen Herd. Sie freute sich darauf, in edle Kleider und Spitze gehüllt, mit den anderen Sundown Girls in den Gesellschaftszimmern auf der faulen Haut zu liegen – unter anderem mit Aster, die sie im vergangenen Jahr kaum zu Gesicht bekommen hatte. Wieder mehr Zeit mit ihrer Schwester zu verbringen … das würde das Beste von alldem sein, so viel stand fest.

Sie musste nur die heutige Nacht durchstehen.

»Bist du bereit? Kann ich ihn raufschicken?«, fragte Mother Fleur.

»Ja«, sagte Clementine und meinte es auch so.

»Gut.« Sie drückte Clementine noch einmal die Schulter, sodass sich ihre Fingernägel in die zarte Haut bohrten. »Enttäusch mich nicht, Clementine.«

Mother Fleur rauschte von dannen und schaltete im Gehen

den gasbetriebenen Lüster aus. Als die Tür hinter ihr ins Schloss fiel, lag der Raum in dem rosigen Licht der kleinen Glaslampe, und es sah aus, als errötete er.

Einige Herzschläge lang blieb Clementine an dem Waschtisch sitzen und betrachtete das wilde Schattenspiel ihres eigenen Spiegelbilds. Der Aufschneider musste jeden Moment hier sein. Sollte sie aufstehen, um ihn in Empfang zu nehmen? Im Bett liegend auf ihn warten? Sie hatte den ganzen Tag Zeit gehabt, sich das zu überlegen. Sie hatte jahrelang Zeit gehabt.

Dann hörte sie es. Das Knarren schwerer Schritte auf der Treppe.

Denk an Musik, ermahnte sie sich. *Aster ist unten. Denk einfach an Musik.*

Die Tür wurde geöffnet.

Der Mann, der dahinter zum Vorschein kam, war viehischer, als Clementine erwartet hatte, ein breitschultriger Ochse im Anzug. Sein edler schwarzer Mantel fiel ihm bis über die Knie, und die Melone war tief in das schaufelförmige Gesicht gezogen, das von einem rotbraunen Bart umrahmt wurde. Nichts an der äußerlichen Erscheinung verriet, wer er sein mochte, aber sein Reichtum war schon an dem Glitzern des Theomitrings an seinem Finger erkennbar. Der dunkle Edelstein war groß genug, um das ganze Welcome House zu kaufen.

Der Aufschneider hielt in der Tür inne und beäugte kritisch, was er ersteigert hatte: pflaumenblaue Wände mit Gemälden von den Rotsteinbergen Arkettas, ein kunstvoller importierter Teppich am Boden, die luxuriöse Couch an der Wand, der Weindekanter auf dem Tisch. Und natürlich das große Bett in der Mitte des Raums, an dessen Kopfteil sich die Kissen stapelten. Zuletzt landete der Blick des Aufschneiders auf Clementine selbst, die das Kinn hoch erhoben hatte. Er fuhr sich mit der Zunge über die schmalen Lippen und grinste. Clementine schrak zurück und schalt sich im Stillen selbst dafür. Dies war ein Welcome House, also würde sie dafür sorgen, dass er sich willkommen fühlte.

Der Aufschneider warf die Tür hinter sich zu. Der Riegel rastete ein mit einem Geräusch, laut wie ein Gewehrschuss. Er warf Mantel und Hut über einen Haken. Das weiße Smokinghemd spannte über seinen mächtigen Schultern, aber nun erkannte Clementine, dass er jünger war, als sie zunächst gedacht hatte. Neunzehn, vielleicht zwanzig. Seine Augen waren eisblau. Zögernd trat sie einen Schritt auf ihn zu.

»Lassen Sie mich Ihnen das abnehmen«, sagte sie und begann, die Knöpfe seiner Weste zu öffnen. »Sie müssen froh sein, nicht länger auf den Straßen unterwegs zu sein.«

Die vorgegebenen Worte fühlten sich unnatürlich an, aber der Aufschneider streckte hilfsbereit die Arme aus, als sie ihm die Weste abstreifte und seine Krawatte lockerte.

»Und was weiß ein Mädchen wie du von der Straße? Oder von irgendetwas anderem außerhalb dieses Etablissements?«, fragte er gedehnt.

Eine Erinnerung flackerte in ihr auf, Sonnenschein auf Wasser. »Genug«, entgegnete sie.

Wieder leckte er sich die Lippen und studierte sie eingehender, strich mit dem Daumen über ihr Zeichen. »Haut wie Seide«, murmelte er. »Bei dir haben sie gute Arbeit geleistet.«

Die Derbheit seiner Hände überraschte sie ebenso wie die Wärme der Berührung. Der einzige andere Mann, der sie, von Verwandten abgesehen, je berührt hatte, war der Arzt des Welcome House, der immer kalte Gummihandschuhe trug. Sie hob die Hand und legte sie über die des Aufschneiders, verschränkte ihre Finger mit seinen.

»Ich bin froh, dass Ihnen gefällt, was Sie sehen«, sagte sie und sammelte all ihren Mut. »Finden wir doch heraus, was Sie sonst noch mögen.«

Offenbar hatte sie das Richtige gesagt oder war zumindest nahe genug dran, denn er zog die Brauen hoch und führte sie zum Bett. Seine Bärenpranke umfasste immer noch ihre Hand. Clementines Magen tat einen weiteren Satz. *Nur Schmetterlinge*, rief sie sich ins Gedächtnis, und einen Moment später saßen sie Seite an Seite auf der Bettkante. Der Aufschneider beugte sich vor, um seine Stiefel aufzuschnüren. Clementine suchte nach einer Möglichkeit, die Stille zu füllen. Ihre Wangen brannten. Es war ihr nicht gestattet, müßig zu schwatzen, es war ihr nicht erlaubt, sich nach seinem Namen zu erkundigen oder zu fragen, woher er kam. Derlei Geheimnisse preiszugeben oder nicht war allein die Entscheidung eines Mannes.

Dann fing er an, sein Hemd aufzuknöpfen. Clementine krallte sich an der Daunendecke fest.

»Du bist ziemlich still, was?«, fragte er.

Sie lachte nervös. »Ich vermute, das könnte man sagen.«

»Scheint, als wärt ihr beim ersten Mal alle recht still«, konstatierte er in sachlichem Ton. »Auch gut. Dieses zusammengeschusterte Geplänkel, mit dem die Mädchen um sich werfen, kostet nur unnötig Zeit. Ich ziehe es vor, jede Minute, für die ich bezahlt habe, voll zu genießen.«

Clementine verlor den Mut. Ihre Atemzüge wurden schwer und kurz. »Für mich sehen Sie aus wie ein Mann, der sich eine Menge leisten kann«, entgegnete sie. Sie musste ihn am Reden halten.

»Nun, vorerst ist es noch das Geld meines Vaters.« Er stand auf und streifte sein Hemd ab, unter dem eine breite Brust mit einem Wust roter Haare zum Vorschein kam. »Weißt du, wer mein Vater ist?«

Clementine schüttelte den Kopf.

»Auch gut«, sagte er erneut. »Ich werde schon bald selbst am Ruder sein. Und wenn ich das bin, dann komme ich zurück und bringe dir was Hübsches mit, hörst du?« Er hob ihr Kinn an und sah ihr zum ersten Mal in die Augen. Sein Grinsen war so scharf wie eine Klinge. »Wenn du mir Freude bereitest, heißt das.«

Dann, ehe Clementine die Möglichkeit hatte, ihn noch länger hinzuhalten, hob er sie hoch und legte sie in die Mitte des Betts, kroch über sie und klemmte sie zwischen seinen Armen ein. Der säuerliche Geruch von Whiskey lag in seinem Atem. Clementine drehte sich der Magen um, als sein Blick ihren v-förmigen Ausschnitt erkundete. Ihre Übelkeit ließ sich nicht länger mit ein paar harmlosen Schmetterlingen entschuldigen. Sie verspürte einen echten Brechreiz.

Ich muss das beenden …

Der Aufschneider beugte sich vor und küsste ihren Hals.

Erschrocken schnappte Clementine nach Luft und hielt den Atem an. Verspannte sich, schloss die Augen. Seine rauen Lippen fuhren über ihre Haut. Seine stumpfen Zähne zerrten mit unbeholfener Begierde an ihr. Dann, einen Augenblick später, öffnete sie langsam die Augen. So schlimm war das nicht, sagte sie sich. Die Küsse mochten ein wenig schmuddelig sein, aber sie waren nicht allzu schlimm.

Schließlich entspannte er sich, lag mit seinem ganzen Gewicht auf ihr und folgte weiter mit den Lippen ihrem Ausschnitt und ihrem Zeichen. Clementine wand sich unter der erstickenden Last.

»Warten Sie«, würgte sie hervor, aber er achtete nicht auf sie. Sie fing an, gegen ihn zu kämpfen, hob die Stimme: »Warten Sie, bitte …«

»Du hast doch gesagt, du wärst still«, herrschte er sie grob an. Seine Hand glitt an ihrem Bein entlang unter ihr Kleid und verweilte auf ihrem nackten Knie. Ihr Herzschlag fühlte sich so hart an wie ein Pferdetritt. *Denk an Musik, denk an Musik.*

Seine Hand wanderte weiter hinauf.

»*Warten Sie,* bitte, ich bin noch nicht so weit …«

Er presste einen Unterarm an ihre Kehle. Um sie zum Schweigen zu bringen, davon war sie überzeugt. Clementine schluckte unter dem schmerzhaften Druck, und ihr wurde schwindelig.

Sie bekam keine Luft mehr.

Das reichte, um die Furcht zu entfesseln, die sich schon seit dem Morgen in ihr angestaut hatte, und sie zu einer heißblütigen Panik aufzupeitschen. Sie wollte das nicht, sie war nicht bereit dafür, sie bekam keine *Luft* …

»Aufhören!«, quiekte sie und stemmte sich mit aller Kraft gegen seine Brust. Das war das letzte Wort, das sie hinauszuwürgen imstande war. Er jedoch drückte nur noch fester mit dem Arm zu. Alles verschwamm vor ihren tränenden Augen. Ihre Lunge wurde eng. Blind tastete sie nach dem Nachttisch, suchte nach etwas, nach irgendetwas. Ihre Hand fand die Lampe, umfasste den Hals.

Und rammte ihm den schweren Fuß auf den Kopf.

Der Mann brüllte auf, zuckte zurück und presste die Hand auf die Stelle, an der die Lampe ihn getroffen hatte.

»*Verdammtes Gör!*«, schrie er wutentbrannt. »Dafür *bringe ich dich um* …«

Clementine schlug erneut zu, härter. Dieses Mal erschlaffte sein Körper, und er brach auf ihr zusammen. Keuchend schnappte sie unter seinem erdrückenden Gewicht nach Luft. Sie wälzte ihn von sich und rollte sich weg, sprang auf und verkroch sich in eine Ecke des nun dunklen Raums, den Rücken fest gegen die Wand gepresst. Sie hustete so sehr, dass sie fürchtete, sich übergeben zu müssen, doch sie zwang die Tränen zurück, die in ihren Augen kitzelten. Sie hatte es tatsächlich getan. Und nun würde er noch wütender sein, und er würde sich wieder auf sie stürzen, und er … und er …

Und er rührte sich nicht. Clementine wurde ganz still und lauschte auf seinen Atem. Hielt Ausschau nach der kleinsten Bewegung.

Nichts.

Langsam schlich sie zurück zum Bett. In der Finsternis konnte sie gerade noch die Konturen seines Körpers ausmachen. Sie tastete mit einer Hand nach seinem Kopf und riss sie gleich wieder weg, als sie die blutige Delle in seinem Schädel fühlte, die warme, feuchte Delle.

Entsetzen ergriff Besitz von ihr, gefolgt von einer so enormen Erleichterung, dass sie weiche Knie bekam. Nun endlich erhob sich ein Lied aus ihrer Erinnerung, dessen letzte drei Akkorde in ihren Ohren hallten.

Elisa Klein mit Haar so rot,
Ihr erster Mann ging mit 'ner andren fort,
Sie lief ihm nach und hört' ihn flehn in Not,
Nahm ihr Gewehr und schoss ihn tot.

KAPITEL EINS

Zwölf Stunden zuvor

Asters Hand zuckte, so sehr wünschte sie sich ein Messer, doch sie beschränkte sich darauf, die Faust zu ballen. Sie kauerte in einer Ecke des pflaumenblauen Schlafgemachs und sah zu, wie Mother Fleur Clementine ihr üppiges neues Wohnquartier zeigte – das einen scharfen Kontrast zu dem Schlafsaal mit den derben Pritschen bildete, in dem die Daybreak Girls schliefen. Aster schluckte den üblen Geschmack auf ihrer Zunge hinunter, als Clementine sich umsah. Clems sechzehnter Geburtstag begann wie der jedes anderen Good Luck Girls damit, dass sie in der Welt der Sundown Girls willkommen geheißen wurde – und hier würde er enden, in diesem Raum, in ihrer Glücksnacht.

Dieser letzte Gedanke war es, der in Aster den Wunsch nach einer Waffe weckte. Der Gedanke, dass ihre Schwester in diesem Raum mit dem Gesindel gefangen wäre, welches das Welcome House frequentierte. Aber es würde niemandem helfen, gegen das anzukämpfen, was auf sie wartete. Nicht wenn schon ein falsches Wort genügte, damit einer der Raubvögel auf ihren Geist einprügelte. Ein Mädchen musste sich dann ein Stück vom Glück stehlen, wenn niemand hinsah. Das war seine Art zu gewinnen.

Mother Fleur schien Asters ehernes Schweigen aufzufallen, denn sie räusperte sich. »Ich bezweifle nicht, dass dieser biestig mürrische Ausdruck inzwischen fest in dein Gesicht eingemeißelt ist, Aster. Aber du tätest gut daran, ein bisschen mehr Begeisterung für den großen Tag deiner Schwester aufzubringen«, mahnte sie.

Clementine warf Aster einen raschen Blick zu. »Sie ist einfach kein Morgenmensch«, erklärte sie nervös. »War sie nie. Na los, Aster, schenk Mother Fleur ein Lächeln.«

Aster wandte sich Mother Fleur zu und bleckte die Zähne. Mother Fleur presste die Lippen zusammen, sodass sie eine harte Linie bildeten. Ein allzu vertrauter Ausdruck des Missfallens. Aster wusste, sie würde nie zu den Lieblingen der Hausdame zählen. Nicht weil sie sich je offen danebenbenommen hätte – sie weigerte sich, Mother Fleur die Befriedigung zu verschaffen, sie zu bestrafen –, sondern weil sie immer so sein würde wie die Faust an ihrer Seite. Angespannt. Feindselig. Stets bereit, im rechten Moment zuzuschlagen.

Dieser auf niedriger Flamme siedende Zorn war in den letzten Tagen deutlich heißer geworden. Aster konnte nicht aufhören, an ihre eigene Glücksnacht vor einem Jahr zurückzudenken, als Mother Fleur sie an einen hageren Skink von einem Mann, eine Echse mit Knopfaugen, verkauft hatte.

Sie hatte Aster versprochen, dies würde die hervorstechendste Nacht ihres Lebens sein, die Nacht, in der sie zur Frau würde.

Sie war nicht zur Frau geworden. Sie war zu einem Schatten geworden, durch dessen Adern Galle anstelle von Blut strömte und dessen Herz ein Quell der Scham war. Das Einzige, das sie vor dem Zusammenbruch bewahrt hatte, war das Wissen gewesen, dass Clementine sie brauchte.

Aster hätte nie geglaubt, dass es möglich sei, sich noch hilfloser zu fühlen als damals, als dieser erste Mann Hand an sie gelegt hatte. Aber sie hatte sich geirrt. Das hier war schlimmer.

»Ich würde sagen, du schuldest mir Abbitte, meinst du nicht, Aster?«, fuhr Mother Fleur sichtlich unzufrieden fort. »Oder muss ich ein Wörtchen mit Dex reden?«

Der oberste Raubvogel.

Aster öffnete die Faust.

»Ich bitte um Vergebung, Mother Fleur«, murmelte sie. »Clem hat recht. Ich war einfach schon ziemlich lange nicht mehr so früh auf.«

Mother Fleur bedachte sie mit einem kalten, wissenden Blick, ließ es aber dabei bewenden. »Nun, diese faulen Vormittage gehören zu den vielen Privilegien eines Sundown Girls, auf die Clementine sich freuen kann«, sagte sie mit erzwungener Fröhlichkeit. »Also, ich werde unten benötigt, um das Haus zu öffnen. Aber ich vertraue darauf, dass du deiner Schwester hilfst, sich einzurichten?«

»Es wird mir ein Vergnügen sein.«

Mother Fleur durchbohrte sie mit ihrem finsteren Blick, ehe sie sich umdrehte und Clementine ein strahlendes Lächeln schenkte.

»Nun, meinen herzlichen Glückwunsch zum Geburtstag, Clementine«, salbaderte sie. »Ich sehe euch beide dann beim Frühstück.«

Damit ging sie.

Kaum war Mother Fleur außer Sichtweite, jauchzte Clementine und sprang rückwärts auf das Bett. Der Rock ihres gelben Tageskleids wogte um sie herum wie eine Glocke.

»In des Schleiers Namen! Dieser Raum würde einer Prinzessin genügen. Ich glaube, er ist sogar größer als deiner.«

Trotz ihrer Befürchtungen grinste Aster und verschränkte die Arme vor der Brust. »So? Ich sehe keine Fenster, wie ich sie habe. Aber ich wette, du hast recht, er ist größer. Frechheit!«

Tatsächlich hätte Aster mit dem kleinsten Zimmer vorliebgenommen, wenn sie nur ihr Fenster behalten konnte. Sie liebte es, die Sonne am Morgen über die Berge klettern zu sehen, zuzuschauen, wenn sich das Licht wie flüssiges Gold in dem Tal ausbreitete, in dem Green Creek schlummerte. Das Welcome House lag beinahe in der Stadtmitte, wodurch Aster einen Ausblick auf fast alles hatte, von den schmucken Läden an der Hauptstraße bis zu der fensterlosen Mauer rund um die Stadt, in deren Mörtel Theomitstaub gemischt worden war, um rachsüchtige Geister fernzuhalten.

Dieser Ausblick war ihr Entrinnen, das Einzige, das ihr blieb.

»Von wegen Frechheit«, gab Clementine zurück. »Ich habe für dieses Zimmer hart gearbeitet. Und dieses *Bett.* Schau mal, sogar die Kissen haben Kissen.«

»Besser als die nach Pisse stinkenden Pritschen da oben?«, fragte Aster.

»Viel besser.« Clementine setzte sich auf, und ein Schatten huschte über ihre Züge. »Andererseits, das muss es wohl auch sein.«

Ein kaltes, glibberiges Gefühl kroch durch Asters Eingeweide. »Vergiss das erst mal«, sagte sie und zog Clem wieder auf die Füße. »Lass uns all dein Zeug holen und dafür sorgen, dass du dich hier zu Hause fühlst.«

Clementines Freude kehrte zurück. »Genau, wenn wir uns beeilen, können wir die anderen noch erwischen, ehe sie in die Küche müssen.«

Die »anderen« waren Tansy und Mallow, Clementines beste Freundinnen. Sie wohnten auf dem Dachboden zusammen mit all den anderen Mädchen, die noch keine sechzehn waren. Bis heute hatte Clementine zusammen mit ihnen zur Küchen-Crew gehört.

»Fühlt es sich komisch an, dass du keine Hausarbeit mehr machen musst?«, fragte Aster, als sie den Flur hinuntergingen.

»Na ja, vermissen werde ich sie bestimmt nicht, falls du das meinst«, schnaubte Clementine, doch ihr Lächeln verblasste rasch. »Aber Tansy und Mal werde ich vermissen.«

»Die beiden werden in drei, vier Monaten auch sechzehn. Sie werden noch früh genug Sundown Girls«, versicherte ihr Aster.

»Genau. Und ich werde sie auch so dann und wann sehen, das ist immerhin was«, fügte Clementine hinzu.

Aster zögerte. »Ja, das ist was.«

Aber natürlich würde es nicht mehr so sein wie früher, überhaupt nicht. Sundown Girls und Daybreak Girls lebten unterschiedliche Leben, und selbst wenn sich ihre Pfade kreuzten, war da doch eine unsichtbare Barriere zwischen ihnen, ganz wie der Schleier zwischen der Welt der Lebenden und der Welt der Toten. Clementine würde mit den Daybreak Girls nicht über ihre Arbeit sprechen dürfen – aber Arbeit war alles, was den Sundown Girls blieb.

So viele Male hatte man Aster gesagt, sie habe dankbar zu sein für diese Arbeit. Good Luck Girls mussten nie hungern, hatten immer ein Dach über dem Kopf, durften zweimal im Jahr zum Arzt und zum Zahnarzt. Da sie die Aufschneider unterhielten, durften sie die Art Kleider tragen, von denen andere Mädchen nur träumen konnten, und außerdem stand ihnen ein unerschöpflicher Vorrat an Süßdistel zur Verfügung.

Das war weit mehr, als die meisten Menschen in Arketta

zu erwarten hatten, ganz besonders jene im Grind, der zerklüfteten Bergkette, die mitten durch das Land verlief. Früher, in den längst vergangenen Zeiten des alten Imperiums, waren alle, die jenes Imperium als kriminell einstufte, in diese windgepeitschte Wildnis verbannt worden, um in den Minen zu schuften. Einige waren auf den Schlachtfeldern von Arketta gefangen genommen worden, wo sie gegen den Ansturm des Imperiums gekämpft hatten. Andere waren aus den Kolonien auf stinkenden Gefangenenschiffen nach Arketta verfrachtet worden. Staubblütige, so nannte man sie. Sie sahen genauso aus wie jeder gewöhnliche Hellblütige, nur dass sie keinen Schatten warfen. Den ersten Staubblütigen waren ihre Schatten als eine Art Bestrafung entrissen worden, und ihre Kinder waren ohne Schatten auf die Welt gekommen. Die Schuld eines Staubblütigen konnte niemals gänzlich getilgt werden. Zu Beginn schuldete man vielleicht zehn Adler wegen eines Diebstahls, dann, am Ende des Jahres, waren es zehntausend für einfach alles, von schimmligem Brot bis hin zu dem undichten Dach über dem Kopf.

Nun, etwa zwei Jahrhunderte nach dem Untergang des Imperiums, lebten mehr Staubblütige denn je zuvor im Grind. Einfallsreiche Geschäftsleute hatten das Land erworben und die Schulden der Staubblütigen im Austausch für deren Frondienste übernommen – eine Regelung, die als »die Zeche« bekannt geworden war. Die Zeche versprach den Hellblütigen die Chance, zu reichen Landesherren zu werden und der Elite von Arketta anzugehören, während sie den Staubblütigen eine Gelegenheit bot, die Schulden von Generationen abzuarbeiten und sich schließlich die Freiheit aus dem Grind zu verdienen. Für die Landesherren hatte das Ganze auch gut funktioniert, aber den Minenarbeitern blieb am Ende nichts als ein ruinierter Körper und ein leerer Bauch. Krankheiten rafften sie dahin, oder sie verschwanden im Schlund eines Berges, oder ein Rächer zerriss sie mit unsichtbaren Klauen. Es gab kein Entkommen vor der Zeche, dafür hatten die Gesetze Sorge getragen – Arkettas Grenze zu dem industrialisierten Nachbarn im Norden, Ferron, wurde von den besten Söldnern geschützt. Ohne Schatten konnte niemand entfliehen.

Und so kamen die Welcome Houses an die Mädchen, die für sie arbeiteten. Kundschafter suchten nach verzweifelten Familien mit jungen Töchtern und boten ihnen an, sie gegen eine bescheidene Entschädigung mitzunehmen. Die Mädchen arbeiteten als Haushilfen, bis sie sechzehn waren. Von da an dienten sie den Gästen, bis sie mit vierzig zu alt geworden waren. Sie mussten für nichts bezahlen, aber sie bekamen auch keinen Lohn. Es war ein bitterer Kompromiss, und alle wussten es. Aber wenn zu Hause zu viele Mäuler zu stopfen waren, wenn ein Unfall unter Tage die Eltern arbeitsunfähig machte, wenn die Alternative für ein Mädchen ein qualvolles und grausam kurzes Leben war, dann blieb als einzige Möglichkeit das Welcome House. Dort würden sie wenigstens mit vollem Bauch den Tag beenden. Dort würde man sich um ihre medizinischen Bedürfnisse kümmern. In der Tat, so argumentierten die Landesherren, konnten diese Mädchen von Glück reden, dass sie ein derart behütetes Leben führen durften.

Das einzige Problem war, dass Aster sich nie für dieses Leben entschieden hatte.

Keine von ihnen hatte das. Und keine von ihnen konnte da je wieder raus. Nicht solange ihr Zeichen sie als das kenntlich machte, was sie waren, sogar, wenn sie das Alter ihrer Arbeitsfähigkeit hinter sich hatten. So gern die Aufschneider auch darüber schwadronierten, wie wunderbar es die Good Luck Girls doch getroffen hätten, sie vergaßen scheinbar stets zu erwähnen, dass die meisten der Mädchen letztlich als Bettlerinnen auf der Straße starben. Ganz selten einmal kaufte ein reicher Aufschneider ein Mädchen aus einem Haus zu seinem alleinigen Nutzen. Aber das war kaum vorzuziehen; einmal gekauft, würde diese Frau niemals aus dem Dienst freikommen, ganz gleich, wie alt sie auch wäre – sie würde ihr Leben lang Eigentum des Aufschneiders bleiben.

Asters Hand wanderte zur Seite ihres Halses, zu der Stelle, an der eine ganze Reihe kleiner Blüten ihre Haut tüpfelte wie schimmernde schwarze Strahlenkränze. Sie hatte daran gedacht wegzulaufen. Es war unmöglich, nicht daran zu denken. Aber diese Kokarde kennzeichnete sie nicht nur als Eigentum eines Welcome House – sie war auch verhext. Versuchte ein Mädchen, das Mal mit Schminke oder einem Staubschutztuch zu verdecken, erglühte es wie Eisen im Feuer. Erst rot, dann orange, danach gelb und schließlich weiß. Der Schmerz war vielleicht ein paar Minuten lang auszuhalten, aber irgendwann zwang er auch die stärkste Frau in die Knie. Und es dauerte Stunden, bis er wieder vollständig abgeklungen war.

Sie konnten ihre Kokarden nicht verstecken, sie konnten sie nicht entfernen. Sie konnten nicht mal zur Haustür hinaus. Dex hielt im Foyer Wache und beobachtete jegliches Kommen und Gehen aus seinen rostfarbenen Augen. Angeblich war er zu ihrem Schutz hier, aber alle wussten, dass jedes Mädchen, das an ihm vorbeizukommen versuchte, zur Strecke gebracht und einer langsamen und qualvollen Bestrafung unterworfen wurde.

Früher hatte Aster angenommen, sie würde sich irgendwann an das Welcome House gewöhnen, vielleicht lernen, all den Glanz wahrzunehmen so wie viele der anderen Mädchen. Diese Selbsttäuschung machte es vermutlich erträglicher. Aber soweit es Aster betraf, würde alle Zeit der Welt nicht reichen, um dieses Fass Pisse in edlen Wein zu verwandeln. Das einzig Schöne in ihren Augen war, dass sie und Clementine immer noch einander hatten. Die meisten Mädchen sahen ihre Angehörigen nie wieder.

Ein Stück voraus hatte Clementine die Treppe am Ende des Gangs erreicht und sprang sie, zwei Stufen auf einmal nehmend, schnell und leise hinauf. Aster folgte ihr. Ihr Muskelgedächtnis geleitete sie an den knarrenden Stellen unter dem Teppich vorbei. Die Treppe führte um eine Ecke; sie passierten das zweite Obergeschoss, in dem sich die Privaträume von Mother Fleur befanden, und gingen weiter hinauf zu dem nicht ausgebauten Dachgeschoss.

»Frohe Glücksnacht, Clementine!«, flötete ein jüngeres Mädchen, das auf dem Weg nach unten an ihnen vorbeikam. Zwei andere folgten dem ersten und hätten Aster in ihrer Eile beinahe umgestoßen.

»Oh, tut mir leid, Miss Aster«, stammelte eines der Mädchen. Vermutlich hatte es nicht damit gerechnet, hier oben einer der Älteren zu begegnen. Aster erschrak regelrecht über die Ehrerbietung in der Stimme des Mädchens. Als wäre sie selbst vor gerade mal einem Jahr nicht eine von ihnen gewesen.

»Schon gut«, murmelte sie. *Und nenn mich nicht »Miss«*, hätte sie zu gern hinzugefügt. Aber natürlich taten sie nur, was ihnen gesagt wurde. Aster schob sich an den beiden vorbei.

Der Dachboden diente als provisorischer Schlafsaal und wies nichts von dem Luxus auf, der den Rest des Welcome House auszeichnete. Hier gab es nur kahle Böden voller krummer Nägel und kalte Morgenluft, die durch die Wände hereindrang. Eine Reihe Minenlaternen verbreitete einen dürftigen flackernden Lichtschein. Ein toter Skorpion drückte sich an die Fensterbank. Bei Nacht, wenn es still war, konnte man ein Knarren oben in den Sparren hören, an denen sich ein Mädchen vor dreißig Jahren mit seinem Laken erhängt hatte, und wenn man dumm genug war, die Augen aufzuschlagen, dann konnte man sogar sein mondscheinfahles Relikt sehen.

Aber jetzt, am Morgen, ging es laut und lebhaft zu. Ungefähr zwei Dutzend Daybreak Girls huschten hin und her und bereiteten sich auf ihren Arbeitstag vor. Sie trieben ihre Freundinnen zur Eile an, machten ihre Betten, schlüpften in ihre Magdkleider – steifes grünes Leinen mit einer leuchtend weißen Schürze. Obwohl sie alle die gleiche Uniform zu tragen hatten, unterschieden sich ihre Körper in Größe, Form und Farbe. Es war allgemein bekannt, dass ein Welcome House, das viel Auswahl zu bieten hatte, mehr Kundschaft anlockte.

Aster empfand tiefes Mitgefühl, als sie zwischen den Pritschen hindurchging. Die meisten Good Luck Girls waren Staubblütige wie sie und Clem, kamen ausgezehrt und hungrig im Haus an und hatten nicht einmal einen Schatten, der ihnen Gesellschaft leisten konnte. Die Jüngsten waren gerade zehn und sahen ziemlich hager aus. Wenn sie älter wurden, wirkten sie bald voller und gesünder. Aber sie alle waren nur Säue, die gemästet wurden, damit andere von ihrem Fleisch zehren konnten, wenngleich die meisten das noch nicht begriffen.

Denk nicht daran, ermahnte sich Aster im Stillen. *Lächle. Für Clementine.* Sie atmete durch und entspannte sich, schob sich auf den einsamen Spiegel in der Ecke zu, während ihre Schwester mit ihrem Kleid vor Tansy und Mallow angab. Die beiden waren seit jeher ein Pärchen unzertrennlicher Gegensätze – Tansy mit ihrem wilden strohblonden Haar und der weißen sommersprossigen Haut auf der einen Seite und Mallow mit ihrer warmen braunen Haut und dem glatten, kurz geschorenen schwarzen Haar auf der anderen. Büschel runder Blumen sprenkelten Tansys Hals wie Baumwollfasern. Mallows Kokarde, deren Köpfchen jeweils fünf herzförmige Blütenblätter trugen, war hingegen so anmutig wie sie selbst ungeschliffen.

»Das ist natürlich nicht das, was ich heute Abend tragen werde«, erklärte Clementine, als Aster dazustieß. »Nach der Auktion werde ich umgezogen. Aber mein Kleiderschrank ist schon jetzt voller Freuden dieser Art.«

»Bist du nervös?«, fragte Tansy und nagte an dem fransigen Ende ihres Zopfs herum.

Clementine zögerte, obwohl ihr die Antwort ins Gesicht geschrieben stand, aber dann stupste Mallow sie aufmunternd gegen die Schulter.

»Natürlich ist sie das nicht. Sie ist schließlich dabei, für immer aus diesem Drecksloch rauszukommen«, sagte Mallow und sah sich in dem Schlafsaal um. Clementine warf ihr einen erleichterten Blick zu.

»Ja, was auch heute Nacht passiert, ich schätze, ich nehme es gern auf mich, wenn ich dafür anfangen kann zu leben wie ein Sundown Girl.«

Aster hielt sich im Hintergrund und hörte mit einem beklemmenden Gefühl in der Brust zu. Anders als Clementine war sie nie einem der anderen Mädchen nähergekommen. Es war besser so. Sie konnte niemanden verlieren, den sie gar nicht hatte.

Allerdings hätte ich nach meiner Glücksnacht schon ein oder zwei freundliche Gesichter brauchen können, dachte Aster. Clementine und die anderen schienen zu glauben, alles werde besser werden, wenn sie erst das passende Alter erreicht hatten, und Aster brachte es nicht über sich, ihnen zu erklären, dass es tatsächlich noch viel schlimmer wurde.

Stattdessen nötigte sie sich ein Lächeln ab und gesellte sich zu den dreien. »Komm, Clem, wir müssen in ein paar Minuten runter zu deinem Frühstücksbankett.«

»Oh, hey, schön, dich zu sehen, *Miss* Aster«, sagte Mallow und demonstrierte dabei nichts von der Ehrerbietigkeit des Mädchens auf den Stufen.

Tansy kicherte. »Versprich uns, dass du dir von nun an nicht zu gut sein wirst, um Hallo zu uns zu sagen, Clem.«

»*Miss* Clem«, korrigierte Clementine naserümpfend.

Aster schnaubte. »Hört mal, ich bin nur hier, um euch zu sagen, dass ihr noch so alt werden könnt, doch es wird Mother Fleur nicht daran hindern, euch die Hölle heißzumachen, falls ihr nicht tut, was sie sagt. Und dir, Clem, sagt sie: Richte dich vor dem Frühstück in deinem neuen Raum ein. Also, wo ist dein Zeug?«

Clementine seufzte theatralisch, führte ihre Schwester aber zu ihrer Pritsche, an deren Ende eine schlichte Truhe stand. Die alten Kleider würde sie von nun an nicht mehr brauchen, also retteten sie nur ihre wertvollsten Besitztümer. Notizen und Zeichnungen anderer Mädchen, die sie im Lauf der Jahre gesammelt hatte, ein Glas mit Kandiszucker, der noch vom Zechentag übrig geblieben war, eine staubig rote Feder, die sie einmal gefunden hatte, als sie einen Kamin gereinigt hatte.

»Und was ist mit …?«, fragte Tansy und hielt Clementines Stoffpuppe hoch.

Aster sah Clementine an, deren Mimik für einen kurzen Moment in sich zusammenfiel, doch dann presste sie die Lippen zusammen und schüttelte den Kopf.

»Mit dem alten Ding würde ich vor so einem Aufschneider ganz schön dumm aussehen«, sagte Clementine. »Das letzte

Mädchen, das auf dieser Pritsche schlief, hat mir die Puppe dagelassen. Ich mache es genauso und überlasse sie dem nächsten Mädchen.«

Dem nächsten Mädchen, dachte Aster ergrimmt.

Es gibt immer ein nächstes Mädchen.

KAPITEL ZWEI

Der Speisesaal mit seinem Marmorboden und der golden gekachelten Decke war einer der edelsten Räume des Welcome House. Jeder Teller war vollgehäuft mit Essen: Maiskuchen mit Schlagsahne und Marmelade, würzige Schweinswurst, Rührei und Bratkartoffeln, frisches, in Blumenform geschnitztes Obst. Während die Daybreak Girls mit den Resten vom Vortag vorliebnehmen und in der Küche essen mussten, genossen die Sundown Girls und alle Aufschneider, die bis zum Frühstück blieben, ein Mahl, das auch einen Waldarbeiter hätte zufriedenstellen können. Nichtssagendes Geplapper rauschte zwischen den Tischen umher wie das Murmeln eines Baches.

Aster saß mit Clementine und vier anderen Sundown Girls zusammen. Keine von ihnen war älter als zwanzig. Lily, Marigold und Sage dürfte Clementine alle noch aus der Zeit kennen, in der sie gemeinsam aufgewachsen waren – Good Luck Girls neigten dazu, sich mit Gleichaltrigen zusammenzuschließen. Zu Asters großem Ärger bedeutete das jedoch, dass auch Violet zu ihrer Gruppe gehörte, Mother Fleurs Lehrmädchen und Schoßkind. Anders als der Rest von ihnen wurde Violet im Welcome House als Tochter eines ehemaligen Sundown Girls *geboren* und bildete sich anscheinend ein, das mache sie zu einer verdammten Prinzessin. Sogar jetzt schaffte sie es irgendwie, die Spitze des Tisches einzunehmen, obwohl der doch rund war.

»Die Aufschneider haben Zeit bis mittags, dann müssen sie gehen«, erklärte sie Clementine. Violet war das einzige hellblütige Mädchen im Welcome House, und ihr Schatten floss hinter ihr her wie die Schleppe eines Kleides. Stets sprach sie in einem Ton der Überlegenheit, der in Asters Ohren regelrecht krächzte. »Die meisten Männer können sich nicht mehr als ein oder zwei Stunden mit uns leisten«, fuhr sie fort, »aber wenn du einen Übernachter erwischst, ist es deine Pflicht, ihm bis zum Morgen Gesellschaft zu leisten. Dann, zwischen Mittag und vier Uhr Nachmittag, wird von dir erwartet, dass du badest, dich hübsch machst, dein Zimmer aufräumst und so weiter. Ich habe eine Liste der zu erfüllenden Pflichten, und wenn sie auch gewiss vergnüglicher sind als die Arbeit der Mägde, sind sie doch nicht weniger wichtig. Green Creek repräsentiert den Gipfel geschliffener Professionalität. Um vier öffnen wir das Haus, um den nächsten Schwung Gäste in Empfang zu nehmen …«

Aster schürzte die Lippen. »Bei den Toten, Violet, kannst du Clementine nicht ihre Maisküchlein genießen lassen?«

Violet drehte sich zu ihr um, kniff die kalten blauen Augen zusammen und strich sich eine verirrte Strähne ihres schwarzen Haars hinter das Ohr. Ihre Kokarde mit den eleganten tränenförmigen Blütenblättern wies das schillernde Schwarz eines Rabenflügels auf. »Ich möchte nur, dass deine Schwester Erfolg hat, Aster«, sagte sie. »Du nicht?«

»*Ich* möchte, dass sie ihre verhobelte Mahlzeit genießen kann, ehe sie zu kalt geworden ist.«

»Gossensprache ist während der Arbeitszeit strikt verboten«, ließ Violet Clementine gegenüber verlauten.

Aster knirschte mit den Zähnen. Normalerweise gelang es ihr besser, ihre Zunge im Zaum zu halten, aber sie wusste nicht, wie lange sie diese *Feier* dessen, was heute Nacht geschehen würde, noch aushalten konnte. Das erinnerte sie daran, wie sie sich stets am Zechentag fühlte, jenem arkettanischen Feiertag, an dem die Staubblütigen ihr »Glück« feiern sollten – und die Landesherren zum Dank für deren angebliche Güte. Dieser Feiertag machte Aster von jeher krank, aber der heutige Tag war sogar noch schlimmer.

Atme. Lächle.

Neben ihr konzentrierte sich Clementine darauf, ihre Milch zu trinken, um nicht in Gefahr zu geraten, mit einer von ihnen sprechen zu müssen.

Lily lachte. »Komm schon, Violet. Aster hat recht. Das ist eine Menge auf einmal. Welche Fragen hast du noch, Clementine?«

Endlich stellte Clementine ihr Glas ab und leckte sich den Milchbart von der Oberlippe, ehe sie sich zu Aster umblickte. »Na ja, äh … ich schätze … Wie läuft diese Auktion ab? Muss ich da wirklich nur ein paar Sekunden lang auftreten?«

Asters Finger spannten sich um die Gabel.

»Ach, mach dir darüber keine Gedanken«, beeilte sich Marigold zu erklären. »Das geht ganz schnell und still über die Bühne. Die Aufschneider dürfen nicht reden. Wie Violet gesagt hat, Green Creek ist ein netter Ort. Hier geht es nicht so garstig zu wie in manchen anderen Welcome Houses.«

»Und du trägst eine Augenbinde«, erklärte Lily. »Das ist Tradition. Es bringt Unglück, den Aufschneider vor Sonnenuntergang zu sehen. Also stehst du einfach nur da und siehst hübsch aus. Weiter nichts.«

Aster traute sich selbst nicht über den Weg, wagte Clementine nicht anzusehen, weil sie fürchtete, ihre Schwester könnte ihr die Wahrheit an den Augen ablesen. Green Creek war kein »netter Ort«, und die »Traditionen« dienten nur dazu, sie alle unter Kontrolle zu halten. Aber sie wusste, dass Lily und Marigold sich um ihrer Schwester willen so heiter gaben, weil sie nett zu ihr sein wollten, also ließ Aster sie gewähren. Außerdem war die Auktion sowieso Clems geringste Sorge.

Ihre Schwester stellte noch ein paar andere Fragen, erhielt aber auf alle nur vage Antworten in falschem Glanz. Was, wie Aster trocken feststellte, eine perfekte Einführung in die Welt der Sundown Girls war. Von außen glänzend und voll süßer Versprechungen, von innen von Fäulnis zerfressen.

Aster stocherte in ihrem Essen herum. Selbst nach sieben Jahren im Welcome House nahm sie niemals eine Mahlzeit als selbstverständlich hin, aber an diesem Morgen hatte sie wirklich keinen Appetit.

Endlich kamen einige der Daybreak Girls herein und räumten das Geschirr ab. Einer von ihnen fiel ein Glas aus der Hand und zerschellte klirrend am Boden.

»Ich bitte um Vergebung«, sagte das Mädchen hastig und senkte verschämt den Blick. Aster packte sein Handgelenk, noch ehe es Gelegenheit bekam, die Scherben aufzuräumen.

»Du *dummes Ding.* Lass das jetzt«, befahl sie und zeigte dem Mädchen die Zähne. »Du machst es nur noch schlimmer. Doch sei dir gewiss, Mother Fleur wird davon erfahren.«

»Aber ...«

Violet zog die Brauen hoch. »Willst du etwa Widerworte geben?«

Das Mädchen huschte davon, ehe es sich noch mehr in Schwierigkeiten bringen konnte. Violet drehte sich, nun wieder lächelnd, zu Clementine um.

»Also, Clementine, dies ist dein Geburtstag, darum haben die Mädchen und ich alle eine Kleinigkeit für dich. Aster, wie wäre es, wenn du beginnst?«, fragte sie ganz geschäftsmäßig.

Aster riss sich vom Anblick der Scherben zu ihren Füßen los. Das war der Teil des Vormittags, auf den sie sich tatsächlich gefreut hatte. Wochenlang hatte sie an dem Armband für ihre Schwester gearbeitet. Für den Verschluss hatte sie Garn aus ihrem Nähetui und eine Haarnadel benutzt. Das Armband hatte das gleiche braun-schwarz-weiße Muster wie ein Diamantrasselschwanz.

»Kommt dir das bekannt vor?«, fragte Aster und zog das Armband aus der Tasche. Zum ersten Mal an diesem Tag fühlte sich ihr Lächeln echt an.

Clementines Augen leuchteten auf, als sie es sah. »Du weißt, dass es das tut! Diese Farben werde ich mein Leben lang nicht vergessen.«

»Warte mal …«, fing Sage unsicher an. »Ich erinnere mich, dass du uns mal erzählt hast, du wärst von einer Schlange gebissen worden, als du klein warst, stimmt's, Clementine? Geht es darum?«

Aster nickte. Das war vor zehn Jahren passiert, lange bevor sie ins Welcome House gekommen waren. Als sie noch im Lager der Minenpächter gelebt hatten. Der Tod war wie ein Kojote auf der Jagd von Haus zu Haus geschlichen, und in manchen Nächten hatte Aster solchen Hunger gelitten, dass sie sich Erleichterung verschafft hatte, indem sie am Halsausschnitt ihres Nachtgewands genagt hatte. Aber zumindest waren Clementine und sie damals frei gewesen.

Eines Abends hatten sie draußen gesessen, während ihre Mutter die Veranda gefegt hatte, und Clementine, die zum Spielen ins Gras spaziert war, hatte einen Rasselschwanz im

Gebüsch aufgeschreckt. Die Schlange hatte ihre Zähne in ihrem Fußgelenk versenkt – aber irgendwie, den Toten sei Dank, hatte sie überlebt.

»Das hättest du eigentlich gar nicht überleben dürfen«, sagte Aster. »Aber du hast es, und du bist hier …« Sie schluckte. Das hatte sie nicht geplant. »Und das bedeutet mir alles.« Sie legte Clementine mit zitternden Fingern das Armband an und küsste sie auf die Stirn. »Wenn du so etwas überlebst, kannst du alles überleben, hörst du?«

Violet räusperte sich. Vermutlich war sie wütend, weil Aster sich nicht an den vorgegebenen Text gehalten hatte.

So verdammt schade, dachte Aster. Jemand sollte ehrlich zu Clementine sein. Diese Arbeit war nichts, woran man sich erfreuen konnte, sie war etwas, das man erdulden musste.

Sage verlagerte unbehaglich ihr Gewicht auf ihrem Stuhl. »Also, ich habe eine meiner Freundinnen in der Küche überredet, ein paar Süßkartoffelkekse zu backen«, sagte sie. »Ich weiß, dass das dein Lieblingsgebäck ist, also …« Sie reichte Clementine ein klumpiges, in eine alte Zeitung gewickeltes Bündel. Dann waren Marigold und Lily dran. Marigold schenkte Clementine eine Skizze von ihr und Aster, und Lily gab ihr eine kaputte Taschenuhr, die irgendein Aufschneider zurückgelassen hatte. Clementine bedankte sich bei allen und grinste von einem Ohr zum anderen. So viel hatte sie noch nie zum Geburtstag bekommen. Immer wieder fiel ihr Blick auf das Armband, und ihr Lächeln verblasste, und Aster fragte sich, ob es womöglich ein Fehler gewesen sei, nicht so wie die anderen mitzuspielen.

Dann war Violet an der Reihe.

»Mein Geschenk überreiche ich dir im Namen von Mother Fleur«, sagte sie und gab Clementine eine kleine Flasche. »Süßdistel.«

Nun strahlten auch die anderen. »Das ist das *echte* Geschenk«, murmelte Marigold.

»Flüssiges Gold«, sagte Lily und nickte bekräftigend.

Aster sagte nichts, aber ihr Hals brannte.

»Ich bin sicher, du hast uns alle schon über Süßdistel reden hören, Clementine«, fuhr Violet fort. »Aber Worte werden dem Gefühl, das es dir vermittelt, nicht wirklich gerecht. Es ist, als würde dein Geist in ein warmes Bad sinken. Außerhalb des Welcome House fallen die Leute für ein winziges Tröpfchen übereinander her, aber nun, da du ein Sundown Girl bist, wirst du es jeden Abend bekommen. Im Deckel ist eine Pipette, siehst du? Ein Tropfen unter der Zunge reicht. Mother Fleur wird das Fläschchen jede Woche für dich nachfüllen.«

Aster hatte nur einmal Süßdistel genommen, in ihrer Glücksnacht. Sie verstand, warum manche Mädchen es mochten, aber es lähmte ihre Glieder und vernebelte ihren Geist auf eine Weise, die ihr ein Gefühl der Hilflosigkeit vermittelte. Und die niederschmetternde Leere, die sie am folgenden Morgen empfunden hatte, war schlimmer gewesen als jeder natürliche Hunger. Eine weitere Dosis hätte das Gefühl wieder vertrieben, aber Aster wusste, würde sie sich dem Zeug hingeben, wäre sie ihm für alle Zeiten verfallen. Selbst Mädchen wie Violet, die es nur ein Jahr lang genommen hatten, waren durch seinen Einfluss matt und vergesslich geworden, und viele der älteren Mädchen hatte es um Geist und Seele gebracht.

Der Gedanke, Clementine könnte so enden, war Aster verhasst.

»Danke, Violet«, sagte Clementine leise. »Wirklich – danke euch allen. Das war mein schönster Tag in Green Creek, und wenn jeder Tag als Sundown Girl auch nur ein bisschen so laufen wird … dann ist das Wort *Glück* genau das richtige.«

Sie schraubte den Deckel von dem Fläschchen und roch daran.

»Nicht jetzt«, sagte Violet. »Warte bis zum Abend.«

»Oh … tut mir leid.«

»Du musst dich nicht entschuldigen. Wir alle freuen uns für dich. Nicht wahr, Aster?«, fragte Violet.

Aster atmete durch zusammengebissene Zähne aus. »Überaus«, sagte sie.

Nach dem Frühstück brachten Aster und Clementine die Geschenke in Clementines Zimmer. Clem legte die Kekse und die Zeichnung gewissenhaft auf die Kommode und die Taschenuhr in ihre Schmuckschatulle, zusammen mit den glitzernden Halsketten und Ohrringen, die Mother Fleur ihr gegeben hatte. Nun, da sie unter sich waren, schien es, als ließe Clementine die Maske fallen. Ihr Lächeln wirkte aufrichtig, aber auch müde. Sie strich mit dem Finger über das Armband, das Aster ihr geschenkt hatte.

»Danke noch mal«, sagte sie. »Weißt du, dass du hier bist, bedeutet mir auch alles.« Kurz verstummte sie. »Worauf muss ich mich heute Abend gefasst machen? Ganz ehrlich? Ich weiß, du darfst nicht darüber reden, und das musst du auch nicht, aber ich … ich würde es einfach gern wissen.«

Aster blickte ihr über die Schulter, um sich zu vergewissern, dass die Tür geschlossen war, aber sie zögerte dennoch. Sie hatte noch nie etwas Gutes darin sehen können, Clementine Angst zu machen. Nicht wenn sie ihr nicht einmal helfen konnte. Wieder fragte sie sich, ob Violet doch richtiglag.

Aber Violet hat gelogen. Mother Fleur hat gelogen.

Alle logen. Darum landeten die Mädchen überhaupt in Welcome Houses, weil sie von Eltern hergeschickt wurden, die verzweifelt genug waren zu glauben, dort hätten ihre Töchter ein besseres Leben, als sie es ihnen bieten konnten.

Endlich sah Aster Clementine in die Augen. »Keine von uns weiß so genau, was sie in irgendeiner Nacht zu erwarten hat«, sagte sie. »Das gilt heute noch genauso für mich wie damals, als ich sechzehn geworden bin. Aber hör zu, ich habe gemeint, was ich gesagt habe, Clem. Du warst immer stärker als alles Schlimme, das uns widerfahren ist. Sogar stärker als ich, denn du findest stets eine Möglichkeit, dir dein sonniges Gemüt zu bewahren – was auch geschieht.« Aster rang sich ein Lächeln ab, obwohl sie den Tränen gefährlich nahe war. »Also, wenn du Angst bekommst … denk einfach an Musik, hörst du? Es muss nicht dein Lieblingsstück sein. Eigentlich ist es sogar besser, wenn es das nicht ist. Nimm einfach eins, das dir wirklich vertraut ist, und denk an nichts anderes. So mache ich es auch.«

Clementine nickte. »Gut. Ja genau.« Sie atmete hörbar aus und nahm Aster in die Arme. »Danke.«

Aster drückte sie fest an sich. »Ich werde die ganze Zeit unten sein.«

»Gut.«

Clementine ließ sie los und lachte ein wenig befangen. »Wie auch immer, ich sollte besser ins Empfangszimmer gehen, wegen der Auktion. Glück sei mit dir.«

»Und mit dir«, antwortete Aster feierlich und folgte ihrer Schwester aus dem Zimmer in den Hausflur, wo sich ihre Wege trennen würden. Aster musste zurück in ihr eigenes Zimmer, um sich auf den nächsten Aufschneider vorzubereiten. Wenn sie Clementine das nächste Mal zu Gesicht bekäme, würde der schlimmste Teil der Nacht hinter ihnen liegen.

Und dann stehen wir wieder auf der gleichen Seite, dachte Aster.

Dann würde sie keine Geheimnisse mehr vor Clementine

haben müssen, würde nicht mehr von ihr getrennt sein. Sie konnten wieder so reden, wie sie es früher getan hatten. Dinge finden, über die sie lachen konnten. Sich ein Stückchen Glück stibitzen, wann immer es möglich war. Das war ihre Art zu gewinnen.

Es sei denn …

Aster wirbelte herum. »Clem?«, rief sie und fröstelte, als sie Clementine im Geiste mit den gleichen leeren Augen vor sich sah, wie sie die ältesten Good Luck Girls aufwiesen – Mädchen, deren einzig verbliebenes Glück sich in einer kleinen braunen Flasche verbarg.

Ihre Schwester drehte sich um. »Ja?«

»Nimm … nimm dieses Süßdistelzeug nicht, ja?«, flehte Aster sie an. »Lüg Mother Fleur an, wenn sie dich danach fragt. Dein Körper mag denen gehören, aber dein Geist muss das nicht. Wir können einander Mut machen. So wie immer.«

Clementine runzelte verwirrt die Stirn. »Aber, Violet …«

»Versprich es mir, Clem.«

Ihre Schwester schluckte und nickte. »Ich verspreche es.«

KAPITEL DREI

Der Abend hatte sich über das Green Creek Welcome House gesenkt, und die Sundown Girls waren, ganz wie es ihrem Namen entsprach, lebendig geworden und arbeiteten sich durch die abendliche Meute.

Aster war zu besorgt um Clementine, um sich sonderlich darum zu bemühen, den aufgeblasenen Kerlen um sie herum zu schmeicheln. Stattdessen verkroch sie sich in die Schatten im Empfangszimmer und sah zu, wie die anderen Mädchen sich auf den Salonmöbeln drapierten und mit einstudierter Ungezwungenheit die Männer umwarben. Die verspiegelten Wände reflektierten das Licht der Lüster in alle Ewigkeit und schufen eine Illusion eines Sternenhimmels, während die dicken Teppiche alle Geräusche dämpften, sodass kaum mehr als traute Stille blieb. Iris, eine der ältesten Frauen im Welcome House, beugte sich über den großen Flügel, der die Südwestecke des Raums beherrschte, und fing an, eine schwülstige Melodie zu spielen. Aster erinnerte sich daran, wie sie damals im Welcome House eingetroffen waren und die neunjährige Clementine sich aus dem Bett geschlichen hatte, weil sie den cremeweißen Tasten ein Schlaflied hatte entlocken wollen. Die Raubvögel hatten ihren Geist dermaßen gründlich geschrubbt, dass sie drei Tage lang kein Wort gesagt hatte. Aber dann hatte die liebe Iris sie unter ihre Fittiche genommen. *Es wird Zeit, dass ich jemanden ausbilde, damit eine von euch dieses alte Biest eines Tages für mich spielen kann,* hatte Iris gesagt. *Ich weiß, es sieht aus, als hätte es Zähne, aber ich verspreche dir, es wird nicht beißen.*

Gerade jetzt musste Clementine den Aufschneider empfangen, der die Auktion gewonnen hatte, wer immer er auch war.

Aster kämpfte gegen eine neue Woge der Übelkeit an. Die Luft im Raum war erstickend, was ihre Stimmung noch mehr aufheizte. Die Männer mussten es wohl gespürt haben, denn sie ließen sie ausnahmsweise in Ruhe. Einige von ihnen waren echte Kenner des Gewerbes und kamen her, um herauszufinden, ob das Welcome House in Green Creek seinem Ruf gerecht wurde. Andere waren reich und lange unterwegs, aber reisemüde und lediglich auf der Suche nach einem Bett für die Nacht. Und beinahe jeder von ihnen war aus einer der fett gewordenen Städte an den Grenzen – wohin sie gehörten – in den Grind gekommen. Der Grind jedoch vermittelte mit seinen hoch aufragenden Bergen und den ruhelosen Toten sogar großen Männern das Gefühl, klein zu sein. Good Luck Girls halfen ihnen, sich wieder groß vorzukommen.

Zumindest sollten sie das.

Aster ging weiter am Rand des Raums auf und ab und zog die Vorderseite ihres Korsetts hoch. Ihr Kleid, kobaltblau mit schwarzer Spitze, reichte kaum bis zur Mitte der Oberschenkel, und ihre Beine schwitzten in den zu engen Netzstrümpfen. Ihr Haar kräuselte sich wie eine Gewitterwolke über dem seidenen Stirnband. Mother Fleur maß sie von ihrem Lieblingsplatz aus mit einem finsteren Blick, aber zum Glück beschloss auch die Hausdame, sie an diesem Abend nicht in die Pflicht zu nehmen.

Ein besonders lauter Akkord hallte aus dem Piano an ihr Ohr, und Aster zuckte erschrocken zusammen. Ihre Nerven waren zum Zerreißen gespannt. Violet, die auf der nächsten

Couch saß, zog neckisch eine Braue vor dem Aufschneider hoch, auf dessen Schoß sie thronte.

»Du siehst so angespannt aus, Aster«, sagte sie träge. »Du musst dir keine Sorgen machen. Deine Schwester macht das schon.«

»Und woher willst du das wissen?«, fragte Aster.

»Ich konnte einen ausgiebigen Blick auf den Aufschneider werfen, der bei ihr ist. Der ist so groß wie ein Haus. Ich nehme an, ihre Glücksnacht wird glücklicher werden als die der meisten anderen.«

»Bitte?« Aster tat mit geballter Faust einen Schritt auf sie zu, und Violet wich prompt das Lächeln aus dem Gesicht. Aber noch ehe Aster etwas sagen konnte, packte jemand sie von hinten mit unerbittlichem Griff. Ein fiebriger Schauder jagte ihren Arm hinauf und breitete sich durch ihren ganzen Körper aus, gefolgt von einer Woge niederschmetternder Furcht.

Raubvogel.

»Das dürfte reichen«, sagte er, und seine Stimme glitt ihr über den Nacken wie Eiswasser.

Sie drehte sich um und sah sich einem schlanken, elegant gekleideten Mann gegenüber, dessen waldgrüne Weste ihn als Mitarbeiter des Welcome House kennzeichnete. Aster kannte ihn als Amos. Wie alle Raubvögel hatte er tiefliegende glutorangefarbene Augen und ein Falkengesicht. Seinem Blick zu begegnen verstärkte noch die Wirkung seiner Magie. Asters Knie gaben nach. Schmerz erglühte in ihrer Brust. Und die Furcht toste durch ihren Schädel, baute sich auf zu einem Schrei …

Da gab Amos ihren Geist frei und einen Moment später auch ihr Handgelenk. Er hatte sie nur für Sekunden festgehalten, aber das Gefühl, wenn ein Raubvogel in den Geist eindrang, war, als hielte man die Hand in eine offene Flamme; ein paar Sekunden waren mehr als genug.

»Lass dich nicht noch mal dabei erwischen, dass du dich davonstiehlst«, zischte ihr Amos ins Ohr. »Such dir einen Aufschneider, oder du kannst dich auf Schlimmeres gefasst machen.«

Nun, da seine Arbeit getan war, zog er sich auf seinen Posten in der Ecke des Salons zurück. Es gab noch andere wie ihn, die sich über das Haus verteilten. Raubvögel zapften ihre Macht von jenseits des Schleiers, und das machte sie selbst zu halben Toten – abgestumpft gegenüber Kälte und Hunger, Müdigkeit und Schmerz. Es hieß, dass alle Männer, die Raubvögel wurden, im Lauf der Zeit ihre Seelen an diese Macht verloren, aber Aster hegte den Verdacht, dass jemand, der sich der Arbeit der Raubvögel verschrieb, überhaupt keine Seele hatte. *Sie sind nötig, um den Frieden zu wahren,* hätte Violet wohl gesagt.

Die kleine Stiefelleckerin grinste Aster gerade höhnisch an. Vermutlich dachte sie, Aster habe es nicht besser verdient. Aster schürzte die Lippen und stolzierte davon. Sie zitterte und schwitzte immer noch, und sie musste dringend einen klaren Kopf bekommen.

Der Empfangssaal wurde von zwei kleineren Räumen flankiert, einem Spielsalon und einem Gesellschaftsraum, der zugleich als Tanzsaal diente. Aster machte eine Runde durch beide Räume, sorgsam darauf bedacht, keine weitere Aufmerksamkeit zu erregen. Doch das Herumwandern half ihr nicht, zur Ruhe zu kommen. Amos mochte eine uralte animalische Furcht ans Licht gezerrt haben, doch die hatte bereits direkt unter der Oberfläche gelauert und sich die ganze Nacht lang aufgebaut.

Aster hatte immer gewusst, dass es ihre Aufgabe war, Clementine zu beschützen, und sie hatte auch immer gewusst, dass sie sich, so gut sie nur konnte, an die Regeln zu halten hatte, um keinen von Mother Fleurs wüsten Temperamentsausbrüchen zu provozieren.

Warum hatte sie dann das Gefühl, sie hätte Clementine völlig im Stich gelassen?

Bald schon fand sich Aster weit hinten im Empfangssaal wieder, in dem es nun lebhafter denn je zuging. Im Zickzack steuerte sie eines der Fenster an, wo es ruhiger war. In dem Viereck dunkler Nacht konnte sie nichts erkennen, aber die Woge kühler Luft war ihr eine willkommene Erleichterung. Allmählich ließen die schlimmsten Auswirkungen ihres Zusammenstoßes mit dem Raubvogel nach.

Gerade als Aster bereit war, sich wieder in die Menge zu schleppen, sah sie es: Der samtene Vorhang an dem Fenster am Fuß der Treppe hüpfte.

Eine Bewegung, viel zu heftig, um eine Folge der Zugluft zu sein.

Aster kniff die Augen zusammen. Das Welcome House hatte natürlich auch seine Toten. An Orten großen Leidens war der Schleier stets dünner. Aber einmal im Monat kam ein Segner, um so viele Geister zu vertreiben, wie er nur konnte; es hatte schon seit Jahren keine ernsthaften Beeinträchtigungen mehr gegeben.

Ein neuerliches Rascheln, dieses Mal sogar noch deutlicher. Aber außer ihr schien es niemand bemerkt zu haben. Aster wappnete sich und schlenderte hinüber, um nachzusehen, und sei es nur, um sich selbst von der endlosen Nacht abzulenken. Als sie aber den Vorhang zurückzog, hätte sie beinahe aufgekeucht.

Clementine.

Ihr Haar war offen, die Augen vor Panik geweitet, und sie

sah fiebrig aus. Der Schreck verschlug Aster die Sprache. Clementine zog hastig den Vorhang zu, ehe noch jemand sie sehen konnte. Aster drehte sich rasch um und tat, als lehnte sie sich lediglich gegen die Wand.

»Was ist passiert?«, flüsterte Aster und sah sich sorgenvoll um. Sie hatte nicht einmal mitbekommen, dass Clem die Treppe hinuntergestiegen war, aber jemand anders könnte sie gesehen haben. Einige der Daybreak Girls, die in den Fluren putzten, waren zweifellos Spitzel und verkauften andere Mädchen im Gegenzug für Mother Fleurs Wohlwollen. Und ein Raubvogel konnte Angst ebenso gut wittern wie auslösen.

»Aster, der Aufschneider, der bei mir war … ähm … er ist …« Aster konnte Clems Stimme kaum hören. »Ich glaube, ich …« Nun verstummte sie gänzlich.

»Was?«

»Ich sagte, ich glaube, ich habe ihn getötet.«

Getötet? Nein. Zu so etwas war Clementine nicht fähig. Der Aufschneider musste zu viel getrunken haben und umgekippt sein. Und nun konnte er jeden Moment wieder aufwachen und würde nach ihr suchen.

Aster wollte ihre Schwester gerade aufklären, als Clementines Worte wie ein Wasserfall über sie hinwegbrandeten. »Ich wollte das nicht, Aster, das schwöre ich. Ich habe ihm mit der Lampe auf den Kopf gehauen. Er hat mich fast erstickt, und ich konnte nicht denken. Ich wollte nur, dass er aufhört, aber jetzt ist da all das Blut …«

Beim Schleier.

»Also gut«, sagte Aster. »Es kommt alles wieder in Ordnung, halt jetzt nur erst mal still.«

Tatsächlich hämmerte inzwischen ihr eigenes Herz in ihrer Brust. Erneut sah sie sich in dem Zigarrennebel um. Mother

Fleur achtete nicht auf sie, aber Violet beobachtete sie argwöhnisch. Aster hatte sie an diesem Tag schon zweimal herausgefordert, und Violet würde sterben für eine Gelegenheit, ihr eins auszuwischen.

Sieh weg, flehte Aster in Gedanken. *Kümmer dich um deine eigenen Angelegenheiten, bitte, Violet, nur dieses eine Mal.*

Violets Aufschneider packte ihr Kinn und zog sie zu einem Kuss an sich heran. Violet schloss die Augen.

»Wir müssen verschwinden«, flüsterte Aster sofort. »Jetzt.«

Sie zogen sich von dem Fenster zurück und huschten die Treppe hinauf. Clementine hielt sich dicht an der im Schatten liegenden Wand. Aster zwang sich, ruhig zu bleiben und gemessenen Schrittes zu gehen, während sie zugleich Clementines Hand drückte, um ihre Furcht zu bezwingen. Erst als sie im Hausflur waren, fingen sie an zu rennen.

Kurz von ihrer Tür blieb Clementine stehen, erkennbar unwillig, noch einen weiteren Schritt zu tun. Aster, die im Stillen betete, ihre Schwester habe die Lage völlig falsch eingeschätzt, öffnete die Tür.

Der Raum war dunkel, abgesehen von dem hellen Rechteck, auf welches das Licht aus dem Flur fiel. Trotzdem konnte Aster die Gestalt auf dem Bett erkennen. Der Mann war riesig, der Oberkörper nackt, und er lag mit gespreizten Beinen bäuchlings auf der Matratze. Sein Schädel glänzte vor Blut. Er sah aus wie eine verfaulte Melone, in die jemand hineingetreten war. Die Scherben der Lampe funkelten auf dem Boden.

Aster starrte ihn an, als wartete sie darauf, dass er wieder aufstand.

»Es war ein Unfall«, wisperte Clementine beinahe flehentlich. »So werden wir es ihnen doch erklären, oder? Dass es ein Unfall war?«

Aster zog Clementine ins Zimmer, schloss die Tür und lehnte sich dagegen, ließ sich einen Herzschlag Zeit zum Nachdenken. Es würde nichts ändern, dass es ein Unfall gewesen war. Für diesen Vorfall war keine Vergebung zu erwarten.

»Clementine …« Asters Mund war trocken. »Wir können niemandem davon erzählen. Wenn Mother Fleur das herausfindet …«

Ihre Stimme verlor sich. Clementine hatte das Gaslicht an der Decke eingeschaltet und drehte den Knopf immer weiter, bis es in voller Stärke brannte. Entsetzen nistete sich bei dem Anblick, der sich ihr bot, in Asters Bauch ein, die glasigen Augen, der stumme Schrei seiner kraftlosen Lippen. Nicht eine Nacht war vergangen, in der sie sich nicht ausgemalt hatte, die Männer, die in ihr Bett kamen, einfach umzubringen. Eine Pistole küsste ihre Schläfen. Ihre Hände umfassten ihre Kehlen. Aber das waren eben nur Fantasien. So etwas in der Realität vor sich zu sehen war derart schockierend, dass ihr übel wurde und sie um Fassung rang.

Trotzdem, was Aster betraf, konnte ihre Schwester gern tausendmal einen Mann töten, statt das Risiko einzugehen, selbst zu Tode zu kommen. Es wäre nicht das erste Mal, dass ein Good Luck Girl bei der Arbeit starb, weil ein Aufschneider zu grob geworden war.

Den Toten sei Dank, dass ich ihr gesagt habe, sie soll die Süßdistel nicht nehmen, dachte Aster plötzlich. Hätte sie unter Drogen gestanden, dann hätte Clementine niemals die Kraft gefunden, sich zu verteidigen.

Für einen winzigen Moment war Aster stolz. Ihre Schwester hatte eine Art Mut demonstriert, von der Aster nicht wusste, ob sie selbst ihn noch besaß.

»Es tut mir so leid«, sagte Clementine schließlich und wischte sich die Tränen aus dem Gesicht.

»*Nicht*«, sagte Aster. »Entschuldige dich nicht, Clem. Mir ist es lieber, dass es ihn getroffen hat und nicht dich.«

Clementine schnappte scharf nach Luft. »Und was machen wir jetzt?«

Stumm ging Aster ihre Möglichkeiten durch. Wenn irgendjemand von dieser Sache erfuhr, würde man Clementine hinrichten, so viel stand fest. Im Grind wurden Mörder an einem hohen Galgen aufgeknüpft und der Gnade der Rächer überlassen, der ruhelosesten Geister auf dieser Seite des Schleiers. Ein Mann mochte tagelang an seinem Galgen schmachten, ehe die Rächer dem unwiderstehlichen Drang folgten, den sein Leiden hervorbrachte … Aber früher oder später würden sie ihn sich holen, würden seinen Bauch mit unsichtbaren Klauen aufreißen, seine Kehle mit unsichtbaren Zähnen zerfetzen. Die Krähen würden seinen zerstörten Leib zerhacken, bis die Knochen schließlich zu Boden fielen.

Eher würde Aster selbst sterben, als zuzulassen, dass so etwas mit Clementine geschah.

»Also gut«, sagte sie und richtete sich auf. »Also gut, zuerst verstecken wir die Leiche. Bei neuen Mädchen sieht Mother Fleur gern nach, ob sie auch gut mit ihren Männern umgehen. Wir dürfen nicht zulassen, dass sie hier hereinkommt und ihn so sieht.«

»Und was dann?«

»Ich weiß es nicht!«, blaffte Aster und warf Clementine sogleich einen entschuldigenden Blick zu. »Tut mir leid – ich … Es ist nur – ich arbeite daran. Aber dass wir die Leiche loswerden müssen, steht fest.« Sie sah sich im Zimmer um. »Der Kleiderschrank«, sagte sie. Ein besseres Versteck gab es nicht.

Als die Schranktüren geöffnet und die Kleider zur Seite geschoben waren, wollten sie sich mit dem Rest beeilen. Clementine packte die Füße des Aufschneiders, Aster seine Handgelenke. Aber als sie versuchten, ihn zu bewegen, wurde schnell klar, dass er zu schwer für sie war. Selbst wenn sie ihn von der Matratze bekämen, konnten sie ihn auf keinen Fall emporheben. Er würde einfach auf den Boden fallen, und schon käme jemand angerannt. Clementine schlug vor, Tansy und Mallow um Hilfe zu bitten, aber solch ein Geheimnis wollte Aster ihnen nicht anvertrauen. Clementine jedoch bestand darauf, dass sie ihnen vertrauen könnten, und so gab Aster schließlich nach. Ihr war allzu bewusst, wie viel kostbare Zeit verstrich, während sie ihre Vorgehensweise diskutierten.

So gefasst sie nur konnte, hastete Aster hinauf in die Dachkammer. Clementine blieb zurück, um in ihrem Zimmer zu plaudern, als wäre der Aufschneider noch am Leben, falls Mother Fleur an der Tür lauschte, wofür sie immerhin bekannt war.

Der Dachboden war weitgehend verlassen – dies war die arbeitsreichste Zeit des Abends, und die meisten Daybreak Girls wurden unten benötigt. Aber Tansy und Mallow hatten ihre Schicht nach dem Abendessen beendet. Beide faulenzten, immer noch in ihren Uniformen, auf Mallows Pritsche. Mallow hatte die Hand auf Tansys Knie gelegt, und die kicherte über etwas, das Mallow gesagt hatte.

Aster marschierte direkt zu ihnen.

»Tansy! Mallow!«, bellte sie. »Ihr werdet unten gewünscht.«

»Und warum, zur Hölle?«, fragte Mallow.

»Kommt einfach mit«, befahl Aster, beugte sich vor und fügte sanft hinzu: »Clem steckt in Schwierigkeiten.«

Sofort wurden Tansy und Mallow ernst, standen von ihrer Pritsche auf und folgten Aster durch die schwach beleuchteten Gänge nach unten. In gehetztem Flüsterton erklärte Aster den beiden die Lage. Wann immer ihnen ein anderes Mädchen begegnete, verstummte sie und rang sich ein Lächeln ab.

Ehe sie die Tür zu Clementines Zimmer öffnete, hielt sie kurz inne und sah sich in beide Richtungen um, um sich zu vergewissern, dass sich niemand näherte.

»Hört zu«, sagte sie, »wenn ihr umkehren wollt, dann ist jetzt die letzte Gelegenheit.« Einer nach der anderen sah sie fest in die Augen. »Ich verstehe es, wenn ihr da nicht hineingezogen werden wollt. Und Clem wird es auch verstehen.«

Die beiden wechselten einen Blick. »Wir gehen nirgendwohin«, sagte Mallow als Erste und drehte sich wieder zu Aster um. »Wir können euch damit nicht alleinlassen.«

Tansy nickte. »Sie würde das Gleiche für uns tun.«

Aster nickte ebenfalls, kurz und dankbar. Dann öffnete sie die Tür.

»Oh«, machte Tansy leise und schlug die Hand vor den Mund.

»Tja, Mist, Clem«, hauchte Mallow kaum hörbar, klang aber vor allem beeindruckt. »Erinnere mich daran, dir nie in die Quere zu kommen.«

»Das war ein Unfall …«, setzte Clementine an.

»Völlig egal, was es war«, fiel Aster ihrer Schwester ins Wort, ehe sie richtig loslegen konnte, und schloss die Tür von innen. »Jede nimmt einen Arm oder ein Bein. Wir stopfen ihn in den Kleiderschrank.«

Mallow krempelte die Ärmel hoch und brachte die starken Unterarme einer Bäuerin zum Vorschein. Tansy zupfte ihre Ärmel über die Hände, vermutlich, um sie sauber zu halten. Sie schnappten sich die Beine, während Clementine und Aster die Arme nahmen. Obwohl sie nun zu viert zusammenarbeiteten, war der Leichnam immer noch schwer und mühsam zu halten. Sie schlurften mit ihrer Last zum Schrank. Glücklicherweise stand der an der vorderen Wand, von der Tür aus außer Sichtweite. Falls also der unvermeidliche Moment eintrat und Madame Fleur die Tür öffnete …

»Was machen wir danach?«, flüsterte Mallow, als läse sie Asters Gedanken. »Die werden doch bestimmt merken, wenn er nicht wieder runterkommt.«

Genau das ging Aster die ganze Zeit durch den Kopf. Trotzdem hatte sie immer noch keine Idee. Clem konnte nicht hierbleiben – nicht wenn sie leben wollte –, aber es gab auch keine Möglichkeit, sie aus dem Welcome House zu schaffen, solange Dex an der Tür wachte. Die einzigen Leute, die durch diese Tür ein- und hinausgelassen wurden, waren zahlende Kunden.

Aufschneider.

Wie dieser hier.

»Also?«, drängelte Mallow mit angespannter Stimme.

Adrenalin rauschte durch Asters Körper, als ihr ein Gedanke kam. »Wartet, ich denke nach«, sagte sie. »Lasst ihn mal für eine Sekunde hier.«

Vorsichtig legten die Mädchen den Leichnam auf dem Boden ab. Aster starrte die Hand des Aufschneiders an, den Unterarm, der dort, wo sie ihn gepackt hatte, aus dem Ärmelaufschlag lugte. Wie alle Gäste hatte er eine temporäre Kokarde erhalten, als er gekommen war – das Emblem des Welcome House, ein Schädel, durch den Rosen wuchsen. Er hätte Dex auf dem Weg hinaus seine Hand zeigen müssen zum Beweis dafür, dass er für sein Vergnügen bezahlt hatte. Danach erst hätte er gehen können.

»Wir hauen ab«, sagte Aster zuversichtlicher, als sie wirklich war. »Clem und ich. Wir werden von hier verschwinden.« Die Kokarde des Aufschneiders würde verschwinden, sobald die

Zeit, für die er bezahlt hatte, abgelaufen war. Und nach allem, was Aster wusste, mochte sie jetzt, da er tot war, jede Minute verschwinden. Aber wenn sie sich beeilten …

Clem starrte sie aus großen Augen an. »Wir hauen ab?«

»Das kann nicht dein Ernst sein«, sagte Tansy. »Ihr kommt nie an Dex vorbei.«

Aster hatte noch nicht alle Einzelheiten parat, aber sie wusste, das Wichtigste hatten sie bereits. »Doch, das können wir schaffen. Lasst mir eine Minute Zeit, das auszuknobeln«, sagte sie. »Clem, hol deine Sachen, wir flüchten. Tun wir das nicht, wirst du dies hier nicht überleben.«

»Wie?«, fragte Clementine. »Wohin?«

»Raus aus diesem verdammten Haus«, blaffte Aster und vergaß zu flüstern. Sie schluckte schwer. »Mach dich erst mal einfach fertig.«

Als sie den ersten Schrecken überwunden hatte, hastete Clem zu ihrer Truhe.

Aster stand da, starrte den Aufschneider an und versuchte verzweifelt, das weitere Vorgehen zu planen. Mallow fischte ein Messer aus dem Stiefel des Aufschneiders und schwenkte es gekonnt durch die Luft. »Ich hoffe, ihr braucht das nie, aber ich würde mich besser fühlen, wenn ihr es dabeihabt«, murmelte sie. »Obwohl mir immer noch nicht klar ist, was du dir vorstellst.«

»Außerdem braucht ihr definitiv ein bisschen Glimmer«, fügte Tansy hinzu und zog dem Mann den theomitbesetzten Daumenring ab. »Der sollte euch eine ganze Menge einbringen.«

»Wie sollen wir …«, fing Clementine an.

Doch noch ehe irgendjemand ein weiteres Wort sagen konnte, drehte sich leise rasselnd der Türknauf.

Sie waren entdeckt worden.

KAPITEL VIER

Violet stand mit vor der Brust verschränkten Armen auf der Schwelle.

»Ich schwöre, ich wusste, dass du irgendwas planst, Aster«, sagte sie. »Was geht hier drin vor sich?«

Aster fluchte tonlos. *Ausgerechnet die.* Violet, das einzige Mädchen, das sie garantiert verraten würde.

Sie mussten sie loswerden.

»Nichts, worüber du dir den Kopf zerbrechen müsstest«, erwiderte Aster. »Wir sehen uns in einer Minute unten.«

»Mallow? Tansy?«, fuhr Violet fort, ohne Aster weiter zu beachten, und ihr Gesicht lief rot an. »Eine von euch antwortet mir besser. Clementine, wo ist dein Aufschneider?«

Clementine sah Aster an. Die Verzweiflung stand ihr ins Gesicht geschrieben.

»Er ist früh gegangen«, erklärte Aster in ruhigem Ton. Sie drängelten sich an der Tür, sodass Violet den Leichnam nicht sehen konnte, solange sie nicht hereinkam. Dazu durfte Aster ihr keine Veranlassung geben. »Ist rüber zu Clooney's gegangen«, fügte sie hinzu. Der Spielsalon auf der anderen Straßenseite. Das klang ausreichend plausibel. Nicht alle Männer blieben die ganze Nacht.

»Genau«, sprang ihr Clementine zur Seite. »Und als er gegangen ist, dachte ich, ich könnte doch meine Freundinnen holen, nur um … na ja … um jemanden zum Reden zu haben …«

Violet kniff die Augen zusammen. »Du willst mir erzählen, dein Aufschneider habe für deine Glücksnacht bezahlt und sei nach zwanzig Minuten wieder gegangen? War er so unzufrieden?« Sie trat einen Schritt näher an Clementine heran. »Wenn du diesen Gast vertrieben hast, zieht dir Mother Fleur das Fell über die Ohren …«

»Hey, ganz ruhig«, sagte Mallow in vage bedrohlichem Ton.

»Und *du* gehst besser wieder rauf, ehe ich Mother Fleur sage, dass du ohne Erlaubnis durch das Haus streifst«, fuhr Violet sie an. »Das gilt auch für dich«, fügte sie an Tansy gewandt hinzu. »Guckt euch nur an, wie schlampig ihr ausseht. So wollt ihr euch anderen zeigen?« Etwas erregte ihre Aufmerksamkeit. »Tansy, was ist das da an deinem Ärmel? Er ist fleckig.« Sie tat den nächsten Schritt.

Nun erst bemerkte Aster den dunkelroten Fleck an Tansys Ärmelsaum.

»Nichts«, sagte Tansy hastig und versteckte ihre Hand hinter dem Rücken.

»In Mother Fleurs Namen fordere ich dich auf …« Während sie sprach, trat Violet noch näher. Mit heftig pochendem Herzen verstellte Aster ihr den Weg, doch da war es schon zu spät. Violets Mimik veränderte sich, ihre geweiteten Augen hatten das Blut auf dem Bett entdeckt und suchten seinen Ursprung. »Was zum …«

Ehe sie überhaupt darüber nachdenken konnte, was sie tat, schoss Asters Hand vor und packte Violets Unterarm. Sie riss sie ins Zimmer und trat die Tür zu. Violet schrie kurz auf, als Aster sie gegen das Türblatt drückte.

»Was habt ihr mit diesem Aufschneider gemacht?«, kreischte Violet. »Lass mich LOS!«

»Sei still«, sagte Aster, presste Violets Oberarm mit einer Hand gegen die Tür und sah sich über die Schulter hinweg um. »Mallow, das Messer.« Sie streckte die freie Hand nach der Waffe aus.

»Aster«, begann Clementine.

»Das Messer.«

Wortlos reichte Mallow ihr das Gewünschte.

Also so fühlt sich das an, dachte Aster, als sie das Messer ergriff. Das lederne Heft war geschmeidig, und die Klinge lag schwer in ihrer Hand. Etwas daran brachte ihren rasenden Geist zur Ruhe.

Endlich war sie nicht mehr hilflos.

Beim Anblick der Waffe wurde Violet ganz still und hörte auf, sich zu wehren. Verzweifelt sah sie sich im Zimmer um. »Was ist passiert?«, fragte sie wieder, dieses Mal aber weitaus zaghafter.

Nun gab es kein Zurück mehr.

Aster hielt Violet das Messer an die Kehle, drückte ihr die flache Seite der Klinge auf die Haut.

»Der Aufschneider ist tot«, sagte Aster gedehnt. Ihre Stimme zitterte, aber ihre Hand war ruhig. »Ich habe ihn getötet. Es war ein Unfall. Und jetzt werden Clem und ich fliehen müssen.«

Clementine wollte etwas sagen, aber Aster warf ihr einen warnenden Blick zu. *Überlass das mir.* Sollte alles andere fehlschlagen, konnte Aster zumindest die Schuld auf sich nehmen.

»Bildest du dir ernsthaft ein, dass ich dir das abnehme?«, würgte Violet hervor. »Clementine ist diejenige, die die ganze Zeit mit ihm zusammen war. Und sie sieht viel verstörter aus als du.«

»Glaub doch, was du willst. Ich habe keine Zeit, um dich zu überzeugen. Aber wenn du es nicht schaffst, *mich* davon zu überzeugen, dass du den Mund halten wirst, dann schneide ich dir die Zunge raus, bevor wir gehen.«

Aster spürte das Unbehagen der anderen. Violet begegnete ihrem harten Blick. Erwog ihre Worte. Und als sie antwortete, kam ihre Stimme kaum über ein Flüstern hinaus.

»Das würdest du nicht tun.«

»Ach ja?«, knurrte Aster und drückte stärker mit der Klinge zu. Sie gab sich derart grob, weil sie hoffte, so die Tatsache verbergen zu können, dass sie absolut *nicht* sicher war, ob sie den Schneid hätte, ihre Drohung wahr zu machen.

Aber das musste sie. Oder Clementine würde den Tod finden.

Direkt unter Violets Kokarde fügte sie ihr eine winzige Wunde zu, aus der ein funkelnder Blutstropfen quoll.

»Schon gut, schon gut, hör auf!«, zischte Violet.

»Still«, mahnte Aster erneut.

»Meinst du das ernst, dass ihr gehen wollt?«

»Todernst.«

»Oder willst du mich zum Narren halten? Wenn es eine Möglichkeit gäbe, von hier zu verschwinden, meinst du nicht, ich wüsste davon? Meinst du nicht, es würden ständig irgendwelche Mädchen abhauen?«

»Andere Mädchen haben nicht, was wir haben.«

»Todessehnsucht?« Sogar jetzt, mit dem Rücken zur Wand und einem Messer an der Kehle, war ihre Stimme nicht frei von Herablassung.

Aster zögerte. Es fühlte sich falsch an, Violet etwas von ihrem Plan zu erzählen. Andererseits war das in diesem Moment auch nicht mehr wirklich wichtig.

»Die Hand des Aufschneiders. Wir können sie abschneiden und dazu benutzen, an Dex vorbeizukommen.«

Der Leichnam selbst bot die einzige Lösung für das Problem, das er ihnen beschert hatte.

»Verhobelte Hölle«, murmelte Mallow nach kurzem Stutzen. »Du hast recht.«

Violet runzelte die Stirn. »Das ... könnte ... tatsächlich funktionieren ...«

Aster holte tief Luft und wich einen Schritt zurück. »Setz dich auf das Bett«, wies sie Violet an und gestikulierte mit dem Messer. »Ich nehme an, dir ist klar, dass du diesen Raum nicht verlassen wirst, solange wir nicht überzeugt sind, dass wir dir trauen können.«

Violet schritt so aufrecht und gemessen wie eh und je zum Bett und setzte sich auf die Kante.

»Ich denke immer noch über die Einzelheiten nach«, sagte Aster und sah Clementine, Mallow und Tansy an, die sie alle aus großen Augen anstarrten. »Aber der Grundgedanke lautet, dass Clem und ich die Hand benutzen können, um hier rauszukommen.«

Mallow und Tansy wechselten einen Blick, stellten einander wortlos eine Frage. Schließlich nickte Tansy kaum merklich und widmete sich wieder Aster.

»Wir kommen mit.«

»Auf *keinen* Fall«, ging Clementine dazwischen, ehe Aster antworten konnte. »Ich lasse nicht zu, dass ihr alle nur unseretwegen umkommt. Schlimm genug, dass wir euch überhaupt um Hilfe bitten mussten.«

»Sie hat recht«, stimmte Aster zu, erleichtert, dass sie sich einig waren. »Wir haben keine Ahnung, was uns da draußen erwartet, und die Obrigkeit wird uns die ganze Zeit auf den

Fersen sein. Wir laufen nur weg, weil wir müssen. Aber niemand außer uns weiß, dass ihr etwas damit zu tun habt – ihr könnt immer noch unbeschadet davonkommen.«

»Und dann?«, fragte Mallow stirnrunzelnd. »Sollen Tansy und ich hierbleiben und unsere einzige Chance, aus diesem Haus wegzukommen, sausen lassen? Ohne mich. Lieber sterbe ich morgen irgendwo draußen, als den Rest meiner Tage hier drin zu verbringen.«

»Mir geht es ebenso«, fügte Tansy leise hinzu.

Violet veränderte ihre Haltung. Prompt hob Aster das Messer, aber Violet reckte ergeben die Hände hoch.

»Nehmt mich mit«, hauchte sie. »Ich will auch weg von hier.«

Aster lachte. »Bestimmt.«

»Nehmt mich mit!«, wiederholte Violet flehentlich.

»Und warum zur Hölle sollten wir das tun? Nach all den Jahren, in denen wir dich ertragen mussten?«

»Bitte.«

Violet hatte noch nie zu einer von ihnen »bitte« gesagt. *Was führt sie im Schilde?* Aster sah die anderen an. Clementine, Tansy und Mallow schienen genauso argwöhnisch zu sein.

»Das ist doch irgendein Trick«, murrte Tansy.

»Es ist kein Trick!«, versicherte Violet. »Ich will weg von hier.« Dann reckte sie das Kinn. »Entweder, ihr nehmt mich mit, oder ich erzähle Mother Fleur alles.«

»*Oder* ich schneide dir die Kehle durch«, warnte Aster.

»Besser, als so weiterzuleben.«

Aster konnte sich eines gewissen Zweifels nicht erwehren. Jeder anderen hätte sie ganz sicher geglaubt. Aber Violet? Mother Fleurs Liebling? Derjenigen, die nie aufgehört hatte zu schwärmen, wie sehr sie Green Creek liebte? Nein, da stimmte etwas nicht.

Beim Schleier, wir haben keine Zeit für so etwas …

»Außerdem braucht ihr mich«, fuhr Violet fort.

»Und wozu genau?«, fragte Clementine in einem Ton, der verriet, dass sie ebenso wenig überzeugt war wie Aster.

»Ich *weiß* so manches. Dinge, die Mother Fleur euch anderen nicht erzählt.«

»Du wirst uns nur aufhalten«, giftete Mallow. »Du bist eine verhätschelte kleine Prinzessin …«

Violet zeigte ihr die Zähne. »Staubblütiger Abschaum …«

»*Klappe halten.* Alle«, ging Aster dazwischen. Sie vertraute Violet ebenso wenig wie die anderen, aber sie konnten es sich nicht leisten weiterzudebattieren. Mother Fleur konnte jede Sekunde hereinplatzen. Und obwohl ihnen keine andere Möglichkeit blieb, um sicherzustellen, dass Violet sie nicht verriet, als ihr die Kehle aufzuschlitzen, wurde Aster schon bei dem Gedanken übel. Im Gegensatz zu dem Aufschneider war Violet unschuldig – ein unerträgliches, selbstsüchtiges Weibsbild, sicher, aber auch ein unschuldiges.

Sie musste eine Entscheidung treffen.

Aster senkte die Stimme, sprach in einem drohenden Ton und hob erneut das Messer: »Wenn du irgendetwas versuchst, um uns aufzuhalten, dann sorge ich dafür, dass du es bereust.«

Wieder schlenderte Aster durch den Empfangssaal, doch dieses Mal war sie Jägerin, nicht Beute. Sie musste einen Gast finden, der noch ohne Begleitung war, und sie musste ihn schnell finden, ehe Violet, verkleidet als Clementines Aufschneider, die Treppe herunterkam.

Der Plan lautete, dass Violet sich hinausschleichen, einen Heuwagen aus dem Mietstall holen und unter Asters Fenster schieben sollte, damit die anderen hinausspringen konnten.

Aber um an Dex vorbeizukommen, musste sie die abgetrennte Hand so aus dem Mantelärmel halten, als wäre es ihre eigene. Aster hasste es, beim wichtigsten Abschnitt ihres Plans auf Violet vertrauen zu müssen, aber sie war die Einzige, die groß genug war, um die Kleider des riesigen Aufschneiders zu tragen.

Mallow und Tansy hatten sich einverstanden erklärt, die grausige Aufgabe zu übernehmen, dem Aufschneider mit seinem eigenen Messer die Hand abzuschneiden. Asters Aufgabe war es, im Empfangssaal für Ablenkung zu sorgen, damit Dex Violet nicht zu genau anschaute, wenn sie versuchte hinauszugelangen.

Zunehmend enttäuscht, sah sich Aster in der Menge um. Vor Unbehagen richteten sich ihre Nackenhaare auf, und jeder Herzschlag fühlte sich an wie das Ticken einer Uhr. Sie hatten keine Ahnung, wie lange die Kokarde des Aufschneiders noch sichtbar sein würde. Und wenn sie verschwand, ehe Violet draußen war? Dann waren sie tot.

Ein dürrer Aufschneider in einem langen braunen Mantel stand ganz allein an der Theke und starrte seinen unberührten Drink an. Er war der jüngste Mann im Saal. Aster wollte sich ihm gerade nähern, als ihr ein anderes Mädchen zuvorkam und sich lässig neben ihm an den Tresen lehnte.

Verdammt.

Aster wandte sich ab und suchte verzweifelt nach einem anderen Mann, den sie sich vornehmen konnte. Dann entdeckte sie ihn: Ein einsamer Mann stand neben dem Klavier und nahe genug an der Eingangstür, sodass Dex im Laufschritt herbeieilen musste, wenn sie ihr Ablenkungsmanöver startete. Der Aufschneider trug eine ausgewaschene graue Uniform der arkettanischen Streitkräfte. *Ruhm der Zeche* lauteten die Worte unter den Streifen – der Leitspruch der Nation. Wie den

Gesetzeshütern wurde auch Söldnern ein Sonderpreis in den Welcome Houses gewährt. Und sie waren stets begierig, jemanden aufzutreiben, der sich ihre Geschichten über die staubblütigen Rebellen anhörte, die gefangen zu nehmen sie geholfen hatten.

Aster ging auf ihn zu, bahnte sich einen Weg durch das Gedränge.

»Sieht aus, als könnten Sie Gesellschaft brauchen«, sagte sie, schmiegte sich an seine Seite und strich ihm mit den Fingern über den Arm. Normalerweise war Aster nicht so forsch, und sie wünschte sich zum ersten Mal, sie würde über Violets Talent zum Flirten gebieten.

Der Mann warf sich in die Brust. Seine Augen waren glasig von dem Übermaß an Alkohol. »Und wie ist dein Name, Miss?«, fragte er mit schwerer Zunge.

»Man nennt mich Aster. Sehen Sie?«, sagte sie neckisch und drehte sich zur Seite, sodass er ihre Kokarde betrachten konnte. Dabei gelang es ihr, den Blick durch den Raum schweifen zu lassen, doch von Violet war noch nichts zu sehen. Sie schluckte mühselig, würgte an einem Kloß in ihrer Kehle.

»Schön. Lieutenant Carney zu deinen Diensten, Aster«, stellte sich der Söldner vor und tippte sich schwankend an den Schlapphut. Dann musterte er sie von oben bis unten, und auf seinem Gesicht breitete sich ein schiefes Grinsen aus. Ein Daybreak Girl kam mit einem Tablett mit bunten Cocktails vorbei. Er schnappte sich zwei davon.

»Süßer Drink für ’n süßes Mädchen?«, fragte er.

Aster dankte ihm schüchtern und nahm das Glas, während sie an ihm vorbei zur Treppe blickte. Wo blieb Violet nur?

Und dann sah Aster sie, wie sie mit bemerkenswert selbstsicherer Haltung die Treppe herunterstolzierte. Das lange Haar hatte sie unter dem Hut des Aufschneiders versteckt, ihre weibliche Figur unter dem knielangen Mantel. Sie hatte sich sein seidenes Staubschutztuch um den unteren Teil ihres Gesichts gewickelt. Aber das alles war nicht ausschlaggebend für ihren überzeugenden Auftritt. Dafür war vielmehr die Art verantwortlich, wie sie sich benahm, diese natürliche Autorität und die unverkennbare Anspruchshaltung. Sie offenbarte nichts von der Furcht, die sie zweifellos empfand.

Asters Blut raste durch ihre Adern, und sie befeuchtete sich die Lippen.

»Glück sei mit dir«, sagte Carney fröhlich und hob sein Glas.

Sie drehte sich zu dem Söldner um, bemüht, ruhig zu bleiben. »Glück sei mit Ihnen«, entgegnete sie mit einem erzwungenen Lächeln und trank ihren Drink in drei tiefen Zügen aus.

Der Alkohol entzündete ein Feuer in ihrer Kehle, und die klebrige Süße brannte auf ihrer Zunge. Sie hustete heftig, stützte sich an Carneys Schulter ab und kämpfte gegen das Schwindelgefühl.

Carney rieb ihr lachend den Rücken. Seine Berührung bereitete ihr eine Gänsehaut.

»Immer mit der Ruhe!«, sagte er verblüfft. »Ihr Staubblutmädchen seid wirklich so zäh wie Trockengras.«

»Wir sind eben immer auf einen guten Eindruck bedacht«, antwortete sie leichthin. »Aber ich gestehe, ich fühle mich ein wenig schwach.« Sie drückte den Rücken durch, schwankte aber ein wenig auf der Stelle.

»Nichts, was ein zweites Glas nicht in Ordnung bringen könnte«, sagte Carney etwas zu eifrig.

Aster blickte erneut an ihm vorbei. Violet hatte das Foyer erreicht. Nur ein Mann wartete noch vor ihr darauf, hinausgelassen zu werden.

Carney ließ nicht locker. »Ich bringe dich zur Theke …«

»Machen Sie sich keine Mühe«, sagte Aster hastig. »Ich muss mich nur eine Weile setzen.« Sie tat ein paar wackelige Schritte, erging sich in theatralischem Wehklagen und sank zu Boden. Die Klaviermusik verstummte, und ein kollektives Keuchen ging durch den Saal.

Mit geschlossenen Augen blieb Aster auf dem Boden liegen, während um sie herum Chaos ausbrach. Ein Durcheinander aus Stimmen erfüllte die Luft; Mädchen riefen ihren Namen, ein Mann ersuchte um Hilfe. Der Boden unter ihrer Wange vibrierte unter dem Donnern schwerer Schritte, als sich immer mehr Leute um sie herum versammelten, und sie konnte hören, dass Mother Fleur sich durch die Reihen drängte und sich für die Unannehmlichkeit entschuldigte. Der Geruch von Zigarrenrauch, der im Teppich hing, drehte ihr beinahe den Magen um.

»Bleibt zurück, sie gehört zu mir!«, befahl Carney.

Flatternd öffneten sich Asters Lider. Ein Wirrwarr aus Beinen stand zwischen ihr und der Eingangstür, trotzdem konnte sie gerade noch sehen, wie Violet hinausstolzierte. Dex trampelte auf die Menge zu und nötigte die Gäste mit seinem mentalen Einfluss, Ruhe zu wahren. Die Beruhigung, die Aster empfand, war jedoch glücklicherweise nicht sein Werk.

Violet hatte es geschafft.

Dann jagte ihr eine neue Erkenntnis einen kalten Schauer über den Rücken und kühlte den kurzen Siegesrausch wieder ab: Was, wenn Violet einfach davonliefe? Was, wenn sie den Wagen nicht herbrächte, um den Rest von ihnen abzuholen, sondern einfach nur die Hand des Aufschneiders für ihre eigene Flucht nutzte und sie und die anderen dem Tod überließ? Vielleicht war das vom ersten Moment an ihr Plan gewesen.

Jetzt habe ich sowieso keine andere Wahl, als die Sache durchzuziehen.

Aster blickte zu Dex auf, der seine gelben Zähne fletschte, und zu Mother Fleur, in deren Augen purer Zorn flackerte. Asters schludriges Benehmen würde das Welcome House in keinem guten Licht erscheinen lassen. Normalerweise hieße das, dass sie den nächsten Tag damit zubringen würde, sich von den Raubvögeln den Geist zerfetzen zu lassen.

Aber dieses Mal würde Aster am nächsten Tag entweder frei sein oder tot.

»Geht es dir gut, Aster?«, fragte Mother Fleur, und ihre Stimme troff nur so vor gespielter Besorgnis.

Aster ergriff Carneys Hand und stand langsam auf. »Jetzt geht es mir wieder gut, Ma'am. Mir ist nur ein wenig schwindelig geworden. Die Aufregung tut mir leid.« Das Zittern ihrer Stimme musste sie nicht vortäuschen. »Ich glaube, ich sollte mich besser zurückziehen, wenn Sie gestatten.«

»Gewiss«, entgegnete Mother Fleur. »Und der Lieutenant hier wird dich sicher gern begleiten, um sich zu vergewissern, dass es dir gut geht, und ein wenig Zeit mit dir zu verbringen.« Lächelnd drehte sie sich zu dem Aufschneider um. »Der Asternraum ist am Ende des Gangs auf der rechten Seite.«

Carney trat näher, als sich die Menge zu zerstreuen begann, und Asters Panik verdoppelte sich.

»Eigentlich bin ich nicht sicher …«, setzte sie an.

»Keine Sorge, ich kümmere mich um dich«, versprach er, legte den Arm um sie und führte sie zur Treppe.

Asters Herz donnerte in ihrem Brustkorb. Das gehörte nicht zum Plan. Sie konnte ihn nicht in ihr Zimmer mitnehmen. Clementine und die anderen kletterten vermutlich gerade jetzt aus dem Fenster. Es sei denn, Violet hatte sie im Stich gelassen, dann saßen sie in der Falle, ohne jede Hoffnung, entkommen zu können.

Aster stolperte vorsätzlich auf der ersten Stufe.

»Vorsichtig«, sagte Carney. »Du willst doch nicht noch mal stürzen.«

»Mir scheint, ich bin noch zu schwach, um die Stufen zu bewältigen«, klagte Aster in der Hoffnung, sie könnte ihn noch etwas hinhalten und den anderen Zeit verschaffen, um hinauszugelangen, aber Carney hob sie einfach hoch und ging die Treppe hinauf.

»Gar kein Problem«, sagte er galant.

Aster verwünschte sich im Stillen. Wenn sie hilflos tat, konnte sie ihn ja nur ermutigen.

Er lächelte auf sie herab, redete immer weiter, und Aster fing an, sich ernsthaft krank zu fühlen. Und dann war da auch noch die übliche Furcht, die jedes Mal Besitz von ihr ergriff, wenn sie mit einem Aufschneider diese Stufen erklomm. Ein eisiges Grauen wogte in ihr auf und drohte sie zu überwältigen. Da half es auch nichts, dass Carney sich für einen Kavalier zu halten schien. Letztlich lief es doch immer auf das Gleiche hinaus.

Sie erreichten das Ende der Treppe. Carney setzte sie ab, und Aster trat langsam den Gang zum Schafott am Ende des Flurs an. Angespannt holte sie tief Luft, als sie die Hand um den Knauf schloss.

Bitte, in des Schleiers Namen, lass niemanden hinter der Tür sein. Lass sie davongekommen sein. Bitte.

Sie öffnete die Tür.

Und atmete aus. Das Zimmer war leer, das Fenster stand offen. Sie schlenderte hinüber, tat, als wollte sie nur die Vorhänge schließen, schaute hinunter und sah den Heuwagen unten warten.

Clementine war entkommen. Sie waren alle entkommen.

Dann schloss Carney die Tür mit einem Rums, und Aster

verlor jeglichen Mut. Sie konnte nicht hinausspringen, solange er direkt hinter ihr stand.

Du musst gegen ihn kämpfen. Ihn ausschalten.

Einen ausgebildeten Soldaten? Die Aussicht gefiel ihr nicht.

»Also, wo fangen wir an?«, fragte Carney mit schwerer Zunge, trat hinter sie und umfasste ihre Taille mit seinen fleischigen Händen.

Aster schnürte es die Kehle zu. Ihre Augen brannten, und sie spürte, wie sie in diesen Zustand dumpfer Losgelöstheit geriet, in den sie sich jede Nacht flüchtete, fühlte, wie sich ihr Geist immer weiter entfernte und ihren Körper sich selbst überließ. Ihr Atem dröhnte in ihren Ohren, und ihre Glieder wurden so schwer, als hätte sie eine ganze Wochenration Süßdistel auf einmal genommen.

Süßdistel.

Das ist es!

»Nehmen wir dir doch erst mal dieses Kleid ab, dann fällt dir das Atmen leichter«, sagte Carney. Sie wirbelte herum, um ihn anzusehen, ohne sich aus seinem Griff zu befreien.

»Da ist etwas, das ich schon eine ganze Weile ausprobieren möchte«, flüsterte sie ihm ins Ohr. »Aber ich weiß nicht, ob Sie auch wollen.«

»So?«

»Lassen Sie mich mal sehen, ob ich es finde.«

Aster löste sich von ihm und wich zurück zu ihrem Schminktisch, wo ihr Fläschchen Süßdistel zwischen Schmuck und Haarbürsten wartete.

Sie befeuchtete sich die Lippen. Zorn flackerte in ihrem Geist auf und vertrieb die Nebelschwaden. Jede Woche hatte Mother Fleur Dankbarkeit für diese Süßdisteltinktur erwartet. Ihre Eltern hatten von ihr erwartet, dass sie dankbar für dieses

Zuhause war. Lieutenant Carney erwartete vermutlich, dass sie dankbar für seine Zurückhaltung war. Als würde all das etwas daran ändern, was dies für ein Ort war und was er beinahe mit Clementine gemacht hätte. Was er längst mit Aster gemacht hatte.

»Du bist schön, weißt du das?«, sagte Carney träge. »Die meisten staubblütigen Mädchen ...« Er schüttelte nur den Kopf. »Aber was sonst kann ein Mann im Grind erwarten? Ich bin froh, dass mir hier doch noch das Glück hold war.«

Ich sollte ihm einen Spiegel auf dem Kopf zerschmettern.

Ihm die Kehle mit einer Scherbe aufschlitzen.

Ihn ausbluten lassen wie ein Schwein.

Aber nein, das konnte sie nicht tun. Sie musste ihre Wut bezwingen, so wie sie ihre Furcht bezwang. Das war ihre einzige Chance, es lebend hier herauszuschaffen.

»Was hast du da?«, fragte Carney, der sich erstaunlich leichtfüßig hinter ihr angeschlichen hatte.

Sie schluckte und hielt ihm das Fläschchen mit Süßdistel hin. »Nur ein kleines Stärkungsmittel, das ein früherer Gast hiergelassen hat«, sagte sie fröhlich. »Interessiert?«

Carney zog eine Braue hoch. »Was genau bewirkt dieses Stärkungsmittel denn?«

»Es ist ein Extrakt einer seltenen Blume aus dem Hochgebirge«, log Aster. »Es soll Geist und Sinne öffnen und das ganze Potenzial der Lust im tiefsten Inneren freisetzen.«

»Tatsächlich?«

Sie nickte. »Nur ein Tropfen unter der Zunge. Aber je mehr man nimmt, desto stärker die Wirkung. Nicht jeder Mann verkraftet das. Die meisten vertragen nur ein oder zwei Dosen. Aber ein Söldner wie Sie ...«

»Gib her«, sagte Carney mit rauer Stimme. Aster gehorchte,

sah ihm zu, verspannte sich, als er den Deckel abschraubte und sich das Fläschchen unter die Nase hielt. Sollte er den Geruch der Süßdistel erkennen, wusste er, dass sie ihn hinters Licht führen wollte. Aber er füllte nur die Pipette bis oben hin, öffnete den Mund und entleerte sie unter seiner Zunge.

»Siehst du? Kein Problem«, sagte Carney und lallte noch auffälliger, nun, da die Droge begann, ihre Wirkung zu entfalten. »Jetzt komm einfach her, dann können wir … wir können …«

Matt setzte er sich auf das Bett, fluchte leise und sank zurück. Aster eilte zu ihm. Seine Augen waren halb offen, aber blicklos, und die Worte, die er sprach, waren unverständlich und kaum noch hörbar. Falls er nicht bereits eingeschlafen war, konnte es nicht mehr lange dauern.

Aster bewegte sich schnell.

Sie rannte zurück zum Fenster. Der Heuwagen stand zum Glück immer noch da. Und von der Trägheit, die ihre Glieder wenige Augenblicke zuvor befallen hatte, war nichts geblieben. Aster strotzte nur so vor Energie, gespeist zu gleichen Teilen von Furcht und Vorfreude. Wie viele Nächte hatte sie sich vorgestellt zu fliehen? Und nun war es endlich so weit.

Aber nur, wenn sie sich beeilte. Jede Sekunde, die sie vergeudete, war eine Sekunde mehr, in der die anderen Mädchen Gefahr liefen, im Stall entdeckt zu werden.

Sie schwang erst ein Bein aus dem Fenster, dann das andere. Der eiserne Sims schnitt in ihre Handfläche. Sie war überzeugt, würde sie auch nur einen Moment trödeln, würde irgendjemand oder irgendetwas sie aufhalten. Einen Herzschlag später saß sie auf dem Fenstersims, und ihre Beine baumelten in der Luft. Der Abstand zwischen ihren Füßen und dem Heuwagen schien plötzlich größer zu sein, nun, da der Sprung bevorstand. *Los,* befahl sie sich. *Spring.*

Aber stattdessen drehte Aster sich um, blickte über die Schulter zurück in den Raum, der so lange ihr Gefängnis gewesen war, auf den Mann, der sie benutzt hätte wie so viele andere vor ihm. Erst der Tod eines Aufschneiders hatte ihr eine Gelegenheit zur Flucht verschafft, und sie wusste, das war eine Chance, die sie nur einmal bekäme.

In diesem Moment traf Aster ihre Entscheidung. Selbst wenn es sie das Leben kosten sollte, sie würde niemals zurückkehren an diesen Ort, würde niemals an irgendeinem Ort dieser Art enden.

Sie würde nie wieder ein Good Luck Girl sein.

KAPITEL FÜNF

Aster stieß sich vom Sims ab und fühlte sich für einen Moment, nur für einen Moment, als würde sie fliegen.

Mit sieben war sie einmal von einem hohen Ast eines halb toten immergrünen Baums hinter ihrem heruntergekommenen Haus in dem Pächterlager gesprungen. Sie hatte gedacht, wenn sie nur hoch genug kletterte und weit genug sprang, würde der Wind sie tragen, und sie würde über die Berge hinweg und hinaus aus dem Grind segeln.

Stattdessen war sie auf den Boden gekracht und hatte sich das Fußgelenk verdreht, das angeschwollen war, bis es so dick wie ein Apfel gewesen war. Aber diesen Preis hatte sie gern bezahlt für den flüchtigen Moment des Fluges und die Verheißung von Freiheit.

Dieses Mal wusste Aster, dass der Wind sie nirgendwohin tragen würde – aber als sie fiel und die Nachtluft um sie herum wisperte, fühlte es sich an, als wäre alles möglich.

Mit den Füßen voran traf sie auf dem Wagen auf. Schmerz raste trotz des Puffers aus Heu ihre Schienbeine empor, und sie konnte sich einen Aufschrei nicht verkneifen. Das Krachen des Holzes kam ihr so laut vor wie ein Gewehrschuss. Sie schüttelte das stechende Gefühl ab, so gut sie konnte, und kletterte über die Latten an der Seite, stolperte hinaus in die Nacht, ehe einer der Raubvögel kommen konnte, um nachzusehen, was da los war.

Eng drückte Aster sich an die weiße Holzverschalung des Welcome House, bahnte sich einen Weg durch niedriges Gestrüpp, das sich in ihren Strümpfen verfing, und bückte sich jedes Mal tief, wenn sie den Lichtschein aus einem der Fenster passierte. Ein Teil von ihr wollte rennen, aber ein anderer Teil wusste, sie musste vorsichtig und leise sein. Zu viele Leute schlenderten auf der Veranda des Welcome House herum. Die Mietstallungen waren gleich nebenan, dennoch schienen sie endlos weit entfernt zu sein.

Aster konnte sich nicht einmal mehr erinnern, wann sie zum letzten Mal im Dunkeln draußen gewesen war. Mother Fleur zwang die jüngeren Mädchen, das Welcome House auch von außen in Ordnung zu halten, die Fenster zu putzen, die Veranda zu fegen, aber das war immer in der sengenden Hitze des Tages geschehen. Die Nachtluft war im Vergleich dazu erfrischend kühl – wie eine kalte Kompresse auf einer fiebernden Stirn. Aster atmete tief ein. Trotz ihrer Hoffnungslosigkeit konnte sie nicht anders, sie musste die Süße der Luft auskosten, den Geschmack der Berge auf ihrer Zunge.

Endlich war sie am Ende des Gebäudes angelangt. Dort hielt sie inne und lugte um die Ecke, um sich zu vergewissern, dass niemand in dem seitlichen Hof zwischen dem Welcome House und den Stallungen lauerte, ehe sie eilends die freie Fläche überquerte und in den Stalleingang abtauchte. Der schwere grasige Geruch von Mist und Heu drang ihr in die Nase.

Sie blieb geduckt und sah sich nach Augie um, dem Stallmeister, der des Nachts in den Stallungen Dienst schob. Es war allgemein bekannt, dass Augie in Nächten wie dieser, in denen es wenig zu tun gab, gewöhnlich auf der anderen Straßenseite im Clooney's zu finden war, wo er seine mageren Einkünfte so lange im Spiel einsetzte, bis er sich die Gesellschaft einer jungen Frau leisten konnte. Er scherzte gern, sich um die Mädchen zu kümmern sei ebenso seine Aufgabe wie die Versorgung der Pferde. Gerade jetzt waren ihr seine Gewohnheiten mehr als willkommen; er war nirgendwo zu sehen.

Trotzdem musste mindestens ein Bursche im Stall geblieben sein, um die Pferde zu versorgen und auszumisten. Es war Violets Aufgabe gewesen, ihn irgendwie diskret zu bezwingen. Er würde, so hatte Aster ihr versichert, jung und unbewaffnet sein – das war Violet allerdings auch.

Auf der Suche nach den anderen schlich Aster tiefer in das Gebäude hinein. Die meisten Pferde schliefen im Stehen, aber ein paar wieherten leise, als Aster einen Blick in ihre Boxen warf. Ihre schwarzen Augen schimmerten wie feuchte Tinte, und die Luft war angefüllt mit ihrem Geruch. Der Stall war an beiden Enden offen, und der Zugang auf der anderen Seite führte zur Hauptstraße hinaus, wo ganze Horden von Männern auf ihrem Weg von einem Saloon zum nächsten vorbeischlenderten. Im Laternenlicht waren nur ihre Umrisse erkennbar, und ihr Gelächter hallte durch die Finsternis. Aster wusste, es würden noch mehr von ihnen auftauchen, sobald die Nacht weiter fortgeschritten war.

Sie musste ihre Schwester finden. Jetzt.

Aster näherte sich dem Ende des Mittelgangs. Furcht nagte an ihrem Inneren. *Vielleicht sind sie schon weg.*

Womöglich waren sie auch geschnappt worden.

Dann hörte sie ein angespanntes Flüstern, nicht weit voraus. Stumm ein Gebet murmelnd, folgte sie ihm.

Und da waren sie: Clementine, Mallow, Tansy und Violet; alle vier kauerten sich in die dunkle Ecke einer leeren Box. Der Stalljunge lag mit wirrem Haar neben ihnen, hastig gefesselt und geknebelt.

Aster keuchte atemlos, und die Erleichterung, die durch ihren Körper strömte, war so intensiv, dass ihr schwindelig wurde. Sie legte eine Hand an die hölzerne Wand der Box, um sich aufrecht zu halten. Und dann sank sie hinunter auf den harten Boden.

»Du hast es geschafft«, wisperte Tansy aufgeregt.

Clementine kroch zu ihr und schlang fest die Arme um sie.

»Was zum Teufel hat so lange gedauert?«, schimpfte Violet.

Seufzend befreite Aster sich aus Clementines Umarmung.

»Ich hatte ein bisschen Ärger«, sagte sie knapp. »Hab mich darum gekümmert, aber es kann nicht mehr lange dauern, bis irgendjemand den Heuwagen bemerkt. Wie bist du mit dem Stalljungen fertiggeworden?«

»Bin reingekommen, hab so getan, als wäre ich eine Kundin, und habe ihm die Mistgabel über den Schädel gezogen, als er mir den Rücken zugekehrt hat.«

»*Was?* Ich sagte doch, *diskret*«, zischte Aster. »Das Letzte, das wir brauchen, ist noch eine Leiche, die wir verstecken …«

»Beruhig dich, so hart habe ich nicht zugeschlagen. Wir sind nicht alle Mörderinnen so wie deine Schwester hier.«

Aster stieg die Hitze ins Gesicht. »Hör mal …«

Clem packte Asters Handgelenk, schüttelte den Kopf und zeigte auf den Eingang zum Stall. Zwei Männer standen in der breiten Öffnung.

Augie. Er hielt seine Laterne hoch, und an seiner Hüfte hing, leicht zu greifen, eine Waffe.

Asters Herz hämmerte schmerzhaft in ihrer Brust, als sie sich tief ins Heu kauerte. Sie und Clem krochen so leise wie möglich zur hinteren Ecke, wo sich die anderen mit unverkennbar erschrockenen Mienen zusammenkauerten.

»Hab ich dich je belogen, Rich?«, fragte Augie. »Ehrlich,

Baxter McClennon hat mit mir am Tisch gesessen, und ich habe ihm beim Spiel zwanzig Adler abgenommen.«

»Als würde McClennon seinen verhätschelten Hintern an einen Tisch mit deinem stinkenden Arsch setzen.«

»Hey, ein Mann, der nach einem langen Tag nicht stinkt, kann kaum ein echter Mann sein«, protestierte Augie.

Aster drückte sich mit dem Rücken an die Trennwand der Box und hielt die Luft an, als die Stimmen der beiden Männer näher kamen. Alle erstarrten. Das Licht der Laterne glitt über den Boden.

Clementine ergriff Asters Arm, und ihre Fingernägel gruben sich in das Fleisch ihrer Schwester.

»Du kannst dankbar sein, dass du nicht mit Derrick gespielt hast«, fuhr Rich fort. »Jeder weiß, dass er der *schlaue* Bruder ist. Der mit der schicken Schule in Übersee …«

Näher, näher … Nun waren sie vielleicht noch vier Schritte entfernt. Drei. Zwei. Aster spannte sich, ballte die Faust, machte sich bereit, zuzuschlagen.

»… der ist viel zu sehr mit seinen Studien beschäftigt, um dir die Abreibung zu verpassen, die du verdienst hast«, schloss Rich, als sie an der Box vorbeigingen, ohne innezuhalten.

Ihre Stimmen entfernten sich. Wenig später hatte Rich ein Pferd ausgewählt, und Augie führte ihn hinaus. Die Mädchen sahen zu, wie der Stallmeister eilends wieder über die Straße auf das Clooney's zuhielt.

Aster atmete auf.

»Das war knapp«, flüsterte Clementine.

»Und er kann jede Minute wiederauftauchen«, fügte Aster hinzu. »Wir müssen von hier verschwinden …«

»Wir werden exakt das tun, was ich sage«, fiel Violet ihr ins Wort. »Ich habe einen Plan.«

Aster schluckte ihren Ärger hinunter und drehte sich zu ihr um. »Was immer du vorhast, ich bin überzeugt, es kann warten, bis wir Green Creek hinter uns gelassen haben.«

»Du weißt ja nicht mal, wohin du willst. Du hast es kaum aus dem Haus geschafft. Aber wenn ihr auf mich hört, dann können wir diese Kokarden für alle Zeiten loswerden.«

»Wovon zum Henker redest du?«, fragte Aster verdattert. Kokarden konnten weder versteckt noch entfernt werden. *Jeder* wusste das. Aster sah die anderen an und fragte: »Wovon zum Henker redet sie?«

»Sie hat uns die ganze Geschichte erklärt, als wir auf dich gewartet haben«, berichtete Clementine. »Ich glaube, es könnte sich lohnen, ihr zuzuhören. Das funktioniert vielleicht tatsächlich.«

»Siehst du?«, giftete Violet. »Ich habe dir ja gesagt, ich weiß so manches.«

Violets wildes Versprechen hinsichtlich ihrer privilegierten Informationen hatte Aster gänzlich vergessen. Zu dem Zeitpunkt hatte sie angenommen, Violet hätte sich das nur ausgedacht, damit sie sie mitnahmen.

Inzwischen war ihr klar, dass Violet lediglich eine Närrin war, aber Aster würde sie anhören, und sei es nur, weil Clementine es so wollte.

»Also gut«, sagte Aster zähneknirschend. »Wie werden wir diese Kokarden los?«

Violet ließ sich einen Augenblick Zeit. »Wir müssen Lady Ghost aufsuchen«, sagte sie dann. »Und ich weiß, wo sie wohnt.«

Für einen Moment sagte niemand ein Wort. Aster spürte, wie etwas in ihr hochsprudelte. Gelächter. Hart und scharf kam es über ihre Lippen.

»Lady *Ghost*?«, hakte sie nach, und obwohl sie flüsterte, klang es wie ein Knurren. »*Das* ist deine brillante Idee?«

Die anderen Mädchen schwiegen.

»Sie existiert«, sagte Violet eisig.

»Sie ist eine Figur aus einer Bettkantengeschichte, Violet. Wenn mir der Sinn nach Pferdescheiße stünde, dann könnte ich auch gleich hier im Stall bleiben.«

Lady Ghost war nur eine Gestalt aus einer Lügengeschichte, die die jüngsten Good Luck Girls untereinander erzählten, eine mysteriöse Hausdame, die über die Macht gebot, Kokarden wegzuzaubern. Manche sagten, den Namen »Ghost« trage sie wegen der Art, wie sie die Tätowierungen verschwinden ließe. Andere behaupteten, den habe sie bekommen, weil sie selbst so schwer zu greifen sei.

Niemand, der älter als zwölf war, glaubte an sie. Aster hatte das nie getan.

»Der Versuch kann doch nicht schaden, oder?«, meinte Tansy. »Wir wissen ja sowieso nicht, wohin. Wenn wir versuchen, zu unseren Familien zu gelangen, bringen wir die nur auch noch in Gefahr.«

Tansy. Vermutlich die Klügste unter ihnen, und ausgerechnet sie musste diese Geschichte voll falscher Hoffnungen schlucken. Aster fixierte Violet. »Pass auf, ich verstehe ja, wie du zu der Überzeugung kommen konntest, dass Lady Ghost wirklich irgendwo da draußen ist«, sagte sie langsam. »Du hast dein ganzes Leben in dieser Welt zugebracht. Aber jetzt sind wir in der echten Welt, also wirst du jetzt mir vertrauen müssen, verstehst du? Sie existiert nicht!«

Violet schürzte die Lippen. »Ich bin es leid, mich zu rechtfertigen. Ich habe es dir bereits gesagt, ich weiß so manches.«

»Schön, und wo *ist* nun deine Lady Ghost?«, fragte Aster.

»Ich bin nicht erst gestern zur Welt gekommen. Ich weiß genau, wenn ich dir das verrate, dann lasst ihr mich einfach im Stich. Ihr steht nur zu mir, weil ihr nicht wisst, wohin ihr sollt, und ich stehe zu euch, weil ich nicht dumm genug bin, um mich allein in Arketta auf die Reise zu machen. Und komm mir nicht wieder damit, dass du mir die Kehle aufschlitzen könntest. Wolltest du das, dann hättest du es bereits getan.«

Aster stand auf und fing an, auf und ab zu gehen. Sie wünschte bei den Toten, dass Violet sie nie entdeckt hätte. Aber es hatte keinen Sinn, sich jetzt mit ihr zu streiten, und Aster wollte Violet keinen Grund liefern, ihnen später zu schaden. Und falls es auch nur den Hauch einer Chance geben sollte … Nein. Natürlich nicht.

Und wenn doch?

Aster wandte sich an die anderen. »Glaubt ihr das wirklich? Glaubt ihr, was sie sagt?«

»Es wäre doch möglich, nicht wahr?«, fragte Clementine in flehentlichem Ton.

Aster wusste keine Antwort darauf. Sie wusste nur, dass die anderen in einem Punkt recht hatten – sie konnten nirgendwohin. Es war unmöglich zu sagen, wo ihre Familien inzwischen lebten; Landesherren tauschten Staubblütige untereinander wie Sammelobjekte. Außerdem könnten ihre Eltern sie gewiss nicht schützen.

Und Aster hatte so oder so nicht den Wunsch, wieder zu denen zurückzukriechen, die sie überhaupt erst in diese Lage gebracht hatten. Sie konnte nicht mehr nach Hause gehen.

Violet schien Asters Schweigen als Kapitulation zu deuten und ließ ein selbstzufriedenes Grinsen aufblitzen. »Schön, dass wir das geklärt hätten. Alles, was ihr im Augenblick wissen müsst, ist, dass wir in Richtung Killbank sollten. Tut einfach, was ich euch sage.«

Killbank. Eine Stadt von recht ordentlicher Größe, etwa einen Tagesritt nördlich gelegen. Schon der Gedanke, den Grind zu durchqueren, jagte Aster eine Gänsehaut über den Leib. Niemand reiste weite Strecken, ohne einen Wegemann anzuheuern. Nicht nur wegen der lebendigen Kreaturen, die in den Wäldern jagten, sondern auch wegen der toten. Wegen der Räuber, die weder zu sehen noch zu hören waren.

Wegen der Rächer.

Aber wir haben keine Wahl. Wir müssen raus aus Green Creek.

»Es sei denn, ihr habt einen besseren Vorschlag«, bemerkte Violet in einem süffisanten, herausfordernden Ton.

Mallow und Tansy starrten Aster an.

»Wir müssen irgendeine Richtung einschlagen«, sagte Mallow. »Warum also nicht diese?«

Aster drehte sich zu Clementine um und fragte mit einem Blick stumm nach deren Einverständnis.

Clementine nickte einmal, und während sie einander in die Augen sahen, beugte sie sich vor, strich mit der Hand über ihre eigene Kokarde und flüsterte: »Ich möchte es versuchen, Aster.«

Als Nächstes schaute Aster zu Tansy und Mallow. Die beiden halfen sich bereits gegenseitig hoch und blickten sich um, um sich zu vergewissern, dass die Luft rein war. Vermutlich war ihnen genauso wie Aster daran gelegen, möglichst schnell von hier zu verschwinden.

Damit war es entschieden.

Aster wandte sich wieder Violet zu.

»In Ordnung«, sagte sie. »Aber vergiss nicht, was ich dir gesagt habe, Violet. Du bekommst keine zweite Chance.«

»Die werde ich auch nicht brauchen«, entgegnete Violet mit einem stählernen Ausdruck im Gesicht.

Sie vergeudeten keine Zeit mehr, sondern durchsuchten den Stall nach nützlichen Dingen und packten das wenige zusammen, das sie finden konnten – Decken, ein bisschen Essen, eine Feldflasche mit Wasser, Männerkleidung aus Augies Wohnquartier. Rasch schlüpften sie in Hosen und Hemden und verstauten ihre Kleider unter Heuballen, ehe sie drei Pferde auswählten und sattelten: einen Braunen für Aster und Clementine, einen Schecken für Tansy und Mallow und eine schwarze Stute für Violet. Es schien ein ganzes Leben her zu sein, seit Aster zum letzten Mal ein Pferd aufgezäumt hatte, aber ihre Hände erinnerten sich, was sie zu tun hatten, und das hatte etwas Rituelles, was sie beruhigte. Aster nahm die Zügel, und Clementine setzte sich hinter sie und schlang ihr die Arme um den Leib. Und dann, mit einem kurzen Schnappen der Zügel, ritten sie los.

Aster führte die anderen in nördlicher Richtung über Green Creeks unbefestigte Straßen. Das Herz der Stadt pulsierte vor wilder Energie, Männer strömten aus den Saloons und brüllten einander über die Straße hinweg etwas zu. Weiter draußen, näher am Stadtrand, waren die meisten Geschäfte auf Straßenebene dunkel, und nur aus den Fenstern der oberen Etagen, in die sich die Geschäftsleute zurückgezogen hatten, drang Lichtschein. Sie ritten an dem Kleiderladen vorbei, den alle Mädchen des Welcome House unter der Aufsicht von Raubvögeln aufzusuchen hatten, um mit neuer Garderobe ausgestattet zu werden, sobald sie Sundown Girls wurden. Asters Blick huschte zu den Bergen, die sich schwarz vor dem Nachthimmel abzeichneten. Dort konnte ein Mädchen sich leicht verirren. Aber das Gleiche galt für alle, die hinter ihm her waren.

Sie mussten nur erst hingelangen.

Niemand von ihnen sprach ein Wort, doch ihre Anspannung vibrierte in der Luft. Sie hatten sich Staubschutztücher vor das Gesicht gebunden, um ihre Kokarden zu verbergen. Das sollte, wie Aster hoffte, keinen Argwohn erwecken – viele Leute im Grind bedeckten ihre Gesichter zum Schutz vor dem Minenstaub in der Luft –, aber es würde nur Minuten dauern, bis ihre Kokarden zu glühen beginnen und sie verraten würden. Von den Schmerzen ganz zu schweigen.

Trotzdem ritten sie gewissenhaft langsam, um keine Aufmerksamkeit zu erregen. Aster lauschte beständig auf jedes Geräusch von nah und fern, das darauf hindeuten könnte, dass der Leichnam gefunden und Alarm ausgelöst worden war oder dass die Raubvögel des Welcome House ihnen auf den Fersen waren. Aber alles, was sie hörte, war der Lärm der Lustbarkeiten, der allmählich hinter ihnen zurückblieb. Schließlich erreichten sie die ungepflegten Randbezirke. Weiter hatte sich Aster nie vom Welcome House entfernt, seit sie ein Good Luck Girl geworden war.

Aber erst als sie die Mauer passiert hatten und in die Wälder eintauchten, spürte Aster, wie sich etwas in ihr entspannte und das Blut freier durch ihre Adern strömte.

»Kommt schon!«, rief sie den anderen zu und überraschte sich selbst damit zu lachen. Sie nahmen die Tücher ab, und Aster sah, dass sich ihr Grinsen in den Gesichtern der anderen widerspiegelte. Sogar Violet hatte ihre Maske erhabener Gleichgültigkeit abgelegt. Aster trieb das Pferd zum Galopp, raste fort von Green Creek und hinein in das Vorgebirge. Solch ein Gefühl der Geschwindigkeit hatte sie nicht mehr erlebt, seit sie zehn gewesen war. Die Art, wie ihr der Wind ins Gesicht peitschte, wie ihr Herz schneller schlug vor Freude, nicht aus

Furcht … Etwas am Rhythmus der Pferdehufe, am Knarren des Ledersattels und dem irdenen animalischen Moschusgeruch war auf eine unbeschreibliche Weise *richtig*. Wieder musste Aster laut lachen, und Clementine streckte die Hände zum Himmel aus.

Aster wusste nicht, ob Mother Fleur die Leiche inzwischen gefunden hatte. Sie wusste nicht, ob Violet ein Haufen Mist war. Sie wusste nicht, wo sie heute Nacht schlafen oder woher sie ihre nächste Mahlzeit bekommen sollten oder ob das Metall der Hufeisen reichen würde, um die Toten in Schach zu halten.

Aber das Welcome House schrumpfte in der Ferne zusammen, seine Lichter waren klein wie Kerzenflammen, und das war in diesem Augenblick vollkommen ausreichend. Sie genoss das fremdartige Gefühl der Freiheit. Wurde von ihm erfüllt. Bis …

»Danke, Aster«, rief Clementine hinter ihr, und ihre Erleichterung war beinahe greifbar. »Danke, dass du uns da rausbringst.«

Und mit diesen Worten zerbrach Asters Glücksmoment, und die Furcht vor dem, was sie erwartete, sickerte wieder in ihr Bewusstsein. Im Welcome House hatte sie gelernt, mit welchen Gefahren sie rechnen musste. Hier draußen konnte sie allenfalls raten. Was, wenn sie Clementine aus einer Hölle herausgezerrt hatte, nur um sie geradewegs in die nächste zu führen?

Nichts konnte schlimmer sein als das, was sie hinter sich gelassen hatten, sagte sich Aster. Und dennoch, auch während sie beruhigend die Hand ihrer Schwester drückte, konnte sie nichts anderes denken als: *Danke mir noch nicht.*

KAPITEL SECHS

Es dauerte nicht lange, bis sie gänzlich von der Finsternis des Waldes verschlungen wurden. Aster blinzelte, trieb ihr Pferd einen steilen, felsigen Pfad hinauf und zog den Kopf ein, um sich vor den tief hängenden Ästen zu schützen, die ihn überragten. Sie und Clementine ritten voraus, gefolgt von Tansy und Mallow. Violet bildete den Abschluss. Sie hinkte ein wenig hinter dem Rest der Gruppe her und schien Probleme mit ihrer Stute zu haben. Aber ob das daran lag, dass das Pferd genauso stur war wie die Reiterin, oder daran, dass der Pfad so verdammt tückisch war, konnte Aster nicht sagen.

Sie hatte darüber nachgedacht, ihnen allen einige Mühe zu ersparen und die relativ ebene Hauptstraße zu nehmen, die durch den Grind führte. Die Knochenstraße, wie die Leute sie nannten, basierend auf den Berichten von den vielen Gräbern, die ihre Ränder säumten. Die meisten Reisenden starben an einer Hitzekrankheit oder an Unterkühlung. Manche fielen Straßenräubern zum Opfer. Andere hatten das Pech, einen Skorpion zu reizen. Aber wie todbringend sie auch sein mochte, die Knochenstraße war dennoch der sicherste Weg durch das Gebirge. Sie wurde von eisernen Wächtern begrenzt, deren Aufgabe es war, die Rächer zu vertreiben, und war voller Gesetzeshüter, die all die Kriminellen jagten – zu denen sie nun allerdings selbst zählten. Und so führte Aster ihre kleine

Gruppe in den Wald, statt das Risiko einzugehen, auf der Knochenstraße entdeckt zu werden. Das Gesetz würde es nicht leicht haben, ihnen durch den Wald zu folgen, selbst Mother Fleurs Raubvögeln dürfte es schwerfallen.

Natürlich würden die Toten auf sie warten, um sie in Empfang zu nehmen.

Diesseits des Schleiers gab es eine Vielzahl von Geistern: Seraphanten – gutmütige Geister der Vorfahren, die in das Land der Lebenden zurückkehrten, um ihnen Führung zu gewähren; Relikte – Geister, die im Land der Lebenden festsaßen, weil sie noch nicht bereit waren weiterzuziehen; und Rächer – Geister, geboren aus dem reinen Zorn einer gequälten Seele, der bei Eintritt des Todes freigesetzt worden war.

Seraphanten waren so selten, und Aster war nicht überzeugt, dass es sie wirklich gab. Die Leute beteten zu den Toten, baten sie um Weisheit und Glück, aber Aster wusste, dass niemand kommen würde, um sie zu retten.

Relikte waren verbreiteter. Sie konnten beängstigend sein, aber im Grunde waren sie harmlos, und ein gut ausgebildeter Segner konnte den meisten von ihnen helfen, ihren Frieden zu finden.

Rächer jedoch würden jeden zerreißen, der das Pech hatte, ihren Pfad zu kreuzen – und der Grind war voll von ihnen. Schon jetzt erhob sich um Aster und Clementine herum das Heulen der Rächer, ursprünglich menschliche Schreie, verzerrt zu etwas Animalischem. Nacht für Nacht begleiteten die Rächer vom Sonnenuntergang an die Grillen und Ochsenfrösche mit ihrer Totenklage. Daran war Aster gewöhnt.

Aber so entsetzlich nahe hatte sich das noch nie angehört.

Sollte einer der Rächer sie angreifen, würde Aster und den anderen keine Wahl bleiben, als zu fliehen. Sie hatten keine

Waffen, die geeignet wären, sich gegen diese Geister zu verteidigen. Aber wie sollten sie Ungeheuern entkommen, die sie nicht einmal sehen konnten? Rächer waren nur im direkten Mondschein sichtbar, und hier unter den Bäumen war es stockfinster.

Während sie weiterritten, nahm Asters Sorge zu. Sie mochten nicht viel Zeit gehabt haben, um sich einen Plan zurechtzulegen, aber vermutlich wäre alles besser gewesen, als derart leichtsinnig in die Dunkelheit einzutauchen. Jeder Hufschlag hörte sich für sie nach einem Nagel an, der in ihren eigenen Sarg getrieben wurde.

»Clem? Bist du noch wach?«, fragte Aster sanft. Clem war hinter ihr sehr still geworden, doch sie klammerte sich fester an Aster als je zuvor. Jetzt regte sie sich.

»Ich habe das Gefühl, ich werde nie wieder schlafen können«, murmelte Clem. »Ich kann nicht aufhören, daran zu denken.«

Ganz offensichtlich verblasste der Glanz der Freiheit bereits, und Clem begriff das ganze Ausmaß dessen, was sie getan hatte. Aster schluckte schwer und wünschte, sie wüsste, was sie sagen sollte. Ihr war nur allzu klar, wie es sich anfühlte, in einer schlimmen Erinnerung gefangen zu sein, jeden einzelnen Moment immer wieder aufs Neue zu durchleben, bis es war, als löste man sich innerlich auf, während einem die Brust explodieren wollte. Falls es eine Möglichkeit gab, sich von diesen Erinnerungen zu befreien, dann hatte Aster sie noch nicht gefunden. Man musste einfach abwarten, bis der Sturm vorübergezogen war.

»Versuch, nicht daran zu denken«, würgte sie schließlich hervor. »Du hast nichts falsch gemacht.«

»Aber Aster, was ist, wenn ich mich selbst verdammt habe?«, fuhr Clementine fort. »Was ist …?«

»Nein! Jetzt komm schon. So darfst du nicht reden.«

»Es steht aber doch im Geheiligten Buch. *Wer das Leben eines Mitmenschen auf Erden nimmt, dem ist das Paradies jenseits des Schleiers verwehrt …*«

»Da geht es um *Mord,* Clementine. Das weiß doch jeder. Aber es ist kein Mord, wenn du dich selbst verteidigst.«

»Aber die Leute werden sagen, dass es Mord war.«

Tja, das konnte Aster nicht abstreiten. Aber sie konnte es auch nicht ertragen, dass Clem, ausgerechnet Clem, die Hoffnung verlor. Für einen Moment schwieg sie, und ihr Atem wogte vor ihr auf. Im Grind konnte es bei Nacht bitterkalt werden, und Augies dünnes Arbeitshemd reichte nicht aus, sie vor der Kälte zu schützen, die ihr schon jetzt bis unter die Haut drang.

»Du kennst den Tod besser als jeder andere«, versuchte Aster es erneut, griff nach Clems Hand und zupfte sacht an dem Armband. Seit Clementine beinahe gestorben war, hatte sie empfindsam auf Geister reagiert – sie konnte einen Rächer sogar ohne Mondschein sehen, konnte die verdrehten Gedanken eines Relikts ahnen und manchmal sogar mit ihm kommunizieren. »Vertrau darauf, dass man verstehen wird, warum du tun musstest, was du tun musstest, und dass man am Ende gerecht über dich urteilen wird.« Aster sah sich über die Schulter um. »Da wir gerade vom Tod sprechen, kommen uns irgendwelche dieser Rächer näher?«

»Ich glaube nicht«, sagte Clementine und verlagerte ihr Gewicht. »Aber ich habe noch nie so viele von ihnen gesehen. Und ich habe eine Gänsehaut, als wären wir mitten in einem Unwetter. Aber sie scheinen uns aus irgendeinem Grund zu meiden …«

Plötzlich sauste ein schnelles, schattenhaftes *Irgendwas* vor ihnen über den Pfad, so nahe, dass Aster den Geruch des Verfalls riechen konnte, den es zurückgelassen hatte. Panik brodelte in ihrem Blut. Das Heulen des Rächers bohrte sich schon einen Atemzug später in ihre Ohren, angefüllt mit einer unsäglichen Qual. Clementine schrie, und das Pferd bäumte sich auf und hätte sie beinahe abgeworfen.

»Was zur Hölle war das?«, rief Mallow mit vor Furcht verzerrter Stimme, während Tansy ganz gegen ihre Gewohnheit fluchte.

»Ein Rächer, aber er ist schon wieder weg«, sagte Aster rasch, und sei es nur, um die anderen zum Schweigen zu bringen. Denn in Wahrheit drohte ihr das eigene Herz aus der Brust zu springen. Hilflos suchte sie das Dickicht aus Bäumen ab. Nichts als Dunkelheit. Und dann sah sie den Rächer für einen Moment, als er durch einen Pfuhl aus Mondschein glitt, silbrig, skelettiert und katzenartig stürmte er schnell wie der Wind auf sie zu. Seine Augen glühten rot-schwarz, seine an Fledermäuse erinnernden Flügel waren weit ausgebreitet, auf seinem Schädel thronte ein Geweih, und in seinem Maul schimmerten wolfsartige Fangzähne. Und schon entschwand er aus dem Lichtkegel und wurde wieder unsichtbar, und nur das Rascheln des Laubs unter seinen Füßen verriet, dass er immer noch näher kam.

Urtümliche Furcht schnürte Aster die Kehle zu, und sie gab dem Braunen die Sporen. »Los, wir müssen weiter, er kommt zurück.«

»Wartet, ich habe etwas fallen lassen!«, rief Violet.

»Verdammte Hölle, lass es einfach *liegen*!«, schrie Aster, doch als sie sich umdrehte, sah sie, dass Violet bereits abgestiegen war. Sie war so unbedarft. Ihretwegen würden sie noch alle den Tod finden. »Wir können nicht warten.«

»Gebt mir nur eine Sekunde!«

Aster ignorierte sie, gab dem Pferd die Sporen und trieb den

Braunen noch mehr an als zuvor. *Wenn sie ihr Leben für einen verlorenen Ohrring oder so was opfern will, soll es mir auch recht sein,* dachte sie. Aber Violet würde die anderen nicht mit ins Unglück reißen.

Sie ritten ohne sie davon. Tansy sagte etwas zu Mallow, das Aster nicht verstand, aber sie konnte sich gut vorstellen, dass die beiden sich nicht wohl dabei fühlten, Violet einfach zurückzulassen.

Doch Violet war mehr als bereit gewesen, sie zu verraten, wann immer es ihr im Welcome House zum Vorteil gereicht hatte. Sie schien sogar Freude daran gehabt zu haben. Warum sollten sie also nun den Hals für sie riskieren?

Sie ist erwachsen, dachte Aster ergrimmt. *Sie kommt zurecht.*

Und zugleich war Aster zumute, als hätte sie einen Stein verschluckt. Unentschlossenheit brannte in ihrer Brust. Sie packte die Zügel, bereit kehrtzumachen. Wartete gepeinigt auf einen entsetzten Schrei. Stattdessen holte Violet sie einen Moment später wieder ein.

Aster sagte nichts, aber ihr Brustkorb entspannte sich spürbar vor Erleichterung.

Erst als der Himmel allmählich heller wurde, begriff Aster mit einem dumpfen, Übelkeit erregenden Schrecken, dass sie nicht überzeugt gewesen war, noch einen weiteren Sonnenaufgang zu erleben. Ihr war vor Erschöpfung zu flau, um Erleichterung zu verspüren, dennoch klammerte sie sich an einer Art sturem Stolz fest.

Sie hatten ihre erste Nacht unter freiem Himmel überstanden.

»Ist das schon das Tageslicht?«, krächzte Clementine, die während der letzten paar Stunden geschlummert hatte.

»Sieht so aus«, sagte Aster sanft. Die anderen richteten sich auf dem Rücken ihrer Pferde auf. Sie alle sahen genauso müde aus, wie sie sich fühlte. Die Toten um sie herum verstummten allmählich, nun, da der Morgen heraufzog – bei Tag waren die Lebenden diejenigen, die sie zu fürchten hatten. Aster zweifelte nicht daran, dass die Raubvögel des Welcome House inzwischen in den Wald geschickt worden waren, um sie zu suchen.

Trotzdem hatte die kleine Gruppe Green Creek weiter hinter sich gelassen, als Aster auch nur zu hoffen gewagt hatte. Sie waren nun tief im Wald, passierten uralte immergrüne Bäume, deren rote Rinde sich abschälte, miteinander verhakte Äste, die den Sonnenschein in goldene Holme zerteilten. Der Boden war nach wie vor steinig und uneben, getüpfelt mit Büscheln aus Trockengras, aber der Abstand zwischen den Bäumen war hier bedeutend größer. Violet dirigierte ihr Pferd links neben Asters, Tansy und Mallow ritten rechts von ihr. Augies schlecht sitzende Arbeitshemden und Hosen hingen locker an ihren Körpern herab, und der schäbige Stoff war von ihrer wilden Flucht durch das Unterholz zerrissen. Violet sah in den Kleidern, die sie dem Aufschneider gestohlen hatte, kaum besser aus. Die feine Hose war nach ihrer verzweifelten Suche nach was auch immer an den Knien mit Schlamm verkrustet. Sie alle hatten ihre eigenen Schuhe getragen, als sie das Welcome House verlassen hatten, aber die dünnen knöchelhohen Stiefelchen waren nicht zum Reiten gemacht, und Asters Fußballen waren schon jetzt voller Blasen.

»Wie zur Hölle haben wir die letzte Nacht bloß überlebt?«, knurrte Mallow.

Aster schüttelte nur den Kopf. Dass es ihnen gelungen war, sich vor den Raubvögeln zu verbergen, war schon eine Gnade beachtlichen Ausmaßes, aber den Rächern entkommen zu sein – das kam ihr vor wie ein Wunder. Es gab nur wenige bekannte Dinge, die sie in Schach halten konnten – Eisen, wenn man genug davon hatte; Grauweidenholz, sofern man es verbrannte, und reiner …

Theomit.

»Der Ring dieses Aufschneiders!«, rief Tansy plötzlich. Offenbar war sie zu demselben Schluss gekommen. »Der muss die Rächer verscheucht haben.«

»Ich wette, du hast recht«, stimmte Aster zu, nahm den goldenen Ring aus der Tasche und drehte ihn, sodass der Theomit das Licht einfing. »Ich wette sogar, dass er genau dafür gemacht wurde. So ein reicher Knabe wie der reist doch nicht durch den Grind, ohne irgendwelche Vorkehrungen zu treffen.«

»Nun, das liegt ja wohl auf der Hand. Alle reichen Leute tun das. Ihr hättet mir ruhig erzählen können, dass wir die ganze Zeit einen Theomiten gebunkert hatten.« Violet, die blass und erschöpft aussah, hörte sich verdrossener denn je an.

»Sieht aus, als würden wir dir unser Leben verdanken, Clem«, sagte Mallow, ohne auf Violet einzugehen. Aster sah sich zu ihrer Schwester um. Ihr war nur allzu bewusst, dass Clementine sich in der vergangenen Nacht alles andere als heldenhaft gefühlt hatte. Aber Mallows Lob hatte ihr tatsächlich ein Lächeln entlocken können.

Prompt ließ die Anspannung in Asters Schultern nach, wenn auch nur geringfügig.

»Ich glaube, ich höre einen Bach ein Stück vor uns«, sagte sie. »Lasst uns dort kurz rasten, die Pferde tränken und wieder zu Atem kommen.«

Es würde bestimmt guttun, ein wenig auszuruhen. Sie waren inzwischen seit mehr als vierundzwanzig Stunden wach, und das letzte Drittel hatten sie auf der Flucht zugebracht. Asters Oberschenkel schmerzten so schlimm, sie konnte sich kaum noch auf dem Pferd halten. Sie fragte sich, wie viel weiter sie noch ziehen mussten, ehe sie endgültig außerhalb der Reichweite der Raubvögel wären. Anders als Gesetzeshüter, die Staatsbedienstete waren, ließen sich die Raubvögel privat bezahlen, und auch die Mittel des Welcome House waren nicht unerschöpflich. Außerdem würde Mother Fleur nur so viele Raubvögel auf die Suche schicken, dass noch genug übrig blieben, um die anderen Mädchen unter Kontrolle zu halten. Weiter als bis Killbank würden sie die Flüchtigen nicht verfolgen, redete Aster sich ein. Und die Gesetzeshüter waren glücklicherweise an ihre eigenen Städte gebunden.

Das Schlimmste haben wir fast überstanden.

Im nächsten Moment kam der Bach in Sicht. Abrupt zügelte Aster ihr Pferd. Das kurze Aufflackern der Zuversicht erlosch rasch.

Ein junger Mann kauerte am Ufer und spritzte sich Wasser ins Gesicht und auf den Nacken. Einzelne Tropfen funkelten in seinem krausen schwarzen Haar. Sein Hemd hatte er zum Trocknen an einen nahen Ast gehängt, und sie konnte sehen, wie sich die Muskeln in seinem nackten braunen Rücken spannten. Er war schlank und so sehnig wie ein gespannter Bogen und aller Wahrscheinlichkeit nach auch genauso gefährlich.

»Wer ist das?«, flüsterte Clementine.

»Niemand, von dem wir gesehen werden wollen …«, zischte Aster und wollte das Pferd zu einer Kehrtwende bewegen, doch es war schon zu spät. Ein Zweig brach mit einem leisen Knacken, und der junge Mann drehte sich um. Und sah ihre Gesichter.

Ihre Kokarden.

Aster gab dem Pferd die Sporen, nicht länger besorgt, sie könnten zu laut sein.

»Kommt!«, rief sie den anderen zu.

»Halt!«, befahl der junge Mann. Aster sah sich über die Schulter um. Er rannte zu seinem Pferd. Aster fluchte, und ihr wurde schwindelig von dem Blut, das ihr in den Kopf stieg. Sie ritten, so schnell sie konnten, kitzelten das Letzte aus ihren Pferden heraus. War er ein Raubvogel? Aster hatte seine Augen nicht gut sehen können. Aber warum sonst sollte er sich hier draußen herumtreiben? Wer sonst würde allein durch den Grind reisen?

Aber wahrscheinlich ist er gar nicht allein.

Wahrscheinlich sind noch andere in der Nähe.

Und jetzt sind sie uns auf der Spur.

»Verhobelte Hölle«, fluchte Mallow.

Aster konnte ihr nur zustimmen.

Am späten Nachmittag gab es keinerlei Hinweise mehr darauf, dass der Fremde vom Bach ihnen auf den Fersen war – aber das konnte natürlich auch bedeuten, dass er losgezogen war, um sie zu melden. Und sollte das der Fall sein, dann mussten sie schnell weiter, um den kleinen Vorsprung zu wahren, den sie sich erkämpft hatten. Doch nach einem ganzen Tag im Sattel waren die Mädchen genauso ausgelaugt wie die Tiere. Ausgelaugt, wund geritten und halb verhungert. Sie mussten sich einen Platz suchen, an dem sie die Nacht verbringen konnten, anderenfalls würden sie im Sattel zusammenbrechen.

Doch Killbank war noch mindestens eine Stunde entfernt, und Aster war fest entschlossen, bis dahin durchzuhalten.

»Aster«, murmelte Violet so leise, dass niemand sonst sie hören konnte. Den ganzen Tag über war sie außergewöhnlich still gewesen. Aster nahm an, dass sie genau wie alle anderen schlicht zu müde oder zu bange war, um sich in unnötigem

Geschwätz zu ergehen. Aber nun stellte Aster erschrocken fest, dass Violet bedrohlich erschöpft aussah, ihre blauen Augen waren blutunterlaufen, ihr sonst so glänzendes schwarzes Haar hing strähnig herab.

»Was ist?«, fragte Aster, deren Ton die gewohnte Schärfe fehlte.

Violets Antwort war unverständlich.

Aster runzelte die Stirn und beugte sich näher zu ihr. Sie ritten nun langsam Seite an Seite. »Was?«

»Sie hat gefragt, ob sie eine Dosis Süßdistel bekommen kann«, sagte Clementine leise.

»Das war es, was ich letzte Nacht im Wald verloren habe«, erklärte Violet nun mit etwas kräftigerer Stimme. »Ich habe versucht, das Fläschchen zu finden, aber es war zu dunkel, und ich hatte Angst, ich würde den Anschluss verlieren.«

»Oh.« Aster empfand Mitleid mit ihr. »Tut mir leid. Ich habe keinen Süßdistelextrakt.«

»Du hast keinen …?« Violet starrte sie verwundert an. »Aber … aber du musst doch etwas genommen haben, seit wir abgehauen sind. Anderenfalls wärst du …« Sie befeuchtete ihre Lippen. »Bitte, ich brauche auch nur ganz wenig.«

»Ich nehme das Zeug nicht. Habe ich nie. Ich habe Mother Fleur gegenüber immer nur so getan, damit ich nicht bestraft werde.« Erschütterung spiegelte sich in Violets Zügen. »Es tut mir leid, Violet«, wiederholte Aster. »Wirklich. Versuch durchzuhalten, hörst du? Wir sind fast da.«

Violet setzte wieder die Maske lässiger Gleichgültigkeit auf, doch der wächserne Glanz lag immer noch auf ihrem Gesicht. Sie zog sich in sich selbst zurück.

»Vielleicht ist es gut, dass wir keinen Süßdistelextrakt haben«, flüsterte Clementine. »Nun kann sie davon loskommen.«

»Vielleicht«, stimmte Aster zu, war aber keineswegs überzeugt. Konnte man einfach aufhören, Süßdistel zu nehmen, ohne dafür teuer zu bezahlen? Im Welcome House hatte niemand je aufgehört, der einmal damit begonnen hatte. Dann und wann hatte sie Gerüchte über Frauen gehört, die das Arbeitsalter überschritten hatten und nicht mehr mit Süßdistel versorgt wurden, Gerüchte darüber, zu welchen verzweifelten Maßnahmen diese Frauen griffen, nur um ein paar Tropfen zu ergattern.

Angespanntes Schweigen herrschte von da an in der kleinen Gruppe, und alle behielten Violet sorgsam im Auge, wenngleich niemand seine Sorge offenbarte. Und Violet war natürlich viel zu stolz, noch ein Wort zu sagen. Sie hielt eine weitere halbe Stunde durch, bis ihre Lider flatterten. Ihr Kopf kippte nach vorn, sie sackte zusammen und stürzte mit einem dumpfen Aufschlag in den Dreck.

»Violet!«, rief Aster. Hastig stiegen sie und Clem ab, und ihre schmerzenden Beine hätten beinahe unter ihnen nachgegeben, als sie an Violets Seite eilten. So nahe an Killbank war kein guter Ort, um festzusitzen. Sie mochten bereits in der Reichweite der Patrouillen der Gesetzeshüter sein. Die anderen stiegen ebenfalls ab und bildeten einen Kreis um Violet, die mit offenen, aber blicklosen Augen am Boden lag. »Violet, kannst du mich hören?«

Tansy ging in die Knie und legte ihr die Hand an die Stirn. »Sie hat gefährlich hohes Fieber. Womöglich ist sie im Delirium. Hat sie sich irgendwann verletzt, wisst ihr das? Sich irgendeine Infektion zugezogen?«

Violet zitterte nun heftig. Aster sah Tansy an, deren ruhige Worte wie aus weiter Ferne zu kommen schienen.

»Sich verletzt? Nein ... sie ... sie braucht Süßdistel«, erklärte Aster. »Sie hat mich vor einer halben Stunde darum gebeten.«

»Entzug«, kommentierte Tansy erbittert.

»Ich meine, sie hat schon den ganzen Tag furchtbar ausgesehen, aber ich dachte, na ja, wisst ihr, sie ist solche Mühen nicht so gewohnt wie wir«, sagte Mallow und sah die anderen mit einem Ausdruck zunehmender Panik an. »Was machen wir jetzt, Aster? Hier können wir nicht bleiben.«

»Wir müssen ihr heute Nacht eine Dosis verschaffen, oder sie wird sterben«, antwortete Tansy an Asters Stelle. »Man kann Süßdistel nicht einfach so absetzen. Das muss man ausschleichen.«

»Aber keiner von uns hat etwas dabei«, wandte Aster kopfschüttelnd ein.

»In Killbank muss es eine Apotheke geben«, fuhr Tansy auf ihre besänftigende Art fort. »Da können wir uns Süßdistel beschaffen.«

»Na ja, wir können wohl schlecht einfach hineinspazieren und das Zeug *kaufen*«, gab Clementine zu bedenken. »Und außerdem dachte ich, wir wollen um Killbank herumreiten, nicht mittendurch.«

»Das werden wir auch«, sagte Aster mit fester Stimme. »In dem Ort dürfte es von Gesetzeshütern nur so wimmeln.«

»Bitte«, flehte Violet mit brüchiger Stimme. »Bitte helft mir. Ich tue alles. Ich sage euch auch, wo Lady Ghost ist.«

»Eindeutig deliriös«, murmelte Mallow.

Aber von Violets üblichem Gehabe war nichts geblieben, und irgendwie machte das Aster mehr Angst als alles andere, was passiert war, seit sie ausgerissen waren.

»Bitte … ich will nicht sterben, ehe ich dort ankomme«, fuhr Violet fort. Ihr Blick ruhte unverwandt auf Aster.

Aster schluckte. Sie konnte immer noch nicht so recht an Lady Ghost glauben – nicht, nachdem sie viele Jahre lang überzeugt gewesen war, dass sie nur ein Mythos war –, aber wenn ausgerechnet Violet bereit gewesen war, ihretwegen aus dem Welcome House zu fliehen und ihr Leben zu riskieren, dann hatte die Geschichte vielleicht doch einen wahren Kern. Vielleicht gab es da draußen etwas oder jemanden, der es wert war, gefunden zu werden.

Aster drückte Violets Hand und sagte ihr, was sie nun hören musste.

»Wir beschaffen dir Süßdistel, Violet«, beteuerte sie. »Ich verspreche es – wir lassen nicht zu, dass du stirbst, ehe wir dort ankommen.«

KAPITEL SIEBEN

Nicht weit von Killbank entfernt stießen Aster und die anderen Mädchen auf eine verlassene Mine, in der Violet sich ausruhen konnte, während sie einen Plan schmiedeten, um Süßdistel zu stehlen. Es hieß, man könne den ganzen Grind über das Minenlabyrinth durchqueren, allerdings würde niemand, der bei Verstand war, dieses Wagnis auf sich nehmen. Sofern man sich nicht verirrte und verhungerte, würde man von einem Einsturz lebendig begraben werden oder in giftiger Luft ersticken. Die Erde selbst war durchdrungen vom Leid von Generationen staubblütiger Minenarbeiter, und verlassene Minen wie diese wimmelten häufig von Rächern. Gleich in der Nähe des Eingangs war auch ein Relikt, blass und nebelhaft – ein barfüßiger kleiner Junge, der zusammengekauert am Boden saß, die knochigen Knie an die Brust gezogen. Sein kindliches Entsetzen hing in der Luft wie ein beißender Geruch.

Und doch, hätte Aster die Wahl gehabt, ob sie hierbleiben oder sich nach Killbank wagen sollte, wo sie einen Zusammenstoß mit den Gesetzeshütern riskierte, sie hätte immer die Mine bevorzugt.

»Ich gebe zu, der Name ist nicht gerade vertrauensstiftend«, bemerkte Mallow müßig, als sie ihr Pferd an einem der modernden Balken festband, die den Tunnel stützten. »*Kill-*

bank. Wenn ich es nicht besser wüsste, würde ich sagen, die wollen uns verscheuchen.«

Sie scherzte mit Tansy, aber die wirkte zu abwesend, um darauf einzugehen. Sie hatte sich freiwillig bereit erklärt, mit Aster nach Killbank hineinzugehen, um in der Apotheke noch andere Dinge zu finden, die nützlich für sie wären. So eine Gelegenheit war zu kostbar, um sie nicht zu nutzen. Aber Aster sah ihr an, dass sie jetzt schon Angst davor hatte, mit dem Gesetz in Konflikt zu geraten. Unentwegt zwirbelte sie das Ende ihres Zopfes und starrte mit tief gerunzelter Stirn hinaus in die zunehmende Dunkelheit.

»Hey.« Mallow berührte sie am Arm. »Mal im Ernst. Bist du sicher, dass du mich nicht dabeihaben willst?«

»Du kannst nicht mitkommen«, antwortete Aster an Tansys Stelle, auf einen freundlichen Ton bedacht. »Wenn wir alle drei in die Stadt gehen, dann ist Clementine weitgehend auf sich allein gestellt, weil Violet nicht in der Verfassung ist zu kämpfen.«

»Und ich *muss* mit Aster gehen«, schloss sich Tansy ihren Worten mit einem erzwungenen Lächeln an. »Weil der Rest von euch Schlangenholz nicht von Schlangenöl unterscheiden könnte.«

Mallow brummte etwas Unverständliches, gab sich aber geschlagen und drehte sich zu den anderen um. Clementine kauerte neben Violet, die unter der derben Decke zitterte, in die sie sich gewickelt hatte.

»Und Ihre Hoheit? Was sollen wir mit ihr machen, während ihr weg seid?«, fragte Mallow.

Tansys Lächeln verblasste. »Kümmert euch einfach um ihr Fieber, so gut ihr könnt. Viel mehr könnt ihr nicht tun, bis wir zurück sind.«

»Wir beeilen uns«, versprach Aster.

Einen Augenblick später waren sie bereit zum Aufbruch und stiegen gemeinsam auf Violets Pferd. Tansy steckte ihren Zopf unter den Hut, als Aster Mallow den Theomitring hinhielt.

»Besser, ihr nehmt den. Ihr könnt verdammt sicher sein, dass es hier Rächer gibt.«

»Da draußen werden auch welche sein«, wandte Clementine ein, die sich inzwischen erhoben hatte und mit vor der Brust verschränkten Armen dastand.

»Ja, aber *wir* werden wenigstens in Bewegung sein. Mir gefällt der Gedanke nicht, dass ihr drei hier ohne jeden Schutz festsitzt.«

Mallow nahm den Ring, dessen Stein düster im Halbdunkel glitzerte, und blickte wieder zu Tansy auf. »Sei vorsichtig«, sagte sie. Von dem vorangegangenen Anflug von Humor war nichts übrig geblieben.

Tansy nickte ihr einmal kurz zu. »Bin ich doch immer.«

Aster beugte sich herab, um Clementine einen Kuss auf den Kopf zu drücken, dann ritten sie davon. Aster dirigierte das Pferd zur Knochenstraße. Die letzten Sonnenstrahlen bohrten sich durch das Geäst über ihnen, und der Wind seufzte durch die Bäume, als diese sich mit ihrem Altmännerächzen der aufziehenden Nacht ergaben. Ein Regen aus toten Kiefernnadeln fiel auf Aster und Tansy herab. Aster schüttelte sie von ihrer Hutkrempe.

Tansy saß schweigsam hinter ihr im Sattel. Aster war froh über die Stille, denn sie gab ihr Gelegenheit, ihren Plan ein letztes Mal in Gedanken durchzugehen. Die Mädchen hatten alle zugestimmt, dass die Apotheke vermutlich geschlossen war, bis sie in Killbank angelangt wären – sie mussten also nur ein Fenster aufbrechen und sich hineinschleichen. Solange sie nur vorsichtig und schnell genug vorgingen und keinen Lärm machten, dürften sie keinerlei Aufmerksamkeit erregen.

Bei der Vorstellung strömte finstere Erregung durch ihren Körper, und sie verspürte ein nervöses Flattern im Bauch. Noch immer vibrierte die neu entdeckte Freiheit in ihrem Blut. Es würde gefährlich werden, ja – aber zur Abwechslung begab sie sich aus eigenem Antrieb in Gefahr.

»Weißt du, ich war noch nie in einer Apotheke«, sagte Tansy einen Moment später, und in ihrer Stimme nahm Aster ebenfalls einen Hauch Aufregung wahr.

Überrascht blickte sie sich über die Schulter um. »Woher weißt du dann so viel über Arzneien? Du kommst mir vor wie ein sprechendes Lehrbuch.«

Tansy lachte leise, zögerte aber, ehe sie antwortete. Zu spät erkannte Aster, dass es ein Fehler gewesen sein mochte, sie danach zu fragen. Unter den Good Luck Girls gab es eine unausgesprochene Regel, die besagte, dass das Leben, das sie vor ihrer Ankunft im Welcome House geführt hatten, nicht erwähnt wurde, und Tansy war sogar noch verschlossener als die meisten anderen.

»Meine Mama war Krankenschwester«, sagte Tansy schließlich. »Dann und wann kam ein Arzt in unser Lager, um sich um die Minenarbeiter zu kümmern, aber während des restlichen Jahres war das ihre Aufgabe.«

»Eine Frau sollte die Verantwortung für das Leben von Dutzenden von Männern übernehmen?«

»Na ja, sie war nicht allein«, räumte Tansy ein. »Es gab noch andere Schwestern im Lager. Aber sie hat diese Arbeit am längsten von allen gemacht. Die meisten der anderen waren Mädchen, die kaum älter waren als wir. Sie haben zu ihr aufgeblickt.« Tansy legte eine kurze Pause ein. Dann: »Ich auch.«

Aster wartete, wollte sehen, ob Tansy noch mehr zu sagen hatte, und tatsächlich fuhr sie einen Moment später fort.

»Sie hat mich immer mitgehen lassen. Staublunge, das war die am meisten verbreitete Krankheit. Beinahe jeder im Grind hat mehr oder weniger stark daran gelitten, aber tödlich ist sie normalerweise nur für sehr junge und sehr alte Menschen. Außerdem gab es Knochenbrüche, Muskelrisse und kaputte Trommelfelle ... all die Dinge, bei denen man sich elend fühlen kann, die aber mit der Zeit wieder ausheilen. Hinzu kamen noch die ... die Katastrophen. Eine Gruppe von Männern war gezwungen worden, so lange in stehendem Gewässer zu arbeiten, dass ihnen das Fleisch an den Füßen von den Knochen faulte. Ein anderer Mann hat eine Explosion überlebt, die ihm die ganze Haut auf dem Rücken weggesengt hat. Meine Mama hat mir nichts davon erspart – so hatte sie selbst gelernt, und so sollte ich genug Wissen erwerben, damit ich eines Tages ihre Stelle einnehmen konnte.«

»Um der Toten willen«, hauchte Aster von Übelkeit ergriffen.

»Ich habe mich daran gewöhnt.« Ein Achselzucken deutete sich in Tansys Ton an. »Ich hatte sogar Freude daran. Es war schön zu wissen, dass meine Mama stolz auf mich war. Aber dann hat ihr irgendein Idiot mit einem Brenneisen den Schädel eingeschlagen, weil sie nicht mit ihm tanzen wollte. Eine Woche später hat meine Familie mich an das Welcome House verkauft. Sie konnten es sich nicht leisten, es nicht zu tun.«

Aster schluckte und wusste nicht, was sie sagen sollte. Tansays Geschichte war einerseits unvergleichlich furchtbar und andererseits allzu gewöhnlich, ein Schicksal, das jedem Menschen, mit dem sie aufgewachsen war, hätte widerfahren können. Der Grind war berüchtigt für derartige Gewalttaten.

»Tut mir leid, Tansy«, sagte Aster nach einer Weile.

»Violet wäre froh, wenn sie sehen könnte, was wir für sie tun. Aber eines kann ich dir sagen, Aster, Leuten wehtun mag ich nicht. Ich wollte den Leuten immer nur helfen. Wenn es also zu einem Kampf kommt ...«

»Das wird es nicht«, versprach Aster in der Hoffnung, zuversichtlicher zu klingen, als sie sich fühlte. »Wenn es gefährlich wird, laufen wir einfach davon, einverstanden?« Sie wollte Violet helfen, aber sie hatte nicht vor, für sie zu sterben.

Kurz darauf erreichten sie die Knochenstraße, die sich in das Tal hinabschlängelte, in dem Killbank hinter einer Wehrmauer schlummerte. Eiserne Wächter in Gestalt von Kindern mit traurigen Augen, die Lampen in den Händen hielten und den Weg ausleuchteten, standen im Abstand von fünfzig Fuß zu beiden Seiten der Straße. Unter ihrem starren Blick bekam Aster eine Gänsehaut. Sie befeuchtete ihre Lippen und drehte sich zu Tansy um.

»Bereit?«, fragte sie. Von dem Moment an, in dem sie sich aus ihrer Deckung wagten und auf die Straße begaben, riskierten sie, entdeckt zu werden.

Tansy holte tief Luft. »Wenn ich muss.«

Aster nickte und zog den schwarzen Stoff ihres Staubschutztuches über ihre untere Gesichtshälfte, um die verfluchte Tinte zu verbergen, die sie als Good Luck Girl kennzeichnete.

Jetzt hast du selbst das Heft in der Hand, ermahnte sie sich, bemüht, die Panik, die sich in ihrem Bauch ausbreitete, unter Kontrolle zu bringen.

Die haben Angst vor uns.

»Mehr als zwanzig Minuten habe ich es noch nie ausgehalten, Aster«, warnte Tansy, als sie ebenfalls ihr Gesicht verhüllte.

Aster zog die Hutkrempe tiefer in die Stirn. Zwanzig Minuten – das war ziemlich normal. Jedes Good Luck Girl versuchte, wenn es noch klein war, herauszufinden, wie lange es imstande war, seine Kokarde zu verdecken, bis der Schmerz unerträglich wurde. Asters Rekord lag bei vierundzwanzig Minuten, der Rekord von Green Creek den Legenden zufolge bei dreiunddreißig.

Schon jetzt spürte Aster ein unangenehmes Kribbeln unter der Haut. »Wir schaffen es in fünfzehn«, versprach sie.

Dann ritten sie in die Stadt.

Killbank erinnerte Aster stark an Green Creek – eine lebhafte Oase für die gut betuchten Arkettaner, die im Grind lebten oder ihn auf einer Reise durchquerten. In dem Durcheinander aus Geschäften, die dicht an dicht neben Saloons standen, aus denen wilder Lärm heraushallte, suchte sie nach einer Apotheke. Die Straße war voller Männer in gemusterten Westen und schief auf den Köpfen sitzenden Melonen, die sich gegenseitig über ihre Bierflaschen hinweg angrölten. Hier draußen, außerhalb des Welcome House, dürfte es nur jämmerlich wenige Staubblütige geben, dafür aber jede Menge Gesetzeshüter mit Schusswaffen am Gürtel, die dafür sorgten, dass es auch so blieb. Aster hielt die Luft an, als sie zwei Offiziere passierten, die vor der Bank Wache hielten und sie unter ihren Hutkrempen beobachteten. Hatte sich die Nachricht über die entflohenen Mädchen womöglich schon über Green Creek hinaus ausgebreitet?

Einer der Gesetzeshüter kniff die Augen zusammen und griff nach seiner Waffe. Aster spannte die Muskeln an, packte die Zügel fester, bereit, die Flucht zu ergreifen.

Peng! Aster schlug das Herz bis zum Halse. Der Gesetzeshüter hatte seine Waffe gezogen und gefeuert. Aber nicht auf sie – auf eine Ratte, die vor den Hufen ihres Reittiers vorbeigehuscht war. Das Pferd erschrak und tat einen Satz. Aster konnte kaum mehr klar sehen, während sie gegen das Entsetzen ankämpfte, das von ihr Besitz ergriffen hatte.

»*Mistkerl*«, murmelte sie. »Alles in Ordnung, Tansy?«

»Ich glaube schon«, flüsterte das Mädchen, zitterte aber spürbar.

Als sie sich dem Ende der Hauptstraße näherten, wurde es ruhiger. Hier gab es nur kleinere Geschäfte, die bei Sonnenuntergang geschlossen hatten. Aster kratzte an ihrer Kokarde. Sollte es in Killbank keine Apotheke geben …

Aber dann, endlich, entdeckten sie ein abgedunkeltes Schaufenster, auf dem in riesigen goldroten Lettern LISTON'S APOTHEKE stand. Aster glitt aus dem Sattel und beeilte sich, das Pferd anzubinden. Dabei sah sie sich unentwegt um, um sich zu vergewissern, dass sie unter sich waren. Nicht weit entfernt liefen einige Leute vor einem Gasthaus herum, aber davon abgesehen waren sie allein.

Inzwischen brannte Asters Kokarde, als würden Feuerameisen unter ihrer Haut herumkrabbeln.

»Rein und wieder raus«, versicherte Aster Tansy, deren geweitete Augen verdächtig glänzten. »Du sagst, was wir brauchen, und ich schnappe es mir. Und vergiss nicht, am wichtigsten für uns ist Süßdistel.«

Tansy nickte und stieg ebenfalls ab. Aster versuchte es an der Vordertür, die, wenig überraschend, verschlossen war. Das Fenster war viel zu groß, um es einzuwerfen, ohne dabei Lärm zu veranstalten. Sie fluchte leise. Sie mussten sich etwas anderes einfallen lassen.

Nach einem weiteren verstohlenen Blick, um sicherzustellen, dass sich inzwischen niemand genähert hatte, hob Aster einen Stein auf, schlug damit auf den Türknauf ein, bis er sich löste, und trat die Tür auf.

Und sah sich einem alten Mann gegenüber, der mit einem Gewehr auf sie zielte.

»Das reicht!«, krächzte er heiser. »Zurück, oder ich schieße. Ich schwöre, ich tue es.«

Der Schock traf Aster wie ein Hieb in den Magen. Binnen einer halben Sekunde hatte sie den Mann taxiert – schütteres graues Haar lugte unter einer schlaffen Nachtmütze hervor; fadenscheinige Nachtwäsche hing locker an seinem knochigen Leib, und eine kleine runde Brille funkelte im Licht einer Kerze auf dem Tisch hinter ihm. *Liston persönlich?* Die Geräusche beim Aufbrechen der Tür mussten ihn im Laufschritt aus seinem Schlafgemach hergelockt haben.

»Ich sagte, *zu*…«

Aster nahm sich nicht erst Zeit zum Nachdenken. Sie stürzte einfach voran, stieß den Lauf des Gewehrs mit dem Unterarm nach oben. Mit der rechten Handkante traf sie Liston an der Brust und trieb ihm die Luft aus der Lunge, ehe er um Hilfe rufen konnte.

Keuchend stolperte der alte Mann zurück, verlor den Halt und stürzte zu Boden. Aster riss ihm die Waffe aus den Händen und richtete sie auf ihn. Sie hatte keine Ahnung, wie sie funktionierte, aber das wusste Liston nicht.

Der hustete und spuckte und starrte böse zu ihr hinauf. Als er erkannte, dass keine Schatten zu ihren Füßen lagen, kniff er die Augen zusammen.

»Verdammte *Staubblütige.* Was wollt ihr von mir?«

»Kein Wort mehr«, warnte ihn Aster mit leiser Stimme und presste ihm die Mündung der Waffe an den hüpfenden Adamsapfel, obwohl ihr angesichts der Furcht, die in seinen Augen flackerte, übel wurde. Erst Violet, nun dieser alte Mann. Was wurde nur aus ihr?

Was immer ich sein muss, um uns am Leben zu halten, dachte sie mit neuer Entschlossenheit.

»Süßdistel«, beantwortete sie seine Frage. »Und was immer meine Freundin sonst noch will.«

Sie reichte Tansy einen Ranzen, den sie aus den Stallungen gestohlen hatten. Tansy ergriff ihn. Ihr Gesicht war gerötet und glänzte unter einer dünnen Schweißschicht, doch Aster konnte nicht sagen, ob die ihrer Furcht geschuldet war oder dem zunehmenden Schmerz, den ihr die Kokarde bereitete.

Beinahe vorbei, versuchte Aster, ihr mit den Augen zu vermitteln, ehe sie sich wieder auf Liston konzentrierte und mit einer Kopfbewegung zu der Theke vor den Arzneiregalen deutete. »Los«, sagte sie und senkte die Waffe. »Schnell.«

Liston zögerte. Der Ausdruck des Erkennens in den Zügen des Apothekers gefiel Aster überhaupt nicht.

»Süßdistel?«, wiederholte er.

»Jetzt!«, knurrte Aster.

Langsam und immer noch zitternd, mühte er sich auf die Beine und hastete dann zu den Regalen. Tansy folgte ihm und hielt den Ranzen offen.

»Klette … Laudanum … Galmei … Wolfsmilch«, murmelte sie in einem Ton, in dem eine Abbitte mitschwang. Aster beobachtete sie aufmerksam und kratzte sich am Hals. Der Schmerz trieb inzwischen auch ihr den Schweiß aus den Poren, und bald würde ihre Kokarde so hell erglühen, dass Liston sie sehen könnte. Sie verstärkte den Griff um den Lauf des Gewehrs und drehte sich um, um sicherzustellen, dass sich niemand dem Laden näherte. Bisher war alles ruhig. Aber als ihr Blick durch den Raum glitt, blieb er wieder und wieder an Schildern an den Wänden hängen, die alle in großen schwarzen Buchstaben die gleiche Botschaft kundtaten.

Aster schluckte. Furcht kroch ihr über den Rücken. Sie trat näher und betete zu den Toten, dass ihr die Gesichter auf den Plakaten fremd waren.

Aber ihre Schwester hätte sie überall wiedererkannt. Da hingen fünf Plakate nebeneinander, eines für jede von ihnen, die Gesichter gezeichnet von kundiger Hand. Ihre Kokarden waren besonders detailgetreu dargestellt und sahen exakt so aus wie die, die gerade so heftig brannte, dass Aster kaum imstande war, sich auf die Worte vor ihrer Nase zu konzentrieren.

… *Good Luck Girls aus Green Creek* …

… *den grausamen Mord an Baxter McClennon* …

… *gestohlen* … *Theomitring* … *drei Pferde* …

… *Belohnung von 50 000 Adler* …

… *LEBENDIG ZU ERGREIFEN* …

Baxter McClennon.

Clementine hatte Baxter McClennon getötet.

Den Erben des McClennon-Minenimperiums. Sohn des mächtigsten Landesherrn im Grind. Eine Erkenntnis nach der anderen prasselte auf Aster ein. Seine Familie würde das Gebirge einreißen, um sie aufzuspüren. Sie würden jeden einzelnen Raubvogel in Arketta auf sie ansetzen.

Aster spürte, wie ihr die Galle hochkam.

»Die Ähnlichkeit ist ziemlich groß«, kommentierte Liston plötzlich.

Aster konnte ein verzweifeltes Schluchzen nicht ganz zurückhalten, als sie mit erhobener Waffe herumwirbelte. Der Apotheker reckte ergeben die Hände hoch. Tansy stand hinter ihm und war gerade dabei, ihren Ranzen zu schließen, doch die Bewegung ihrer Hände wurde langsamer, als sie an Aster vorbeischaute und die Plakate ebenfalls entdeckte.

»Wenn die Süßdistel euch nicht verraten hätte, dann täte es zweifellos die Art, wie ihr diese Plakate anstarrt«, fuhr Liston mit einem spöttischen Grinsen fort.

Asters Blick huschte zu Tansy. Sie hatten keine Wahl. Sie rammte dem Mann die Mündung des Gewehrs an die Brust, zwang ihn zurückzuweichen, bis sein Steißbein, begleitet von gläsernem Klirren, gegen den Tresen prallte. Ihr Finger spannte sich um den Abzug.

»Hol das Seil von draußen, damit wir ihn fesseln können«, wies sie Tansy an. *»Sofort!«*, fügte sie hinzu, als ihre Begleiterin nicht gleich reagierte.

Tansy sauste davon. Wieder jagte ihr die Kokarde einen bohrenden Schmerz durch den Leib, und es fiel ihr nicht leicht, das Gewehr mit ihren feuchten Händen ruhig zu halten. Sie bedachte Liston mit einem drohenden Blick und betete zu den Toten, dass er ihr Täuschungsmanöver nicht durchschauen würde. Seine Mundwinkel zuckten, aber er sagte nichts.

Tansy kehrte mit dem Seil zurück.

»Fessel ihn«, befahl Aster, ohne den Blick von ihm abzuwenden.

Dieses Mal zögerte Tansy nicht, sondern band seine Hände und Füße zusammen. Derweil fing ihre Kokarde an, stark genug zu glühen, dass sie durch das Staubtuch erkennbar war. Kaum war sie fertig, ließ Aster die Waffe sinken, erleichtert, dass sie nicht gezwungen worden war, sie zu gebrauchen.

»Komm«, sagte Aster. Sie liefen zu der Wand und rissen die Plakate ab, ehe sie wieder zur Tür eilten.

»Dreckige Lucker!«, brüllte Liston ihnen hinterher, nun, da

kein Gewehr mehr auf ihn gerichtet war. »Ihr wisst gar nicht, wie gut ihr es in dem Haus hattet! Ich kann es gar nicht erwarten zu sehen, was die McClennons mit euch …«

Kochend vor Wut, drehte Aster sich zu ihm um, hastete zu ihm und knebelte ihn mit seiner Nachtmütze, während der sengende Zorn sie drängte, es nicht dabei zu belassen.

»Aster, beeil dich, *bitte*«, flehte Tansy sie an. Ihre Kokarde brannte nun orangerot, war nur noch Minuten von weißglühender Hitze entfernt.

Aster schluckte und nickte. »Wir sind hier fertig«, sagte sie. »Hauen wir ab.« Sie ging wieder zur Tür, und Tansy folgte ihr. Draußen bestiegen sie das Pferd, doch die Worte des Mannes klingelten Aster immer noch in den Ohren, als sie die Apotheke hinter sich ließen.

Als Aster und Tansy wieder an der Mine eintrafen, war Violet bewusstlos. Tansy stieg hastig ab und eilte zu ihr. Aster folgte ihr langsamer, immer noch erschüttert von dem, was sie erfahren hatten. Clementine lief auf sie zu und schlang die Arme um sie.

»Ihr habt es geschafft«, sagte Mallow, deren ganzer Körper sich vor Erleichterung sichtlich entspannte. »Den Toten sei Dank.«

»Wir hatten ein bisschen Ärger«, gestand Aster. *Eine Untertreibung.* Der Schmerz, den die Kokarde ihr bereitete, fing gerade erst an nachzulassen. »Hattet ihr hier irgendwelche Schwierigkeiten?«

Clementine gab sie frei und schüttelte den Kopf. »Man kann hören, dass sich die Rächer in Bewegung setzen. Gut, dass wir den Ring haben.«

Den Ring.

Baxter McClennons Ring.

Tansy quetschte einen Tropfen Süßdistel unter Violets Zunge, erhob sich und atmete auf. »Gute Neuigkeiten – Violet dürfte in ein paar Stunden wieder zu sich kommen.« Dann sah sie Aster mit ruhiger Miene an. »Willst du ihnen die schlechten Neuigkeiten erzählen?«

Damit zu warten hätte es auch nicht besser gemacht. Aster befeuchtete sich die Lippen und drehte sich wieder zu Clementine um.

»Wir haben in Killbank Plakate gesehen. Eines für jede von uns. Der Aufschneider, den du getötet hast ... das war Baxter McClennon.«

Für einen Moment sagte Clementine kein Wort, während ihre Mimik von Überraschung allmählich in Furcht überging. *»McClennon?«*, wiederholte sie dann flüsternd. »Bist du sicher?«

»Schau selbst«, entgegnete Aster erbittert und zog die Plakate aus der Tasche.

»Moment, Moment, sagt mir erst mal, was ich da sehe«, ging Mallow dazwischen, als Clementine die Plakate auseinanderfaltete. »Wer ist Baxter McClennon, und warum muss es mich überhaupt interessieren, dass er tot ist?«

»McClennon – du weißt schon, wie *Mount* McClennon?«, antwortete Tansy. »Seinem Vater gehört der halbe Grind, und sein Onkel Jerrod kandidiert für das Amt des Gouverneurs. Ich bin in einem der Lager ihrer Familie aufgewachsen.«

»Oh«, machte Mallow und bekam große Augen. *»Oh.«*

»Genau«, gab Aster zurück. »Ich dachte, wir müssten uns nur über die Raubvögel vom Welcome House Sorgen machen. Aber die McClennons sind in der Lage, genug von denen anzuheuern, um uns von der Landkarte zu tilgen.«

»Und das Gesetz haben sie auch in der Tasche«, mahnte

Tansy. »Jetzt dürfte jeder, der in Arketta ein Abzeichen trägt, hinter uns her sein, falls das nicht schon die ganze Zeit so war.«

»Also müssen wir weiterreiten«, bemerkte Clementine, als sie endlich ihre Stimme wiedergefunden hatte. »Wir haben keine Zeit zu verlieren. Eine von uns kann Violet auf dem Pferd festhalten. Wenn wir Lady Ghost erst gefunden haben …«

»Wir haben keine Ahnung, wo Lady Ghost *ist*«, erinnerte sie Aster. »Wir können nirgendwohin, solange Violet nicht wach ist und uns den Weg weist.«

Was sie tatsächlich dachte, verschwieg sie: dass Lady Ghost vermutlich gar nicht existierte und sie, sollten sie ihre Kokarden nicht loswerden, schon so gut wie tot waren. Jeder andere Verbrecher konnte sein Aussehen ändern, davonlaufen, sich verstecken und hoffen, irgendwo ein neues Leben anzufangen. Aber diese Zeichen wiesen sie nicht nur als geflüchtete Good Luck Girls aus, sondern auch als Baxter McClennons Mörderinnen …

»Nach allem, was wir wissen, könnte Lady Ghost irgendwo hier in der Nähe sein«, meinte Tansy hoffnungsvoll und blickte sich zu Violet um. »Wir müssen vielleicht gar nicht weiterflüchten.«

Aster sah Clementine an, dass ihr die Vorstellung hierzubleiben nicht behagte, aber sie hatten keine Wahl.

»Halt einfach durch und ruh dich ein bisschen aus«, sagte Aster besänftigend zu ihr. »Wir kriegen das schon hin. Ich verspreche es.«

Tansy und Mallow willigten ein, die erste Wache gemeinsam zu übernehmen. Aster legte sich auf den Streifen harten Bodens neben den verrosteten Lorenschienen und umwickelte ihr Haar für die Nacht mit dem Staubschutztuch. Die Decke, die sie sich um den Leib gewickelt hatte, tat wenig, um sie vor der Kälte zu schützen, die aus den Steinen in ihren Körper sickerte. Clementine legte sich neben sie, und sie kuschelten sich wortlos aneinander, um sich gegenseitig zu wärmen, wie sie es schon gehalten hatten, als sie noch klein gewesen waren. Vor Green Creek. Vor alldem.

Für einen Moment lagen sie nur da und lauschten den sehnsüchtigen Schreien der Rächer, die aus der Finsternis emporhallten. Es waren nie Worte aus irgendeiner lebendigen Sprache, nur derbe Vokale, die ineinander übergingen, endlos, hilflos. Und doch war es Aster immer so vorgekommen, als wäre sie kurz davor, die Rächer zu verstehen – als könnte sie ihnen antworten, wenn sie nur wollte. Und irgendwie war nichts an ihnen beängstigender als das.

Clementine schien vor Anspannung zu knistern, beinahe als hielte auch sie einen Schrei zurück.

»Ich weiß, was du denkst«, flüsterte Aster nach einer Weile. »Das muss es nicht.«

»Muss was nicht?«

»Dir leidtun.«

»Ihr werdet meinetwegen alle sterben. Im Welcome House waren wir wenigstens in Sicherheit. Aber die McClennons …«

»Wir waren nicht sicher. Wir waren dort niemals sicher.«

»Violet wäre beinahe von diesen Rächern zerfetzt worden. Und dich und Tansy hätte man um ein Haar in Killbank geschnappt. Und dieser Raubvogel an dem Bach …«

»Nichts davon war deine Schuld. Hör mir zu: Wenn die McClennons uns töten, dann sind sie diejenigen, die sich schuldig machen. So einfach ist das. In Green Creek hatten wir keine Möglichkeit, uns gegen die Leute zur Wehr zu setzen, die uns wehtun wollten. Jetzt haben wir eine. *Du* hast sie uns geschenkt. Es gibt nichts, wofür du dich entschuldigen müsstest.«

Clementine schwieg.

»Sag mir, dass du mich verstanden hast, Grace.«

Clementines richtiger Name – der Name, auf den sie gehört hatte, ehe sie im Welcome House gelandet waren, der Name, den zu vergessen man sie gezwungen hatte. Was es, wie einige der Mädchen dachten, einfacher machte, so zu tun, als müsste da irgendeine Fremde leiden, nicht man selbst.

Aber vielleicht mussten sie ja nicht mehr solche Mädchen sein.

»Ich habe es verstanden«, antwortete Clementine nach einer Weile.

Und dann, endlich, konnte Aster sich gestatten, ein wenig zu schlafen.

Violet war die Letzte, die am Morgen erwachte. Während Aster und die anderen die Pferde sattelten und ihnen Zaumzeug anlegten, lag Violet immer noch zusammengerollt unter ihrer Decke, die Hände als Kissenersatz unter dem Kopf. Die kränkliche Blässe, die sie am Vortag befallen hatte, war fort, und ihr Atem ging wieder langsam und regelmäßig. Ihr Haar war noch immer feucht von dem fiebrigen Schweiß, ihr Gesicht verschmutzt, dennoch sah sie so friedlich aus, wie Aster sie nie zuvor erlebt hatte.

Mallow stupste sie mit einem Stock in die Rippen.

»Mal«, tadelte Tansy.

»Was? Sie muss aufstehen.«

»Sie muss *ausruhen.* Sie hat viel durchgemacht.«

»Das haben wir alle, und für mich sieht sie ganz gesund aus.«

»Lass ihr noch fünfzehn Minuten«, sagte Aster und biss in eine halb verfaulte Karotte – der Rest des Essens, das sie aus den Ställen entwendet hatten. Sie teilte Mallows Ungeduld, und sie wollte keine Minute des Tages unnütz vergeuden.

Aber es hatte keinen Sinn weiterzuziehen, wenn Violet doch nur wieder zusammenbrechen würde. Glücklicherweise wurde das Mädchen einen Moment später ganz von selbst wach. Vielleicht weil seine Ohren geklingelt hatten nach all dem Gerede.

Anhand ihres Gesichtsausdrucks mutmaßte Aster, dass Violet vergessen hatte, nicht mehr im Welcome House zu sein. Sollte dem tatsächlich so sein, stand ihr eine Überraschung bevor.

»Was zur Hölle ist hier los?«, fragte Violet, setzte sich auf und sah sich misstrauisch um. Und dann schien es ihr wieder einzufallen. »Ach verdammt.«

»Willkommen in Killbank«, beschied Aster trocken. »Oder wenigstens willkommen in dieser verfluchten Mine, ein paar Meilen außerhalb von Killbank. Wir haben hier Rast gemacht, um dir Süßdistel zu besorgen – erinnerst du dich?«

»Zur Genüge«, murrte Violet und fluchte erneut, als sie aufzustehen versuchte und prompt wieder zu Boden fiel.

»Langsam«, warnte Clementine.

»Es geht mir gut«, beharrte sie. »Ich brauche nur einen Schluck Wasser.«

»Und ich besorge dir welches«, sagte Aster. »Aber zuerst muss ich dir etwas erzählen und dich etwas fragen.«

Violet bedachte sie mit einem hochmütigen Blick. Ein besseres Zeichen dafür, dass sie allmählich wieder zu sich kam, konnte es kaum geben.

»Dann los.«

Dafür würdest du sowieso sitzen wollen, dachte Aster. Und dann erzählte sie Violet von den Steckbriefen, die sie am Vorabend entdeckt hatten. Violets Mimik blieb auffallend starr, während sie zuhörte.

»Du scheinst nicht besonders beunruhigt zu sein wegen der McClennons«, stellte Clementine fest.

»Welchen Sinn hätte das? Was passiert ist, ist passiert.« Sie fuhr sich mit der Zunge über die Lippen. »Ich hätte jetzt gern Wasser.«

»In einer Minute«, versprach Aster. »Wir müssen dich immer noch etwas fragen – du hast gesagt, wenn wir dir Süßdistel beschaffen, erklärst du uns, wie wir Lady Ghost finden, weißt du noch? Also, wo ist sie?«

Ein harter Ausdruck schlich sich in Violets Augen. »Schwört ihr, dass ihr mich trotzdem mitnehmen werdet?«

»Um der Liebe der Toten willen, *ja,* nur sag uns, wohin wir müssen«, antwortete Aster aufgebracht.

»Ihr *habt* mir das Leben gerettet«, räumte Violet ein. »Ich würde euch ja danken, aber ihr habt mich schließlich auch im Stich gelassen, als ich meine Süßdisteltropfen verloren habe, also schätze ich, wir sind quitt.«

»Na schön, weißt du was …«

»Northrock«, sagte Violet da endlich. »Dort werde ich … dort werden *wir* Lady Ghost finden.«

Einen Moment lang herrschte tiefe Stille, während sich in Asters Brust Zorn aufbaute. Ihr war, als hätte man sie hintergangen. Northrock lag mindestens eine Monatsreise zu Pferd entfernt in der Nähe der Grenze zu Ferron. Weit außerhalb des Grinds. Ebenso gut hätte Violet sagen können, dass Lady Ghost auf dem Mond lebte.

»Northrock?«, wiederholte Clementine, noch ehe Aster ihre Rage weit genug unterdrücken konnte, um etwas zu sagen.

»Aber … aber hast du nicht gesagt, wir müssten nur nach Killbank?«, stammelte Tansy.

»Ich sagte, wir müssen *Richtung* Killbank«, korrigierte Violet. »Aber wir haben noch einen langen Weg vor uns.«

»Was hast du uns sonst noch verschwiegen?«, herrschte Mallow sie an. »Funktioniert ihre Magie bei jedermann? Verlangt sie etwas für ihre Dienste? Ich hüpfe nicht durch das halbe Land, nur um dann an der Tür abgewiesen zu werden.«

Violet zögerte. »Man sagt, es kostet tausend Adler, eine Kokarde entfernen zu lassen.«

»Augenblick mal«, blaffte Aster, deren Zunge sich endlich wieder gelöst hatte. »Dann müssen wir also den ganzen Weg nach Northrock hinter uns bringen *und* unterwegs irgendwie fünftausend Adler auftreiben?« Die meisten Minenarbeiter konnten von Glück reden, wenn sie tausend Adler im Jahr zusammenbekamen. »Und was soll das bedeuten, ›man sagt‹? Wer zur Hölle ist *man*?«

»Ich habe zugestimmt, euch zu erzählen, wo ihr sie findet, nicht, woher ich das weiß«, konterte Violet.

»Wenn wir unsere ganze verdammte Vorgehensweise basierend auf deinen vorgeblichen Informationen planen müssen, dann, denke ich, haben wir ein Recht zu erfahren, aus welcher Quelle sie stammen.« Aster verschränkte die Arme vor dem Körper.

»Schön«, murrte Violet naserümpfend. »Wenn ihr mir nicht glaubt, dann vergesst doch das Geld. Geht einfach hin und probiert es aus.«

Die Blicke, mit denen die anderen Aster bedachten, verrieten ihr, dass sie Violet glaubten. Nicht nur, dass sie wusste, wo Lady Ghost zu finden war, sondern auch die Sache mit den Kosten. Trotz ihres Zorns musste Aster zugeben, dass Lady Ghost ihr durch die tausend Adler sogar ein wenig realer erschien – keine legendäre Retterin, sondern eine Frau, die Geld für ihre Dienste forderte. Trotzdem änderte das nichts an dem Problem, dass sie nicht wussten, wo sie es herbekommen sollten. Oder wie sie nach Northrock gelangen würden.

»Wir haben den Ring«, setzte Tansy an, die offenbar die Wandlung in Asters Denkweise spürte. »Wir könnten ihn verkaufen …«

»An wen?«, fiel ihr Aster ins Wort. »Der Ring ist auf den Steckbriefen abgebildet. Jeder, er ihn erkennt, würde uns einfach ausliefern.«

»Lady Ghost vielleicht nicht. Womöglich akzeptiert sie ihn als Honorar«, warf Clementine ein.

Vielleicht. Womöglich. Aster fühlte, wie sich Hysterie in ihr regte. Sie würden es nie bis Northrock schaffen. Es zu versuchen wäre blanker Selbstmord. Aber sie hatten auch keine Überlebenschance, wenn sie hierblieben, nicht wenn die McClennons hinter ihnen her waren. Violets Fantasien nachzujagen war nach wie vor ihre einzige Option.

Dreckige Lucker. Ihr wisst gar nicht, wie gut ihr es in dem Haus hattet! Die Worte des Apothekers hallten durch Asters Kopf. »Ich brauche eine Minute«, murmelte sie und mühte sich auf die Beine.

»Warte, Aster, niemand von uns sollte allein da raus …«, sorgte sich Tansy.

»Ich bin nur eine Minute weg«, erklärte Aster mit fester Stimme. »Ich fülle die Feldflasche nach und komme zurück.« Sie begegnete Clementines Blick. »Versprochen.«

Aster schlang sich die Flasche über die Schulter, stolperte hinaus und blinzelte in den hellen Sonnenschein. Der Anblick hatte keinerlei Ähnlichkeit mit dem Wald, den sie in der Nacht bezwungen hatten. Singvögel trällerten sich gegenseitig von Baum zu Baum ihre Lieder zu, und eine kleine Eidechse nahm ein Sonnenbad auf einem Felsen.

Allmählich fühlte sie sich etwas besser. Immerhin war nicht alles nur schlimm.

Nach einem kurzen Spaziergang erreichte sie den Bach. Selbst nach ihrer vorangegangenen Begegnung mit dem Fremden hatten sie sich davor gefürchtet, sich allzu weit von ihm zu entfernen. Es war nicht leicht, im Grind frisches Wasser zu finden. Vorsichtig kletterte sie die matschige Uferböschung hinunter und ging in die Knie, um die Flasche nachzufüllen.

Plötzlich lenkte ein Rascheln ihren Blick auf die Äste über ihr. Der Ruf eines Mannes zerriss die Luft. Aster griff nach ihrem Messer.

Noch ehe sie es ergreifen konnte, wurde sie zu Boden gestoßen.

KAPITEL ACHT

Schmerz explodierte in Asters Brust, und die Luft entwich aus ihrer Lunge. Ihre Muskulatur verkrampfte sich unter der vertrauten Furcht davor, der Gnade eines Mannes ausgeliefert zu sein. Sie drehte sich um, kam wieder auf die Beine, packte ihr Messer und stach mit einem verzweifelten Aufschrei auf den Angreifer ein. Der wich der Klinge aus und stieß sie erneut zu Boden.

»Sei ruhig!«, zischte er. »Ich kann nicht gegen euch beide gleichzeitig kämpfen.«

Beide?

Er schlug ihr das Messer aus der Hand. Bis sie den Boden abgesucht hatte und wieder danach greifen konnte, war er bereits mehrere Fuß von ihr entfernt, kehrte ihr den Rücken zu und hielt das eigene Messer vor dem Körper.

Um sich des fauchenden Pumas zu erwehren, der sie umkreiste.

Aster stockte der Atem. Sie hatte noch nie einen Puma aus so kurzer Entfernung gesehen, hatte nur dann und wann sein Jaulen aus der Ferne gehört. Dieser war größer, als sie es sich vorgestellt hatte, doppelt so groß wie ein Mann mit muskulösen Schultern, die sich kraftvoll unter dem sandfarbenen Fell bewegten, als er sich mit gebleckten Fangzähnen näherte.

Aber er blutete. In seiner Brust klaffte eine lange, wenn auch oberflächliche Schnittwunde. Der junge Mann hatte ihn also schon erwischt.

Er hat mich gerettet, begriff Aster. Das Herz hämmerte in ihrer Brust, als sie sich erneut auf die Füße stemmte. Offenbar hatte sich der Puma an sie angeschlichen, und der Fremde hatte sie gerade noch rechtzeitig aus dem Weg geschubst. Auch er blutete, dort, wo die Großkatze seinen Arm beharkt hatte.

Das macht ihn trotzdem noch lange nicht zu einem Verbündeten, warnte eine Stimme in Asters Hinterkopf. Nur die Toten wussten, was er mit ihr vorhatte.

Aber wenn sie ihm nicht half, würde der Puma sie beide töten.

Aster befeuchtete sich die Lippen und umfasste das Messer mit festerem Griff. Der Fremde täuschte einen Angriff auf die Katze vor. Kaum stürzte die sich auf ihn, schoss Aster vor und rammte ihr die Klinge in die Seite. Das Tier gab einen ohrenzerfetzenden Schrei von sich. Hastig sprang sie zurück, als es sich ihr zuwandte. Der Fremde griff erneut an und erwischte es am Hinterbein. Sofort wirbelte der Puma herum. Schlug mit einer mächtigen Pranke nach ihm. Der Fremde duckte sich unter einem Hieb hinweg, der seinen Brustkorb hätte zerschmettern können. Rollte sich ab. Der Puma zog die schwarzen Lippen über die Zähne und kauerte sich tief auf den Boden, bereit, sich auf ihn zu stürzen, ehe er wieder auf die Beine kommen konnte.

Aster überlegte nicht erst. Ihr Körper bewegte sich schon, ehe ihr Geist ihn aufhalten konnte. Sie rannte zu dem Puma, hob ihr Messer und trieb es kraftvoll zwischen die Schulterblätter der Bestie. Die gab einen beinahe menschlich klingenden Schrei von sich und wand sich unter Schmerzen. Entsetzen ergriff Besitz von Aster. Sie zerrte das Messer wieder heraus und wich hastig zurück, rechnete damit, dass sich der Puma mit neuem Groll auf sie stürzen würde. Aber er hatte genug. Knurrend zog er sich zurück und verschwand so plötzlich, wie er gekommen war, im Unterholz.

Stille senkte sich über den Wald. Aster atmete schwer, ihre Hände zitterten, und ihr war, als hätte sie sich innerlich aufgelöst. Trotzdem sammelte sie all ihren Mut, denn nun musste sie es auch noch mit dem Fremden aufnehmen. Seit Green Creek war sie nicht mehr mit einem Mann allein gewesen – aber dieses Mal würde es anders laufen. Lieber wäre sie in den Klauen des Pumas gestorben, als ihm zu Willen zu sein. *Ihn* würde sie auch aufschlitzen, sollte es notwendig sein. Wieder hob sie ihr Messer und näherte sich ihm von hinten, während er noch die Stelle im Auge behielt, an welcher der Puma verschwunden war.

»Man soll diesen Berglöwen keine Angst zeigen«, sagte er, »aber weißt du, was? Ich hätte mir gerade beinahe in die Hose gemacht.« Er lachte unbefangen, steckte sein Messer in die Scheide und drehte sich zu ihr um. Erschrocken zuckte Aster zurück.

Der Fremde vom Bach.

Doch nun war sie ihm nahe genug, um zu erkennen, dass er kein Raubvogel war. Seine hellbraunen Augen waren die eines Sterblichen, und er hatte nichts von dieser furchtbaren, auszehrenden Energie an sich. Und einen Schatten hatte er auch nicht, was bedeutete, dass er wie sie ein Staubblütiger war – gewöhnlich ein gutes Zeichen. Aster war beinahe überzeugt, sie hätte sein Gesicht schon irgendwo gesehen. Dennoch …

»Du bist uns gefolgt«, knurrte sie und presste ihm die Messerspitze auf die Brust.

Er reckte die Hände hoch, und in seinem Gesicht spiegelte sich ihre eigene Furcht. »Hey, ganz ruhig …«

»Wer bist du? Was willst du?«

»*Ganz ruhig*, habe ich gesagt. Du solltest vielleicht das Messer runternehmen. Mein Name ist Zee. Ich bin Wegemann. Ich kann euch helfen.«

Ein Wegemann – ein Grindführer. Nach allem, was Aster über sie wusste, passte er ins Schema. Er trug einen langen braunen Staubmantel über einer schlichten Arbeitsweste, dazu eine dunkle Baumwollhose, seinen Worten zufolge nicht eingenässt, Reitstiefel und einen breitkrempigen Hut. Und natürlich schien er ganz allein durch den Grind zu reisen. Das war es, was die Wegemänner taten: Sie zähmten die Wildnis, erforschten das Unbekannte, schützten die Schwachen und Hilflosen vor all den bösen Dingen im Gebirge.

Aber jedes Arschloch konnte sich einen Heldenhut aufsetzen und ins Gebirge reiten. War das Ganze womöglich nur ein Trick, um sie zu den McClennons zu lotsen? Aster hielt das für mehr als wahrscheinlich.

»Wir kommen allein zurecht«, sagte sie mit versteinerter Miene.

»Es ist nicht leicht, hier draußen ›zurechtzukommen‹, sogar für jemanden wie mich«, wandte Zee ein. »In diesen Wäldern gibt es Schlimmeres als Pumas.« Sein Blick fiel beinahe flehentlich erneut auf das Messer, aber Aster weigerte sich, es herunterzunehmen.

»Selbst wenn. Wir haben nicht den nötigen Glimmer, um dich zu bezahlen«, sagte sie. Und sie würden ihn ganz bestimmt nicht auf eine andere Weise bezahlen, falls es das war, was er sich von einem Haufen Good Luck Girls erhoffte. Eher würde sie ihm die Kehle durchschneiden.

»Ich will deinen Glimmer nicht. Ich will McClennons Ring«, sagte Zee und zog langsam einen von Clementines Steckbriefen aus der Innentasche, die freie Hand zu einer Geste des Friedens erhoben. »Hier heißt es, ihr hättet ihn gestohlen. Einen Ring, der für einen Mann in meinem Metier unbezahlbar ist.«

Asters Gesicht glühte vor Zorn. »Also willst du uns erpressen, ja? Ist es das? Gebt den Theomitring raus, oder du lieferst uns aus?«

»Nein! Verflixte Hölle …«

Ehe Aster noch etwas sagen konnte, raschelte es hinter ihr im Gebüsch. Ergriffen von der Furcht, der Puma könnte zurückgekehrt sein, wirbelte sie herum, aber es war nur der Rest ihrer Gruppe. Erleichtert steckte Aster das Messer in die Scheide. Zu fünft konnten sie diesen Jungen ganz bestimmt überwältigen, sollte es nötig werden.

»Aster!«, rief Clementine. »Wir haben einen Puma gehört …«

Abrupt verstummte sie.

»Wer zur Hölle bist du?«, verlangte Violet zu erfahren.

»Das ist der Fremde, den wir gestern schon gesehen haben. Er behauptet, er sei ein Wegemann und wolle uns helfen, unser Ziel zu erreichen«, erklärte Aster in unverkennbar skeptischem Ton. »Er ist uns gefolgt.«

»Er *ist* ein Wegemann, und sein Name ist Zee«, sagte Zee und umklammerte den immer noch blutenden Arm. »Hört mal, ich würde mich lieber früher als später um diese Wunde kümmern. Was muss ich tun, um euch zu überzeugen? Ich folge euch schon seit Green Creek – ich hätte mehr als genug Zeit gehabt, um euch auszuliefern. Und ich weiß nicht, was zwischen euch und McClennon vorgefallen ist, aber das interessiert mich auch nicht sonderlich. Ich würde mich immer auf die Seite der Good Luck Girls schlagen, besonders wenn einer dieser miesen Landesherren im Spiel ist. Immer.«

Aster reckte das Kinn vor. »Tatsächlich?« Sie sah Zee direkt in die Augen. Ihre Zeit im Welcome House hatte sie die vielen Arten männlicher Lügen gelehrt. Sie belogen sich und andere, um sich mächtiger zu fühlen oder etwas Blamables zu verbergen. Männer, die versprachen, man könne ihnen trauen, nur um einem eine halbe Sekunde später zu beweisen, dass man das besser nicht täte, waren nichts Neues für sie. Sie hatten dieses ölige, verschlagene Aussehen, das ihr nie entging. Aster musste zugeben, dass sie bei dem Jungen nichts davon entdecken konnte – aber sie wusste auch nicht, ob sie sich selbst derzeit über den Weg trauen durfte, erschöpft und verzweifelt, wie sie war. »Dann werde ich darauf vertrauen, dass du dich nicht vom Fleck rührst, während wir das durchsprechen.«

Damit winkte sie den anderen zu, ihr ein Stück weiter weg zu folgen – nahe genug, um ihn im Auge zu behalten, aber auch fern genug, dass er sie nicht belauschen konnte. Kaum hatten sie sich im Kreis versammelt und die Köpfe zusammengesteckt, erzählte Aster den anderen, was sie verpasst hatten. Zee hatte sie vor dem Puma gerettet, ja. Aber, fügte Aster hinzu, wenn er ihnen noch weiterhelfen sollte, verlangte er einen Lohn. Er wollte den Ring – den sie für Lady Ghost aufbewahren sollten.

»Vielleicht können wir den Glimmer für Lady Ghost irgendwie unterwegs auftreiben«, schlug Tansy vor. »Wir werden Hilfe brauchen, wenn wir den ganzen Grind durchqueren müssen, Aster. Wir sind schon wegen der Arzneien nur knapp davongekommen, und wir haben kaum noch etwas zu essen.«

»Genau, und wenn er uns hätte ausliefern wollen, dann hätte er das gestern schon getan. Er wusste ja, wo wir gelagert haben«, warf Clementine ein.

»Und wir sind mehr als genug, um mit ihm fertigzuwerden«, sprach Mallow aus, was Aster kurz zuvor gedacht hatte. »Es wird ihm nicht leichtfallen, uns zu hintergehen.«

»*Und* er hat dich vor dem Puma gerettet«, fuhr Clementine fort.

»Weil ich lebendig mehr wert bin als tot«, wandte Aster gereizt ein. »Wir *alle* sind …«

»Schaut, ich habe keine Ahnung, was er im Schilde führt, und ich werde nicht so tun, als wüsste ich es«, fiel ihr Violet ins Wort. »Aber Northrock liegt mehrere Hunderte Meilen von hier entfernt. Wir werden auf jeden Fall Hilfe brauchen, wenn wir in einem Stück da ankommen wollen. Und im Augenblick ist er, denke ich, unsere beste Option. Vergebt mir, wenn ich euch nicht zutraue, das zu bewerkstelligen.«

»Und ihr findet es nicht ein bisschen *zu genehm,* dass, kaum dass wir beschlossen haben, nach Northrock zu gehen, ein Wegemann auftaucht, um uns zu begleiten?«, fragte Aster und verschränkte die Arme vor der Brust. »Tut mir leid, aber für mich stinkt die ganze Geschichte.«

Für einen Moment kehrte Schweigen ein.

»Ich habe einfach … ein gutes Gefühl bei ihm«, räumte Clementine schließlich ein, ohne Aster in die Augen zu sehen.

Na toll, Clementine hat ein gutes Gefühl, dann ist das wohl geklärt, dachte Aster verärgert. Aber sie wusste, dass die Ahnungen ihrer Schwester meist zutrafen, und auch die anderen hatten überzeugende Argumente beigesteuert. Plötzlich wurde ihr bewusst, wie ausgelaugt sie alle waren: Violet zitterte immer noch von der körperlichen Quälerei, Tansy kratzte sich an einem schlimmen Sonnenbrand im Nacken, und sie alle waren schmutzig, ausgetrocknet und erschöpft. Und sie selbst wäre jetzt schon tot, hätte Zee nicht eingegriffen … Sosehr Violets Worte sie auch verärgert hatten, Aster fürchtete, sie könne richtigliegen – sie brauchten Hilfe.

»Also gut«, gab Aster schließlich nach. »Wir lassen ihn *heute* mit uns reiten und sehen zu, wie es läuft. Wie es sich anfühlt. Bringen wir ihn erst mal in unser Lager und flicken ihn wieder zusammen.«

Aber sollte Zee ihnen Ärger machen, würde sie nicht zögern, ihn gleich wieder aufzuschlitzen.

Welche Absichten Zee auch immer insgeheim verfolgen mochte, schon in den ersten Stunden wurde klar, dass er zumindest ein echter Wegemann war. Er ritt eine hübsche Palominostute namens Nugget, deren Satteltaschen vollgestopft waren mit allerlei Ausrüstungsgegenständen, die zum Überleben in der Wildnis nützlich waren. Feuerstein und Streichhölzer. Trockenfrüchte und gesalzenes Fleisch. Ein Kompass und Kochgeschirr. Eine Büchse und eine Schrotflinte.

»Wozu brauchst du Büchse *und* Flinte?«, fragte Mallow, als sie hintereinander über einen Wildpfad ritten. Es war ein besonders windiger Tag. Roter Staub wirbelte in einem steten Dunst durch die Luft, brachte Asters Augen zum Tränen und knirschte in ihrer Kehle. Immer mal wieder erlitt eine von ihnen einen Hustenanfall, und Tansy behandelte sie mit einem Tropfen lindernden Honigs aus dem Beutel mit ihren gestohlenen Arzneien. Gerade jetzt quälte sich Aster mit dem Husten ab.

»Tja, die Büchse ist für die Jagd«, erklärte Zee. »Aber die Flinte ist für Rächer.«

»Kann man sie damit töten?«, hakte Violet von hinten nach.

»Natürlich nicht«, antwortete Aster an Zees Stelle. Sie war immer wieder erstaunt, wie wenig bewandert Violet war, was die grundlegenden Kenntnisse anging, die jedes Staubblutkind bis zum Alter von fünf Jahren zu erwerben hatte. Geister waren wie Flecken, die im Lauf der Zeit verblassten. Manche waren hartnäckiger als andere. Rächer waren extrem ausdauernd. Das Beste, das man tun konnte, war, sie zu schwächen.

»Tut mir leid, Aster, habe ich etwa mit dir gesprochen?«, blaffte Violet.

»Die Flinte dient nur zur Abschreckung«, erklärte Zee ein wenig gehetzt. »Ich benutze Eisenkügelchen anstelle von Blei. Das vertreibt die Toten.«

»Wie der eiserne Wächter, den wir in meiner Kindheit vor unserem Haus hatten«, mutmaßte Tansy.

»Genau«, bestätigte Zee. »Die meisten Leute tragen deshalb auch ein kleines Stück Eisen zu ihrem Schutz am Leib. Aber ein Glückshufeisen würde einen Rächer ebenso wenig vertreiben wie ein brennendes Streichholz einen hungrigen Wolf. Man braucht eine *Menge* Eisen, mehr, als man einfach so mit sich herumschleppen kann. Darum ziehe ich die Flinte vor. Wenig Eisen kann viel bewirken, wenn der Rächer direkt davon getroffen wird. So kann man sie in die Flucht jagen, ehe sie überhaupt Gelegenheit haben, nahe an einen heranzukommen.« Zee wurde langsamer, um neben ihnen zu reiten, und reichte Clementine die Flinte, damit sie sich die Waffe ansehen konnte. Es war ein wirklich hübsch gearbeitetes Stück mit einem polierten Schaft aus Kirschholz und feinen goldenen Einlegearbeiten, das musste sogar Aster zugeben.

»Hast du je mit so einer Flinte geschossen?«, fragte Zee und sah sich über die Schulter um.

»O ja, natürlich, du weißt schon, damals, vor der Zeit im Welcome House«, entgegnete Clementine, was, wie Aster wusste, nicht ganz wahr war – sie hatte einmal im Zuge einer Mutprobe einen Trommelrevolver abgefeuert. Die Jungs im Grind fingen an, mit Waffen zu hantieren, kaum dass sie gehen konnten, aber Mädchen galten dafür als zu zart.

»Wirklich?«, fragte Zee und hörte sich beeindruckt an. »Tja, und ich hatte gehofft, ich würde die Ehre haben, euch das eine oder andere beizubringen. Aber wie ich sehe, wird das wohl nicht nötig sein.«

»Na, es ist ja nicht so, als hätte ich beim letzten Mal einen Wegemann in der Nähe gehabt, der mir hätte helfen können, also denke ich, da gibt es schon noch etwas, das du mir beibringen kannst. Und vielleicht auch noch ein bisschen mehr.«

»Also gut, gib ihm die Flinte zurück, Clementine. Das ist kein Spielzeug«, ordnete Aster angespannt an.

Zee erzählte ihnen, dass er auch einen Haufen Grauweidenzweige zum Verbrennen hatte, weil die Rächer den Geruch nicht ertragen konnten. Das war das gleiche Zeug, das die Kräutersegner verwendeten, wenn sie einen heiligen Ort segnen wollten. Aber der beste Schutz sei immer noch Theomit, meinte er. Der war aus den geschwärzten Knochen riesiger Tiere entstanden, die gelebt hatten, als die Erde noch jung und der Schleier dünn gewesen war, und der Stein pulsierte unter dieser uralten Energie und stieß böswillige Geister ab wie ein Magnet einen anderen.

»Kein Rächer wagt sich in Steinwurfweite eines Theomitrings wie eurem«, klärte Zee sie auf. »Kein Wunder, dass die Leute wie die Wilden danach graben.«

Er hört sich auf jeden Fall gern reden, dachte Aster. Aber wenigstens sorgte er so für Ablenkung.

Gegen Mittag beharrte Zee darauf, dass sie eine Pause einlegten. Zornig glitt Aster aus dem Sattel.

»Wir sollten bis zum Einbruch der Dunkelheit weiterreiten«, sagte sie. »Wir sind gestern den ganzen Tag ohne Pause geritten.«

»Es hilft uns nichts, die Pferde zuschanden zu reiten«,

erklärte Zee geduldig. »Dann werden sie nicht mehr imstande sein, schnell zu laufen, wenn ihr sie wirklich braucht. Lasst sie eine Minute ausruhen und grasen. Ich verspreche euch, wir sind hier sicher.«

Aster hatte nicht die Absicht, sich von irgendeinem Idioten, den sie gerade erst kennengelernt hatte, Anweisungen erteilen zu lassen. Dieser spezielle Flecken Wald sah auch nicht sicherer aus als all die anderen Orte, die sie passiert hatten. Aber dann erfasste Zee die ganze Umgebung mit einer ausholenden Geste.

»Wir befinden uns weit oben«, erläuterte er. Und tatsächlich hatten sie die Rücken einer Steilklippe zugewandt, während der Wald vor ihnen sanft in der Ferne versank. »Und die Bäume sind hier dünner, also sind wir in der Lage, jeden, der sich nähert, frühzeitig zu sehen, egal, aus welcher Richtung er kommt.«

Schon jetzt hatte Zee einige Vorkehrungen getroffen, um es den Raubvögeln schwerer zu machen, ihnen zu folgen. Er hatte die Pferdehufe mit Stoff umwickelt, um ihre Spuren zu verbergen, und war stets mit dem Wind geritten, um keine Geruchsspur zu hinterlassen. Sie waren, wann immer sie konnten, über harte, stark verdichtete Wildpfade geritten, und wenn das nicht möglich gewesen war, hatten sie mehrmals falsche Spuren gelegt und waren dann umgekehrt, um die ursprüngliche Richtung einzuschlagen. Ihre Geschwindigkeit hatte dadurch abgenommen, bis sie aus Asters Sicht nur noch quälend langsam vorangekrochen waren, vor allem im Vergleich zu der rasanten Flucht aus Green Creek. Und nun wollte Zee auch noch rasten? Hochlage oder nicht, das gefiel ihr absolut nicht.

Aber was, wenn er recht hat? Was, wenn das die einzige Möglichkeit ist, den Leuten, die hinter uns her sind, vorauszubleiben?

Aster knirschte mit den Zähnen. Sie hasste es, dass sie so wenig über all das wusste und ebendies sie verwundbar machte.

Zee konnte sie zur Schlachtbank führen, und sie würden es nicht einmal merken.

»Haben wir die Raubvögel schon abgeschüttelt, was meinst du?«, fragte Tansy, nahm ihren Hut ab und wischte sich den Schweiß von der Stirn.

Erbittert schüttelte Zee den Kopf. »Man kann nie davon ausgehen, dass ein Verfolger einen gänzlich verliert, ganz besonders nicht, wenn es sich um Raubvögel handelt. Ihr könnt nur versuchen, es ihnen möglichst schwer zu machen. Ich habe Anzeichen für mindestens zwei Jagdgruppen gesehen, die euch aus Green Creek gefolgt sind. Ich habe getan, was ich konnte, um eure Spuren zu verwischen, aber wir müssen damit rechnen, dass sie sie wiederfinden.«

»Zwei?« Aster erstickte beinahe an ihrem Honigtropfen. Natürlich war ihr klar gewesen, dass man sie verfolgen würde, trotzdem …

»Konntest du erkennen, wer dabei war?«, fragte sie, darauf bedacht, nicht durch ihren Ton zu verraten, wie erschrocken sie war.

»Eine war eine Gruppe Raubvögel aus dem Welcome House. Die anderen arbeiten vermutlich für McClennon«, sagte Zee.

Und wir können sicher sein, dass die keine Pausen machen, dachte Aster und sah fassungslos zu, wie die anderen abstiegen und tiefe Schlucke aus der Feldflasche tranken. Es war unverkennbar, dass sie Zees Rat nur zu gern folgten. Während sie rasteten, zeigte er ihnen auch, wie sie mithilfe eines Trinkhalms Wasser aus einem Baumstamm gewinnen konnten, welche Pflanzen in der Umgebung genießbar und welche giftig waren und wie sie Hinweise auf gefährliche wilde Tiere erkennen konnten. Nicht allein auf Kojoten und Pumas mussten sie achten, so sagte er. Da gab es auch noch Taranteln, groß wie ein Wagenrad, und

Fledermäuse, die ein Ziegenkitz forttragen konnten. Diamantrasselschwänze, Mokassinschlangen, Schwarzzahnskinks.

»Clementine hat einen Rasselschwanzbiss überlebt«, plapperte Mallow, und Aster bedachte sie mit einem strafenden Blick.

»So?«, fragte Zee. »Nun ja, vielleicht war es gar kein Rasselschwanz, wisst ihr. Die meisten Schlangen sind im Grunde harmlos …«

»Nennst du mich etwa eine Lügnerin?«, fragte Clementine, und ein Lächeln umspielte ihre Lippen, während sie an dem Armband spielte, das Aster für sie gemacht hatte.

»Natürlich nicht!«, ruderte er umgehend zurück.

»Dann vielleicht einen Dummkopf?«

Sie schien ihm die Fassung zu rauben. »Ich würde nie …«

»Clem«, grollte Aster und winkte. »Auf ein Wort.«

Sie führte ihre Schwester in den Schatten der Bäume. Clementine hatte immer noch leuchtend rote Wangen und grinste zufrieden.

»Du musst damit aufhören«, raunte Aster ihr zu.

»Womit?«

»Damit, so mit ihm zu schäkern. Er ist nicht unser Freund.«

Eine steile Linie bildete sich zwischen Clementines Brauen. »*Noch* nicht«, erwiderte sie »Genau das ist der Punkt. Ich versuche, ihn uns zum Freund zu machen. Wir brauchen Hilfe, Aster.«

»Trotzdem musst du vorsichtiger sein. Alles, was du ihm über dich erzählst, kann er hinterher gegen dich verwenden.«

»Aber ich habe doch so gut wie nichts von mir preisgegeben!«

Vielleicht nicht mit Worten. Aber es gab bestimmte Dinge, die konnte ein Mann vom Gesicht eines Mädchens ablesen, in seiner Stimme hören. Er erkannte sie an der Art, wie das Mädchen ihn anblickte oder auch nicht. Clementine hatte noch nicht gelernt, sich unter Kontrolle zu halten, nicht auf eine Weise, die sie brauchen würde, wenn sie überleben wollte.

»Nur … bleib vorerst einfach ein bisschen für dich, ja?«, drängte Aster. »Zee hat unser Vertrauen noch nicht erringen können, noch lange nicht. Wenn er nett erscheint, dann kann das einfach daran liegen, dass er etwas von uns will.«

Für einen Moment schwieg Clementine. Sie verschränkte die Arme vor der Brust und blinzelte zur Sonne empor. Nach zwei Tagen auf der Straße war ihre braune Haut so dunkel geworden, wie Aster es seit ihrer frühen Kindheit nicht mehr gesehen hatte, als sie bäuchlings im Dreck gelegen und zugesehen hatten, wie Ameisen an einem alten Baumstumpf hinaufgekrabbelt waren. Ein übermächtiger Beschützerinstinkt schnürte ihr die Kehle zu.

»Also gut«, stimmte Clementine endlich zu, und Aster atmete leise auf.

Sie ritten weiter.

Erst am späten Nachmittag fing der Knoten in Asters Eingeweiden endlich an, sich zu lösen, wenn auch nur ein kleines bisschen. Sie waren ungefähr eine halbe Meile vor Drywell, der nächsten großen Stadt. Trotz Zees zusätzlicher Vorsichtsmaßnahmen waren sie gut vorangekommen, und Stunde um Stunde war ohne größere Zwischenfälle vergangen. Es ließ sich nicht abstreiten, dass sein erster Tag mit ihnen ein voller Erfolg geworden war.

Zee fand eine kleine Mulde, in der sie ihr Nachtlager aufschlagen konnten, ein Flecken Erde unter einem Felsüberhang. Während alle anderen zu einem nahen Bach marschierten, um die Pferde zu tränken und sich zu waschen, blieb Aster bei Zee und half ihm, das Lager zu errichten. Jemand musste ihn schließlich im Auge behalten.

Als sie anfingen, die Satteltaschen auszupacken, beobachtete Zee sie aus den Augenwinkeln. »Du hast dich heute gut geschlagen«, sagte er nach einer Weile. »Ich verstehe, warum die anderen dir folgen.«

Aster grunzte nur etwas Unverbindliches.

»Ich bin nicht hier, um dir das wegzunehmen, weißt du?«, bohrte Zee nach. »Ich habe den ganzen Tag überlegt, wie ich es dir erklären soll … Ich will nicht zu eurem neuen Anführer werden. Du brauchst keinen, und ich will keiner sein. Ich will nur helfen.«

»Das hast du das eine oder andere Mal schon erwähnt.«

»Bei den *Toten*, es ist, als würde ich mit einer Mauer reden.«

»Ich wette, das hast du auch schon versucht.«

Zee murmelte einen Fluch und ließ sie in Ruhe. Schweigend arbeiteten sie noch einige Augenblicke länger. Aster fing an, Gestrüpp zu entfernen, um einen Platz zu schaffen, an dem sie später schlafen konnten. Die Muskeln in ihren Armen und Beinen waren völlig verspannt von dem vielen Reiten, und die schlichte Aufgabe, sich zu bücken und ein paar lose Äste und Steine aufzusammeln, schien ihre Schmerzen zu verdoppeln. Schweiß bahnte sich einen Weg durch die Staubschicht auf ihrem Gesicht. Ihr Mund schmeckte nach Dreck, und sie verzog gepeinigt das Gesicht, als sie nach dem letzten Stein griff …

… und aufkeuchte, als ihr klar wurde, was sie vor sich hatte.

Asters Magen tat einen Satz, und sie ließ das Bündel Äste auf ihren Armen fallen.

»Was ist los?«, fragte Zee und eilte herbei. Aster deutete auf den menschlichen Schädel, auf die zerfetzte graue Kappe, die mit Erde überzogen war, auf die leeren Augenhöhlen und die abgebrochenen Zähne. Sie dachte an das Emblem des Welcome House, das jedem Aufschneider auf die Hand gestempelt wurde. Ein Schädel und Rosen.

Sie schien unfähig, etwas zu sagen.

Zee ließ seufzend die Schultern hängen. »Der arme Kerl.« Er hob den Schädel auf und säuberte ihn von der Erde. »Ich wünschte, ich könnte sagen, ich sei überrascht, aber dergleichen ist hier draußen recht häufig. Viele versuchen, den Grind zu verlassen, und ein paar ganz verzweifelte Narren glauben sogar, sie hätten eine Chance, es nach Ferron zu schaffen, wo es keine Staubblutschulden gibt. Aber die Berge fällen ihr eigenes Todesurteil.« Zee schüttelte den Kopf. »Vielleicht immer noch besser, als an der Grenze getötet zu werden.«

So viel hatte Aster auch gewusst, dennoch war es etwas anderes, die Knochen mit eigenen Augen zu sehen …

»Warum gibt es nicht mehr Wegemänner, die ihnen helfen?«, fragte sie.

»Na ja, einerseits ist es illegal, jemandem dabei zu helfen, vor der Zeche zu flüchten, und außerdem können die meisten sich unsere Dienste nicht leisten. Wir werden überwiegend von den Hellblütigen angeheuert.«

Aster maß Zee mit einem aufmerksamen Blick, als der den Schädel auf den Felsüberhang setzte, wo er niemandem im Weg sein konnte.

»Und würdest *du* uns helfen, hätten wir nicht diesen riesigen Klumpen Theomit, mit dem wir dich bezahlen können?«

Zee runzelte die Stirn. »Aster, ich tue das nicht für den Glimmer. Ich …« Doch ehe er weitersprechen konnte, kehrten die anderen zurück, und Zee verabschiedete sich erkennbar erleichtert aus dem Gespräch, um sie in Empfang zu nehmen. Aster sah ihm aus Habichtsaugen hinterher.

Als das Lager aufgebaut war, setzten sie sich zum Abendessen – Brot und Bohnen. Zee zeigte ihnen, wie man eine rauchfreie Feuergrube anlegte, die ihnen ein bisschen Wärme liefern würde, und sie wickelten sich in ihre Decken, um sich vor dem Wind zu schützen.

Eine Weile war Zee schweigsam. Während alle anderen über das Essen redeten, starrte er nur still ins Feuer. Vielleicht war er immer noch aufgebracht, weil Aster seine Redlichkeit infrage gestellt hatte? Vielleicht lag eine Gefahr vor ihnen, von der er ihnen noch nichts erzählt hatte? Aber vielleicht war er auch nur müde, genau wie alle anderen – Aster hatte nicht die Geduld, die Stimmungslage dieses Burschen zu ergründen. Und doch gelang es ihr nicht, sich zu entspannen, solange sie nicht wusste, warum er so angespannt wirkte.

Endlich stand Zee auf und schlug sich den Dreck vom Hosenboden. »Wenn ihr vorerst versorgt seid, werde ich einen Ausflug in die Stadt machen. Wir werden mehr Ausrüstungsgegenstände brauchen, als ich üblicherweise dabeihabe. Zusätzliches Kochgeschirr, ein paar Klamotten, die euch allen passen … es wird eine Weile dauern, und ich möchte vor Anbruch der Dunkelheit zurück sein.«

»Hast du denn genug Glimmer für all das?«, fragte Violet und musterte ihn vom Scheitel bis zur Sohle, als hegte sie daran erhebliche Zweifel.

»Mein Vater war ein Zocker. Er hat mir bei seinem Ableben ein wenig Gold hinterlassen. Das habe ich für einen Notfall gespart.« Er ließ ein unsicheres Lächeln aufblitzen. »Ich schätze, er würde mir zustimmen, dass das hier als Notfall durchgeht.«

Was für ein Glück für uns, dachte Aster sarkastisch. Das alles kam ihr viel zu gut vor, um wahr zu sein.

»Wir können keine Almosen von dir annehmen, Zee«, sagte Clementine.

»Das sind keine Almosen«, versprach er. »Der Theomitring wird meine Ausgaben mehr als abdecken. Jede Mission erfordert eine Ausrüstung. Die Kosten dafür sind in dem geforderten Preis einkalkuliert.« Er lächelte wieder. »Also, entspannt euch einfach, bis ich zurück bin, ja? Ihr habt es euch verdient.«

Aster musterte Zee aufmerksam, während der sein Pferd auf den Ritt vorbereitete. Und so aufrichtig Zees Äußerungen klangen, etwas in seiner abgewandten Haltung sagte ihr, dass er gerade gelogen hatte. Sie konnte es im Nacken spüren. Aber worüber hatte er gelogen?

Vielleicht liefert er uns jetzt aus, dachte sie. Aster ließ den Blick über die Runde schweifen. Mit jemandem musste sie darüber sprechen. Clementine würde ihn nur verteidigen. Mallow könnte etwas Unbedachtes tun. Tansy würde sich endlos den Kopf darüber zerbrechen. Aber Violet …

Aster wartete, schwitzend, bis Zee weg war, obwohl ihr die kühle Luft eine Gänsehaut über den Leib gejagt hatte. Als der Hufschlag verklang, huschte Aster zu Violet, die damit beschäftigt war, ihr Haar mit Zees Wildschweinborstenbürste zu bearbeiten.

»Violet.«

»Bei den Toten, was ist denn jetzt wieder?«

»Ich muss mit dir reden.« Violets Protesten zum Trotz zog Aster sie einfach zur Seite und berichtete ihr von ihrem Argwohn gegenüber Zee. Violet runzelte die Stirn.

»Ich weiß nicht, Aster. Warum hätte er dann bis jetzt warten sollen?«

Aster brodelte innerlich vor Frust. »Woher zur Hölle soll ich das wissen? Ich glaube, ich werde ihm folgen. Ich muss mich vergewissern. Sollte ich feststellen, dass ich richtigliege, dann komme ich zurück, und wir können verschwinden. Dann hätten wir wenigstens einen Vorsprung. Und falls ich nicht zurückkomme, dann musst du alle hier wegschaffen. Aber vorerst sagst du den anderen nur, ich sei Zee gefolgt, weil … weil mir noch etwas eingefallen sei, was er holen soll. Ich will nicht, dass sie sich umsonst Sorgen machen.«

»Die werden sagen, dass du eine Närrin seist, wenn du auf eigene Faust losziehst.« Violet seufzte. »Und damit hätten sie ganz recht.«

»Vielleicht.« Aber wenn sie nichts täte und Zee ihnen die Gesetzeshüter auf den Hals hetzte, würde sie sich das nie verzeihen können. »Pass einfach auf sie auf.«

Endlich gab Violet sich geschlagen, und während sie zu den anderen zurückkehrte, schlich sich Aster davon. Sie band ihr Pferd los, stieg auf und folgte Zees Spuren. Sie hätte gern länger gewartet, damit er nicht merkte, dass sie ihm nachritt, aber sie fürchtete, sie könnte zu weit zurückfallen. Jede Sekunde zählte.

Trotzdem zügelte sie das Pferd und band sich mit zitternden Fingern das Staubschutztuch um das Gesicht, als sie sich der Knochenstraße näherte. Jeder würde inzwischen Ausschau nach ihr halten. Sogar Leute, die normalerweise mitfühlend waren, würden in Anbetracht der Belohnung, die die McClennons versprachen, zweimal nachdenken.

Plötzlich regten sich Zweifel in ihr. Vielleicht sollte sie einfach zu den Mädchen zurückreiten und ihnen sagen, sie müssten fliehen …

Aber nein, sie würden einen Beweis sehen wollen. Wenn sie von ihnen verlangte, vor dem ersten Menschen davonzulaufen, der ihnen Hoffnung geboten hatte, würden sie den von ihr fordern.

Zu ihrer eigenen Verwunderung erkannte Aster plötzlich, dass auch sie sich ein wenig Hoffnung gestattet hatte. Nicht viel, aber immerhin. Als fände man ein Kupferstück in seiner Tasche.

Bitte, Zee, flehte sie stumm. *Beweis mir, dass ich falschliege.*

Sie schnalzte ihrem Pferd zu und dirigierte es auf die Knochenstraße. Schweiß rann über ihren Rücken. Als sie um eine Kurve kam, sah sie Gesetzeshüter, die am Stadtrand Wache hielten. Das war, wie Aster sich sagte, nichts Ungewöhnliches. In diesem Teil des Landes gab es viele Banditen. Diese Plakettenträger waren nur hier, um die Umgebung zu beobachten.

Und warum hatten die beiden Männer zu Pferde vor ihr angehalten?

Angespannt umfasste Aster die Zügel, doch es war schon zu spät. Einer der Gesetzeshüter hatte sie entdeckt und winkte sie herbei. Sein Partner schickte die beiden Männer nach Drywell hinein.

Asters Kokarde kribbelte. Sie atmete tief durch und trabte weiter. Noch immer trug sie Augies zu große Stallburschenkleidung, und solange ihr Haar wie jetzt unter dem Hut verborgen und ihr Gesicht verhüllt waren, mochte sie im schwindenden Tageslicht durchaus als junger Mann durchgehen. Aber auch dann wurden Staubblüter häufig nicht in die ummauerten Städte eingelassen, wenn sie keine Papiere ihrer Landesherren vorweisen konnten, die belegten, was sie hergeführt hatte.

Und als Hellblütige konnte sich Aster ganz sicher nicht ausgeben.

»'n Abend, Sir«, sagte der erste Gesetzeshüter, als sie im Schatten eines Baums ihr Pferd zügelte. Sein Mund bildete eine harte Linie unter dem borstigen blonden Schnurrbart. Er hielt ihr ein Plakat mit Clementines Konterfei vor die Nase. »Haben Sie dieses Mädchen gesehen?«

Aster schüttelte langsam den Kopf, wagte nicht zu sprechen, und betete, dass die Männer sie nicht auffordern würden, ins Licht zu kommen.

»Und die hier?«

Nacheinander hielt er die anderen Bilder hoch. Wieder schüttelte sie den Kopf, und ihr Inneres zog sich zusammen. Als er Aster ihr eigenes Gesicht zeigte, bohrte sich nadelspitzes Entsetzen in ihr Bewusstsein, und sie brach unter dem Schmutzschutztuch in Schweiß aus.

»Also gut, aber halten Sie die Augen offen, klar?«, sagte der andere Gesetzeshüter, dessen Iris kohlrabenschwarz war. »Die haben einen Mann getötet. Sie sind gefährlich. Und wir haben Grund zu der Annahme, dass sie sich in diesem Gebiet aufhalten.«

Aster tippte sich an die Hutkrempe, und sie ließen sie das Tor passieren. Sie wagte nicht einmal zu atmen, ehe die Gesetzeshüter außer Sicht waren. Hätte ihre Kokarde hell genug geglüht, dass man sie durch das Tuch hätte sehen können … Und hätte die Dunkelheit nicht die Tatsache verborgen, dass sie keinen Schatten hatte … Oder hätte einer der Männer sie aufgefordert, ihr Anliegen in der Stadt darzulegen …

Vergiss es. Such einfach Zee und sieh zu, dass du von hier verschwindest.

Aster trieb ihr Pferd in eiligem Tempo die Hauptstraße hinunter, bemüht, ihre Atmung unter Kontrolle zu halten. Drywell schien eine ruhigere Stadt zu sein als Killbank. Die meisten Geschäfte waren noch geöffnet. Eine Gruppe hellblütiger Frauen mit Einkaufskörben schwatzte vor einem Krämerladen. Zwei staubblütige Männer hämmerten auf dem Dach eines Gasthauses vor sich hin und schwitzten trotz freier Oberkörper in der Abendsonne.

Von Zee war nichts zu entdecken. Sollte er sie ausliefern wollen, dann hätte er das doch gewiss schon getan, als die Gesetzeshüter ihn befragt hatten, nicht wahr? Hatte er ihnen am Ende doch die Wahrheit gesagt? Sie hatte ihn in keinem der Läden gesehen, andererseits hatte sie auch nicht wirklich gesucht.

Endlich erreichte Aster die Gesetzmeisterei, aber Zees Stute Nugget war nicht an dem Pfosten vor der Tür angebunden. Er war nicht hier.

Sie zögerte. Ihre Kokarde brannte inzwischen peinigend genug, dass sie nicht mehr klar denken konnte. Bald würde sie durch das Staubschutztuch zu sehen sein. Sie musste zurückkehren. Auch wenn sie keinen Beweis hatte, dass Zee eine Gefahr für sie darstellte.

Doch als Aster kehrtmachte, um die Stadt zu verlassen, sah sie es: das Welcome House von Drywell.

Wie unter einem Hieb zuckte sie zusammen. Die stattliche Villa überragte die Gebäude der Umgebung mit ihren dunklen Ziegelmauern und den hohen Giebeln. Ein Raubvogel lehnte lässig im Türrahmen. Jede Zelle in Asters Körper brüllte ihr zu, sie solle fliehen, aber sie schien nicht imstande, ihre Glieder zu bewegen. Als sie aus Green Creek entkommen waren, hatte sie geglaubt, sie könnte all die bösen Erinnerungen dort zurücklassen. Nun jedoch stürzten sie wieder auf sie ein, erstickten sie, überwältigten sie.

Sie könnte hier sterben. Diese Männer würden sie töten, wie es ihre Aufgabe war. Gerade jetzt richtete der Raubvogel die rostfarbenen Augen auf sie. Sie schluckte, und es fühlte sich an, als bohrte sich ein Dolch in ihre Kehle.

Und da entdeckte Aster auch endlich Zee. Seinen Wegemannhut, sein schmales schlaues Gesicht, seine lässigen, geschmeidigen Bewegungen, als er sein Pferd losband. Sein Anblick reichte, um sie aus ihrer Entsetzensstarre herauszureißen – und in Wut zu versetzen.

Er war direkt aus dem Welcome House herausspaziert.

KAPITEL NEUN

Asters Wut brannte so heiß wie die verhüllte Kokarde. Sie hatte gewusst, dass Zee irgendetwas im Schilde führte, aber das wäre ihr nie in den Sinn gekommen. Ihre Hand wanderte zum Heft ihres Messers. Sie würde ihn ausweiden wie ein Schwein.

Aber nein, das wäre Selbstmord. Aster wendete hastig ihr Pferd, ehe Zee sie sehen konnte. Sie musste zurück zum Lager, um die anderen zu warnen.

Ohne sich noch einmal umzublicken, ritt sie davon.

Der Schmerz, den die Kokarde ihr bereitete, trieb ihr den Schweiß aus den Poren, als sie die Hauptstraße wieder hinaufritt. Es war, als würde ein weißglühendes Eisen auf ihre Haut gepresst. Zähneknirschend schluckte sie den Schrei hinunter, der sich in ihrer Kehle aufbaute. Sie hatte zu lange gewartet. Nun gab es keine Möglichkeit mehr, an den Wachen am Tor vorbeizukommen. Sie schlug den Kragen ihres Mantels hoch, hoffte, so noch ein paar weitere Minuten herausschlagen zu können, und bog scharf in eine Seitenstraße ab. Von dort ritt sie auf die andere Seite der Stadt zu. Bald näherte sie sich mit gesenktem Kopf und pochendem Herzen der Mauer, den Blick starr auf die Gesetzeshüter vor sich gerichtet.

Bitte, haltet mich nicht auf. Bitte, haltet mich nicht auf. Bitte …

Ob nun etwas jenseits des Schleiers über sie wachte oder ob

es nur Glück war, Aster wusste es nicht. Aber was immer es auch war, sie durfte unbehelligt vorbeireiten.

Sie atmete auf. Der Himmel wurde allmählich dunkel, war so purpurblau wie ein Bluterguss, als Aster endlich den Wald erreichte. Hastig riss sie sich das Staubschutztuch fort, keuchte angesichts des Schmerzes und gab ihrem Pferd die Sporen. Sie musste es zurück zum Lager schaffen, ehe mit Anbruch der Nacht die Rächer herauskamen. Der Wind zerrte an ihr, während sie zu dem Überhang galoppierte.

Die anderen Mädchen blickten überrascht auf, als Aster eintraf – nur Violet nicht, in deren Gesicht sich im Lampenschein gespannte Erwartung spiegelte. Aster glitt aus dem Sattel.

»Brecht das Lager ab«, beantwortete Aster die stumme Frage in Violets Augen. »Wir müssen von hier verschwinden.«

»Warum?«, fragte Clementine aufgeschreckt. Die anderen sprangen auf und machten sich an die Arbeit.

»Zee.« Aster sprach seinen Namen aus wie einen Fluch. »Als ich in die Stadt geritten bin, habe ich ihn aus dem Welcome House kommen sehen.«

Zorn blitzte in Mallows Augen auf. »Moment mal, bist du ganz sicher?«

»Ja, er war es. Er war auf dem Weg hinaus. Er konnte es sich nicht leisten, lange zu bleiben.« Aster war übel. Zee war nicht besser als Lieutenant Carney oder der Rest dieser Kerle. Vermutlich hielt er sich für einen der Guten, weil er nicht so offen grausam war wie Baxter McClennon.

Aber so etwas wie einen guten Aufschneider gab es nicht. Jeder von ihnen wusste zumindest, dass die Mädchen, für die er bezahlte, Gefangene waren.

Und die Tatsache, dass Zee ihnen lächelnd zugesagt hatte, ihnen bei der Flucht zu helfen, nur um sich dann umzudrehen und ein anderes Mädchen genau dem Bösen zu unterwerfen, vor dem sie alle davonliefen …

»Das ist so verdammt unredlich«, bekundete Violet finster.

»Verdammte Hölle, die sind doch alle gleich«, fluchte Mallow.

»Aber er ist ein *Staubblütiger*«, wandte Tansy ein. »Er ist einer von *uns.* Ich hätte gedacht, das bedeutet …«

»Es bedeutet gar nichts«, spie Aster. Einst war auch sie unschuldig genug gewesen, anders zu denken. Aber einige ihrer verabscheuungswertesten Kunden waren Staubblütige gewesen, bittere, gebrochene Männer, die von ihrem Landesherrn mit einem Ausflug ins Welcome House belohnt worden waren. Das war die Art von Privileg, die man sich verdienen konnte, wenn man die Aufseher vor einem drohenden Streik oder einem bevorstehenden Fluchtversuch warnte.

Man konnte niemandem trauen.

»Kommt, machen wir uns an die Arbeit«, drängelte Aster und kniete sich auf den Boden, um eine Decke aufzurollen. »Wir müssen verschwunden sein, ehe er zurückkommt.«

»Wartet.« Zum ersten Mal, seit sie die Neuigkeit vernommen hatte, ergriff Clementine das Wort. Sie saß immer noch im Schneidersitz am Boden. Sosehr sie sich um einen ruhigen Ton bemühte, konnte Aster doch den Schmerz in ihrer Stimme wahrnehmen. »Ich … ich möchte auf ihn warten. Wir verdienen eine Chance, dieser Schlange zu zeigen, was wir davon halten, dass er uns einfach angelogen hat.«

Für einen Moment erkannte Aster ihre eigene brennende Scham und ihren eigenen Zorn im Gesicht ihrer Schwester, und wäre Zee nun bei ihnen gewesen, dann hätte Aster ihm mit Freuden mit der Faust den Kiefer gebrochen. Sie kannte das Bedürfnis, die zu konfrontieren, die einem Leid zugefügt hatten, nur zu gut, wusste, dass der Schmerz größer wurde, wenn man diese Gelegenheit nicht bekam. Unausgesprochene Worte strömten wie Gift durch die eigenen Adern.

Aber dieses Gift versprach immer noch einen langsameren Tod, als es der unter den Händen gefährlicher Männer wäre – und Zee war gefährlich, daran konnte kein Zweifel mehr bestehen.

Aster war drauf und dran, genau das zu sagen, als Mallow ihr zuvorkam.

»Clem hat vielleicht gar nicht so unrecht. Wenn wir darauf warten, dass Zee zurückkommt, können wir ihm alles stehlen, was er hat«, sagte sie. »Anscheinend hat er mehr als genug Glimmer, wenn er sich einen Besuch im Welcome House leisten kann.«

»Und dann fesseln wir ihn, um sicherzustellen, dass er uns dieses Mal nicht folgen kann«, fügte Violet hinzu. »Ehrlich, so sollten wir es machen.«

Alle verfielen für einen Moment in Schweigen und schienen darüber nachzudenken. Die Schreie der Rächer klangen um sie herum auf, mischten sich in das Heulen des Windes, der durch das Geäst fegte.

»Wir brauchen den Glimmer«, gab sich Aster schließlich geschlagen. »Wir brauchen ihn, um in der nächsten Stadt unsere Vorräte aufzufüllen. Wenn wir das nicht können, werden wir es nie bis Northrock schaffen. Insoweit hat Zee die Wahrheit gesagt.«

»Und ich würde den Glimmer viel lieber von einem Aufschneider wie ihm stehlen, als irgendeinem unschuldigen Ladenbesitzer seine Waren zu klauen«, fügte Tansy hinzu.

»Und Zee?«, fragte Clementine. »Was machen wir mit dem?«

Aster zögerte. »Wir tun ihm nichts. Sagen wir, das schulden wir ihm dafür, dass er uns nach Drywell gebracht hat. Aber wir fesseln ihn, ehe wir verschwinden, genau wie Violet gesagt hat. Mögen die Toten ihn strafen, sollte er beschließen, uns noch einmal zu verfolgen.«

Mallow nickte und krempelte die Ärmel hoch. »Es wäre besser, wir würden ihm an der Straße auflauern. Dort wird er nicht mit uns rechnen.«

»Also gut«, stimmte Aster zu. »Aber nicht zu nahe an der Stadt. An der Mauer stehen überall Gesetzeshüter.«

Sie eilten zu Fuß zur Knochenstraße, denn so fiel es ihnen leichter, sich in dem dichten Unterholz zurechtzufinden. Brüchige braune Kiefernnadeln knirschten leise unter ihren Füßen; Sterne funkelten wie Juwelen über ihnen am Himmel. Aster, die den Theomitring an einer Schnur um den Hals trug, ging voran. Die Luft war kalt geworden, und das lag nicht nur daran, dass die Nacht hereingebrochen war: Die Toten erwachten, und auch sie würden sich nun auf die Jagd begeben.

Als die fünf Mädchen den Straßenrand kurz vor der Biegung erreicht hatten, kauerten sie sich so gut wie möglich in die Deckung, die das Gestrüpp ihnen bot. Sie positionierten sich in der finsteren Lücke zwischen zwei der eisernen Wächter, deren Lampenschein auf die Straße fiel. Es dauerte nicht lange, da kam jemand des Weges. Doch es war nicht Zee.

Zunächst war da eine laute Gruppe gut gekleideter Zocker, keiner älter als dreißig, in einer großen offenen Kutsche. Vermutlich kamen sie gerade von dem Herrenhaus eines Landesherrn im Gebirge. Aster zweifelte nicht daran, dass sie auf dem Weg zum Welcome House waren, und ihre Fingernägel zogen Furchen in den Dreck, während ihr Zorn immer weiter wuchs. Aber sie und die anderen waren keine Gegner für so eine große Truppe.

Dann tauchten zwei berittene Gesetzeshüter auf Patrouille auf. Aster zählte ihre Herzschläge, bis sie außer Sicht waren.

Schließlich näherte sich ein Mann mittleren Alters in einer langsamen offenen Kutsche, der unbehaglich in den Wald starrte und verstohlen einen Schluck aus einer Flasche nahm, um seinen Mut zu stärken, als irgendwo, nicht weit entfernt, ein Rächer heulte.

»Den kenne ich«, flüsterte Violet rau. »Das ist ein Politiker, der jedes Jahr während des Wahlkampfs ins Welcome House kommt, um sich den anderen Gästen anzudienen. Und um selbst auch seinen Spaß zu haben, natürlich.«

»Vermutlich ist er jetzt auch gerade auf dem Weg zum Welcome House«, bemerkte Clementine. »Ein hart arbeitender Mann *verdient* schließlich ein bisschen Entspannung. Das sagen sie doch immer, nicht wahr? Aster …« Sie knirschte mit den Zähnen, und ihre Kiefermuskulatur zuckte. »Aster, wir müssen ihn aufhalten.«

»Zee«, erinnerte Aster sie.

»Zur Hölle mit Zee«, knurrte Mallow. »Zur Hölle mit all denen. Jetzt haben wir eine Chance, einen von diesen Scheißern auseinanderzunehmen. Die lasse ich mir nicht entgehen.« Sie war bereits dabei aufzustehen, die Hände zu Fäusten geballt.

»Warte!«, befahl Aster und packte Mals Handgelenk. Sie verstand, was die anderen empfanden. Ihr ging es genauso. Ihr Gehirn arbeitete rasant. »Vielleicht ist Zee nicht der einzige Aufschneider, den wir ausrauben können …« Der Politiker war nur wenige Längen entfernt. »Passt auf – sein Hut allein ist zweihundert Adler wert. Der hat sicher mehr Glimmer dabei als jeder Wegemann.« Um Zee konnten sie sich auch später noch kümmern, aber Mallow hatte recht – diese Gelegenheit durften sie sich nicht entgehen lassen.

»Aber wie stellen wir das an?«, fragte Tansy.

»Ich kenne diesen Typen«, murmelte Violet. »Lasst mich ihn in aller Stille zu euch locken. Wir wollen ja keine Aufmerksamkeit erregen.«

Sie kroch unter dem Gebüsch hervor und auf die Straße, ehe noch irgendjemand Einwände erheben konnte. Aster fluchte und war in Versuchung, ihr zu folgen. Violet war nicht einmal bewaffnet. Aber es war schon zu spät. Die Kutsche war nun direkt vor ihnen, und Violet stolperte ihr mitten in den Weg. Sie trug immer noch Baxter McClennons Kleidung, hatte aber seinen Hut abgenommen, und ihr Haar fiel ihr offen über die Schultern. Verzweifelt wedelte sie mit beiden Armen.

»Oh, den Toten sei Dank!«, sagte sie mehr oder weniger schluchzend, als der Fahrer die Kutsche anhielt. Sie lief zu der Tür an der Seite und klammerte sich daran fest. Der Politiker starrte verwirrt zu ihr herab.

»Nur ruhig, Miss«, sagte er. »Was machen Sie denn ganz allein hier draußen? Und dann noch gekleidet wie ein Bengel?« Er kniff die Augen zusammen, als er ihre Kokarde entdeckte. »Bist du eine Entflohene? Du solltest wissen, dass du von mir keine Hilfe erwarten kannst. Ich bin ein Mann des Gesetzes, hörst du? Ich werde dich melden, sobald wir in der Stadt sind.«

»Ja bitte, nehmen Sie mich mit«, bettelte Violet. »Ich bin aus dem Welcome House von Drywell. Man hat mich entführt. Der Aufschneider, mit dem ich zusammen war, er und seine Freunde – sie wollten nicht zahlen, also haben sie den Raubvogel an der Tür angegriffen und sind mit mir davongelaufen.«

»*Was?*«

»Ja! Und sie haben mich gezwungen, diese Sachen zu tragen, damit sie mich aus der Stadt schmuggeln konnten. Ich habe es gerade erst geschafft, ihnen davonzulaufen, aber sie haben noch ein anderes Mädchen in ihrem Lager. Bitte, Herr, Sie müssen etwas tun. Wir wollen doch nur wieder nach Hause.«

Der Aufschneider schwieg. Aster beobachtete ihn aufmerksam, beugte sich am Boden kniend vor und machte sich bereit, sich auf ihn zu stürzen. Wenn er ihre Steckbriefe gesehen hatte, würde er Violet jeden Moment erkennen. Sie würden ihn und seinen Fahrer überwältigen müssen.

Aber er wischte sich nur mit einem seidenen Staubschutztuch die Stirn, im Gesicht einen gequälten Ausdruck, aber kein Erstaunen. »Das tut mir leid«, sagte er endlich. »Ich muss zu einer Wohltätigkeitsveranstaltung, aber ich kann dich an der Gesetzmeisterei absetzen. Sollen die sich darum kümmern …«

»Dafür ist keine Zeit! Diese Männer, sie werden meine Freundin töten, wenn sie mit ihr fertig sind. Ich habe gehört, wie sie darüber gesprochen haben. Aber das sind Feiglinge, das weiß ich. Die werden davonrennen wie die Schaben, wenn sie *Sie* sehen.«

»Nun …«

»Das Welcome House wird für immer in Ihrer Schuld stehen, wenn Sie uns helfen, Herr.« Violet trat näher und legte ihre Hand auf seinen Unterarm. »Und ich auch.«

Das schien ihn zu überzeugen. Er seufzte. »Ist es weit?«

»Gar nicht. Folgen Sie mir einfach.«

Aster konnte einen gewissen widerwilligen Respekt nicht verhehlen, während sie das Geschehen verfolgte. Wie *mühelos* Violet jederzeit in jede Rolle schlüpfte, die gerade gefragt war, wie leicht sie sich von ihrem wahren Selbst zu lösen verstand. Darum hatte Aster sie von jeher beneidet – für ihre Fähigkeit, sich zu verflüchtigen. Kaum hatte Violet dem Aufschneider den Rücken zugewandt, entspannten sich ihre Züge, und der gewohnte Ausdruck kühlen Desinteresses kehrte zurück, begleitet von einem kaum wahrnehmbaren Hauch eines geringschätzigen Lächelns auf den Lippen.

Aber zum Feiern war es noch zu früh. Aster zog ihr Messer und nickte den anderen zu, sie sollten sich bereithalten. Violet führte den Aufschneider an der Hand in den Wald hinein.

»Also gut, auf mein Zeichen«, flüsterte Aster und duckte sich tiefer zu Boden. Die Geräusche der Nacht klangen um sie herum überlaut. Sie spürte jeden Kieselstein in der trockenen Erde unter den Sohlen ihrer Schuhe. Violet und der Aufschneider brachen aus dem Gestrüpp hervor.

»Jetzt!«, befahl Aster.

Sie alle sprangen auf und griffen den Aufschneider an. Dessen Augen weiteten sich vor Furcht, aber er hatte keine Zeit, mehr als ein ersticktes Quieken von sich zu geben, ehe Mallow ihn mit einem direkten Boxhieb auf die Nase erwischte. Knochen brachen, Blut strömte. Mit weichen Knien stolperte er zurück, und Aster stieß ihn zu Boden. Stürzte sich auf ihn. Sie wusste, wo der Körper am empfindlichsten war. Kehle, Leiste. Die Mitte der Brust, wo das Herz gleich unter der Oberfläche schlug. Sie prügelte auf ihn ein, als könnte sie so ihre Albträume verscheuchen, und sie hörte erst auf, als ihre Knöchel bluteten.

Die anderen kamen ihr zu Hilfe. Ihr Zorn war wie etwas Lebendiges, blindwütig und hungrig. Er war zwar nicht derjenige, der ihnen wehgetan hatte, aber er würde es auch tun. Clementine trat ihn in die Rippen. Tansy knebelte ihn mit ihrem Staubschutztuch. Als der Lärm den Kutscher herbeilockte, rammte ihm Mallow die Faust ans Kinn, sodass er benebelt und stöhnend zu Boden ging. Und schließlich presste Aster dem Aufschneider ihr Messer an die Kehle, wartete darauf, dass er sich rührte, doch er starrte nur mit hasserfüllten Augen zu ihr empor.

»Mich überrascht, dass du meine Freundin nicht erkannt hast«, sagte Aster mit tödlich ruhiger Stimme zu ihm. »Ich weiß, für euch sind wir alle gleich. Aber *sie* hat *dich* erkannt, Politiker. Sie hat gesagt, du warst schon oft in unserem Welcome House. Wir sind nur hier, um unseren Lohn zu fordern. Dann verschwinden wir wieder.«

Inzwischen hatte Tansy einen schweren Münzbeutel in seinem Mantel gefunden und flüsterte Aster eindringlich ins Ohr: »Das *Seil,* Aster. Wir haben gar kein Seil, um ihn zu fesseln.«

Aster stockte, die Worte drängten sich durch den roten Nebel ihrer Rage. »Hat er ein Seil? Seht in seiner Kutsche nach.«

»Nichts da«, sagte Violet, als sie gleich darauf an Asters Seite hastete. »Ich bin zurückgegangen, um nach Wertvollem zu suchen, aber da ist nichts, was wir brauchen können.«

Eine Schweißperle fiel von Asters Stirn. Ihre Hände zitterten wie die einer alten Frau.

»Tja, dann muss jemand zurück ins Lager und ein Seil holen«, sagte sie nach einer Weile.

»Lass mich«, erbot sich Clementine und sah Aster bedeutungsvoll an. »Ich bin vielleicht die Einzige, die das ohne den Ring schaffen kann. Zumindest kann ich die Toten kommen sehen.«

Und trotzdem war die Vorstellung, dass Clementine in der Dunkelheit allein durch den Wald lief, die Rächer dicht auf den Fersen, schlicht inakzeptabel.

»Nimm trotzdem den Ring mit«, sagte Aster und zog die Schnur mit der freien Hand ab. »Wir sind ganz in der Nähe der Knochenstraße. Uns passiert nichts.«

Violet räusperte sich. »Hör auf deine Schwester, Aster, wir brauchen diesen Ring hier. Die Knochenstraße hat ihren Namen nicht von ungefähr.«

Da wandte sich Aster ruckartig von dem Aufschneider ab und starrte Violet finster an. Warum musste sie immer in den schlimmsten Augenblicken Ärger machen? »Ich erinnere mich nicht, dich nach deiner Meinung gefragt zu haben«, knurrte sie.

Doch kaum hatte Aster sich abgewandt, da befreite sich der Aufschneider, riss sich den Knebel vom Gesicht und stolperte in Richtung Straße.

»*Verhobelte Hölle!*«

»Packt ihn!«

Mallow umschlang seine Beine, als er gerade am Straßenrand angelangt war. Gemeinsam zerrten sie ihn zurück in die Dunkelheit, während er sie mit brechender Stimme verwünschte.

»Ihr seid *tot. Alle* seid ihr tot. Ich habe mit Jerrod McClennon persönlich Wahlkampf in Green Creek betrieben, und ich weiß *genau,* dass er euch mit seinen besten Raubvögeln aus der Stadt gefolgt ist. Die werden euch Luckers holen kommen, ihr werdet schon sehen …«

»Beim Schleier, *bringt ihn zum Schweigen*«, forderte Aster, die spürte, dass sie sich am Rand der Hysterie bewegte. Ihre Kehle brannte, entweder vor unterdrücktem Gelächter oder vor unvergossenen Tränen. Clementine gelang es, den Politiker wieder zu knebeln. Sein Fahrer beobachtete sie schweigend aus geweiteten Augen, hatte sich aber nicht gerührt, seit Mallow ihn niedergeschlagen hatte.

Inzwischen atmeten die Mädchen alle schwer. Panik spiegelte sich in ihren glänzenden Augen. Aster schluckte.

»Geh und hol das Seil, Clem«, sagte sie. »Nimm den Ring. Und beeil dich.«

Niemand erhob Einwände. Alle anderen hielten ein Körperglied des Aufschneiders fest, um ihn von einem neuerlichen Fluchtversuch abzuhalten. Dann warteten sie schweigend auf

Clementines Rückkehr. Zwei weitere Gruppen von Reisenden zogen auf der Straße an ihnen vorbei, doch glücklicherweise hörte niemand das Gezappel des Aufschneiders. Trotzdem war es nur eine Frage der Zeit, bis jemand innehielt, um sich die leere Kutsche anzusehen, und erkannte, dass etwas nicht in Ordnung war.

Clementine kehrte aus dem Dunkel zurück. Sie sah erschüttert aus, war aber unverletzt.

»Alles in Ordnung?«, fragte Aster, die sich davor fürchtete, dem Aufschneider noch einmal den Rücken zuzuwenden.

Clementine nickte. »Hier ist das Seil«, sagte sie und reichte es ihr.

»Den Toten sei Dank«, murmelte Violet. Dann machten sie sich daran, den Aufschneider an einen Baum zu lehnen und zu fesseln, ehe sie sich seinem Kutscher zuwandten und ihn neben ihm festbanden. Der Aufschneider schien sich in sein Schicksal zu fügen, starrte Aster aber immer noch wütend aus schwarzen Knopfaugen an, die schimmerten wie die eines Insekts. Sein Abscheu war greifbar.

Nun, das Gefühl beruhte auf Gegenseitigkeit. Aster presste ihm die Messerspitze an die weiche Stelle unter dem Kinn. Mit der anderen Hand riss sie die goldene Nadel von seinem Revers. Es war eine Anstecknadel mit dem Siegel von Arketta.

»Ehre der Zeche«, zitierte Aster leise. Wie oft hatte sie diese Worte gesehen? Auf der Flagge, die über dem Minenlager flatterte. Auf den Ärmeln der Gesetzeshüter. Auf jeder Münze, die die Hände gewechselt hatte, um für sie zu bezahlen. Eine Erinnerung daran, dass man sich die Freiheit in Arketta schwer verdienen musste.

Als hätte sie nicht von ihrem ersten Atemzug an ein Recht darauf besessen.

Aster sog Luft zwischen den Zähnen hindurch und steckte das Schmuckstück in die Tasche. »Ich wette, du wirst dich viel zu sehr schämen, um irgendjemandem zu erzählen, dass dir das von einem Haufen Mädchen angetan wurde, nicht wahr, Politiker? So ein vornehmer Staatsdiener wie du kann es sich bestimmt nicht leisten, dass etwas in der Art die Runde macht. Du würdest *schwach* wirken.«

Der Aufschneider zögerte, nickte dann aber einmal.

»Besser, du bleibst dabei, sonst kommen wir wieder und bringen es zu Ende«, warnte ihn Aster.

Sie nickte den anderen zu, und sie entfernten sich und ließen den Aufschneider in der Dunkelheit zurück, wo er so lange allein und schwitzend ausharren musste, bis irgendjemand ihn fand. Nun noch zu warten, um Zee aus dem Hinterhalt anzugreifen, stand nicht mehr zur Debatte. Nicht nach dieser Sache. Sie mussten so schnell wie möglich weg von Drywell.

»Ob er uns wohl verrät?«, fragte Clementine, als sie sich einen Weg zurück zum Lager bahnten.

Aster schüttelte nur den Kopf. »Ich wüsste nicht, was das ändern würde. Die McClennons wollen auch jetzt schon unseren Tod.«

Einige Schritte lang herrschte Schweigen, dann meldete sich Tansy zögernd zu Wort: »Ich habe vorher noch nie erlebt, dass ein Mann solche Angst vor mir hatte«, berichtete sie. »Sonst war immer *ich* diejenige, die Angst vor *denen* haben musste.«

»Hat sich gut angefühlt«, stimmte Mallow zu und nickte.

Sonst antwortete niemand, aber Aster spürte die unausgesprochene Übereinkunft. Und doch schien es, als könnten sie einander nicht in die Augen sehen. Aber Aster fühlte sich nicht im Mindesten schuldig wegen dem, was sie getan hatten.

Sie fragte sich allerdings, ob das nicht eigentlich angebracht wäre.

Nein. Dieser dreckige Hobler hat es verdient, sagte sie sich erbittert. *Soll der zur Abwechslung ruhig mal auf* unsere *Gnade angewiesen sein.*

Aber beinahe wäre er davongekommen. Und wenn das passiert wäre …

»Nächstes Mal müssen wir vorsichtiger sein«, fuhr Mallow in diesem Moment fort, als hätte sie Asters Gedanken gelesen. »Es wird doch ein nächstes Mal geben, nicht wahr?«

Noch hatten sie den Glimmer nicht gezählt, aber Aster war sich sicher, es war genug, um das Risiko, das sie auf sich genommen hatten, zu rechtfertigen.

»Es wird ein nächstes Mal geben«, versprach sie.

Und ein Teil von ihr freute sich sogar schon darauf.

Als sie ins Lager zurückkamen, wartete Zee schon auf sie, lief unruhig auf und ab wie der Puma, den er vertrieben hatte. Aster hatte gewusst, dass er womöglich vor ihnen hier eintreffen würde, trotzdem wurde ihr übel vor Schreck, als sie ihn erblickte. Sie wollte in dieser Nacht nicht noch einen Kampf durchstehen müssen, aber sie würde es, sollte es notwendig sein. Die anderen blieben direkt hinter ihr stehen, und die Furcht, von der sie so plötzlich ergriffen waren, war spürbar. Obwohl Asters Hand wund und blutverkrustet war, ballte sie die Faust und trat in den Lichtschein der Laterne. Ein bitterkalter Wind zerrte an ihrer Jacke, während der Gesang der Grillen anschwoll und wieder abebbte.

Als Zee sie sah, sackten seine Schultern vor Erleichterung nach unten. »Den Toten sei Dank! Ich hatte schon befürchtet, man hätte euch gefangen genommen. Wo zur Hölle wart ihr?«

»Wo zur Hölle *wir* waren?«, gab Aster zurück. »Wo zur

Hölle bist *du* gewesen? Denn als ich dich das letzte Mal gesehen habe, da bist du aus einem Welcome House spaziert.«

Es war zu dunkel, um seine Mimik genau zu erkennen, aber in seinem Schweigen nahm Aster Schuld war, so beißend wie verdorbene Milch.

»Es ist nicht so, wie es ausgesehen hat«, begann er.

»Wir wollen nichts mehr mit dir zu tun haben«, fiel ihm Clementine ins Wort. »Falls du je auch nur einen Hauch Respekt uns gegenüber gehabt hast, dann lässt du uns jetzt unserer eigenen Wege gehen und vergisst, dass wir uns je begegnet sind.«

Er trat mit erhobenen Händen auf sie zu. »Bitte, lasst mich euch einfach erklären …«

»Du bleibst besser, wo du bist, wenn du nicht willst, dass das hier unschön wird«, warnte ihn Mallow.

»Ich habe meine Schwestern gesucht!«, brüllte Zee plötzlich los und wandte sich ab. Nahm sich einen Moment, um sich zu sammeln, und drehte sich wieder zu ihnen um. Als er erneut das Wort ergriff, klang seine Stimme sanfter, aber auch rau und schutzlos.

»Ich habe drei jüngere Schwestern: Elizabeth, Elena und Emily. Ich habe mich um sie gekümmert, nachdem unsere Eltern vor zwei Jahren gestorben sind. Darum habe ich angefangen, als Wegemann zu arbeiten – damit ich für sie sorgen kann, wie mein Vater es getan hat. Aber vor acht Monaten, während ich wegen eines Auftrags unterwegs war, sind sie verschwunden. Als ich nach Hause kam, habe ich keine Spur mehr von ihnen gefunden und auch keinen Hinweis darauf, wohin sie gegangen sein könnten. Sie wurden entführt, davon bin ich überzeugt. An dieses System verkauft. Seither bin ich von einem Welcome House zum anderen gezogen, um nach ihnen zu suchen. Darum war ich in jener Nacht, in der ihr geflüchtet seid, in Green Creek.«

Und darum kommt er mir auch so bekannt vor, stellte Aster fest. Eine Gänsehaut kroch über ihre Arme.

Sie hatte Zee im Empfangssaal gesehen, der junge Aufschneider am Tresen.

Anklagend zeigte er mit dem Finger auf die eigene Brust. »*Ich* war für meine Schwestern verantwortlich«, fuhr er fort. »Es ist *meine* Schuld, dass das passiert ist. Ich versuche nur, die Dinge wieder in Ordnung zu bringen, klar? Beschuldigt mich *nie* wieder, ich wäre wie die Männer, die meinen Schwestern wehtun würden.«

Dann schnaubte er, faltete die Hände über dem Kopf und zerknautschte seinen Hut. »So, jetzt habt ihr mich dazu gebracht, zu jammern und zu klagen wie ein Segner. Wahrscheinlich habe ich den halben verdammten Grind geweckt. Gelobt seien die Toten. Mögen sie uns mit ihrer Weisheit segnen.«

Ein sarkastischer Ton war in seine Stimme zurückgekehrt, aber Aster war nicht so leicht hinters Licht zu führen. Sie erkannte seinen Schmerz ebenso gut wie ihren eigenen.

»Zee …«, sagte Clementine sanft. »Warum hast du uns nicht schon früher von deinen Schwestern erzählt?«

Seufzend zuckte er mit den Schultern. »Ich hatte das Gefühl, ihr habt auch so genug Kummer.«

Tja, damit hatte er wohl recht. Aber Aster nickte ihm knapp zu, um ihm zu verdeutlichen, dass sie verstanden hatte.

Daraufhin bedachte Zee sie alle mit einem schwachen Lächeln. »Also gut, ich habe euch erzählt, wo *ich* war«, sagte er. »Und wo zur Hölle wart *ihr*?«

Aster wechselte einen Blick mit Violet und machte sich auf den Weg zu den Pferden. »Das erzählen wir dir besser unterwegs.«

KAPITEL ZEHN

Sie ritten bis zum Mittag des nächsten Tages durch. Dann forderte Zee sie auf, unter einem toten Baum zu rasten, der von einem Blitz getroffen worden war. Aster nutzte die Gelegenheit, um endlich den Glimmer zu zählen, den sie gestohlen hatten. Ihre Hände bewegten sich schwerfällig dank der Stoffverbände, die Tansy ihr über die Knöchel gewickelt hatte, und die Silbermünzen fühlten sich speckig an. Alles in allem kam sie auf etwas mehr als hundert Adler.

Aster musste zugeben, dass sie nach all dem Ärger mehr erhofft hatte.

»Und? Wie viel haben wir?«, fragte Clementine erwartungsvoll, während sie Aster über die Schulter blickte.

»Einhundertundzwei Adler und eine Handvoll Kupferstücke«, murmelte Aster. Clementine, Tansy und Mallow brachen in Jubelrufe aus und stießen mit ihren Feldflaschen an, als wären es Champagnergläser. Aster runzelte die Stirn. Sicher, das war mehr Glimmer, als irgendeine von ihnen je zu Gesicht bekommen hatte, aber es würde nicht einmal die Kosten für die Entfernung *einer* Kokarde decken, wenn Violets Informationen korrekt waren. Zum Feiern war es noch viel zu früh.

Aber die anderen waren schon den ganzen Vormittag guter Stimmung. Zee hatte wie versprochen neue Vorräte mitgebracht und sich, zumindest in ihren Augen, als loyal erwiesen.

Sie hatten die Umgebung von Drywell hinter sich gelassen, ohne erwischt zu werden, und sie waren reicher als je zuvor. Mit ihrer makellosen neuen Wegemann-Ausrüstung kamen sie sich vor, als wären sie auf alles vorbereitet. Und für den Augenblick waren sie frei. Zees tatendurstiges Lächeln spiegelte sich in den Gesichtern der anderen.

Aster nagte an der Innenseite ihrer Wange, während sie den Münzbeutel wegpackte. Vielleicht stimmte ja etwas nicht mit ihr, aber sie konnte Zee nicht einmal ansehen, ohne dass in ihrem Inneren der Argwohn brodelte.

Aber vielleicht hatte sie auch recht, und Zee verheimlichte immer noch etwas vor ihnen.

Wieder einmal war Aster geneigt, sich Violet anzuvertrauen, der Einzigen, die ihn nicht bedenkenlos verteidigen würde. Violet schien Asters Misstrauen gegenüber Zee nicht zu teilen, aber sie war anscheinend auch nicht erpicht darauf, etwas mit ihm zu tun zu haben. Im Augenblick saß sie schweigend an einem Baum und zog ein finsteres Gesicht, ganz so, als wollte sie nicht belästigt werden.

Aster ging trotzdem zu ihr und ließ sich neben sie sinken.

»Schönes Wetter haben wir heute«, sagte Aster und bemühte sich um einen gefälligen Tonfall.

Violet öffnete die Augen und warf ihr einen vernichtenden Blick zu. Tansy hatte sie gewarnt, Violet würde durch den Entzug, während sie das Süßdistelpräparat ausschlichen, lichtempfindlich werden – und sie würde schwitzen, würde sich krank fühlen und noch reizbarer sein als sonst. Heute schien ein besonders schlechter Tag zu sein.

Tja, wenn ich sie von ihren Gelüsten ablenken kann, indem ich mit ihr rede, umso besser.

»Bist du sicher, Lady Ghosts Hilfe kostet pro Kopf tausend

Adler?«, setzte Aster an und lehnte sich an die geschwärzte Rinde.

Violet führte mit zitternden Händen die Feldflasche an die Lippen und trank einen Schluck. »Wenn du mir nicht glaubst, kann ich es dir sowieso nicht beweisen«, gab sie scharf zurück.

»Nein, das ist es nicht. Ich dachte nur …« Aster schüttelte den Kopf. »Das wird schwer werden. Wenn wir nun doch mit Zee reisen, müssen wir ihn am Ende mit dem Theomitring entlohnen, was bedeutet, wir können ihn nicht mehr dazu nutzen, Lady Ghost zu bezahlen. Was wir gestern Abend getan haben, hat geholfen … aber es reicht längst nicht.« Während sie sprach, fiel Aster auf, dass sie über Lady Ghost redete, als wäre sie real. Vermutlich hatte sie inzwischen tatsächlich angefangen, an ihre Existenz zu glauben, immerhin setzten sie ihr Leben aufs Spiel, ausgehend von der Idee, es gäbe sie wirklich. Da war es leichter, nicht ständig mit dem Zweifel zu kämpfen, von dem sie wusste, dass er tief in ihrem Inneren lauerte, stets bereit hervorzubrechen, wenn sie es nur zuließ.

»Dann wiederholen wir es eben«, sagte Violet. »In Arketta werden uns die Aufschneider, die wir ausrauben können, schon nicht ausgehen. Die finden wir überall in diesem verdammten Land.«

»Und du meinst nicht, wir sollten erst einmal in Deckung bleiben?« Gestern Abend im Eifer des Gefechts hatte sich das alles noch so gut angehört … aber jetzt, bei Tageslicht betrachtet …

»Pass auf, wenn du jemanden suchst, der dir das ausredet, dann bist du bei mir falsch. Soweit es mich betrifft, sind diese Mistkerle uns einiges schuldig. Die haben Mädchen wie uns jahrelang ausgenutzt.«

Aster konnte ihr nicht widersprechen. Trotzdem war es ein

merkwürdiges Gefühl zu hören, wie gerade Violet für etwas Gesetzwidriges eintrat. *Ihr* Blut war nicht durch kriminelle Instinkte befleckt, wie sie früher jedem erklärt hatte, der ihr zuhören wollte. Beinahe hätte Aster das zur Sprache gebracht, doch nach einem weiteren Blick in Violets angespanntes, blasses Gesicht besann sie sich eines Besseren.

»Also gut, aber wir werden es bei jeder Stadt zwischen hier und Northrock versuchen müssen, wenn wir die Summe rechtzeitig beisammenhaben wollen.«

»Mm«, machte Violet unbestimmt und schloss die Augen.

Ganz offensichtlich wollte sie in Ruhe gelassen werden, aber Aster war noch nicht fertig. Sie sah sich nach Zee um. Er und die anderen waren gerade damit beschäftigt, die Pferde für den Weiterritt vorzubereiten, und während sie das taten, lachten sie miteinander.

Aster befeuchtete ihre Lippen und senkte die Stimme. »Hör mal, Violet, ich will dir nicht auf die Nerven fallen, aber …«

»Zu spät.«

»… aber ich habe mich gefragt, ob wir heute Nachmittag zusammen reiten könnten. Da gibt es etwas, worüber ich mit dir reden möchte.«

Endlich sah Violet sie an. »Und du bist sicher, dass mit mir zu reden nicht bedeutet, du willst nörgeln, mich abkanzeln oder schikanieren? Denn ich bin heute wirklich nicht in Stimmung, mich mit dir herumzustreiten.«

Na, wenn das keine Erleichterung ist, dachte Aster ärgerlich. Immerhin war Violet diejenige, die ständig versuchte, einen Streit anzuzetteln. Aber auch diese Antwort verkniff sie sich.

»Nein, ich will nur mit dir über Zee reden. Ich weiß einfach nicht, was ich von ihm halten soll, und ich kann mir nicht vorstellen, dass die anderen das verstehen würden.«

»Sag mir nicht, du hast dich in ihn verguckt«, entgegnete Violet mit unverkennbarem Widerwillen.

Aster verdrehte die Augen. »Nein, eigentlich ist das Gegenteil der Fall. Ich traue ihm nach wie vor nicht. Und ich weiß nicht, ob das daran liegt, dass er wirklich etwas Verabscheuungswürdiges an sich hat, oder ob … ob ich einfach in jedem von denen etwas Verabscheuungswürdiges sehe und nichts dagegen tun kann. Die ganze Sache macht mich krank.« Aster blies zischend Luft zwischen den Zähnen hindurch. »Ach, verhobelt noch mal«, fluchte sie. »Egal. Vergiss einfach, was ich gesagt …«

»Warte.« Violet seufzte. »Wir können eine Weile zusammen reiten. Aber ich schicke dich in der Minute, in der du anfängst, mir auf die Nerven zu gehen, zu deiner Schwester zurück.«

Aster verzog das Gesicht, doch im Inneren war sie erleichtert. Sie lief zu Clementine, um ihr zu sagen, dass sie während des restlichen Tages bei Violet bleiben würde, und ging dann zurück, um dieser beim Aufzäumen des Pferdes zu helfen. Wenige Augenblicke später ging es los. Zee und Clementine ritten Seite an Seite vorn, Tansy und Mallow folgten auf ihrem Pferd, und Violet und Aster bildeten den Abschluss.

Für einen Moment schwiegen sie, passten sich dem Tempo an, das Zee vorgab. Aster hatte es nicht eilig, die Stille zu brechen. Tatsächlich traute sie Violet auch nicht mehr als Zee. Immerhin hatte Violet Mädchen wegen geringfügiger Vergehen an Mother Fleur verraten, hatte sie getadelt, wenn sie geweint hatten, sie aufgezogen, wenn ihnen ein Fehler unterlaufen war, und über all die kleinen Demütigungen gelacht, denen sie ausgesetzt gewesen waren. Es hatte Zeiten gegeben, da hatte Aster Violet ebenso gehasst wie all die Aufschneider.

Aber hier hat Violet keine Macht, rief Aster sich ins Bewusstsein.

»Ich bin noch nie einem Mann begegnet, der nicht niederträchtig war«, sagte Violet nach einer Weile und riss Aster aus ihren Gedanken.

Überrascht blickte Aster auf.

»Geboren im Welcome House«, erinnerte Violet sie. »Die einzigen Männer, die ich je gekannt habe, waren Aufschneider und Raubvögel.«

»Doc Barrow war ganz nett«, wandte Aster ein, in Gedanken bei Tansy. Der Arzt des Welcome House hatte ihr immer erlaubt, ihm zu folgen wie ein verirrtes Entlein.

Violet lachte nur dumpf. »So nett, uns innen drin aufzuschneiden, damit wir nie Kinder bekommen können? So nett, uns Süßdistel zu verabreichen, damit wir zu betäubt sind, um uns zu wehren? Dieser Mann bekommt sein Geld von denselben Leuten, die uns gefangen gehalten haben. Von mir aus kann er den nächsten Zug zur Hölle nehmen.«

Aster zuckte innerlich zusammen. So hatte sie die Sache nie betrachtet. Aber es stimmte, Doc Barrow war der erste Mann aus Green Creek, der jeder Einzelnen von ihnen wehgetan hatte. Alle Mädchen mussten »behandelt« werden, sobald sie ins Welcome House kamen. Kinder wie Violet, zur Welt gebracht von einem Good Luck Girl, waren mehr als selten und stets das Ergebnis eines verpfuschten Eingriffs.

Aster schluckte die Übelkeit hinunter, die sich in ihrer Kehle regte.

»Also muss Zee auch niederträchtig sein? Willst du das damit sagen?«, hakte Aster nach.

»Wenn er es jetzt noch nicht ist, wird er es eines Tages sein. Aster, die ganze verdammte Welt ist niederträchtig. Niedertracht ist das, was man zum Überleben braucht. Das habe ich schon vor langer Zeit gelernt.«

»Also ist das deine Entschuldigung dafür, dass du dem Rest von uns die ganze Zeit das Leben zur Hölle gemacht hast, ja?«, murmelte Aster. Sie wusste, sie hatte versprochen, sich zurückzuhalten, aber die Worte purzelten einfach so heraus.

Doch Violet gab sich unbeeindruckt. »Was? Denkst du, ich wüsste nicht, wie sehr ihr alle mich hasst? Denkst du, das kümmert mich auch nur einen feuchten Dreck? Ich habe bloß auf mich aufgepasst, und hättet ihr wenigstens einen Funken Verstand, dann hättet ihr das auch getan.«

Herausfordernd hingen die Worte in der Luft. Ihr Gespräch verlief immer noch zu leise, als dass die anderen sie hören konnten, und Aster biss sich auf die Zunge, bis sie sicher war, dass sie in der Lage war, etwas zu sagen, ohne dabei vor Wut die Stimme zu erheben.

»Ich hatte nicht den Luxus, auf mich aufpassen zu können«, entgegnete sie schließlich. »Ich war damit beschäftigt, auf Clem aufzupassen.«

»Und das ist dir ja wunderbar gelungen. Sie wäre jetzt tot, hätte sie McClennon nicht umgebracht – was im Übrigen genau mein Punkt ist. Wenn du nicht bereit bist, dir die Finger schmutzig zu machen, hast du schon verloren.«

Aster schürzte die Lippen, sie hätte Violet am liebsten erwürgt, doch plötzlich verließ sie jeglicher Kampfeswille.

Denn Violet hatte recht.

Violet hatte es begriffen.

Es war dumm, irgendjemandem zu vertrauen. Das Beste zu hoffen. Sich in einer unanständigen Welt anständig zu verhalten. Die anderen mochten bereit sein, sich auf Zee zu verlassen, aber Aster war bisher nicht bereit, auf irgendetwas oder irgendjemanden zu zählen. Und sie hatte zweifellos recht damit.

Aster hätte sich durch Violets Antwort bestätigt fühlen sollen, stattdessen fühlte sie sich einfach nur leer. Und unsäglich müde.

Violets Haltung schien an Härte zu verlieren, beinahe als hätte sie Asters veränderte Stimmungslage wahrgenommen. Sie sah sich über die Schulter um.

»Nebenbei bemerkt, ich glaube tatsächlich, dass Zee die Wahrheit über seine Schwestern erzählt hat«, bekundete Violet leise.

»Ich auch«, räumte Aster ein, aber nur, weil sie ihn schon vorher lügen gesehen hatte und wusste, wie sich das bei ihm bemerkbar machte.

»Und er hat den Glimmer seines Vaters benutzt, um Vorräte für uns zu kaufen«, fuhr Violet nüchtern fort. »Ich denke, das zählt auch ein bisschen.«

»Er weiß aber auch, dass er das zehnfach zurückbekommt, wenn wir ihn bezahlen.«

»Trotzdem«, erwiderte Violet. »Worauf ich hinauswill – du musst Zee nicht trauen, oder sonst irgendjemandem, wenn wir schon dabei sind, aber du musst zumindest erkennen, wann jemand *nützlich* ist. Zee ist nützlich für uns, weil er weiß, wie er uns in einem Stück nach Northrock bringen kann. Und wir sind nützlich für ihn, weil er offensichtlich unter endlosen Schuldgefühlen leidet, dass er seinen Schwestern nicht helfen kann, und uns zu helfen ist für ihn das Nächstbeste. Unser Junge möchte nachts wieder schlafen können. Ist mir nur recht.«

Erst war Aster verwundert über Violets kaltschnäuzige Einschätzung der Lage, die ihr auf erschreckende Weise ins Gedächtnis rief, dass Violet Gefühle als etwas behandelte, das ausgebeutet werden wollte. Aber dann fand sie Trost in der unverfälschten Logik ihrer Argumentation. Ehre, Gerechtigkeit, schlichter menschlicher Anstand – für all das sollte man sein

Leben nicht aufs Spiel setzen. Aber gegenseitiger Nutzen, das war eine solide Basis.

»Danke, Violet«, sagte Aster und richtete sich auf. »Jetzt geht es mir besser … glaube ich.«

»Warte einfach ab, das geht vorbei.«

Sie ritten weiter, und die Sonne brannte in Asters Nacken. Die Bäume schienen unter der Last der geräuschlosen, windstillen Hitze nachzugeben. Der Himmel leuchtete wie blauer, von weißen Adern durchzogener Marmor. Aster und Violet fingen an, ihren nächsten Raubüberfall zu diskutieren. Aster war durchaus bewusst, dass allein Violets schnelle Auffassungsgabe ihnen den letzten ermöglicht hatte. Dennoch hätte er beinahe mit einer Katastrophe geendet. Der nächste Aufschneider war womöglich besser gewappnet, also mussten sie es auch sein.

»Es war gut, dass wir den ersten Aufschneider in den Wald gebracht haben«, sagte Aster. »Nur als es darum ging, ihn zu fesseln, waren wir nachlässig. Dabei ist es sowieso nicht leicht, einen Mann zu fesseln, der sich die ganze Zeit zur Wehr setzt.«

Violet nickte. »Vielleicht sollten wir ihn das nächste Mal mit einer Waffe in Schach halten? Zee hat ein Jagdgewehr.«

»Ich kann nicht schießen«, murmelte Aster und dachte an den Apothekenraub. Sie hatte keine Ahnung gehabt, was sie mit der Waffe in der Hand anstellen sollte. Und das war nur ein Teil des Problems – selbst wenn Aster wüsste, was sie zu tun hätte, war sie alles andere als überzeugt, dass sie bereit war, diese Grenze zu überschreiten. Einen Mann mit dem Messer zu bedrohen war schlimm genug.

Die hatten nie ein Problem damit, Grenzen zu überschreiten, wenn du ihrer Gnade ausgeliefert warst, flüsterte eine zarte Stimme in ihrem Hinterkopf.

Aster zwang sich, sie zu ignorieren. »Aber der Gedanke ist

nicht so verkehrt«, fuhr sie fort. »Vielleicht wäre es gar nicht so dumm, Zee um Hilfe zu bitten. Nutzen aus ihm zu ziehen. Er muss doch das eine oder andere darüber wissen, wie man eine Falle errichtet. Vielleicht können wir ja einen dieser Ausbeuter in einen Hinterhalt locken ...«

Aber Aster nahm an, es wäre nicht leicht, ihn dazu zu bringen, bei so etwas zu helfen. Er hatte ziemlich wütend gewirkt, als sie ihm von dem Raubüberfall auf den Politiker erzählt hatten. Ein paar Adler seien solch ein Risiko nicht wert, hatte er gesagt. Aber zu diesem Zeitpunkt schienen ihm immer noch Schuldgefühle zu schaffen zu machen, und er hatte sich nur kurz dazu geäußert. Vielleicht fühlte er sich für ihre verzweifelte Vorgehensweise verantwortlich.

Was es auch war – solange er ihnen nur den Rücken freihielt, wenn es darauf ankam, war das die Hauptsache.

Violet und Aster sprachen weiter ihre Pläne durch, doch während die Stunden dahinzogen, wurde Aster immer häufiger von dem herzhaften Gelächter Clementines abgelenkt. Aster war viel zu weit entfernt, um zu hören, was Zee sagte, aber ganz offensichtlich war er die Ursache für Clementines gute Stimmung. Während Aster noch grübelte, reichte er ihrer Schwester eine Mundharmonika, und sie gab sich alle Mühe, auf ihr zu spielen.

»Und du hast mich glauben gemacht, du würdest Klavier spielen«, rief Zee entrüstet und laut genug, dass alle ihn hören konnten.

»Tue ich ja auch! Das ist ganz anders als das hier.«

»Die grundlegenden Prinzipien sind dieselben.«

»Was weißt du schon davon?«

»Ich weiß jedenfalls, dass sich das Ding nicht anhören soll wie eine sterbende Katze.«

»Die sollten besser still sein, ehe sie uns alle in Lebensgefahr bringen«, sagte Violet zu Aster, hörte sich aber recht gelangweilt an.

Aster antwortete nicht. Sie war zu sehr damit beschäftigt, ihren Ärger zu unterdrücken – über Clementine, weil sie so vertrauensselig war, und über Zee, weil er sich erdreistete, überhaupt mit ihr zu plaudern.

Selbst wenn Zee so ein guter Mensch sein sollte, wie die anderen zu glauben schienen, änderte das nichts daran, dass Clementine jedem Mann, den sie näher an sich heranließ, auch die Möglichkeit gab, sie zu verletzen. Die Hälfte der Mädchen im Welcome House träumte davon, dass sich ein Mann in sie verliebte und sie für immer aus dem Haus herausholte. Aber in der Wirklichkeit nutzten Männer diese Schwäche lediglich aus, um Mädchen zu manipulieren. Das galt hier draußen ebenso wie dort drinnen. Wäre sie davon nicht schon überzeugt gewesen, ehe sie mit Violet gesprochen hatte, dann wäre sie es spätestens jetzt.

Aster hatte Clementine nicht aus einem Gefängnis herausgeholt, nur um zuzusehen, wie sie geradewegs in das nächste spazierte.

Ganz ruhig. Sie scherzen nur. Das hat nichts zu bedeuten.

Besser wäre es jedenfalls.

Es war schon spät am Nachmittag, als sie die Tagesetappe beendeten. Zee führte sie zu einer engen Schlucht, durch die ein seichter Bach strömte, der ihre Spuren und ihren Geruch verbergen würde. Aster schob sich neben ihn, als die anderen sich dankbar am Wasser niederknieten, um zu trinken und sich die Gesichter zu waschen.

»Kann ich kurz mit dir reden?«, fragte sie und räusperte sich.

Er drehte sich um. Noch immer prangte ein unbefangenes

Lächeln auf seinen Lippen, und seine braunen Augen schimmerten kupfern im Sonnenschein. Aster verstand, warum ihre Schwester sich von ihm angezogen fühlte. Aber das änderte nichts an den Tatsachen.

Zee rieb die Hände aneinander ab. »Sicher.«

Sie stolperten ein Stück weit die Böschung hinauf. Zee half Aster über einige felsige Abschnitte, und sie zuckte jedes Mal unwillkürlich vor seiner Berührung zurück. Jeder körperliche Kontakt bereitete ihr eine Gänsehaut.

»Also, was hast du auf dem Herzen?«, fragte Zee, steckte die Hände in die Taschen und lehnte sich an einen Baumstamm.

Aster zögerte. Da war etwas an seinem sanftmütigen Ton, das sie reizte, die Wahrheit zu sagen. *Ich kann nicht anders, ich fürchte dich. Ich fürchte um meine Schwester. Aber gerade jetzt brauchen wir dich, und ich weiß nicht, was ich tun soll.*

Stattdessen sagte sie nur: »Violet und ich haben unseren nächsten Überfall geplant. Wir werden deine Hilfe benötigen, um das hinzukriegen.«

Zee machte ein langes Gesicht. »Noch ein Überfall? Warum?«

»Wir brauchen Glimmer für Lady Ghost. Anderenfalls wäre die ganze Reise umsonst.«

»Wir werden es gar nicht erst zu Lady Ghost schaffen, wenn die Gesetzeshüter uns vorher erwischen. Es ist schon schwer genug, denen aus dem Weg zu gehen, ohne dass wir sie derart auf uns aufmerksam machen.«

Aster verschränkte die Arme vor der Brust. »Schön, was sollen wir deiner Ansicht nach tun?«

»Zunächst mal am Leben bleiben«, sagte er matt. »Ich weiß nicht. Ich schätze, du hast recht. Aber es sind nicht nur die Gesetzeshüter, Aster. Ich mache mir viel mehr Sorgen wegen der Raubvögel. Du begreifst nicht, wie gefährlich die sein können.«

»Ach, das begreife ich nicht?«, erwiderte Aster, wütend über seine Arroganz. »Soweit ich mich erinnere, bist du nicht derjenige, der in seiner Kindheit von ihnen gequält worden ist.«

Zees Miene verfinsterte sich. Aster tat einen Schritt zurück. Furcht brannte in ihren Adern. Sie wusste nur zu gut, wie es aussah, wenn Zorn die Züge eines Mannes verzerrte. Ihr Schädel brummte wie ein ganzer Hornissenschwarm, und ihre Kehle war wie zugeschnürt.

»Du weißt nicht das Geringste über meine Kindheit«, sagte Zee mit lauter Stimme und kam einen Schritt näher. »Ich kenne die Raubvögel besser, als die sich selbst kennen.«

Panisch wich Aster weiter zurück und geriet ins Stolpern. Stürzte beinahe. Sofort glätteten sich Zees Züge, und er ging wieder auf Distanz.

»Tut mir leid. Ich wollte dich nicht ängstigen.«

»Ich habe keine Angst vor dir.« Asters Stimme klang halb erstickt, und das Herz schlug ihr bis zum Hals. *Ich habe keine Angst vor irgendeinem von euch. Ich werde euch umbringen. Ich schlage euch einfach tot.*

»Also gut, ich habe versprochen, euch zu helfen, so gut ich kann, und das habe ich auch vor«, sagte Zee seufzend. »Was wäre ich für ein Wegemann, würde ich mein Wort nicht halten?«

»Ein beschissener, schätze ich.«

»Genau.« Langsam ließ Zee die Hände sinken. »Also … wie kann ich helfen?«

Tränen brannten in Asters Augen, und sie blinzelte aufgebracht dagegen an. Sie hasste es, wenn so etwas passierte.

»Aster – bei den Toten, es tut mir leid, ehrlich. Lass uns darüber reden …«

»Komm mit«, murmelte sie und ging die Schlucht wieder hinunter. »Die anderen müssen das auch hören.«

Eine Falle zu errichten erwies sich als schwieriger als erwartet.

Die Art von Schlinge, mit der man Eichhörnchen fangen konnte, war nicht annähernd stark genug für einen erwachsenen Mann, wie Zee ihnen erklärt hatte. Aber sie konnten etwas improvisieren, basierend auf dem gleichen Prinzip: Knote ein Seil zu einer lassoartigen Schlinge, wirf es über einen starken Ast, warte, bis der Aufschneider in die Falle tappt, und dann zieh schnell am Seil, sodass er am Fußgelenk hochgezerrt wird und in der Luft baumelt.

»Eine richtige Falle soll einem all die Arbeit abnehmen«, sagte Zee, als sie sich unter dem fraglichen Baum versammelten und den Plan noch einmal durchgingen. »Da kann man später zurückkommen und die Beute einsammeln. Aber da ihr so oder so nirgends hingehen werdet, könnt ihr auch selbst einen Teil der Arbeit übernehmen.«

»Und die Beute sofort einsammeln«, warf Mallow ein.

Zee grinste. »Richtig.«

Die Mädchen würden sich kurz vor der Stadt Whitethorn auf die Lauer legen, während Zee zum Welcome House ging, um nach seinen Schwestern zu suchen. Vorausgesetzt, er fand sie dort nicht, war es seine Aufgabe, anschließend vor der Tür herumzulungern und einen Mann auf dem Weg hinein abzufangen.

»Du sagst dem Aufschneider, dass du Mädchen in deinem Lager hast, die er für den halben Preis haben kann«, wies Aster ihn an. »Dann bringst du ihn hierher.«

Zee runzelte die Stirn. »Wird er nicht ahnen, dass die Sache einen Haken hat?«

»Wenn er fragt, sag einfach, wir wären böse Mädchen, die aus einem Welcome House rausgeworfen wurden. So was gefällt denen.«

»Ich bin nicht sicher, ob ich so überzeugend lügen kann, Aster.«

»Warum nicht? *Uns* anzulügen ist dir ja auch nicht schwergefallen.« Nach der vorangegangenen Konfrontation war Aster immer noch gereizt. Clementine warf ihr einen scheelen Blick zu, aber Zee gab klein bei.

»Schön. Und was ist mit den Gesetzeshütern? Die dürften Kontrollpunkte am Stadtrand eingerichtet haben, genau wie in Drywell.«

»Du musst dich nur zielstrebig bewegen. Die Gesetzeshüter haben keinen Grund, zwei Männer aufzuhalten, die die Stadt *verlassen* wollen«, sagte Violet.

»Ich bin staubblütig«, wandte Zee ein und bedachte sie mit einem spitzen Blick. »Die Leute halten mich für einen Kriminellen, sobald sie sehen, dass ich keinen Schatten habe. Es wäre nicht das erste Mal, dass die Gesetzeshüter mich ohne jeden Grund aufhalten würden.«

»Ach, du armes Ding«, erwiderte sie mit einem höhnischen Grinsen.

»Violet«, wies Aster sie zurecht, ehe sie sich wieder auf Zee konzentrierte. »Der Aufschneider, den du herlockst, wird hellblütig sein. Ich bezweifle, dass die Gesetzeshüter dir Schwierigkeiten machen, solange ihr zusammen seid.«

Zees Hände lagen auf seinen Oberschenkeln, und er blickte zu Boden, sodass die Hutkrempe seine Züge verbarg.

»Es ist nur, weil ich mein ganzes Leben damit verbracht habe, der Vorstellung zu entkommen, dass unsere Leute alle Verbrecher sind«, sagte er nach einer Weile. »Ich habe mein ganzes Leben lang versucht zu beweisen, dass ich ein guter Mensch bin.«

»Du bist ein guter Mensch. Du tust Gutes, indem du uns hilfst«, entgegnete Aster. *Sag ihm einfach, was immer er hören muss.*

Er nickte. Einmal zögernd und dann noch einmal mit mehr Zuversicht.

»Also gut. In Ordnung. Nach welcher Art von Aufschneider soll ich Ausschau halten?«

Aster und Violet erklärten ihm, wie er die besonders reichen Aufschneider erkennen konnte. Das war nicht immer einfach, da die meisten Welcome Houses eine Kleiderordnung hatten, die dafür sorgte, dass auch die ärmeren Männer wohlhabend wirkten. Aber es gab stets subtile Hinweise. Man konnte sich die Hände eines Mannes ansehen, um herauszufinden, ob er mit ihnen arbeitete, beobachten, wie er sich bewegte, ob er damit rechnete, dass andere Leute ihm Platz machten. Reiche Männer redeten gern über Politiker, die sie getroffen, oder Geschäfte, die sie abgeschlossen hatten. Und sie hatten gute Zähne und rochen immer süßlich – zu süßlich, klebrig, wie überreife Früchte.

Da Violet hartnäckig behauptete, sie sei zu schwach, um den anderen dabei zu helfen, das Seil hochzuziehen, musste sie stattdessen während der Vorbereitungen den Aufschneider spielen. Das würdelose Kreischen, das sie von sich gab, als die Falle endlich funktionierte, war ein angemessener Ausgleich für all das, womit sie den anderen auf die Nerven gefallen war.

Sie wiederholten den Vorgang mehrere Male, bis sie sicher waren, dass sie ihn beherrschten. Danach stolzierte Violet mit steifen Bewegungen davon und setzte sich auf einen Baumstumpf, um »Wache zu halten«, während Aster, Clementine und Mallow das Seil hielten, bereit, es hochzureißen, sobald der Aufschneider des Weges kam. Tansy nahm noch einige abschließende Korrekturen an der Schlinge vor, um sicherzustellen, dass sie sicher unter dem Laub versteckt war und sich nirgends verhaken konnte.

Aster bemühte sich, ruhig zu atmen, während sie warteten. Da war wieder dieser Rausch, den sie schon verspürt hatte, als sie aus dem Fenster des Welcome House gesprungen war, als sie sich nach Killbank geschlichen und als sie den Politiker ausgeraubt hatten und damit davongekommen waren. Farbige Flecken tanzten am Rand ihres Blickfelds, als sie in die Dunkelheit starrte. Die Schreie der Rächer vereinten sich in ihren Ohren zu einem einzigen hoch tönenden Summen. Jeden Moment …

»Ich glaube, ich höre jemanden kommen!«, zischte Mallow.

Aster leckte sich über die Lippen und spannte den Griff ihrer feuchten Hände um das Seil.

»Nicht vergessen, wenn er die Richtung wechselt, hauen du und die anderen ab, während Zee und ich den Aufschneider aufhalten«, murmelte sie Clementine mit pochendem Herzen zu.

»Ich lasse dich nicht zurück«, beharrte Clementine.

Noch ehe Aster etwas erwidern konnte, hallte Zees Stimme aus der Ferne herbei.

»Passen Sie auf Ihren Kopf auf, da ist ein tief hängender Ast.«

Und dann eine näselnde Männerstimme, die Aster nicht kannte. »Die Toten sollen dich holen, du hast gesagt, sie wären ganz in der Nähe …«

»Na, wir können sie ja nicht direkt unter der Nase der Raubvögel festhalten, nicht wahr? Nur noch ein kleines Stück.«

»… und ich habe mir meine guten Schuhe ruiniert. Diese Lucker sind die Mühe hoffentlich wert!«

»Macht euch bereit«, flüsterte Aster den anderen zu. Sogar im Dunkeln erkannte sie Zees entspannte Schritte. Der hoch aufgeschossene Schatten hinter ihm bewegte sich weit weniger geschmeidig und fluchte bei jedem zweiten Schritt. Wie schwer mochte ein so großer Aufschneider wohl sein? Schwer genug, dass das Seil riss? *Verdammt, Zee, du hättest ein Fliegengewicht nehmen sollen.*

Zu spät, etwas daran zu ändern. Sie waren nur noch wenige Fuß entfernt. Aster stellte sich breitbeinig auf, rammte die Fersen in den Boden. Zee wurde langsamer, hielt die Laterne höher.

»Eine perfekte Nacht, nicht wahr …?«, sagte er.

Das war das Signal. Aster und die anderen setzten all ihre Kraft ein, und das Seil zog sich um die Fußgelenke des Aufschneiders zu. Er kreischte lauthals, als seine Beine unter ihm fortgerissen wurden. Die Mädchen arbeiteten schnell, zogen Hand über Hand an dem Tau und zerrten ihn höher und höher, bis er auch mit seinen langen Armen den Boden nicht mehr erreichen konnte. Kopfüber hing er am Baum wie eine Rinderhälfte.

»Was zur verhobelten Hölle …!«, brüllte er. *»Hilfe! Jemand muss mir helfen!«*

Aster sah sich rasch zu den anderen um, um sich zu vergewissern, dass sie ihn ohne ihre Unterstützung halten konnten. Clementine nickte ihr einmal kurz zu. Daraufhin nahm Aster ihr Messer und ging mit raschen, aber steten Schritten zu dem Aufschneider, kauerte sich vor ihm nieder und hielt ihm die Klinge ans Herz.

»Du wirst jetzt still sein«, sagte sie mit ruhiger Stimme.

Die Hilferufe des Aufschneiders verstummten. Das Weiß

seiner Augen leuchtete in der Dunkelheit. »Wer zur Hölle bist du?«, herrschte er sie an. Dann huschte sein Blick zu Zee, der mit vor der Brust verschränkten Armen im Hintergrund verharrte. »Gehört ihr zusammen?«

»Sieh nicht ihn an, sieh mich an«, befahl Aster.

Der Aufschneider sagte nichts, doch die Erkenntnis spiegelte sich in seinem Gesicht, als sein Blick auf ihre Kokarde fiel.

»Bei den Toten«, keuchte er dann. »Du bist eines der Mädchen, die …«

»Richtig«, fiel Aster ihm ins Wort, unfähig, ein Grinsen zurückzuhalten. »Und wenn wir Baxter McClennon erledigt haben, dann werden wir bestimmt nicht zögern, dich zu erledigen. Also halt einfach still, während mein Partner deine Taschen ausräumt, dann machst du dir die Sache leichter.«

Sie nickte Zee zu, der sich prompt an die Arbeit machte. Ein Teil der Habe des Mannes war bereits zu Boden gefallen, aber sein Münzbeutel war immer noch an seinem Bund festgegürtet. Zee nahm ihm den Beutel ab und schnappte sich außerdem Taschenuhr und Revolver des Aufschneiders. Der starrte derweil wie befohlen nur Aster an, und seine Augen glühten vor Hass.

»Das werdet ihr bereuen«, versprach er. »McClennon wird dafür sorgen.«

»Was habe ich dir gesagt?«, knurrte Aster.

Er verstummte und runzelte die Stirn. Im Gegensatz zu dem Politiker hatte Aster diesen Aufschneider noch nie zuvor gesehen. Aber sie war Hunderten von seiner Sorte begegnet. Vermutlich war er ein unbedeutender Landesherr mit einer einzigen, auf seinen Namen eingetragenen Mine und einem Dutzend Staubblütigenfamilien, die darin arbeiteten. Theomit dürften sie nicht abbauen, anderenfalls hätte er auch so einen

Ring wie Baxter, aber vielleicht Gold oder Silber. Irgendeine Art von Geld, das aus dem Boden wuchs. Er war der Typ Aufschneider, der es sich leisten konnte, die Welcome Houses zu besuchen, sooft er wollte, der sich aber Mühe geben musste, um die Aufmerksamkeit der wirklich mächtigen Leute, die sich dort einfanden, zu erringen. Und anschließend würde er seinen Zorn an den Frauen abreagieren und sie am Morgen verletzt und gepeinigt zurücklassen.

Wahrscheinlich hatte sich der Kerl bei der Vorstellung gefallen, er hätte das System für eine Nacht geschlagen. Reiche Leute waren stets am geizigsten. Zee hatte eine gute Wahl getroffen.

»Also schön, wir sind hier fertig«, sagte Zee und steckte das letzte Stück Beute in einen Sack.

»Gut«, antwortete Aster, ohne den Blickkontakt zu dem Aufschneider zu unterbrechen.

»Wir auch«, bemerkte Clementine, als sie und die anderen herbeikamen, nachdem sie ihr Ende des Seils um einen Baumstamm gebunden hatten. Irgendwann würde es sich lösen, oder der Aufschneider würde sich aus eigener Kraft befreien, aber bis dahin wären sie längst verschwunden.

Aster war so siegestrunken, dass ihr beinahe schwindelig wurde. Sie steckte ihr Messer ein und erhob sich.

»Wenn du um Hilfe rufst, dann garantiere ich dir, dass die Rächer schneller hier sein werden als irgendwer aus der Stadt«, sagte Zee und und schlang sich den Sack über die Schulter. »Am besten bleibst du einfach ruhig bis zum Morgen. Du schaffst das schon.«

Der Aufschneider richtete seinen unheilvollen Blick auf Zee. »Um dich wird sich McClennon auch kümmern!«, giftete er. »Um euch *alle.* Verhobelte Entartete. Brut von Halsabschneidern und Dieben. Das Blut verrät alles. *Das Blut verrät alles.*«

Aster versetzte ihm einen Tritt ans Kinn, und ihr Herz pochte hart in ihrer Brust. Der Mann stöhnte, sagte aber nichts mehr. Hätte er weitergeredet, dann hätte sie womöglich Schlimmeres getan. Sie atmete tief durch und sah die anderen an. Zee, der eine sorgsam neutrale Miene aufgesetzt hatte, Tansy, die instinktiv das Gesicht verzog. Aber Mallow, Clementine und Violet nickten nur, wie Aster lächelnd feststellte.

»Ehre der Zeche«, sagte sie und tippte sich vor dem Aufschneider an den Hut, ehe sie und die anderen in der heulenden Finsternis verschwanden.

KAPITEL ELF

Die Tage zogen dahin, einer rieselte in den anderen wie feiner Wüstensand. Kondore stiegen am klaren blauen Himmel empor oder sammelten sich in vom Wind entlaubten Bäumen. Echsen huschten durch das Gras und sonnten sich auf Felsen. Und an jedem Morgen ging die Sonne blutrot über dem Gebirge auf, und Aster fühlte sich beim Erwachen ein wenig stärker. Sie hatte die Schmerzen überwunden, die das stundenlange Reiten und Wandern mit sich brachten, und sie hatte auch einen Teil der Angst hinter sich gelassen, die mit der Flucht einherging. Das Leben im Welcome House war auf seine eigene Art nicht weniger gefährlich und unberechenbar gewesen. Ein Aufschneider konnte jederzeit gewalttätig werden. Ein Raubvogel mochte auf die Idee kommen, mit einem der Mädchen zu spielen, nur weil ihm gerade langweilig zumute war. Zee schien verwundert, wie schnell sie alle sich an das harte Leben gewöhnten, aber Aster war keineswegs überrascht. Sie waren Schlimmeres gewohnt.

Die Ausnahme bildete, wie immer, Violet. Der Entzug machte ihr unverkennbar zu schaffen, auch wenn sie das niemals zugegeben hätte. Andererseits ließ sie keine Gelegenheit ungenutzt, um sich, von den Entzugserscheinungen abgesehen, über alles und jeden zu beklagen. Aster ritt an den meisten Tagen immer noch mit Clementine, ertappte sich aber bisweilen dabei, sich geradezu nach Violets Gesellschaft zu sehnen, so reizbar die auch war. Bei den anderen, sogar bei Clem – *besonders* bei Clem – hatte Aster das Gefühl, sie müsse die Starke sein. Violet hingegen brachte für derartige Vorspiegelungen keinerlei Geduld auf und durchschaute sie zuverlässig. In ihrer Gegenwart konnte Aster ihrem Schmerz Raum geben.

Eines Nachmittags übten sich die beiden in ihrer Schießkunst. Zee hatte vorgeschlagen, sie sollten an diesem Tag früher rasten, sobald sie die Annagoldfälle erreicht hätten. Dort angelangt, hatten sie den halben Grind durchquert und ein Viertel der Strecke bis Northrock geschafft. Gut zwei Wochen waren sie schon unterwegs, und sie hatten noch ungefähr eine Woche vor sich – lag der Grind erst hinter ihnen, so hatte Zee ihnen erklärt, konnten sie den Rest des Weges nach Northrock auf den Schienen weiterreisen.

Bis dahin waren die Wasserfälle über viele Meilen hinweg die letzte Frischwasserquelle. Clementine, Zee, Tansy und Mallow badeten alle in dem großen See. Ihr Juchzen und Lachen hallte über das funkelnde Wasser. Violet und Aster hatten beschlossen, die zusätzliche Zeit zu nutzen, um an dem Ufer, das dem Lager gegenüberlag, einen provisorischen Schießstand aufzubauen. Beide waren mit Revolvern bewaffnet, die sie unterwegs gestohlen hatten. Seit Drywell hatten sie drei weitere Aufschneider ausgeraubt und die Erfahrung gemacht, dass die sicherste Art, sich die Kooperation eines Mannes zu verschaffen, darin bestand, einen Revolver auf ihn zu richten. Aster wollte sich diese seltene Gelegenheit, ihre Fähigkeiten im Schießen zu üben, nicht entgehen lassen – das Donnern des Wasserfalls würde das Geräusch der Schüsse spielend überdecken.

Was eine Gnade war, denn Aster schien nicht einmal um

ihres lieben Lebens willen in der Lage zu sein, ein anvisiertes Ziel zu treffen.

»Wie kommt es, dass ich dabei besser bin als du?«, fragte Violet – nicht dass sie viel besser gewesen wäre. Ihre Schüsse verfehlten den Stapel Steine, auf den sie zielten, ebenfalls mit einigem Abstand.

»Ich lasse dich nur gewinnen, so wie ich es mit Clem gemacht habe, als wir noch klein waren. Sie war damals eine schlechte Verliererin. *Du* bist das immer noch.«

»Blödsinn. Ich würde dir ja vielleicht noch abnehmen, dass du dich gar nicht richtig bemühst, aber meinetwegen tust du das ganz sicher nicht.«

Ein Schuss, und im nächsten Moment war der Steinstapel fort. Violet konnte sich ein blasiertes Grinsen nicht verkneifen, als sie die Waffe senkte. Die Blütenblätter ihrer Kokarde zuckten im Wind.

»Bist du so lieb und baust den Stapel für mich wieder auf?«

Aster murmelte ein paar wohl gewählte Worte, stelzte aber los, um zu tun, was ihr gesagt wurde. Violet hatte recht – Aster *hielt* sich zurück, und das tat sie nicht, weil sie auch nur das geringste Interesse daran gehabt hätte, Violet gewinnen zu lassen. Sie tat es, weil sie den erschreckenden Knall hasste, die Art, wie der Revolver in ihrer Hand zuckte, als wäre er etwas Lebendiges, das jederzeit zubeißen konnte. Es dauerte nur ein paar Minuten, dann war ihr schlecht vor lauter Unbehagen, kalter Schweiß lief ihr über den Nacken und machte ihre Hände schlüpfrig. Zugleich verschwamm alles vor ihren Augen. Sie konnte nicht treffen, wenn es ihr so ging, und sie konnte sich selbst nicht mehr über den Weg trauen. Sie wagte ja kaum mehr zu atmen.

Ganz gleich, wie oft sie eine Schusswaffe hielt, sie bevorzugte immer noch ein Messer, das ruhig in ihrer Hand lag.

Aster stapelte die Steine wieder auf und kehrte zu Violet zurück. Die neigte neugierig den Kopf, und ihr selbstgefälliges Grienen verblasste.

»Was?«, fragte Aster argwöhnisch.

»Bist du schussscheu? Ist das dein Problem?«

Aster runzelte die Stirn. »Ich bin in keiner Weise scheu, Violet.«

»Nein, ich meine nur ... das ist ein Begriff, den die Leute gebrauchen, um jemanden zu beschreiben, der besonders schreckhaft ist. Weil er gute Gründe dazu hat, weil er zu viele schlimme Dinge erlebt hat. Das hat eigentlich gar nicht so viel mit Waffen zu tun – kann es aber, nehme ich an.«

»Wovon zur Hölle sprichst du?«

»Hör zu, ich will dir nur sagen, dass es mir in anderer Hinsicht manchmal genauso geht. Gewehrfeuer macht mir nicht so viel aus, aber ich kann den Geruch von Zigarrenrauch nicht ertragen, weil mich das an die Aufschneider erinnert. Ich halte es nicht aus, wenn Zee mich berührt, und sei es nur, um mir vom Pferd zu helfen.«

Asters Herz fing an zu rasen, als hätte sich ein wildes Tier in ihren Brustkorb verirrt. Sie tat, als wäre sie damit beschäftigt, den Revolver nachzuladen. Violet hatte sich in letzter Zeit ein wenig mehr geöffnet. Der Nebel aus Süßdistel, der sie in der Vergangenheit eingehüllt hatte, fing an, sich zu verziehen, während sie sich mehr und mehr von der Droge entwöhnte. Natürlich wusste Aster, dass ein klarer Geist etwas Gutes war – aber es gefiel ihr nicht, dass es Violet nun auch leichterfiel, die anderen zu erspüren.

»Die Raubvögel hatten immer Waffen dabei«, fuhr Violet fort. »Vielleicht kannst du den Gedanken an sie nicht verdrängen, wenn du eine siehst. Oder ist irgendwann mal was mit einem Aufschneider vorgefallen? Hat dich einer bedroht oder so?«

Nein, er hatte die Waffe mit nur einer Patrone geladen, ihr den Lauf in den Mund gesteckt, die Trommel gedreht und abgedrückt. Ein unredliches Spiel, das manche Aufschneider offenbar allzu gern spielten. Aster hatte nicht gewagt, sich zur Wehr zu setzen. Keine Nacht war vergangen, ohne dass sie sich hilflos gefühlt hatte, aber das ... Sie erinnerte sich immer noch an den Geschmack des Metalls auf ihrer Zunge, das Klicken der Trommel, als sie sich drehte und drehte. Ihr ganzer Körper verkrampfte sich unter dem Eindruck des drohenden Todes, ihr Geist zuckte durch die einzelnen Stationen ihres kurzen und grausamen Lebens. Harte Worte, raue Hände, Zorn und Furcht und Zorn und Scham und Zorn ...

»Beim *Schleier*«, fluchte Aster schließlich, hörte auf, so zu tun, als würde sie ihre Waffe laden, und steckte sie stattdessen wütend ins Holster. »Pass auf, ich bin einfach besser mit dem Messer, alles klar? Können wir es dabei belassen?«

»Schon gut, schon gut. Lass uns ins Lager zurückgehen, ja? Ich kriege langsam Hunger.«

Aster schluckte erleichtert, wenngleich sie sich bemühte, sich nichts davon anmerken zu lassen. »Heute Abend gibt es nur Brot und Bohnen. Bist du dir dafür jetzt nicht mehr zu gut?«

»Doch, natürlich, aber es hilft ja nichts.«

Eine Weile gingen sie schweigend am Ufer entlang, und ihre Stiefel schmatzten im Schlamm. Die Luft, die vom See herbeiwehte, hatte einen sauberen erdigen Geruch, und die kühle Feuchtigkeit, die sie auf Asters Nacken hinterließ, war eine kleine Gnade. Ihr Haar, das sie früher jede Woche sorgsam herausgeputzt hatte, war zu einem ausgefransten, tief angesetzten Pferdeschwanz zurückgebunden, den sie unter einen Filzhut mit breiter Krempe gestopft hatte. Ihre einst weichen Züge waren verkrustet und verhärtet, die Wangenknochen stachen scharf hervor, das Kinn wirkte hart. Aber ihre Augen – ihre Augen waren so dunkel und verzweifelt wie eh und je. Die Augen einer alten Frau. *Augen, die zu ihrer Zeit zu viele schreckliche Dinge gesehen hatten.*

»Wie kannst du das so gut verbergen?«, fragte Aster Violet mit sanfter Stimme.

»Was meinst du?« Violet hörte sich müde an, und ihr Schatten zog sich lang hinter ihr her.

»Du hast gesagt, es gebe ein paar kleine Dinge, die dich aus der Fassung bringen, aber das scheinst du gut zu verstecken, denn mir ist nie etwas aufgefallen. Nicht einmal in Green Creek. Es kam mir immer so vor, als würde dir das alles überhaupt nichts ausmachen. Ich weiß, dass das Süßdistelzeug hilfreich bei so was ist, aber …« Aster warf ihr einen raschen Blick zu. »Manchmal hat es sogar so ausgesehen, als hättest du *Spaß* daran.«

Violet zuckte kaum merklich mit den Schultern. »Vielleicht hatte ich den ja. Und? Denkst du, es wäre mir besser ergangen, wenn ich ständig wütend auf die ganze Welt gewesen wäre? Wie gut hat das denn bei dir funktioniert?«

Aster stieg die Hitze ins Gesicht, Wut regte sich in ihr – aber natürlich war es genau das, worauf Violet anspielte.

»Sie macht mir Angst«, gestand Aster dann. »Meine Wut, meine ich. Ich habe Angst, dass sie alles, was gut in mir war, längst verbrannt hat. Ich habe Angst, dass jeder, der mir zu nahekommt, sich daran verbrennt. Und ich habe Angst …« Ach, zur Hölle. Nun hatte sie schon so viel gesagt. »Ich habe Angst, dass das alles ist, was übrig bleibt, wenn ich einmal sterbe.«

»Wie bei den Rächern?«

Aster nickte. Die Segner waren sich nicht einig, ob sich die Seele nach dem Tod in einen Rächer verwandelte oder ob dieser nur etwas war, das die Seele ablegte und zurückließ auf ihrem Weg durch den Schleier. Die erste Version war das, was Aster am meisten Angst machte – dass sie sich für eine unermessliche Zeit an ihre Wut verlieren könnte, ohne sich zu erinnern, wer sie gewesen oder was ihr widerfahren war. Rächer waren keine Geister, die über ein Bewusstsein verfügten und nur auf die losgingen, die ihnen etwas angetan hatten. Sie waren nichts als blinder Zorn, und sie fügten jedem Schaden zu.

»Na ja, wenigstens gestattest du dir, deine Wut zu spüren«, sagte Violet. »Ich scheine gar nichts mehr fühlen zu können.« Sie trat gegen einen Stein am Boden und sah Aster nicht länger an. »Es war einfacher im Welcome House. Wenn man das erste Mädchen vor Ort ist, gibt es immer etwas, womit man sich beschäftigen kann. Ich war *gut* bei meiner Arbeit. Aber ich bin nicht gut bei ... bei *dem hier*.« Sie deutete mit einer ausholenden Geste auf das ganze Tal. »Ich bin es nicht gewohnt, so viel Zeit zum Nachdenken zu haben. All diese ... Leere und Stille. Hier draußen bin ich zu nichts nütze.« Endlich blickte sie Aster wieder an. »Ich hasse es.«

»Vermisst du Green Creek?«

»Manchmal, ein bisschen.« Sie nickte vor sich hin. »Manchmal sogar sehr.«

Übelkeit nistete sich in Asters Bauch ein. Sie versuchte, sich klarzumachen, dass das Welcome House das einzige Zuhause war, das Violet je gekannt hatte, und Mother Fleur ihre einzige Familie. Vielleicht hatte sie mehr Mut aufbringen müssen, um von dort zu verschwinden, als Aster ihr zugestanden hatte.

»Warum bist du dann mit uns gekommen, Violet?«, fragte

Aster, und da ging ihr zum ersten Mal auf, dass *Violet* ihr einziger Name war – sie hatte keinen echten Namen, den man ihr in einem Leben vor dem Welcome House gegeben hatte, kein geheimes Selbst, in welches sie sich am Ende der Nacht zurückziehen konnte. »Sei ehrlich: Was machst du hier draußen?«

Inzwischen waren sie auf der anderen Seite des Sees angelangt und näherten sich dem Lager. Violet drückte die Schultern durch und setzte ihre Maske kühler Gleichgültigkeit wieder auf.

»Das habe ich dir doch gesagt. Ich suche Lady Ghost.«

Wie erwartet, gab es Brot und Bohnen zum Abendessen. Aber an diesem Abend kam noch ein besonderer Leckerbissen dazu: frisch gefangene Forellen aus dem See. Zee schuppte den Fisch und kauerte sich neben das Lagerfeuer, um ihn zuzubereiten. Clementine stand hinter ihm und massierte seine Schultern; ihre Klavierfinger spielten mit natürlicher Leichtigkeit auf seinem Körper. Das war die Art von »zugewandter Umgangsform«, die sie alle in dem Jahr zu lernen hatten, an dessen Ende ihre Glücksnacht stand. Aster schäumte innerlich, sagte aber nichts.

»Wo sind Tansy und Mallow?«, fragte Violet, setzte sich zimperlich auf eine Satteldecke und bürstete ihr nasses Haar aus. Auf Aster achtete sie überhaupt nicht mehr. »Ich bin ihnen nicht begegnet, als ich mich gewaschen habe. Sind sie ersoffen oder was?«

Zee blickte zum See. Von den beiden war keine Spur zu sehen. »Bestimmt warten sie nur darauf, wieder trocken zu werden, damit sie sich anziehen können.«

»Dann lassen sie sich aber ganz schön Zeit.«

»Kannst du ihnen das vorwerfen?«, fragte Clementine. »Das

ist unsere erste Gelegenheit seit Green Creek, uns richtig zu waschen. Ich habe mich so schmuddelig gefühlt.«

Zee schnaubte belustigt. »Bitte! Ihr wart alle vielleicht ein bisschen dreckig. *Höchstens.* Es dauert mehr als zwei Wochen, bis man wirklich schmuddelig ist.«

»Unfassbar. Würdest du dir überhaupt die Mühe machen, dich zu waschen, wenn du nicht von einem Haufen Mädchen umgeben wärst?«, fragte Clementine.

»Bisweilen nicht mal dann. Kommt immer darauf an, was wir gerade vorhaben.«

Aster warf ihm einen todbringenden Blick zu. Sie sollte ihre Treffsicherheit verdammt schnell verbessern. Clementine schien plötzlich aufgefallen zu sein, dass Aster auch wieder da war, denn sie riss die Hände von Zees Nacken und setzte sich.

»Es ist fast dunkel«, sagte Aster steif und lenkte das Gespräch wieder auf Tansy und Mallow. »Mir gefällt der Gedanke nicht, dass die beiden ganz allein umherstreifen.«

»Na ja, sie wissen aber doch, dass sie nicht zu weit weggehen dürfen«, wandte Clementine ein, aber Aster erkannte unterdrückte Besorgnis in ihrem Ton. Gerade gestern waren sie einem Rudel Kojoten begegnet, das die Überreste eines recht aufwendigen Lagers geplündert hatte. Fliegen hatten einen halb gefressenen Leichnam umschwärmt – irgendein hellblütiger Abenteurer mit romantischen Vorstellungen von der Bewältigung des Grinds, der sich offenbar mehr eingehandelt hatte, als er geplant hatte.

»Soll ich sie suchen gehen?«, fragte Zee.

Aber dann, noch ehe Aster ihm antworten konnte, stolperten Tansy und Mallow aus dem Gebüsch ins Lager. Ihre Gesichter waren gerötet, und sie hielten sich an den Händen, lösten sich aber hastig voneinander, als sie in den Feuerschein traten.

»Nett, dass ihr euch auch zu uns gesellt«, kommentierte Violet.

»Ihr habt hier alle auf uns gewartet, richtig?«, fragte Tansy, und das Rot ihrer Wangen wurde noch etwas kräftiger.

In Clementines Augen funkelte spitzbübische Freude. »Violet war schon krank vor Sorge.«

»Mist, wir hätten etwas sagen sollen«, murmelte Mallow. »Wir waren nur … abgelenkt und haben die Zeit aus den Augen verloren.«

»Darauf wette ich«, bemerkte Clem.

Etwas in Aster taute auf. Ihr war aufgefallen, wie Tansy und Mallow einander in Green Creek angesehen hatten. Die verstohlenen Berührungen, die wortlose Kommunikation. Im Welcome House hatten sie tief vergraben müssen, was zwischen ihnen keimte. Hier draußen durfte es endlich wachsen.

Aster lächelte schwach. »Schon gut. Los, setzt euch, euer Essen wird kalt.«

Endlich genossen sie alle ihr Mahl und sahen zu, wie das letzte Sonnenlicht des Tages über die Rotsteinklippen fiel. Zee erzählte ihnen die Geschichte von Annagold, der jungen Frau, nach der die Wasserfälle benannt worden waren. Es hieß, sie habe sich in einen staubblütigen Stallburschen verliebt, und als ihr Vater die beiden erwischte und den Jungen an die Mineneigner verkaufte, habe sie sich vor Gram in den Wasserfall gestürzt. An klaren Abenden konnte man noch immer ihr Gesicht in dem Schleier aus winzigen Tröpfchen über dem Wasser sehen.

Bald gab jeder seine Lieblingsgeistergeschichte zum Besten. Violet erzählte von dem Geist, der in Mother Fleurs Wohnräumen spukte, eine verbitterte alte Frau, die vor ihr das Haus geleitet hatte. Tansy berichtete von den Opfern der Rächer, um die ihre Mutter sich mit ihrer Unterstützung gekümmert hatte – manche mussten nur mit ein paar Stichen genäht werden, andere hatten Körperglieder verloren, aber alle konnten von Glück reden, dass sie überhaupt überlebt hatten. Und Aster und Clementine ließen sich über ihre Großmutter aus, die nach ihrem Ableben zwei Wochen lang in ihrem Haus gespukt hatte. Eigentlich hätte es ihren Kummer mildern sollen, dass ihr Geist ihnen nahe gewesen war, aber stattdessen hatte es ihnen nur umso deutlicher gemacht, was sie verloren hatten, und am Ende waren alle erleichtert gewesen, als sie ihren Platz gefunden hatte und weitergezogen war.

Die Geschichten wurden bunter und bunter, bis sie schließlich versiegten. Als sie ein Ende fanden, hing der Mond hoch am Himmel, und die Toten heulten die Sterne an. Alle zogen sich zum Schlafen in ihr Eckchen zurück. Mallow und Tansy hakten ihre kleinen Finger ein, als sie gemeinsam davonspazierten.

Clementine sah ihnen mit einem Gesichtsausdruck nach, der halb Freude und halb Sehnsucht spiegelte. Aster musterte ihre Schwester eingehend. Ganz offensichtlich wünschte sich Clementine, was die beiden hatten – und sie wollte es mit Zee haben.

Sie umwickelte ihr Haar zur Nacht und kroch neben Aster unter ihre Decke.

»Weißt du, so schlimm ist das alles nicht, Dawn«, sagte sie, und Aster erstarrte beinahe, als sie ihren echten Namen hörte. »Vielleicht brauchen wir Lady Ghost gar nicht. Vielleicht finden wir irgendwo ein stilles kleines Tal und können von dem leben, was das Land uns bietet.«

Tja, das war reines Wunschdenken. Aster konnte es ihrer Schwester nicht verdenken, aber in der Minute, in der sie innehielten, würden die Raubvögel sie erwischen.

»Solange wir gebrandmarkt sind, werden wir nie sicher sein. Wir müssen diese Kokarden loswerden«, murmelte Aster, wohl wissend, dass auch das nichts weiter als Wunschdenken sein mochte. Manchmal konnte sie sich der Furcht immer noch nicht erwehren, dass diese Hoffnung vergeblich war. Doch selbst in den Momenten des Zweifels haderte sie nicht mit ihrer Wanderschaft. Hier draußen lebten sie endlich nach ihren eigenen Bedingungen. Taten, was sie wollten, gingen, wohin sie wollten. Das war schließlich schon etwas, ganz gleich, was sie am Ende erwartete.

Clementine legte einen Finger an die Wange. »Zee findet sie hübsch. Ich habe ihm erzählt, wie sehr ich es hasse, dass ich meine nicht verdecken kann, aber er hat gesagt, ich solle mich nicht dafür schämen.«

»Der hat leicht reden. Er muss ja nicht mit so einem Ding leben«, entgegnete Aster spitz.

»So hat er das nicht gemeint! Er hat nur gesagt – er wollte mir einfach klarmachen, dass er deswegen nicht schlecht von mir oder irgendeiner von uns denkt, so wie es die meisten Leute tun.«

»Und dir ist wichtig, was Zee denkt?«

Clementine zögerte. »Solange wir auf jeden von uns angewiesen sind, ist es doch umso besser, wenn wir gut miteinander auskommen, meinst du nicht?«

»Ich meine immer noch, dass wir ihn nicht besonders gut kennen, und darum sollten wir vorsichtig sein.«

»*Du* kennst ihn vielleicht noch nicht besonders gut, aber ich hatte inzwischen jede Menge Zeit, mit ihm zu reden, seit du dich mit Violet zusammengetan hast«, erwiderte Clementine.

»Wir haben uns nicht *zusammengetan,* Clem. Wir … wir helfen uns nur gegenseitig. Aber dir schwebt mit Zee eindeutig mehr als nur das vor.«

»Und was ist daran so falsch?« Clementine drehte sich um und suchte Asters Blick. »Ich habe dir angesehen, dass du dich für Tansy und Mal gefreut hast. Warum kannst du dich dann nicht auch für mich freuen?«

»Weil ich Tansy und Mal seit Jahren kenne, weil ich sie gernhabe und weil ich ihnen traue. Was ich über Zee nicht sagen kann.«

»Du traust doch *niemandem.* Du traust nicht einmal mir zu, dass ich selbstständig denken kann. Du willst doch nur, dass ich so werde wie du und solche Angst vor der Welt habe, dass ich gar nicht mehr richtig darin leben kann.«

Die Worte trafen Aster wie ein Schlag ins Gesicht. Ihre Kehle war auf eine schmerzhafte Weise wie zugeschnürt, und sie schluckte mühsam.

»Das ist nicht wahr«, widersprach sie leise.

Clementine sah aus, als hätte sie ihre Worte nur zu gern zurückgenommen, doch stattdessen wappnete sie sich und fuhr fort: »Es *ist* wahr. Ich hätte so gern mit dir über Zee gesprochen, aber ich habe es nicht getan, weil ich wusste, dass du so reagieren würdest. So reagierst du immer.«

»Ich will nur nicht, dass du verletzt wirst.«

»Jeder wird verletzt. Und ich *bin* schon verletzt worden.«

Nein, das bist du nicht. Nicht so wie ich.

Aster holte zittrig Luft. »Tja, dann ist es eben meine Aufgabe, mich darum zu bemühen, dass du nicht noch einmal verletzt wirst. Ich hatte niemanden, der auf mich aufgepasst hat. Und ich wünschte an jedem Tag, es wäre jemand da gewesen. Darum arbeite ich so hart dafür, auf *dich* achtzugeben. Ich liebe dich zu sehr, um dich dir selbst zu überlassen.« Aber im Stillen dachte Aster an das, was sie zuvor Violet gestanden hatte, an die Furcht, jeder, der ihr zu nahekäme, könne sich an ihrer Wut verbrennen. Was, wenn ihre Wut auf Zee ihre eigene Schwester verscheuchte?

»Trotzdem …«, fuhr Aster fort. »Es tut mir leid, wenn ich dir das Gefühl gegeben habe, du könntest nicht mit mir reden. Das habe ich nie gewollt. Du solltest immer und über alles mit mir reden können.«

»Schon gut, das weiß ich ja«, antwortete Clementine leise und zupfte am Gras, statt Asters Blick zu begegnen.

»Ich schwöre, ich will gar nicht so hart sein. Manchmal kann ich einfach nichts dagegen tun, aber ich werde es versuchen, einverstanden?«

Clementine seufzte. »Es muss anstrengend sein, wenn man in allem nur das Schlimmste sieht.«

»Das ist es.« Asters Stimme brach, und sie tarnte es mit einem Hüsteln. Clementine streckte die Hand nach ihr aus, und Aster ergriff sie. Es war nicht richtig, dass ihre Schwester sie trösten musste. Eigentlich sollte es umgekehrt sein.

Aber Aster brauchte den Trost. Violet mochte die Einzige sein, die begriff, was sie durchgemacht hatte, aber Clementine war immer noch die Einzige, der sie wirklich am Herzen lag.

»Na ja, jedenfalls bist du jetzt nicht mehr so allein«, sagte Clem. »Du hast mich, um auf dich achtzugeben. Und Mallow und Tansy und vielleicht sogar Violet. Und Zee. Er gehört zu den Guten, Dawn.« Clem drückte ihre Hand. »Ich verspreche es dir. Hab Vertrauen.«

Aster nickte, zog die Hand zurück und wischte sich die Augen ab, ehe Tränen heraussickern konnten.

»Das sagst du nur, weil du ihn süß findest«, meinte Aster mit einem leisen Lachen.

Clementine grinste. »Er *ist* ja auch süß, findest du nicht?«

»Er ist ganz nett, schätze ich.«

»Er ist zu zwei Teilen Welpe und zu einem Teil Wolf.«

»Er ist ein dürrer alter Streuner, den wir nicht mehr loswerden.«

Clementine schien vor Glück zu summen. Aster atmete einmal tief durch und fühlte sich sauberer und unbelasteter.

»Komm her«, sagte sie, und Clementine rutschte näher heran und schlang die Arme um sie. Still lagen sie da und lauschten dem einschläfernden Gesang der Ochsenfrösche am See. Wenige Augenblicke später schliefen sie schon tief und fest.

Aster erwachte von der groben Berührung einer Hand, die an ihrer Schulter rüttelte. Abrupt richtete sie sich auf, als hätte jemand sie mit einem Viehstab geschlagen, beide Hände abwehrend vorgereckt. In der Dunkelheit dauerte es einen Moment, bis sie erkannte, dass es Zee war. Doch selbst jetzt konnte sie bei seinem Anblick keine Erleichterung verspüren – nur Zorn und vage nachklingende Furcht.

»Lass die verdammten Finger von mir«, knurrte sie. »Was zur Hölle willst du?«

Da erst fiel ihr auf, dass Zees Augen so schreckgeweitet waren, wie sie es noch nie erlebt hatte.

»Wir müssen weg, Aster. Eine Jagdmannschaft Raubvögel ist keine Meile von hier entfernt.«

Er machte kehrt, um die anderen zu wecken, ehe sie ihm irgendwelche Fragen stellen konnte.

»Komm, Clem, wir müssen fliehen.« Mit automatischen Bewegungen fing Aster an, ihre Decke aufzurollen. Sie fühlte sich, als watete sie durch einen Albtraum. Das Wehklagen der Rächer hallte in ihren Ohren.

»Wie spät ist es? Was ist los?«, fragte Clementine schlaftrunken.

»Es sind Raubvögel im Tal.«

Ruckartig war Clem hellwach. Sie sprang auf und half Aster, ihre Sachen zusammenzupacken.

»Ich habe oben auf dem Hügel Wache gehalten, als ich sie entdeckt habe«, erklärte Zee, während er sein Pferd aufzäumte. »Wir können sie noch abhängen, aber wir müssen uns beeilen.«

»Wie zur Hölle haben die uns überhaupt gefunden?«, blaffte Violet. »Ist es nicht deine Aufgabe, dafür zu sorgen …«

»Ich weiß es nicht! Vielleicht war die Feuergrube zu flach. Vielleicht haben wir gestern nicht genug falsche Fährten gelegt. Ein einziger Fehler genügt.«

»Lasst uns einfach dankbar sein, dass du sie früh genug entdeckt hast«, ging Aster dazwischen und sattelte ihr Pferd. Sie konnten es sich nicht leisten, Zee gerade jetzt noch weiter in Aufruhr zu versetzen. Diese Panik passte nicht zu ihm, und sie wollte nicht, dass sie sich auf die anderen übertrug.

Und dann hörte Aster sie – das Donnern von Hufen, gefolgt von dem schauerlichen Kreischen der Rosse der Raubvögel.

»Beeilt euch!«, flehte Zee sie an. Ihnen blieb keine Zeit mehr, die Spuren ihres Lagers zu verwischen, keine Zeit, einen strategischen Rückzug zu planen. Sie konnten nur flüchten.

In der Sekunde, in der alle aufgesessen hatten, galoppierten sie auch schon davon, geleitet von einem dotterartigen Mond. Zee folgte dem Seeufer. Schlamm spritzte unter den Hufen der Pferde auf, und die Luft war nebelschwer. Aster wischte sich die Feuchtigkeit aus den Augen, bemühte sich, in der Dunkelheit etwas zu erkennen. Sie näherten sich den Klippen.

»Da oben ist eine Brücke!«, rief Zee über das Donnern des Wasserfalls hinweg. »Wenn wir die überqueren und sie hinter uns abbrechen, können sie uns nicht über die Schlucht folgen, aber wir müssen schnell vorgehen.«

Aster fluchte tonlos. Es gab zu viele Möglichkeiten, wie dieser Plan scheitern konnte. Womöglich war die Brücke fort. Womöglich erwischten die Raubvögel sie, ehe sie dort waren. Womöglich stürzten sie bei dem Versuch ab, so schnell auf die Klippe zu gelangen …

Nacheinander ritten sie den schmalen Pfad an dem Steilhang hinauf. Kahler Fels ragte auf der einen Seite empor, auf der anderen drohte ein Sturz in die Tiefe. Bald mussten sie ihr Tempo drosseln, wollten sie nicht riskieren, dass die Pferde mit ihren Hufen über den Rand glitten. Aster sah sich kurz über die Schulter um. Besorgnis brannte ein Loch in ihren Bauch, als sie langsamer wurden. Vage konnte sie die Umrisse von vier Raubvögeln erkennen, die um ihr Lager kreisten. Und obwohl sie zu weit entfernt waren, um ihren Einfluss zu spüren, überzog eine Gänsehaut ihre Arme.

Wenn wir nur eine Minute länger gewartet hätten …

Asters Kopfhaut kribbelte, als sie daran zurückdachte, wie sie zum letzten Mal einem Raubvogel ausgeliefert gewesen war. Blut, das in den Adern gefror. Knochen, die vor Qual vibrierten …

Nein. Konzentrier dich!

Aster blickte wieder nach vorn, lauschte auf den Hufschlag auf dem Schiefergestein. Fixierte Violets Rücken direkt vor ihr. Zee lotste sie um eine Haarnadelkurve, die erste von etlichen, die im Zickzack die Klippe hinaufführten. Inzwischen hatten sie fast die Baumgrenze erreicht. Die Luft wurde mit jedem Schritt kälter und dünner, und der Wind zerrte an Asters Gliedern. Sie umrundeten eine weitere Kurve und wurden noch langsamer, brachten kaum noch mehr als ein Schneckentempo zustande.

»Können wir nicht schneller reiten?«, bettelte Mallow.

»Nur wenn ihr abstürzen wollt«, erwiderte Zee scharf. »Die Raubvögel müssen auch langsamer werden. Wir schaffen das, ich verspreche es.«

Plötzlich zerriss das Kreischen der Höllenpferde die Nachtluft.

Die Raubvögel hatten mit dem Aufstieg begonnen.

»ICH SEHE SIE!«, brüllte eine harsche Stimme. »SIE WOLLEN ZUR OBERSEITE DES WASSERFALLS.«

»*Zee*«, drängte Aster.

»Folgt mir einfach!«

Sie umrundeten eine weitere Spitzkehre. Die Hufe donnerten im Einklang mit dem herabstürzenden Wasser.

Aster warf einen Blick über den Wegesrand. Beim Anblick der Schwindel erregenden Tiefe drehte sich alles in ihrem Kopf.

Die Raubvögel holten auf.

»Beim Schleier, sie sind zu schnell für uns«, fluchte Clementine.

Was daran lag, dass die Höllenpferde eineinhalbmal so groß waren wie jedes natürliche Ross, schaurig verändert durch die Magie der Raubvögel, auf dass sie ihrer Beute stets unermüdlich nachjagen konnten. Sie waren nicht weniger bösartig als ihre Eigner.

Und sie wurden nicht langsamer.

Wieder hallte das ohrenbetäubende Kreischen der Bestien durch die Luft, so schrill, dass es sogar das Wehklagen der Rächer überlagerte. Aster hatte Mühe, ihr eigenes Pferd unter Kontrolle zu halten, das bei den Lauten den Gehorsam zu verweigern drohte. Als sie endlich die letzte Kehre umrundeten, waren die Raubvögel nur noch wenige Hundert Schritt hinter ihnen.

»Also gut, schneller, wir sind beinahe da!«, rief Zee, kaum

dass sie die Klippe erklommen hatten, und trieb sein Pferd zum Galopp. Ein starker, kalter Wind fegte über die Hochebene, die aus kaum mehr als Staub und Trockengras zu bestehen schien. Der Boden fiel ab zu einem Riss im Erdreich, geformt von dem Fluss, der den Wasserfall speiste. Asters Magen tat einen Satz, als auch ihr Pferd mit halsbrecherischer Geschwindigkeit auf den Abgrund zuraste.

»Siehst du die Brücke?«, fragte Clementine sie, und der Wind riss ihr die Worte von den Lippen.

Aster klappte den Mund zu einer Antwort auf, als ein Schuss die Nacht zerriss.

Ihr Kopf peitschte herum. Die Raubvögel hatten die Oberseite der Klippe ebenfalls erreicht und schälten sich hinter ihnen aus der Dunkelheit. Noch waren sie zu weit entfernt, um sie mit Schüssen zu erwischen, aber das würde sich bald ändern.

Mögen die Toten uns schützen, betete Aster verzweifelt und blickte wieder nach vorn. Endlich kam die Brücke in Sicht, die an zwei Seilen in der Luft hing. Würde sie sie überhaupt tragen?

Keine Zeit, sich darüber jetzt noch den Kopf zu zerbrechen.

Zee wurde wieder langsamer, als er sie erreicht hatte. Der Hufschlag auf den hölzernen Planken hallte hohl durch die Luft. Mallow und Tansy folgten ihm, dann Violet, dann Aster und Clementine. Die Brücke schwankte und ächzte Übelkeit erregend unter ihrem Gewicht. Aster beging den Fehler, nach unten zu sehen. Zwar war die Brücke gerade mal fünfzig Fuß lang, doch der Fluss schimmerte in mindestens der dreifachen Distanz unter ihnen.

»Verdammt, verdammt, verdammt, verdammt«, skandierte Violet vor sich hin.

»Nicht runtersehen«, warnte Aster. Sie spürte, dass das Pferd immer ängstlicher wurde, je weiter sie kamen, und sie murmelte ihm besänftigende Worte zu, hoffte, dass es ihre eigene Furcht nicht in ihrer Stimme wahrnehmen konnte.

Sie hatten die Hälfte geschafft, als ein Hinterhuf des Tieres durch eine Planke brach.

Aster griff nach der Mähne des Pferdes, als sein Hinterteil unter ihr wegsackte. Schwindel beherrschte ihren Kopf, Entsetzen ihren Bauch. Clementine kreischte lauthals und klammerte sich so kraftvoll an Aster fest, dass es wehtat.

»*Clem!*«, schrie Zee.

Aster biss die Zähne zusammen und beugte sich vor, um dem Pferd zu helfen, das Gleichgewicht zu wahren. Es trampelte und bekam wieder Halt, und sie schlossen zu den anderen auf.

»Was ist passiert?«, fragte Tansy mit schriller Stimme.

»Uns geht es gut, *weiter*«, keuchte Aster. Die Raubvögel mussten die Brücke jede Sekunde erreichen.

Erneut erklangen Schüsse hinter ihnen. Aster trieb ihr Pferd so schnell wie möglich über die Brücke und erreichte endlich wieder festen Boden.

»Aster …«, setzte Zee an.

»Ich weiß.« Aster sprang aus dem Sattel, ergriff ihr Messer und fing an, das Seil zu bearbeiten. Ihre Glieder zitterten immer noch nach dem Beinahesturz. Schweiß rann über ihren Nacken.

»STEHEN BLEIBEN!«, donnerte einer der Raubvögel.

Aster blickte auf. Sie waren nur noch wenige Längen von der Brücke entfernt.

Die Klinge durchtrennte das erste Seil. Aster wandte sich dem zweiten zu.

»Bring sie hier weg, Zee«, befahl sie.

»Wir gehen nirgendwohin«, widersprach Clementine.

Das Krachen eines Schusses hallte durch die Dunkelheit, und Aster verspürte einen sengenden Schmerz an der Wange. Sie schrie auf und hätte beinahe das Messer fallen lassen. »*Zee* …«

Dann gab auch das zweite Seil nach, und die Brücke stürzte in die Tiefe. Die Raubvögel kamen auf der anderen Seite schlitternd zum Stehen, die Waffen hoch erhoben. Aster stand schwer atmend auf und hielt sich die blutende Kopfseite. Sie hatte Angst, sich zu rühren. Zee wirbelte herum, zügelte sein Pferd neben ihr und zog seine Waffe. Mallow und Violet folgten seinem Beispiel.

Für einen Moment standen sich beide Gruppen in angespanntem Schweigen gegenüber. Dann hob einer der Raubvögel eine Laterne – was, wie Aster aufging, bedeutete, dass er gar kein Raubvogel war, denn die konnten im Dunkeln perfekt sehen. Der Mann starrte sie über die Kluft hinweg an. Er war gut gebaut, hatte Haut so weiß wie Papier, eine gerade Nase und einen dichten Schnurrbart.

Etwas an ihm … sah irgendwie vertraut aus.

Aster hatte den Geschmack von Galle auf der Zunge. »Hilf mir hinauf«, bat sie Clementine.

Langsam, ohne dem Mann und den Raubvögeln den Rücken zuzukehren, stieg Aster hinter ihrer Schwester wieder in den Sattel. Ihr war schlecht, und sie konnte vor Schmerz kaum einen klaren Gedanken fassen.

Der Mann lächelte spröde und winkte den Raubvögeln hinter ihm zu, worauf die ihre Waffen senkten.

»Keine Sorge, Luckers. Hier werdet ihr nicht sterben«, rief er über den Abgrund hinweg, und seine Worte hallten von den Wänden der Schlucht wider. »Wir haben immer noch viel zu besprechen, ihr und ich. Meine Familie will Antworten. Die *Leute* wollen Antworten. Wir sehen uns wieder, das garantiere ich euch. Und wenn eure Zeit gekommen ist, dann werdet ihr es wissen.«

Die Wahrheit traf Aster, als hätte eine weitere Kugel sie erwischt.

McClennon.

Das ist Jerrod McClennon.

Dieser Politiker hat gesagt, er sei hinter uns her, und da ist er.

»L-los«, stammelte Aster und warf den anderen einen panischen Blick zu. »*Los!*«

Sie machten kehrt und ritten, bis das Donnern des Wasserfalls hinter ihnen verklang.

»Bist du wirklich *sicher,* dass das Jerrod McClennon war?«, fragte Zee am nächsten Morgen. Sie waren die ganze Nacht durchgeritten, um die Verfolger abzuhängen. Nun, endlich, hatten sie unter den Bäumen angehalten und waren abgestiegen, um ein wenig zu verschnaufen.

Aster bemühte sich, nicht zu zucken, als Tansy ihre aufgerissene Wange mit Alkohol reinigte und nähte. Das Zupfen des Fadens jagte einen stechenden Schmerz durch ihr Gesicht.

»Er war es«, presste sie zwischen den Zähnen hervor. Die Erinnerung an Baxters leblose Züge war so klar und scharf, dass es ihr völlig unmöglich gewesen wäre, die Familienähnlichkeit nicht zu erkennen. Außerdem … »Er sagte, seine Familie will Antworten. Er muss ein McClennon sein. Und Jerrod ist der, von dem dieser Mann gesagt hat, er wäre uns aus Green Creek gefolgt.«

Mallow rieb sich die Augen mit den Handballen. »Welcher ist er noch mal? Der Mistkerl, dem all die Minenlager gehören, oder der Mistkerl, der als Gouverneur kandidiert?«

»Der, der als Gouverneur kandidiert. Baxters Onkel.«

»Verhobelte Hölle.«

»Wenn er uns hätte töten wollen, dann hätte er das getan«, bekundete Violet grimmig. Wieder und wieder ballte sie die Fäuste und schwitzte, als litte sie unter Süßdistelentzug. »Die wollen uns lebend.«

»Aber sie bekommen uns nicht«, knurrte Aster.

»Wir werden uns noch wünschen, wir wären tot.«

»Das *reicht.*«

Für einen Moment saßen sie nur schweigend da. Aster sah Clementine an, die ihre Knie bis an die Brust gezogen hatte. Von ihrem sturen Lächeln war nichts geblieben. Sie war schon seit Stunden reichlich schweigsam.

»Clem«, sagte Aster nun sanfter. »Das ist nicht deine Schuld.«

»Wie soll das *nicht* meine Schuld sein?«

»Es ist *meine* Schuld«, sagte Zee kopfschüttelnd. »Ich hätte sie nie so nahe herankommen lassen dürfen.«

»Jetzt hört mal, das ist allein McClennons Schuld, nicht die von irgendeinem anderen.« Aster seufzte. Gestern war so ein schöner Tag an so einem schönen Ort gewesen, dass sie alle in ihrer Wachsamkeit nachgelassen hatten. Schwimmen in einem klaren See, verstohlene Küsse im Wald, Geschichten erzählen am Lagerfeuer … als wären sie im Paradies jenseits des Schleiers gewesen, dem Paradies, das sie verdienten.

Und dann hatten McClennon und seine Raubvögel versucht, sie in die Hölle zurückzuzerren.

Der soll besser um seinetwillen hoffen, dass sich unsere Pfade nie wieder kreuzen, dachte Aster.

Beim nächsten Mal würde er derjenige sein, der genäht werden musste. Dafür würde sie sorgen.

KAPITEL ZWÖLF

Drei Tage später schlugen sie nahe der Stadt Scarcliff zu. Inzwischen hatten sie ihre Vorgehensweise geradezu perfektioniert. Fünf auf das Gesicht eines Mannes gerichtete Waffen reichten gewöhnlich, um ihn fügsam zu machen, und der Aufschneider, den sie vergangene Nacht überfallen hatten, hatte sich in dem Moment ergeben, in dem ihm klar geworden war, dass sie ihn umzingelt hatten. Doch als sie am nächsten Morgen in ihrem Lager saßen und den Glimmer zählten, den sie ihm abgenommen hatten, konnte sich Aster nicht dagegen erwehren, dass eine gewisse Frustration von ihr Besitz ergriff.

Schon jetzt war ihr klar, dass es nicht reichen würde.

»Du hast gesagt, das war ein Bankdirektor?«, fragte sie Zee. Es war ein sengend heißer Tag, und ihr Hemd klebte erstickend an ihrer schweißnassen Haut. Der Schatten der Gebirgskiefern bot nur herzlich wenig Linderung.

Zee nickte. »Er hat mir erzählt, er habe gerade vor einigen Wochen eine neue Niederlassung in Scarcliff gegründet«, berichtete er. »Ich habe mit jedem Mann im Empfangssaal gesprochen. Er hätte der reichste von allen sein müssen.«

Vor dem letzten Raub hatte sich der Lohn für ihre Mühen auf gerade mal um die siebenhundertfünfzig Adler beschränkt – sie hatten den Grind halb durchquert und waren weit davon entfernt, ihr Ziel zu erreichen. Wenn es so weiterging, würden sie es nie schaffen, bis zur Ankunft in Northrock fünftausend Adler zusammenzubekommen.

Als sie dann allmählich in die Nähe von Scarcliff gekommen waren, hatte Aster Zee gebeten, den reichsten Mann im Welcome House auszuwählen, statt einfach den Erstbesten zu nehmen, der sich leicht überzeugen ließ. Aster war bewusst, wie riskant es war, bedeutete es doch, dass Zee viel mehr Zeit im Welcome House verbringen musste, wo jeder der anderen Anwesenden ihn sehen konnte. Aber ihre Lage war zunehmend verzweifelt. Sie konnte kaum die Augen schließen, ohne McClennons dünnlippiges Lächeln vor sich zu sehen.

Und solange sie diese Kokarden trugen, gab es für sie kein Entkommen vor ihm.

»… alles in allem zweiunddreißig Adler«, verkündete Mallow und blickte entrüstet von ihrem Münzstapel auf.

Fluchend kratzte Aster an ihrer Wange, dort, wo Tansy die Schusswunde genäht hatte. Wo waren all die Aufschneider, die ständig damit geprahlt hatten, Hunderte von Adlern mit sich herumzutragen? War das alles nur leeres Gerede gewesen?

»Also schön, aber was ist mit seiner Uhr? Die können wir doch verkaufen«, schlug Clementine hoffnungsvoll vor.

»Das ist nur ein Stück Mist«, erwiderte Violet und warf die Taschenuhr auf den Münzhaufen. »Falschgold. Billig gemacht. Keine Ahnung, warum ihm die so wichtig war.«

Abgesehen von seiner Geldbörse, war der einzige Wertgegenstand, den sie bei dem Aufschneider gefunden hatten, seine Uhr gewesen. Er hatte sie angefleht, sie nicht zu stehlen, und behauptet, es handele sich um ein Familienerbstück. Um die Uhr hatte er erheblich mehr gebettelt als um sein eigenes Leben.

Aster hatte sie ihm trotzdem abgenommen, einfach aus Prinzip.

»Hört mal, es liegt auf der Hand, dass es nicht reicht, Aufschneider auszurauben, selbst wenn es Bankdirektoren sind«, meldete sich Mallow unduldsam zu Wort, während sie die Münzen in ihre Börse schaufelte. »Beim nächsten Mal sollten wir einfach die ganze verhobelte Bank ausrauben.«

Tansy lachte schnaubend.

»Um der Toten willen, red keinen Unsinn«, kanzelte Violet Mallow ab.

»Nein, wartet mal, sie hat vielleicht gar nicht so unrecht«, warf Clementine mit leuchtenden Augen ein. »Stellt euch vor, wir könnten so den Rest des Glimmers, den wir brauchen, und noch mehr beschaffen.«

»Banken werden von Gesetzeshütern bewacht, und der Glimmer wird in einem Tresor aufbewahrt«, wandte Zee besorgt ein.

Aber Asters Gedanken kreisten schon um allerlei Möglichkeiten. Wenn sie irgendwie an den Gesetzeshütern vorbeikämen, wenn sie den Tresor aufbrechen könnten … dann würden sie nie wieder einen Aufschneider ausrauben müssen und könnten es doppelt so schnell zu Lady Ghost schaffen.

Und ein ganzer Haufen Landesherren würde seinen Glimmer verlieren.

Das würde diesem Mistkerl McClennon ganz sicher das Grinsen aus dem Gesicht wischen.

»Wir sollten wenigstens darüber diskutieren«, sagte Aster. »Uns rennt die Zeit davon, und wir sind allmählich am Ende unserer Möglichkeiten. Hast du dir die Bank in Scarcliff ansehen können, Zee?«

»Jetzt mal ganz langsam, hört ihr? Ich glaube nicht, dass das eine gute Idee ist. Ich glaube …«

Vielleicht lag es an der Hitze, die in Asters Nacken brannte, vielleicht auch an dem Übelkeit erregenden Schmerz in ihrer

Wange oder vielleicht einfach nur an der Enttäuschung, die sich in ihrem Magen zusammenbraute und langsam zu der Furcht eines wilden Tieres in der Falle gerann, aber sie hatte keine Geduld mehr dafür, dass Zee ihr sagte, was sie tun solle. *Sein* Leben hing nicht davon ab, diesen Glimmer aufzutreiben.

»Ich habe dich nicht danach gefragt, was du darüber denkst, Zee. Ich habe dich nach der Bank in Scarcliff gefragt«, blaffte Aster ihn an.

Röte erblühte unter der braunen Haut seiner Wangen. Violet prustete, aber Clem warf Aster einen erbosten Blick zu.

»Sprich weiter. Was wolltest du sagen?«, fragte ihn Clem.

»Ich glaube einfach, wir müssen vorsichtiger denn je sein«, murmelte Zee. »Ja, ich konnte mir die Bank in Scarcliff ansehen, aber der Versuch, sie auszurauben … Da gibt es einfach zu viel, das ihr nicht steuern könnt, zu viel, das schiefgehen kann.«

»Tja, wenn dir keine bessere Möglichkeit einfällt, wie wir in der nächsten Woche mehr als viertausend Adler auftreiben sollen, dann haben wir keine andere Wahl«, erwiderte Aster.

»Ich wette, die Bank ist bei Nacht nicht so schwer bewacht«, warf Tansy ein, vielleicht um zu vermitteln und für Frieden zu sorgen. »Nach Einbruch der Dunkelheit dort einzubrechen ist bestimmt weniger riskant als ein Überfall bei helllichtem Tag, richtig?«

»Ja, aber der Glimmer wird trotzdem im Tresor liegen«, entgegnete Zee. »Und wir haben nicht das Werkzeug, um ihn aufzubrechen, und keine Möglichkeit, ihn mitzunehmen. Das ist eine Sackgasse, Aster.«

»Nicht unbedingt«, beharrte Aster. »Seht mal, es ist wahr, wenn wir das Risiko eingehen, *könnten* wir geschnappt werden. Aber wenn wir nicht *irgendwas* tun, dann werden wir *definitiv* geschnappt. Wir brauchen den Glimmer, damit wir untertauchen können.«

Zee reckte das Kinn vor. »Das ist zu gefährlich«, konstatierte er.

Zorn stieg in Asters Kehle auf, und sie erhob sich. »Ich muss mit dir reden«, presste sie zwischen zusammengebissenen Zähnen hervor.

»Lass ihn in Ruhe, Aster«, fauchte Clementine. »Er muss ja nicht mitmachen, wenn er nicht will.«

»Jetzt!«

Zee und Clementine wechselten einen Blick, hielten wortlos Zwiesprache, was Aster nur noch wütender machte. Aber dann stand Zee auf und ließ sich von ihr aus dem Lager führen. Kleine braune Grillen sprangen aus dem Weg, als sie durchs Unterholz stapften. Eine schlanke schwarze Ringelnatter huschte vor ihnen davon.

Kaum waren sie außer Hörweite der anderen, blieb Aster stehen, drehte sich zu Zee um und verschränkte die Arme vor der Brust.

»Ich weiß, dass du es nur gut meinst, Zee«, begann sie, bemüht, in ruhigem Ton zu sprechen. »Aber wenn du mich infrage stellst, machst du alles nur schlimmer. Ich habe keine Zeit, dich zu überzeugen, dass du uns hilfst. Du musst es einfach tun.«

Seufzend nahm er den Hut ab und wischte sich mit dem Ärmel über die Stirn. Seine Haut glänzte schweißnass. »Ich weiß, und es tut mir leid. Aber ich kann nicht zulassen, dass du uns in etwas hineinreitest, aus dem wir nicht mehr herauskommen.«

»Es gibt kein *wir*, Zee«, knurrte Aster und trat einen Schritt näher. »Auf *deinen* Kopf ist keine Prämie ausgesetzt worden. *Du* kannst jederzeit deiner Wege gehen. *Wir* nicht. Für dich ist das nur ein Job. Aber für uns ist es unser ganzes Leben. Also hast du auch nichts zu sagen, kapiert?«

»Du redest, als hätte ich nichts zu verlieren«, gab Zee erbittert zurück. Von dem Tag an, an dem Aster und die anderen Mädchen ihm erstmals begegnet waren, schien er über endlos viel Energie verfügt zu haben, aber nun, endlich, zeigte sogar er Anzeichen der Erschöpfung. »Es gibt Menschen, an die ich denken muss, weißt du? Wie soll ich je meine Schwestern finden, wenn ich bei einem Banküberfall erwischt werde? Wie soll ich für sie sorgen, wenn ich gesucht werde? Du sagst, das wäre nur ein Job für mich, und ich könnte jederzeit meiner Wege gehen, aber so ist es nicht, und das kann ich nicht. Dieser Auftrag ist die beste Chance, die ich habe, um meine Familie zu retten.«

Aster zögerte, sah zu, wie Zee auf und ab ging.

»Wenn das wahr ist, warum hast du uns dann geholfen, die Aufschneider zu überfallen?«, fragte sie schließlich abwehrend.

»Na ja, ich war nicht gerade glücklich damit, oder? Aber ich hatte das Gefühl, dass es am Ende das Richtige war. Doch eine Bank ausrauben … das geht einen Schritt zu weit. Du hast keine Ahnung, wie hart ich dafür gearbeitet habe, nicht das Leben eines Verbrechers zu führen. Mein Vater hat einfach *alles* geopfert, um die Familie endlich von den Staubblutschulden zu befreien. Ich kann es mir nicht leisten, uns da wieder hineinzustürzen.«

»Dazu kann es nur kommen, wenn wir geschnappt werden, Zee. Aber das werden wir nicht. Weil wir nicht geschnappt werden dürfen.«

Er blieb stehen. Sah ihr ruhig in die Augen. Aster ließ sich erweichen und seufzte.

»Wir werden nach Scarcliff zurückkehren und die Bank ausrauben«, sagte sie. »Aber wenn du dich dabei so unwohl fühlst, dann musst du nicht mit uns kommen. Warte hier draußen auf uns und halte die Pferde bereit, damit wir schnell verschwinden können. Du solltest sowieso nicht noch einmal in die Stadt gehen. Die Leute könnten sich wegen gestern Abend an dich erinnern.«

Zee zögerte. »Denkst du wirklich so, oder willst du nur nett zu mir sein, weil Clementine das von dir verlangt hat?«

Bei der Erwähnung ihrer Schwester brauste Aster innerlich erneut auf. »Ich denke wirklich so. Aber da wir gerade beim Thema sind, kann ich dir auch gleich sagen, dass ich es nicht schätze, wenn du Clem benutzt, damit sie sich mit dir gegen mich verbündet.«

»Ich *benutze* sie nicht. Ich würde nie …« Plötzlich dämmerte ein Ausdruck des Begreifens in seinen Zügen herauf, der bald in Mitgefühl überging. »Bist du darum so aufgebracht, Aster? Hast du … hast du immer noch Angst vor mir? Angst um deine Schwester? Denn ich verspreche dir, ich würde Clementine nie wehtun. Du bist die Einzige, die überhaupt begreifen kann, wie gern ich sie habe.«

Asters Kiefermuskulatur spannte sich. *Wage es nicht, uns beide gleichzusetzen. Du kennst Clem gerade zwei Wochen. Ich liebe sie seit dem Tag ihrer Geburt.*

Aber nein. Das musste sie ihm nicht erst sagen. Aster schluckte auch den Rest ihres Zorns hinunter.

»Ich will nur das Beste für Clem, genau wie du für deine Schwestern«, sagte sie milde. »Hör zu, Zee … Ich weiß, du riskierst alles, um uns zu helfen, und es tut mir leid, wenn es dir je so vorkommen sollte, als wüsste ich das nicht zu schätzen. Das tue ich, mehr als ich es in Worte fassen kann. Ohne dich wären wir nie so weit gekommen. Aber in dieser Sache musst du mir vertrauen, in Ordnung?«

Einen Moment schwieg Zee und setzte wortlos seinen Hut wieder auf.

»Draußen mit den Pferden warten«, sagte er dann, und ein Hauch seines gewohnten Lächelns umspielte seine Lippen. »Ich schätze, das kriege ich hin.«

Asters Schultern sackten vor Erleichterung herab. »Danke, Zee. Ehrlich. Lass uns zu den anderen zurückgehen und uns überlegen, wie wir das anstellen …«

Mallow stürzte durch das Unterholz auf sie zu, ein breites Grinsen im Gesicht.

»Tut mir leid, euch zu stören, aber das müsst ihr euch ansehen«, sagte sie aufgeregt. »Wir haben herausgefunden, warum der Aufschneider so an seiner Uhr gehangen hat – da drin ist ein Fetzen Papier mit einer Reihe von Zahlen.«

Aster runzelte verwirrt die Stirn. »Und …?«

»Und was meinst du, wozu braucht ein frischgebackener Bankdirektor wohl so einen Haufen Zahlen? Und warum, meinst du, hat er solche Angst davor, dass jemand anders sie in die Finger kriegt?«

Aster und Zee wechselten einen Blick. Ihm schien im selben Moment wie ihr ein Licht aufzugehen, und sein Lächeln wurde breiter.

»Genau«, kommentierte Mal. »Wir nehmen an, das ist der Ziffernschlüssel für den Tresor.«

Den Rest des Tages verbrachten sie mit Vorbereitungen, und kurz nach Mitternacht machten sie sich auf den Weg nach Scarcliff. Bald standen sie, von nervöser Erregung durchflutet, am Fuß der Stadtmauer. Statt das Risiko einzugehen, den

Kontrollpunkt zu passieren, wollten sie über die Mauer klettern. Auf der anderen Seite der verschrammten Steinmauer erhoben sich die Geräusche des Nachtlebens von Scarcliff wie Luftblasen in einem Sektglas. Auf ihrer Seite hingegen schrien Rächer nach Blut, in Schach gehalten von dem Theomitstaub im Mörtel. Zee kauerte über seinem eisernen Wurfanker und kontrollierte noch einmal den Knoten in dem Seil, das er daran festgebunden hatte. Mallow öffnete und schloss immer wieder ruhelos die Trommel ihres Revolvers. Violet lehnte an der Mauer und starrte zu den Sternen empor. Sie hatte gerade ihre nächtliche Dosis Süßdistel eingenommen und war ruhiger als die anderen.

»So, ich denke, das sollte reichen«, murmelte Zee, stand auf und schwang den Wurfanker ein paarmal versuchsweise hin und her.

»Pass auf! Du schlägst noch jemandem ein Auge aus«, zischte Tansy.

»Tut mir leid.«

Zee verschaffte sich etwas mehr Platz, schwang den Haken, bis er genug Schwung hatte, und ließ los. Er biss sich mit dem Geräusch einer Spitzhacke, die auf Felsen schlägt, auf der Mauerkrone fest, und Zee zog einige Male probeweise an dem Seil.

»Also gut, wer will zuerst?«, fragte er dann und zog die Brauen zusammen. Die Mauer war fünf Schritt hoch.

»Violet – du gehst«, befahl Aster.

»Warum ich?«

»Weil ich es *sage.* Und vergiss nicht, dich beim Aufprall abzurollen.« Tatsächlich wollte Aster, dass Violet zuerst hinüberkletterte, weil sie ihre Kokarde dank der Süßdistel am längsten abgedeckt ertragen konnte, und hier war jede Sekunde wichtig.

Fluchend wickelte sich Violet das Staubschutztuch um das Gesicht und kletterte reichlich ungraziös die Wand hinauf. Oben schwang sie ihre Beine hinüber, sprang auf der anderen Seite herunter und landete mit einem dumpfen Aufschlag. Tansy und Mallow kamen als Nächste, dann folgte Clementine, und schließlich war Aster an der Reihe.

»Du wirst mit den Pferden auf uns warten?«, fragte sie Zee und reichte ihm den Theomitring.

Er nickte einmal. »Ich werde dort sein.«

Aster ergriff das Seil. Es fühlte sich rau an in ihren Händen, die Mauer sandig unter ihren Stiefeln. Ihr Magen protestierte, als sie sich parallel zum Boden hinaufhangelte. Sie wickelte das Tau auf und warf es mitsamt dem Wurfanker auf der Innenseite der Mauer herunter, damit sie es bei ihrer Flucht wieder nutzen konnten. Es gelang ihr nicht, ein kurzes Zögern zu verhindern, ehe sie auf der anderen Seite heruntersprang. Die Höhe war geringer als die aus dem Fenster des Welcome House in den Heuwagen, aber versprach auch eine härtere Landung. Endlich holte sie tief Luft und stieß sich vom Rand der Mauer ab.

Verhobelte Hölle, dachte sie, als sie unten aufkam. Beim Aufprall machte sie sich klein und rollte sich ab, trotzdem wurde sie bis ins Mark durchgerüttelt.

»Alles in Ordnung?«, fragte Tansy.

»Mir geht es gut.« Aster stand auf und schüttelte die Benommenheit ab. So nahe an der Mauer gab es keine Gebäude, und für den Augenblick bot ihnen die Dunkelheit eine gute Deckung, aber sie hatten allenfalls zwanzig Minuten Zeit, um alles zu erledigen, ehe ihre Kokarden sich durch den Stoff brennen und sie verraten würden.

»Vergesst nicht, ihr müsst euch ganz normal verhalten, sobald wir in die Innenstadt kommen«, ermahnte Aster die anderen. »Wenn ihr euch zu viel Mühe gebt, unauffällig zu wirken, erregt ihr am Ende nur umso mehr Aufmerksamkeit.«

»Niemand wird einen zweiten Blick auf uns werfen«, erwiderte Violet und winkte ab. »Die werden davon ausgehen, dass alle Fremden, die durch Scarcliff streifen, vorher am Kontrollpunkt eingelassen worden sind.«

»Hoffen wir's«, murmelte Tansy.

Dann machten sie sich auf die Suche nach der Bank.

»Wo hat Zee noch gesagt, ist sie?«, fragte Clementine flüsternd, während sie, geduckt und hastig, durch die Außenbezirke von Scarcliff eilten. Die Schmiede, die Kutschwerkstatt, das Heilige Haus samt seinem Friedhof – alle Gebäude waren zur Nacht verschlossen.

»Auf der Nordseite der Hauptstraße neben der Gesetzmeisterei«, antwortete Aster. Diese Lage musste absichtsvoll gewählt worden sein. So konnten die Gesetzeshüter binnen wenigen Augenblicken auf einen Einbruch reagieren.

Dennoch besserte sich Asters Stimmung, als sie die ersten Anzeichen des Rausches verspürte, den sie jedes Mal erlebte, wenn sie sich einen Aufschneider vorknöpften. Ihr Herz schlug wie eine Trommel in ihrer Brust. In diesen Augenblicken sah sie die Gesichter derjenigen, die ihr wehgetan hatten, nicht länger vor ihrem geistigen Auge und nahm nichts anderes wahr als eine intensive Konzentration auf die vor ihr liegende Aufgabe. Das war das absolute Gegenteil von der todesähnlichen Loslösung, die sie stets überkommen hatte, als sie noch im Welcome House gefangen gewesen war.

Sollen sie nur kommen, dachte sie.

Sie war bereit.

Endlich erreichten sie die belebte Hauptstraße, wo sie ihr Tempo auf einen forschen Schritt begrenzten. Zu beiden Seiten flankierten Geschäfte die Lehmstraße, auf der haufenweise gut gekleidete Männer unterwegs waren, die die Saloons, die Spielhöllen und das Welcome House frequentierten.

Aster zog sich die Hutkrempe ins Gesicht, als sie die Straße hinunterging.

Mallow kratzte sich unter ihrem Staubschutztuch an ihrer Kokarde. »Auf welcher Seite ist Norden?«, fragte sie aufgeregt, während ihre Augen von einer Seite zur anderen huschten.

»Rechts von uns«, murmelte Aster. Ihr Atem stockte, als sie die Flagge von Arketta vor der Gesetzmeisterei erblickte. »Dort.«

Sie schoben sich durch die Menge auf der Straße. Asters Magen brodelte jedes Mal, wenn der Körper eines Mannes den ihren streifte. Der Drang davonzustürzen machte ihr zu schaffen, aber sie zwang sich, ihn zu ignorieren. *Konzentrier dich.*

Ihre Kokarde fing unter dem Staubschutztuch zu kribbeln an.

Sie passierten die Amtsräume der Gesetzeshüter. Aster führte sie daran vorbei, ohne im Schritt zu verharren, den Blick stur geradeaus gerichtet, auch wenn sie aus den Augenwinkeln das Gebäude erfasste. Ein einzelner Gesetzeshüter tat vor der Tür Dienst und schlug auf die Nachtfalter ein, die seine Laterne umschwärmten. Drinnen musste es noch weitere Gesetzeshüter geben, die auf die Trunkenbolde und die kleinen Diebe aufpassten, die über Nacht dort eingesperrt worden waren. Außerdem mussten noch einige auf Patrouille durch die Stadt ziehen. Alle Städte im Grind wurden schwer bewacht – das war, wie die Leute meinten, notwendig an Orten, an denen die Kinder der schlimmsten Verbrecher der Welt lebten.

Tja, heute Nacht haben sie mal Grund zur Sorge.

Auch vor der Bank ging Aster im gleichen Tempo weiter – sie mussten erst noch einen anderen Ort aufsuchen. Dennoch kundschaftete sie das Gebäude im Vorbeigehen aus. Das Bankhaus war ein bescheidenes Bauwerk, vor dem eine schlichte steinerne Tafel angebracht war.

RED ROCK BANK
– NIEDERLASSUNG SCARCLIFF –

Durch ein großes Fenster war ein Wartebereich zu sehen und dahinter der Kassenschalter. Aster konnte gerade noch den dunklen Umriss des Tresors in einer Ecke ausmachen. Da sie nicht an dem Kassenschalter vorbeikommen konnten, lautete der Plan, von der Rückseite her in die Bank einzubrechen. Der Lärm würde jedoch die Gesetzeshüter mit höchster Wahrscheinlichkeit im Laufschritt zu ihnen führen.

Was auch der Grund war, warum sie sich zunächst ein paar Aufschneider suchen mussten, die sie als Geiseln nehmen konnten – sie brauchten ein Druckmittel.

Zwei Türen weiter kamen sie zu einem Saloon. Dort blieb Aster stehen und nickte den anderen kaum merklich zu. Sie gingen durch die Doppeltür hinein.

Das Innere des Saloons war erdrückend. Kirschholzböden, abgetreten von den Sohlen von Hunderten Schuhen, und trübe Gaslichter, die an einer mit Zinnplatten verkleideten Decke hingen. Aster fühlte sich, als wäre sie gegen eine Wand gelaufen, als der Gestank von Alkohol, Rauch und Schweiß sie umfing, kaum dass sie eingetreten war. Die Männerstimmen um sie herum klangen hier zehnmal so laut. Schwatzend, lachend, scherzend, fluchend. Hände schlugen auf Tische. Gläser klimperten aneinander. Solch einen Raum, in dem sie von allen Seiten umzingelt war, hatte Aster seit Green Creek nicht mehr betreten. Panik wogte in ihr auf, und sie blieb gleich neben der

Tür stehen und holte tief Luft, bis ihre Brust zu platzen drohte. Sie sah doppelt, bis der ganze Raum in einem sanften Nebel aus gelbem Lampenschein und braunen Schatten verschwamm, und ihre Gedanken flossen in ihrem Kopf zusammen wie Tinte und Regen.

»Aster.« Ihr war, als käme die Stimme aus tausend Meilen Entfernung. Sie erkannte sie nicht einmal. *»Aster.«*

Langsam konnte sie wieder klar sehen. Es war Violet, die vor ihr stand und ihr sanft auf die Wange schlug.

»Komm verdammt noch mal wieder zu dir, Lucker«, zischte sie.

Die harten Worte durchdrangen Asters Benommenheit, und sie schürzte die Lippen. »Es geht mir *gut*«, fauchte sie und schob Violets Hände weg. Sie hielt sich an dem kurzen Aufflackern von Zorn fest, und ein einziger Blick in Violets Augen verriet ihr, dass diese genau wusste, was sie tat, wenn sie sie provozierte: Sie holte Aster in die Wirklichkeit zurück.

Aster schluckte. »Seht ihr hier irgendwelche Aufschneider, oder was?«, fragte sie mit zitternder Stimme.

Violet bewegte ruckartig den Kopf. »Da ist ein Tisch voller Männer, die aussehen, als wären sie welche«, sagte sie, schüttelte ihr Haar aus und öffnete die oberen Knöpfe an ihrem Hemd. »Ich werde ein bisschen mit ihnen schäkern, herausfinden, ob sie Aufschneider sind, und sie, falls ja, zu euch rauslocken. Ihr geht nach draußen und wartet hinter dem Haus auf mich.«

Aster nickte dankbar und führte die anderen durch das Labyrinth aus Tischen und Stühlen zur Hintertür. Violet war die Einzige, die für diese Sache geeignet war – nicht nur, weil sie diese Rolle am überzeugendsten spielen konnte, sondern auch, weil sie die einzige Hellblütige unter ihnen war. Ihr würden die

Aufschneider viel eher glauben, ganz gleich, welche Lügen sie ihnen vorsetzte.

Wenn man bedenkt, dass wir sie beinahe nicht mitgenommen hätten, sinnierte Aster. Die Nadelstiche, die ihre Kokarde ihr versetzte, steigerten sich zu einem dauerhaften Brennen. Schon bald würde sie unter dumpfer roter Hitze glühen.

Sie gingen zum Hinterausgang hinaus, und ihre Stiefel schienen förmlich über den hölzernen Boden der rückwärtigen Veranda zu donnern. Außer ihnen war nur eine weitere Person hier draußen, ein Mann, der sich an die Wand lehnte und an einer Zigarre nuckelte. Er nahm einen tiefen Zug und stieß eine lang gezogene Rauchwolke aus, achtete aber nicht weiter auf sie – noch nicht.

Aster atmete in der kühlen Luft einmal tief durch, um zur Ruhe zu kommen.

»Also gut, haltet eure Waffen bereit«, murmelte sie. Mallow, Tansy und Clementine zogen ihre Revolver. Mallow war die Einzige von ihnen, die schon als Kind schießen gelernt hatte, aber die anderen hatten während der letzten paar Wochen geübt, wann immer sie Gelegenheit dazu bekommen hatten.

Aster griff zu ihrem Messer. Noch einmal würde sie in dieser Nacht bestimmt nicht erstarren.

Zwei Minuten später öffnete sich knarrend die Hintertür. Violet spazierte heraus, gefolgt von drei jungen Männern in schicken karierten Westen über Hemden mit silbernen Ärmelhaltern. Keck zurückgeschobene Melonen saßen auf ihren Köpfen, Uhrenketten funkelten an ihren Lenden. Der Größte hatte ein kindliches Gesicht und auf den Lippen das Lächeln eines Mannes, der glaubte, er könne sich nehmen, was er wollte. Aster kannte diesen Typ, sie war ihm schon allzu häufig begegnet. Der Zorn in ihrem Inneren glühte heißer.

Konzentrier dich, ermahnte sie sich wieder und wieder.

»Ich habe meinen Freundinnen ja gesagt, in dieser Stadt gibt es ein paar anständige Männer«, sagte Violet mit hoher Stimme zu ihnen. »Ich kann es gar nicht erwarten, dass ihr sie kennenlernt ...«

Klick-klick-klick.

Mallow, Tansy und Clementine hielten den Aufschneidern die Waffen an die Köpfe und entsicherten sie. Leise fluchend stolperten die Männer zurück.

»Was, zur *Hölle* ...«

»Ist das ein verfluchter Witz ...?«

»Maul halten«, befahl Aster. »Alle.«

Der Raucher ließ seine Zigarre fallen und öffnete den Mund zu einem Hilferuf.

»Nicht so hastig«, sagte Violet gelassen und richtete ihren eigenen Revolver auf ihn. »Falls du bei irgendjemandem ein Wort über das hier verlierst, dann ...«

Sofort klappte er den Mund zu und war wieder im Saloon verschwunden, ehe sie ihre Drohung zu Ende bringen konnte.

Wenn sie nicht vorher schon in Eile gewesen wären, dann waren sie es spätestens jetzt.

Während Aster und Violet Wache hielten, fesselten Clementine, Mallow und Tansy den Aufschneidern die Hände hinter dem Rücken, ehe sie ihnen die Mündungen ihrer Waffen ins Kreuz rammten. Aster führte sie, so schnell sie nur konnte, vom Salon weg.

»Du bist eine verhobelte Staubblütige«, stellte einer der Aufschneider fest, als sie einen Lichtkegel passierten, in dem sein eigener Schatten sichtbar wurde. Seine Stimme troff nur so vor Gehässigkeit. »Mein Vater ist Anwalt. Wenn der davon erfährt ...«

Aster peitschte herum und versetzte ihm einen Faustrückenschlag ans Kinn. Einen entsetzlichen, erregenden Augenblick lang sah sie sich im Geiste mit dem Messer nachsetzen.

»Kein Wort mehr. Das gilt für euch *alle*«, herrschte sie sie an. »Oder, die Toten mögen mir helfen, ich kastriere euch mit diesem dreckigen Messer.«

Prompt hielten die Männer den Mund und gingen schweigend weiter. In Asters Kopf drehte sich alles unter dem berauschenden Einfluss des Machtgefühls, doch die Zweifel, die in den Augen der anderen aufblitzten, als sie untereinander Blicke wechselten, entgingen ihr nicht. Sie würden es nicht schaffen, den Abzug zu ziehen, wenn die Zeit kommen sollte. Das wusste sie plötzlich mit absoluter Gewissheit.

Aber Aster wurde mit jeder Sekunde selbstsicherer. Sollten *diese* Männer ruhig mal spüren, wie es sich anfühlte, hilflos zu sein. Sollten *die* sich vor Scham krümmen und um Gnade winseln. Wenn sie vor die Wahl zwischen dem Leben ihrer Freundinnen und dem dieser Aufschneider gestellt würde, dann würde Aster keinen Herzschlag lang zögern.

Sie gelangten zur Hintertür der Bank. Inzwischen brannte Asters Kokarde ein Loch in ihre Haut.

»Los«, sagte sie zu Violet.

Violet ging zur Tür, richtete die Waffe auf das Schloss und drückte ab. Der Lärm war enorm, aber die Tür ging nicht auf, als sie die Schulter dagegenrammte.

»*Verdammt!*«, fluchte sie.

Auf der Hauptstraße wurde Gebrüll laut. Violet schoss erneut auf das Schloss und dann wieder und wieder, bis die Trommel leer war.

»Passt auf«, knurrte Aster, versetzte der Tür einen harten Tritt, und endlich sprang sie auf. Sie befeuchtete ihre Lippen, während sie die anderen hineinwinkte. Der Schmerz, den ihre Kokarde auslöste, machte sie schwindelig.

»Ihr seid so tot wie Hundescheiße«, geiferte Mallows Aufschneider hämisch. »Jetzt werden euch die Gesetzeshüter garantiert schnappen.«

»Hat sie dir nicht gesagt, du sollst still sein?«, blaffte Mallow und zog ihm die Pistole über den Schädel. Aber Aster konnte die Furcht in ihrer Stimme hören, und ihre sonst so ruhigen Hände zitterten.

In der Bank war es dunkel, und die Luft roch nach Staub. Mit wenigen Schritten befanden sie sich direkt im Kassenschalter jenseits des großen Gitters vor dem Warteraum. Tische mit Registrierkassen säumten in einer ordentlichen Reihe die halbe Wand. Aster drehte sich nach links und fand den Tresor. Er war größer als sie und dreimal so breit.

Sie lief hinüber und kniete sich zu Boden, um das Schloss zu öffnen. Vor der Bank konnte sie nun mehrere Gesetzeshüter hören, die damit beschäftigt waren, die Tür aufzubrechen.

34, 8, 27, 46, 52.

Das Zahlenschloss klickte, wenn sie es drehte, aber sie musste es zu schnell bewegt haben, denn die Tür ging nicht auf.

Sie wiederholte die Sequenz, dieses Mal langsamer.

»Uns geht die Zeit aus«, mahnte Clementine drängend. »Wir müssen hier raus, ehe sie um die Bank herumgehen und uns umzingeln.«

»Schon gut«, sagte Aster knapp.

»Aber sie hat recht. Lasst uns einfach diese drei Deppen hier zurücklassen und abhauen«, stimmte Mallow mit ein.

»Seid still, ich muss mich *konzentrieren*«, befahl Aster.

34, 8, 27, 46, 52.

34, 8, 27, 46, 52.

Der Stahlschrank ging nicht auf.

Gesetzeshüter brachen durch die Vordertür.

»Hände hoch!«, brüllte einer von ihnen.

»Wir haben Geiseln!«, antwortete Aster nicht minder laut. »Bleibt alle zurück!«

34, 8, 27, 46, 52.

Nichts.

Den Geräuschen nach zu urteilen sammelten sich inzwischen auch an der Hintertür Gesetzeshüter und warteten auf Befehle. Violet sah Aster in die Augen und schüttelte kurz den Kopf. Asters Kehle war plötzlich wie zugeschnürt.

»Warum zur Hölle funktioniert das nicht?«, fragte sich Aster und trat gegen den Metallschrank. Das war nicht *fair.* Es war einfach nicht *fair.* Das war *ihr* Glimmer. Das *schuldeten* sie ihr. *Jeder* in diesen zweimal verdammten Bergen war ihr das schuldig.

Aber was, wenn das gar nicht der Zahlenschlüssel für den Tresor ist? Was, wenn diese Ziffernreihe für etwas ganz anderes gut ist? Sie hatten sich so verzweifelt gewünscht, dass dies der Zahlenschlüssel war, hatten es so verzweifelt *gebraucht,* dass …

Aster bekam hämmernde Kopfschmerzen, ihre Kokarde brannte.

»Eine Sekunde mal, diese Sieben, sieh sie dir mal genau an«, sagte Tansy plötzlich leise, während sie Aster über die Schulter blickte. »Ich glaube, das ist gar keine Sieben, es ist eine Eins.«

Asters Gedanken kamen zur Ruhe, und sie sah sich die Zahlen noch einmal an.

Verhobelte Hölle.

Sie versuchte es noch einmal: *34, 8, 21, 46, 52.*

Klickend öffnete sich das Schloss.

Aster bekam vor Erleichterung weiche Knie. Hastig band sie

den Sack von ihrer Taille los und füllte ihn mit dem Glimmer aus dem Tresor.

»Kommando …!«, rief einer der Gesetzeshüter. Inzwischen befand sich beinahe ein halbes Dutzend von ihnen außerhalb des Kassenschalters in der Bank, weitere drei bewachten die Hintertür, und alle hatten ihre Waffen erhoben.

»Halt!«, antwortete der Gesetzesmeister, der die Männer anführte. Seine nächsten Worte galten Aster. »Bankraub ist ein Kapitalverbrechen!«, rief er. »Aber wenn ihr diese drei Jungs gehen lasst, finden wir eine Lösung.«

»Aster, wenn die freie Schussbahn bekommen, töten sie uns«, murmelte Violet.

»Keine Sorge, die werden nicht …«

Ehe sie den Satz beenden konnte, jagte ihr die Kokarde solch einen Schmerz durch den Leib, dass sie sich zusammenkrümmte und ihr die Münzen aus den Händen fielen. Bald würde sie das Bewusstsein verlieren, wenn sie das Zeichen noch länger verhüllte. Sie spannte ihren Griff um den Sack und wandte sich vom Tresor ab. Auch den anderen stand der Schmerz ins Gesicht geschrieben, während sie darum kämpften, auf den Beinen zu bleiben, und ihre Haut unter dem Stoff ihrer Staubschutztücher erglühte.

»Beim Schleier, das sind Lucker …«, schrie Clementines Aufschneider.

Aster wirbelte herum und versetzte ihm einen harten Schlag, aber es war zu spät. Sie waren aufgeflogen.

»Das sind die Mädchen aus Green Creek!«, bestätigte einer der Gesetzeshüter.

»Lasst sie nicht entkommen! Ist das klar? Wir brauchen sie lebend!«

Fluchend riss sich Aster das Staubschutztuch vom Hals. Die

Erleichterung trat augenblicklich ein, auch wenn es eine Weile dauern würde, bis sich Peinigung und Glut ganz gelegt hätten.

»Wir wollen diesen Herren nicht wehtun!«, rief Aster dem Gesetzesmeister zu. »Wir verlangen unbehelligten Abzug, dann lassen wir sie gehen.«

»Ihr wisst, dass ich das nicht tun kann«, erwiderte der Mann.

»Dann wird das Blut dieser Männer an Ihren Händen kleben.«

»Tja, ich schätze, ihr und ich, wir haben einen toten Punkt erreicht«, antwortete der Gesetzesmeister gleichgültig. »Aber keine Sorge – ich habe schon nach den Raubvögeln vom Welcome House schicken lassen. Die werden sich um euch kümmern.«

Aster gefror das Blut in den Adern, bis es so kalt war wie die Kokarde heiß. Gesetzeshüter waren eine Sache, aber Raubvögel eine ganz andere. Wenn die sich einmischten, dann war es vorbei. Sie würden den Geist der Mädchen brechen und sie einfach wegschleppen.

Sie sah sich um zu Tansy, Mallow, Violet … und Clementine. Sie brauchten keine Worte. Ein Blick reichte, und alle wussten, was sie zu tun hatten.

Peng! Mallow feuerte den ersten Schuss über die Köpfe der drei Gesetzeshüter im Hintereingang hinweg. Die Männer gingen prompt in Deckung. *Peng!* Noch ein Warnschuss. Pulverrauch und Panik lagen in der Luft.

»Aus dem Weg!«, brüllte Aster die Gesetzeshüter an.

Ein Mädchen nach dem anderen flüchtete zur Tür hinaus. Die Geiseln ließen sie zurück. Aster rannte als Letzte hinaus, den Sack mit Glimmer fest umklammert. Stiefel knallten auf dem Boden, Staub wirbelte um sie herum auf. Mallow feuerte noch zwei weitere Warnschüsse nach hinten ab.

Die Gesetzeshüter hatten die Verfolgung aufgenommen und fingen an, das Feuer zu erwidern.

Eine Kugel pfiff an Asters Bein vorbei. Eine andere bohrte sich zwischen ihren Füßen in den Boden. Ihre Häscher versuchten, sie außer Gefecht zu setzen, statt sie zu töten. Ihr einziger Vorteil war, dass sie Befehl hatten, sie lebendig zu schnappen.

»Mallow … leg … sie … um«, keuchte Aster schwer atmend.

»Du meinst …?«

»Nein … halt … sie … nur … auf!«

Mallow verzog das Gesicht, kam aber schlitternd zum Stehen, drehte sich um und feuerte ihre letzten drei Schüsse ab, während die anderen Mädchen weiterrannten. Aster sah sich über die Schulter um. Zwei der Gesetzeshüter gingen zu Boden und umklammerten ihre Beine. Aber der dritte Schuss hatte sein Ziel verfehlt, und der letzte Mann war immer noch hinter ihnen her.

»Mist«, murmelte Mallow, als sie zu den anderen aufschloss. Sie hörte sich an, als ginge es ihr gar nicht gut.

»Gib ihr deine Waffe, Tansy«, befahl Aster. Inzwischen hasteten sie durch die Außenbezirke der Stadt.

»Aster, ich glaube nicht …«, fing Tansy an.

»*Tu es einfach.* Es sei denn, du willst selbst auf ihn schießen!«

»Gib her«, sagte Mallow leise, nahm Tansy die Waffe ab, drehte sich um und schaltete auch den letzten Verfolger aus. Aber Aster hörte Hufgetrappel nicht weit hinter ihm – der Gesetzesmeister und seine Männer verfolgten sie zu Pferde.

Und die Raubvögel waren womöglich auch bereits hinter ihnen her.

Die Mauer war nahe. Im Zickzack ging es über den Friedhof. Jeder Atemzug, den Aster tat, fühlte sich an, als würde sie Feuer schlucken. Ihre Muskeln verwandelten sich in Wackelpudding, und der Sack mit dem Glimmer schlug ihr ständig gegen das Bein. Sie hatte das Gefühl, als flöge ihr Gehirn im Schädel herum. Sie war geschwächt durch den Schmerz, den die Kokarde ausgelöst hatte, das waren sie alle. Dieses Tempo konnten sie nicht mehr lange durchhalten. Aber wenn sie es nicht zurück zu ihren eigenen Pferden schafften, würden sie geschnappt werden.

»Ich sehe sie! Sie sind am Friedhofsrand!«, rief einer der Gesetzeshüter.

Da war der Wurfanker. Zee würde auf der anderen Seite auf sie warten.

Den Toten sei Dank.

Aster beeilte sich, schwang den Haken hin und her und ließ los. Er prallte von der Wand ab und fiel wieder zu Boden.

»Aster …«

Sie schluckte, versuchte es noch einmal. Dieses Mal klappte es.

»Also gut, alle rauf da«, sagte Aster. Tansy machte den Anfang – und erst da sah Aster, dass ihre Wangen feucht von Tränen waren. Violet folgte ihr ausgiebig fluchend. Dann Clementine, die Aster anbettelte, sie solle vorsichtig sein. Dann Mallow, und Aster blieb allein zurück.

Sie warf sich den Sack über den Rücken. *Du wirst ihn zurücklassen müssen,* sagte eine leise Stimme in ihrem Hinterkopf. *Auf keinen Fall schaffst du es mit dem Ding über die Mauer, ehe sie dich erwischen.*

Schüsse hallten durch die Nacht. Die Berittenen hatten sie beinahe erreicht.

Aber sie wollte verdammt sein, ehe sie zuließ, dass all diese Mühe umsonst gewesen wäre.

Aster klemmte sich den Saum des Sacks zwischen die Zähne. Kletterte die Mauer hinauf. Erreichte die Krone. Warf den

Wurfanker auf der anderen Seite herunter, damit die Gesetzeshüter ihr nicht folgen konnten. Dann ließ sie den Sack fallen, sprang hinterher und sackte beim Aufprall zusammen. Die anderen halfen ihr auf die Beine. Neuerliche Panik spiegelte sich in ihren Zügen.

»Was?«, fragte Aster und schluckte die Galle hinunter, die ihr die Kehle hinaufkroch. »Was ist jetzt wieder los?«

Niemand antwortete. Und das war auch nicht nötig. Sie erkannte auch so, was los war.

Zee und die Pferde waren nirgends zu sehen.

KAPITEL DREIZEHN

Wo zur Hölle ist er?«, verlangte Aster zu erfahren und rannte zum Waldrand. Der Mond stand inzwischen hoch am Himmel und überzog die Bäume mit seinem silbernen Licht. Sie konnten hier nicht auf Zee warten, die Raubvögel aus Scarcliff würden jede Minute auftauchen.

»Ich weiß es nicht«, sagte Clementine mit heiserer, untröstlicher Stimme. »Er hätte uns höchstens in einem Notfall im Stich gelassen. Das weißt du.«

Aster wechselte einen Blick mit Violet. Was, wenn er sie wirklich im Stich gelassen hatte? Was, wenn er am Ende beschlossen hatte, dass sie ihm für den vielen Ärger, den sie ihm bereiteten, nicht genug einbrachten, und sie einfach zum Sterben hier zurückgelassen hatte?

Oder was, wenn Clementine recht hat und er selbst in irgendwelchen Schwierigkeiten steckt?

Auf der anderen Seite der Mauer wurde das Donnern der Pferdehufe lauter. Die Gesetzeshüter waren eingetroffen.

»Wir gehen zurück zum Lager und sehen nach, ob er dort ist«, beschloss Aster.

»Aber wenn er es bereits abgebrochen hat …«, setzte Tansy an.

»Wohin sollen wir denn deiner Meinung nach sonst gehen?«, fuhr Aster ihr grob über den Mund. »Die Gesetzeshüter sind an der Mauer, und ihren Raubvogelfreunden wird es nicht schwerfallen, die zu überwinden. Wir *können* nicht hierbleiben. Der alte Lagerplatz ist der einzige andere Ort, den auch Zee kennt und an dem er sich mit uns treffen könnte. Wir werden ja sehen, ob er da ist, und dann können wir uns immer noch überlegen, was wir tun wollen.«

»Also gut, aber, Aster, wir haben den Theomitring nicht mehr«, erinnerte Violet sie.

Mist.

Die Erkenntnis raubte Aster auch den Rest ihres Kampfeswillens. Plötzlich wurden ihr die an- und abschwellenden Schreie der Rächer gleich jenseits des Waldrands überaus bewusst. Wenn man im Grind aufwuchs, gewöhnte man sich an sie. Lernte, sie zu ignorieren, so wie man auch lernte, das Rauschen des Blutes in den eigenen Ohren zu ignorieren. Aber nur, weil man so tat, als gäbe es gar keine Rächer, verschwanden sie nicht einfach.

Wenn Aster die Gruppe nun ungeschützt in den Wald führte, würden sie alle zerrissen werden.

»Zur Hölle damit«, fluchte Mallow und stürmte zu den Bäumen, ehe Aster sie aufhalten konnte. »Besser, die Toten holen mich, als diese Mistkerle aus der Stadt. Das Lager ist nur eine halbe Meile entfernt, das können wir schaffen.«

»Warte!«, schrie Tansy und rannte hinter ihr her.

Schockiert starrte Clementine ihre Schwester an. »Aster, ich … ich muss mit ihnen gehen«, stammelte sie. »Sie können die Rächer nicht kommen sehen. Und Zee …«

Aster nickte und winkte Violet, sie solle ihnen folgen. »Also los!«

Violet zögerte, als wollte sie ihre Möglichkeiten abwägen. Aber natürlich gab es keine Alternative.

Sie stürzten sich zwischen die schwarzen Zähne des Waldes.

Durch den Wald zu laufen war viel anstrengender als durch Scarcliff. Der felsige, unebene Untergrund drohte bei jedem Schritt, sie aus dem Gleichgewicht zu bringen, und die dornigen Zweige des niedrigen Gestrüpps zerkratzten ihnen Arme und Beine. Der Mondschein war gerade hell genug, um etwas zu erkennen. Aster gab ihr Bestes, um mit den anderen mitzuhalten, aber die harte Landung nach dem Sprung forderte ihren Tribut. Sie hatten sich die ganze Zeit so nahe an der Mauer gehalten, dass die Rächer sie in Ruhe ließen, aber nun konnten sie jeden Moment ausschwärmen.

Und dann waren sie da. Die Kraft ihrer Aufmerksamkeit kreiste Aster ein, kalt und gierig. Sie kroch über ihre Haut, und die Temperatur nahm spürbar ab.

Irgendwo vor ihr kreischte Tansy.

»Sophia!«, schrie Mallow, rief Tansys wahren Namen. Clementine rannte noch schneller und verschwand in der Finsternis.

»Verhobelte Hölle, Aster, warum konntest du dich auch nicht mit einem normalen Raubüberfall zufriedengeben?«, presste Violet zwischen den Zähnen hervor.

»Halt die Klappe!«

Endlich hatten Aster und Violet die anderen eingeholt. Tansy lag zusammengerollt auf dem Boden, die Hände schützend über den Kopf gelegt. Mallow kauerte neben ihr und flehte sie an, sie solle aufstehen. Clementine sah sich hektisch um, in den Augen einen Ausdruck, der an ein Kaninchen in der Falle erinnerte.

»Ist sie verletzt?«, fragte Aster.

»Nein, sie ist nur … sie ist in Panik«, erklärte Mallow. »So habe ich sie noch nie gesehen.« Und Mallow hatte noch nie so jung geklungen wie gerade jetzt. Ein widernatürlicher Wind toste plötzlich um sie herum und zerrte an den Säumen ihrer Kleider.

»Du musst dafür sorgen, dass sie sich beruhigt!«, forderte Clementine schrill. »Furcht zieht sie an. Sie kommen schon näher!«

»Wie viele sind es?«, fragte Aster harsch.

»Im Moment zähle ich sieben. Sie kreisen um uns wie die Geier. Und es sind noch mehr unterwegs zu uns. Sie ... *Violet, runter!*«

Schreiend ließ sich Violet fallen. Einen Moment später scharrten unsichtbare Klauen über den Stamm des Baums, unter dem sie gestanden hatte. Das Holz zersplitterte mit ohrenbetäubendem Lärm. Der Rächer schrie wie ein von der Mutter verlassener Säugling und schoss dann unter schwerem Flügelschlag davon.

»Erbarmen, habt Erbarmen, habt Erbarmen«, betete Violet. Aster lief zu ihr, packte sie und zog sie wieder auf die Beine.

»Kommt, wir müssen weiter! Das ist unsere einzige Chance!«

»Das schaffen wir nie!«, klagte Violet dumpf.

Die Luft um sie herum wurde immer noch kälter. Aster gefror der Schweiß im Nacken. Tansy schrie. Mallow bettelte. Violet verlor den Glauben. Aster verlor den Verstand. Und Clementine stolperte rückwärts, während sie die Rächer beobachtete, die immer schneller um sie kreisten und einen Sturm hervorbrachten, der die Nadeln von den Bäumen wehte. Inzwischen waren sie so laut, so nahe, dass Aster sich nicht einmal mehr denken hören konnte.

Violet hat recht, begriff Aster nun und stieß ein schwächliches Gelächter aus.

Wir werden es nicht schaffen.

Mallow packte Tansys Hand und half ihr hoch. Tansy zitterte zwar, kam aber auf die Beine. Rücken an Rücken drehten sich die Mädchen im Kreis. Aster zog noch ein letztes Mal das Messer, obwohl sie wusste, dass es ihr nicht helfen würde.

Und dann brach Clementine plötzlich aus der Runde aus, tauchte unter den zupackenden Klauen der Rächer hinweg.

»Clem, was hast du vor? *Clem!*«, rief Aster.

»Grauweide! Sie wächst unter Kiefern.«

Aster mühte sich zu begreifen. Sie löste sich aus der Wirklichkeit, und es schien sie all ihre Kraft zu kosten, auch nur ein Wort hervorzubringen.

»… Grauweide?«, wiederholte sie.

»Sie hat recht, wir können sie verbrennen und die Rächer vertreiben«, sagte Mallow. Dann sah sie Tansy an und schien im Stillen eine Entscheidung zu treffen, ehe sie Clementine hinterherrannte. »Diese Mistviecher werden bereuen, dass sie uns je angreifen wollten, dafür werden wir sorgen!«

Endlich ging Aster auf, wovon die beiden gesprochen hatten, und ein Funke Hoffnung flackerte in ihrem Geist auf.

»Ich helfe ihnen«, sagte Violet. »Du bleibst bei Tansy und machst ein Feuer.«

Aster nickte und drehte sich zu Tansy um.

»Tut mir leid, Aster«, wimmerte die, sank zu Boden und fing an, nach Reisig zu suchen. »Tut mir so leid. Ich habe gesehen, was Rächer Menschen antun können, und ich … ich bin einfach erstarrt.«

Aster suchte in ihrer Manteltasche nach ihrem Streichholzheftchen. »Schon gut, Tansy«, sagte sie sanft. »Ich bin im Saloon erstarrt und gerade beinahe schon wieder. Das passiert uns allen mal.«

Tansy schichtete das Reisig auf, das sie gesammelt hatte.

Aster entzündete mit zitternden Händen ein Streichholz. Dabei wühlte sie in ihren Erinnerungen nach den Ratschlägen, die Zee ihr in Bezug auf das Anfachen von Feuer erteilt hatte. Welches Holz hell brannte, welches heiß brannte, welches besonders lange brannte oder den besten Rauch hervorbrachte – nichts davon war jetzt hilfreich. Alles, worauf es derzeit ankam, war, genug Grauweide zu verbrennen, um die Rächer in die Flucht zu schlagen.

»Die Raubvögel, die wussten, dass ich davor am meisten Angst habe«, fuhr Tansy fort. »Sie haben mir gezeigt …«

»Mach dir über die keine Gedanken. Mach dir gar keine Gedanken. Sing einfach ein Lied, Tansy, hörst du? Ich verspreche, wir sorgen dafür, dass du hier heil wieder rauskommst.«

Clementine hastete herbei und warf die erste Handvoll Weidenzweige in das Feuer. Sofort bekam der Rauch einen süßeren Geruch.

»Dahinten ist noch mehr«, sagte sie und flitzte zurück in die Dunkelheit.

Violet tauchte als Nächste auf. Dann Mallow. Aster kauerte sich zu Boden und kümmerte sich um das Feuer, sorgte dafür, dass es so lange wie möglich brannte. Die Rächer schienen sich zurückzuziehen. Wut und Enttäuschung färbten ihre höllischen Schreie.

Beim Schleier, wir könnten womöglich doch alle überleben …

»*Pass auf!*«, schrie Violet.

Eine blitzartige Bewegung im Mondschein. Das Zischen von Blättern nach einem heftigen Windstoß. Mallow stieß einen Schrei aus, so gequält wie die Laute der Rächer. Aster bekam eine Gänsehaut. Nie in all den Jahren im Welcome House hatte sie einen so verzweifelten, so gepeinigten Schrei gehört. Sie sprang auf.

»Mal!«, schrie Tansy.

Sie und Aster rannten in die Richtung, aus der Mallows Schrei erklungen war. Ein Rächer hatte sie mit seinen unsichtbaren Klauen an den Schultern gepackt und zerrte sie in die Luft hinauf wie ein Adler seine Beute. Tansy hielt verzweifelt Mallows Fußgelenke fest, während diese im grausamen Griff des Rächers zappelte. Und erneut schrie. Bissspuren tauchten in ihrer Körpermitte auf, als ein zweiter Rächer sie angriff. Das Blut glitzerte schwarz im Flammenschein.

»Hilfe!«, flehte Mallow. »Bitte!«

Ein unduldsamer Hieb schleuderte Tansy weg, und sie flog ein halbes Dutzend Fuß weit durch die Dunkelheit. Derweil zog der Rächer Mallow höher und höher hinauf.

Aster rannte hinterher, ohne auf ihren eigenen Schmerz zu achten. Für einen kurzen Moment flog der Rächer direkt durch den Mondschein, und Aster erblickte ihn in all seiner schaurigen Pracht: der grinsende geweihtragende Schädel, die Flügel aus Rauch, die zu langen Finger, die in zu lange Klauen mündeten. Mallows Gesicht war eine Maske puren Entsetzens.

Ein Schuss zerriss die Nacht. Aster stolperte vor Schreck und prallte hart zu Boden. Rappelte sich wieder auf. Doch zu spät. Mallow war nirgends mehr zu sehen.

Ein zweiter Schuss fiel, dann ein dritter.

Was zur Hölle ist hier los?

Clementine, Tansy und Violet stießen zu ihr. Warum hatten sie die Sicherheit am Feuer aufgegeben? Nun würden sie alle sterben!

»Dawn …« Das war Clementines Stimme, sie klang so dumpf und fern, als wäre Aster unter Wasser. Clementine schüttelte sie an der Schulter. »Dawn, komm zu dir, wir haben den Ring …«

Ein vierter Schuss. Zee tauchte einen Moment später auf, erzwang sich einen Weg durch die Mädchentruppe, das Gewehr an der Schulter, in den Augen einen Ausdruck kalter Konzentration. Er ließ die Waffe sinken und half Aster auf die Beine.

»Haben wir jetzt alle?«, fragte er.

»Nein. Mallow ist immer noch da draußen«, sagte Clementine. Tansy zitterte und war in Tränen aufgelöst.

Zee wandte sich an Aster. »Wohin haben sie sie gebracht?«

Asters Lippen zitterten und schienen ihr nicht gehorchen zu wollen.

»Aster.« Zees Stimme war sanft, aber bestimmt. Er sah ihr in die Augen. »Wohin?«

Sie zeigte in die Richtung. Ohne zu zögern, rannte Zee los und hob das Gewehr wieder an die Schulter. Bald war er in der Finsternis verschwunden.

Aster blinzelte und kam allmählich wieder zu sich. Sie wurde von einem plötzlichen Bedürfnis zu weinen überwältigt, schluckte es aber mühsam hinunter.

»Was ist passiert?«, fragte sie die anderen.

Violet sah so verängstigt aus, wie Aster sie noch nie erlebt hatte. »Der Rauch von unserem Feuer«, sagte sie. »Zee ist ihm gefolgt. Jetzt haben wir den Ring und sind in Sicherheit.«

»Nett von ihm, sich auch noch zu uns zu gesellen«, knurrte Aster. Aber sie wusste, ihr Zorn diente lediglich dazu, ihre Angst zu verdrängen.

Zwei weitere Schüsse ertönten.

»Mallow …?«, fragte Tansy.

Von Übelkeit ergriffen, schüttelte Aster den Kopf. »Ich weiß es nicht.«

»Zee holt sie zurück«, murmelte Clementine. »Er muss.«

»Wo zur Hölle ist er gewesen?«

»Er hatte noch keine Zeit, uns das zu erklären«, antwortete Violet. »Aber er hat uns gesagt, wir sollen in den Sattel steigen. Wir können nicht hierbleiben. Die Raubvögel werden den Rauch auch gesehen haben.«

Asters Atmung wurde ruhiger. »Also gut, dann gehen wir wohl besser. Schafft ihr das alle?«

Violet und Clementine waren unverletzt, aber Tansy humpelte, seit der Rächer sie weggestoßen hatte, und stützte sich auf Clementine. Aster selbst hatte sich das Knie aufgeschlagen und die Handflächen aufgeschürft, doch sie ignorierte das dumpfe Pulsieren der Verletzungen und zwang sich, im Hier und Jetzt zu bleiben. Mühsam kehrten sie zum Feuer zurück, wo die Pferde auf sie warteten.

Obwohl vermutlich nur wenige Augenblicke vergingen, kam es ihnen vor wie eine Ewigkeit, bis Zee wieder zu ihnen stieß. Mallow hatte er sich über die Schulter geworfen. Tansy lief auf unsicheren Beinen zu ihnen.

»Lebt sie?«, würgte sie unter Tränen hervor.

»Noch«, entgegnete Zee erbittert und legte Mallow ab. Sein Gesicht sah abgespannt aus. »Aber sie verliert viel Blut, Tansy.«

Gemeinsam packten sie Mallow in den Sattel, und in der Ferne schwoll das Jaulen der Toten an und ab.

»Eine Patrouille hat die Außenseite der Mauer kontrolliert«, klärte Zee sie auf. »Ich musste abhauen, damit sie mich nicht erwischte.«

Er lehnte sich an die Wand der niedrigen Höhle, in die sie sich verkrochen hatten, einen zerknirschten Ausdruck in den ausgezehrten Zügen. Aster, Clementine und Violet saßen im Halbkreis um ihn herum, während Tansy sich im Licht einer Laterne um Violets Wunden kümmerte. Sie hatte die anderen gebeten, ihr Raum zum Arbeiten zu lassen, aber sie sahen sich dennoch besorgt zu ihr um, während Zee seine Geschichte erzählte. Mallow war noch nicht wieder zu sich gekommen.

»Hat die Patrouille dich gesehen?«, fragte Clementine und nagte an ihrer Lippe.

Zee nickte. »Es ist schwer, nicht aufzufallen, wenn man versucht, vier verängstigte Pferde in den Wald zu treiben. Glücklicherweise sind mir die Gesetzeshüter nicht weit gefolgt – sie waren nicht dafür ausgerüstet, sich mit Rächern herumzuschlagen –, aber sie haben mich lange genug beschäftigt, dass ich euch verpasst habe.« Er schluckte, beugte sich vor und griff nach Clementines Hand. »Es tut mir leid, Clem. Es tut mir so leid, dass ich nicht da war …«

»Ich bin nur froh, dass es dir gut geht«, sagte sie und legte ihre Hand über seine. Zwar schien seine Geschichte Clementine zu beunruhigen, doch Aster war froh, dass nicht mehr dahintersteckte. »Wir dachten, du wärst vielleicht verletzt.« *Oder du hättest uns im Stich gelassen.*

»Das hätte auf jeden Fall viel schlimmer ausgehen können, so viel steht fest«, räumte Zee ein. »Wir müssen von jetzt an vorsichtiger sein.« Er setzte sich wieder auf, zog die Knie an und zuckte gepeinigt zusammen. »Um genau zu sein, ist es zu gefährlich für uns, noch länger hierzubleiben. Die Raubvögel sind in der Lage, unserer Spur vom Feuer bis hierher zu folgen.«

Aster verspannte sich abwehrend. »Wir wussten nicht, was wir sonst hätten tun sollen. Die Grauweide war alles, was wir hatten.«

»Nein, nein, ihr habt ganz richtig gehandelt«, versicherte ihr Zee. »Ich hätte es selbst nicht besser machen können. Wir müssen nur einfach in Bewegung bleiben, das ist alles.« Er sah sich zu Tansy um. »Mallow – kann sie reisen?«

Tansy blickte auf. Ihre Augen waren gerötet und geschwollen. Mallow lag regungslos neben ihr. Eine grünliche Blässe zeichnete ihre braune Haut, und ihre Brust hob und senkte sich quälend langsam. Jeder Zoll ihres Körpers war von Kratzern und blauen Flecken gezeichnet, nachdem sie durch den Wald gezerrt und in der Luft fallen gelassen worden war. Die Klauen der Rächer hatten bösartig tiefe Wunden in ihre Schultermuskulatur gegraben, die nun mit großen schwarzen Stichen genäht und mit sauberem weißem Stoff verbunden worden waren.

Aber das Schlimmste von allem war der heftige Biss in ihrer Seite. Tansy hatte ihr das Hemd ausgezogen und sie verbunden, so gut sie konnte, aber schon jetzt waren die Bandagen blutgetränkt. Asters Magen krampfte sich qualvoll zusammen vor Mitgefühl. Ihre eigenen Verletzungen schienen so unbedeutend, verglichen mit dem, was Mallow erlitten hatte.

»Ich … ich weiß es nicht«, stammelte Tansy. »Es war schon gefährlich, sie hierherzuschaffen. Ich konnte ihre Schulterwunden säubern und verbinden, aber die tiefe Verletzung an ihrer Seite …« Tansys Stimme versagte. »Wir haben nur die einfachsten Dinge hier. Aber sie muss eigentlich in ein Krankenhaus.«

»Hey, ganz ruhig«, sagte Clementine und kroch zu Tansy hinüber, um sie zu trösten.

»Das ist alles meine Schuld. Ich habe plötzlich den Mut verloren, als wir versucht haben zu entkommen.«

Nein, dachte Aster. *Es ist alles meine Schuld, weil ich uns überhaupt erst in diese Lage gebracht habe. Ich war zu leichtfertig. Beinahe hätte ich uns alle umgebracht. Violet. Meine Schwester.*

Und Mallow … Ich habe ihr das angetan …

»Die Rächer hätten uns auf jeden Fall eingeholt.« Clementine warf Aster einen vielsagenden Blick zu. »Nicht wahr?«

»Bestimmt«, sagte Aster und verdrängte die erdrückenden Gedanken. »Es ist nicht deine Schuld, dass Mallow verletzt wurde – eher hat sie es dir zu verdanken, dass sie trotzdem überleben könnte.«

»Könnte?«

»Nein, so habe ich das nicht gemeint …«

»O nein, ich darf sie nicht verlieren«, jammerte Tansy, umklammerte Mallows Hand und schüttelte den Kopf. »Ohne sie schaffe ich das nicht. Mal war von Anfang an für mich da. In meiner ersten Nacht im Welcome House konnte ich nicht aufhören zu weinen, und sie ist bei mir geblieben, bis ich eingeschlafen bin.«

»Daran erinnere ich mich noch«, murmelte Violet, die zur Abwechslung einmal ihre kritischen Gedanken für sich behielt.

»Und darum muss ich jetzt bei ihr bleiben, bis sie wieder aufwacht«, erklärte Tansy, und ihre Stimme wurde fester. »Ich kann nicht von euch erwarten, dass ihr auch alle bleibt. Nicht wenn die Raubvögel uns auf der Spur sind. Aber sollten die *uns* erwischen, dann sind wir wenigstens zusammen.«

»Tansy, nein. Wir lassen niemanden zurück«, sagte Aster bestimmt, ehe sie sich an Zee wandte: »Wie viel Zeit bleibt uns, bis die Raubvögel hier sind?«

Er seufzte schwer. »Die haben keine Probleme, sich in der Dunkelheit zu bewegen, und wir haben uns nicht die Zeit genommen, unsere Spuren zu verwischen. Ich gebe uns eine halbe Stunde. Höchstens.«

Tansy fing an, Zutaten in ihrem Mörser zu vermengen. »Dann werde ich mich beeilen.«

»Was machst du da?«, fragte Zee.

»Ein Stimulans. Je eher sie aufwacht, desto eher kann ich

die Schwere ihrer Verletzungen beurteilen. Es funktioniert vielleicht gar nicht, aber … ich muss es versuchen.«

Tansy schüttete die Mischung in einen Zinnbecher und verrührte sie mit Wasser aus ihrer Feldflasche. Dann hielt sie Mallow vorsichtig den Becher an die Lippen und bewegte sie zum Trinken. Sie hustete, kam aber nicht zu Sinnen.

»Gib ihr eine Minute«, sagte Clementine in die gespannte Stille hinein.

Tansy schüttelte den Kopf. Inzwischen sah sie selbst schon ganz krank aus. »Ihr werdet uns zurücklassen müssen.«

Und dann schlug Mallow die Augen auf und sprach. Ihre Stimme war brüchig, die Worte jedoch klar und deutlich.

»Wenn du mir das nächste Mal die Klamotten vom Leib reißen willst, Tansy, dann denk nicht, du musst erst warten, bis ich den halben Weg zur Hölle hinter mir habe.«

»Mal?« Wie vom Donner gerührt, starrte Tansy sie an. Dann breitete sich ein zartes Lächeln über ihr Gesicht aus. »Mal!« Sie beugte sich herab und bedeckte Mallows Stirn mit Küssen. Clementine und Aster sahen einander erleichtert in die Augen, Zee ließ ebenfalls ein Lächeln aufblitzen, und Violet entspannte sich sichtlich.

»Immer mit der Ruhe, ich bin noch ziemlich empfindlich«, sagte Mallow lachend, doch das Lachen verwandelte sich schnell in einen krampfhaften Husten, der ihre Lippen mit Blut befleckte.

»Sei vorsichtig! Hier, trink etwas Wasser. Wie fühlst du dich?«, fragte Tansy, strich Mallow die Ponyfransen aus der Stirn und ließ ihr tröpfchenweise Wasser aus der Feldflasche in den Mund rinnen.

»Ich fühle mich … als wäre ich von einem verhobelten Zug überfahren worden …«, sagte sie und versuchte, sich auf die

Ellbogen hochzustemmen, verzog aber angesichts der Anstrengung gepeinigt das Gesicht. Clementine half ihr. »*Verdammt.* Da ist was gebrochen.«

»Deine Rippen. Du hast Glück, dass sie deine Lunge nicht verletzt haben. Und in dem Punkt bin ich mir immer noch nicht ganz sicher. Du bist jedenfalls nicht in der Lage zu reiten«, stellte Tansy fest.

»Solange wir sie gefahrlos bewegen können, werde ich ihre Beine am Sattel festbinden, damit sie sich leichter aufrecht halten kann. Aber jemand muss ihr helfen«, sagte Zee und war schon auf den Beinen.

»Lass mich mit ihr reiten«, sagte Aster zu Tansy. Schuldgefühle nagten an ihrem Herzen. »Du hast schon genug getan und musst dich ausruhen. Ich sorge dafür, dass sie bei Sinnen bleibt.«

Tansy nickte dankbar und wandte den Blick nicht mal für einen Moment von Mallows Gesicht ab. Sie befeuchtete ein Tuch und presste es ihr an die Stirn. Wischte den Schweiß von ihrer Haut.

»Wo … gehen … wir hin?«, fragte Mallow.

Eine Woge der Bewunderung wallte in Aster auf. Die Erschöpfung spiegelte sich in Mallows Zügen, doch Aster nahm ihre Entschlossenheit wahr, sie zu verbergen. Beide klammerten sie sich an ihre Zähigkeit, und Mallows Stärke hatte immer schon buchstäblich auf körperlicher Kraft beruht. Wenn sie im Welcome House aus einem Albtraum erwacht war, dann hatte sie Klimmzüge an einem Dachbalken gemacht, bis sie müde genug gewesen war, um wieder einzuschlafen. Wenn ihr Zorn zu übermächtig gewesen war, um ihn einfach wegzulachen, hatte sie sich im Schattenboxen geübt, bis ihr der Schweiß über das Gesicht gelaufen war. Ihre derzeitige Verwundbarkeit ängstigte sie unverkennbar, so wenig sie sich das auch anmerken lassen wollte.

Aber Tansy hatte recht. *Sie muss ins Krankenhaus.*

»Ich kenne ein paar Leute, die uns vielleicht helfen können«, sagte Zee. »Wir werden einen Umweg machen müssen, und sie sind keine … *richtigen* Ärzte. Trotzdem würde ich ihnen mein Leben anvertrauen. Und sie werden uns nicht ausliefern.«

»Woher willst du das wissen?«, fragte Aster.

»Weil die Gesetzeshüter auch hinter ihnen her sind.« Zee lief hinaus, um sich an die Arbeit zu machen.

Violet schürzte die Lippen. »Der bringt uns zu einer Verbrecherbande?«

Aber etwas Besseres hätte Zee nicht sagen können, um Aster zu überzeugen, also bemerkte sie achselzuckend: »Keine Sorge, Violet. Du bist da schon ganz richtig.«

Über ihnen wanderten die Sterne über das Firmament, während sie von Scarcliff fortritten und sich einen Weg hinab in die Finsternis bahnten, in der sich das Tal unter ihnen verbarg. Aster ritt mit Mallow und hielt sie vorsichtig an der Taille fest. Sie mussten langsam machen, aber zumindest waren sie wieder in Bewegung. Schon bald schlief Mallow immer wieder für einige Momente ein, und jedes Mal rüttelte Aster sie wieder wach. Tansy hatte nämlich gesagt, es könne gefährlich für sie sein, in diesem Zustand einzuschlafen.

»Um der Liebe der Toten willen, Aster, hör auf, an mir herumzustochern, als wäre ich ein verdammter Frosch«, beklagte sich Mallow dickfellig.

»Tut mir leid, ärztliche Anweisung.«

»Die Ärztin ist schlauer, als gut für sie ist.«

Aster lächelte schwach. »Hast du als Kind je Frösche gefangen?«, meinte sie, nur damit sie weiterredete.

»Käfer, klar. Echsen, verdammt, ja. Aber Frösche – nie.

Meine Familie stammt väterlicherseits von den Neun ab, und der Glaube unseres Volkes besagt unter anderem, dass Frösche Glück bringen, weil sie in der Wüste Regen ankündigen.«

Die Neun, so nannten die Leute das Bündnis der neun Nationen, die früher in diesem Land gelebt hatten, bevor das Imperium es an sich gerissen und Arketta genannt hatte. Jene, die Widerstand geleistet hatten, waren gefangen genommen und zum Arbeiten in den Grind geschickt worden – die ersten Staubblütigen. Selbst nach dem Untergang des Imperiums hatte man sie nie aus ihrer Schuld entlassen.

»Mein Bruder hat sogar manchmal gequakt wie ein Frosch, als wir noch klein waren«, fuhr Mal fort. »Als könnte er den Himmel damit überlisten, damit der glaubt, es sei Zeit für einen Sturm.« Die Erinnerung entlockte ihr ein leises Lachen.

Wie die meisten Good Luck Girls hatte Mallow nie viel über ihre Familie gesprochen. Trotzdem war Aster nun verwundert, dass sie bisher gar nichts von der Existenz eines Bruders gewusst hatte. Ihr Herz schmerzte bei dem Gedanken, wie sehr Mallow ihn vermissen musste.

»Ein Bruder«, wiederholte sie. »Älter oder jünger?«

»Zwilling.«

Beim Schleier.

»Wir haben oft herumgealbert und gesagt, man habe unsere Seelen bei der Geburt vertauscht – ich hätte der Junge sein sollen und er das Mädchen. Er war immer so verdammt weichherzig. Einmal hat er mir erzählt, er würde gern ein Singvogel werden, wenn er erwachsen wäre, weil es deren einzige Aufgabe sei, die Welt zu einem schöneren Ort zu machen. Die anderen Kinder haben oft versucht, ihn zu piesacken, und ich habe es ihnen immer zurückgezahlt.« Sie hustete feucht. »Sein Name war Koda. Inzwischen ist er wahrscheinlich tot. Die Minen sind kein guter Ort für Jungs wie ihn.«

Die Worte trafen Aster wie ein Schlag in die Magengrube.

»Mallow … das tut mir so leid. Ich hatte keine Ahnung.«

Sie zuckte mit den Schultern. »Wir haben alle Menschen verloren.« Aber Aster hörte an ihrer Stimme, dass sie erneut versuchte, ihren Schmerz zu verbergen. Eine so tiefe Wunde sollte man besser nicht anrühren.

»Ich sage mir trotzdem immer, dass Koda nicht wirklich tot sein kann, denn wäre er gestorben, dann hätte ich etwas spüren müssen, verstehst du?«, fuhr Mallow fort. »Genau so, wie er gerade jetzt vielleicht spürt, dass ich verwundet bin. Womöglich fragt er sich, in welche Schwierigkeiten ich mich dieses Mal manövriert habe.«

Ihre Aussprache wurde immer undeutlicher, und ihr Kopf rollte von einer Seite zur anderen. Aster stupste sie sanft an.

»Ich schätze, er wäre stolz auf dich«, sagte sie.

»Ja, das hoffe ich.« Mallow seufzte. »Du hast Glück, dass dir Clem bei alldem geblieben ist.«

Aster dachte daran, was ihre Schwester ihr am See gesagt hatte. Darüber, dass sie aufeinander aufpassen müssten. »Du gehörst auch zu unserer Familie, Mal.«

Mallow reagierte nicht, und für einen Moment fürchtete Aster, sie habe das Bewusstsein verloren. Aber dann antwortete sie doch und klang dabei so klar wie lange nicht mehr.

»Kaya«, sagte sie. »Nur damit du es weißt – Kaya. Das ist mein Name.«

Aster lächelte ein wenig vor sich hin. »Dawn«, entgegnete sie.

Der Wald wurde allmählich lichter, und Zee ließ ihnen ausrichten, dass sie es bald geschafft hätten.

Den Toten sei Dank, dachte Aster. Es war schon beinahe Morgen. Mallow war nicht die Einzige, die dringend etwas Ruhe brauchte. Einen Moment später entdeckte Aster ein Stück voraus die unverkennbare Silhouette einer Stadt – die seltsamerweise in tiefer Dunkelheit lag. Keine Lichter, keine Laute, keine Lebenszeichen.

»Eine Geisterstadt«, beantwortete Mallow Asters unausgesprochene Frage.

»Was sollen wir in einer Geisterstadt?«, fragte Aster gereizt. Manche Städte starben einfach, sobald die Minen, von denen sie lebten, erschöpft waren, und es blieben nichts als verlassene Gebäude und verlorene Relikte zurück, die immer noch in ihnen hausten. Eine Arztpraxis würden sie hier draußen bestimmt nicht finden.

»Vielleicht haben sich Zees Leute hier niedergelassen?«, mutmaßte Mallow.

Nun, sollten sie das getan haben, dann waren sie Narren. Geisterstädte hatten keinen guten Ruf. Leute verschwanden, wurden wahnsinnig, starben unter rätselhaften Umständen und wurden selbst zu Geistern.

»Das gefällt mir nicht«, murmelte Aster.

Sie ritten in den Ort hinein, passierten eine eingestürzte Stadtmauer, und ihr Hufschlag hallte durch die verlassenen Pflasterstraßen. Trockengras wuchs in wirren Büscheln aus dem zerbröselnden Mörtel. Die Leine an einem Flaggenmast klimperte leise im Wind. Ein Dutzend Staubstürme hatte auf sämtlichen Oberflächen eine Schicht aus Schmutz zurückgelassen so dick wie Schnee, und alle Häuser, die sie passierten, wiesen zerbrochene Fenster, ein eingestürztes Dach oder eine aus den Angeln gerissene Tür auf, die an einen ausgeschlagenen Zahn erinnerte.

Niemand sprach, beinahe als fürchteten sie alle sich davor, die

Stille zu brechen. Bald ließen sie den Teil der Stadt hinter sich, in dem die Hellblütigen residiert hatten, und kamen zu dem abseitsgelegenen Minenlager, in dem die Staubblütigen in Hütten gelebt hatten, die sich mehr oder weniger übereinanderstapelten. Etwas, das aussah wie Bodennebel, kroch zwischen ihnen umher.

Relikte. Aster konnte ihre verschwommenen menschlichen Umrisse gerade noch aus den Augenwinkeln sehen. Eine alte Frau fegte ihre Veranda. Ein Kind lief immer wieder und wieder hinter einem Ball her. Aster bekam eine Gänsehaut. Viele Menschen hatten hier einen vorzeitigen Tod gefunden, zu früh, um ein erfülltes Leben hinter sich zu haben. Und genauso viele waren vermutlich voller Zorn gestorben.

Was bedeutete, dass es hier auch Rächer geben musste.

Als hätte die letzte Begegnung nicht gereicht.

Schluss damit, dachte sie, gab ihrem Pferd die Sporen und rückte zu Zee auf. Er hatte angehalten, um sich etwas anzusehen, das in die Rinde eines Baums geschnitzt worden war: eine Art Symbol, das einem Skorpion ähnelte.

Er lächelte, sagte aber nichts.

»Zee«, herrschte Aster ihn an. »Was zur Hölle machen wir hier?«

»Und ist es noch weit?«, fügte Tansy hinzu. »Mal braucht wirklich Ruhe.«

»Wir reiten auf jeden Fall noch ein Stück weiter, denn wenn ihr euch einbildet, ich würde die Nacht *hier* verbringen, dann habe ich Neuigkeiten für euch«, bemerkte Violet.

»Nicht hier«, sagte Zee und drehte sich immer noch lächelnd zu ihnen um. Dann zeigte er voraus auf einen gewundenen Lehmpfad, der direkt zu dem kohlrabenschwarzen Eingang der verlassenen Mine führte.

»Dort.«

KAPITEL VIERZEHN

Hast du deinen verdammten Verstand verloren?«, fauchte Violet Zee an.

»Was denn? Habt ihr nicht die erste Nacht eurer Flucht auch in einer alten Mine verbracht?«

»Kaum«, korrigierte Aster. »Wir sind nicht tiefer hineingegangen, sondern am Eingang geblieben. Das Einzige, das noch schlimmer war, als eine Nacht in der Geisterstadt zu verbringen, war, dies unterirdisch zu tun.«

»Vertraut mir einfach«, sagte Zee und dirigierte sein Pferd den Pfad zur Mine hinunter. Ihnen blieb keine andere Wahl, als ihm zu folgen.

»Ich bringe ihn um«, murmelte Aster Mallow zu.

»Gut, ich halte ihn fest, und du schlägst zu«, erbot die sich mit matter Stimme.

Am Mineneingang hielt Zee inne. Dort, im Fachwerk, prangte das gleiche geschnitzte Symbol. Zee glitt aus dem Sattel.

»Also gut, Freunde, von hier aus müssen wir zu Fuß weiter«, sagte er. »Lasst die Pferde hier. Unsere Gastgeber werden jemanden schicken, der sich um sie kümmert.« Er entzündete eine Laterne und hielt sie hoch. Die anderen beeilten sich, ebenfalls abzusteigen, und Tansy und Clementine stützten Mallow, so gut sie eben konnten.

Zee ging in den Tunnel hinein. Auf dem steilen Gefälle wirkten seine Schritte linkisch und unbeholfen. Steine, so groß wie ein Bärenschädel, lagen überall auf dem Boden. Ein behelfsmäßiger Pfad aus Planken führte von einem Ende zum anderen durch den Schutt, aber das Holz war nach Jahren der Vernachlässigung verbogen und morsch. Irgendwo weiter vorn hörte Aster das Tropfen von Wasser und das Rascheln herabrieselnder Erde. Die Geräusche brachten ihre Kopfhaut zum Kribbeln. Die Luft hier unten war kalt und doch drückend wie der feuchte Atem einer untoten Kreatur.

»Wie fühlst du dich?«, fragte Tansy Mallow im Flüsterton.

Mallow befeuchtete sich die Lippen. »Bereit zusammenzubrechen.«

»Ihr solltet vielleicht wissen, dass dieser Schacht ungefähr eine halbe Meile …«, fing Zee an.

»Eine halbe … wie bitte?«

»Verdammt, Zee.«

»Verhobelte Hölle.«

»Idiot.«

Er entschied sich, den Gedanken nicht zu Ende zu bringen. Die Mädchen hörten auf zu reden; es war, als zöge sich jedes von ihnen an einen ganz eigenen Ort der stillen Einkehr zurück. Aster konzentrierte sich auf ihre Atmung, achtete darauf, sie langsam und gleichmäßig zu halten, und rümpfte die Nase über den Grabesgeruch. Die erdrückende Masse an Erde über ihnen war ihr nur allzu bewusst. Inzwischen war der Mineneingang nur noch ein winziger Punkt aus Mondschein, der mit jedem Schritt weiter schwand. Ihr einziger Trost war, dass es hier unten keine Toten zu geben schien – kaum zu glauben bei einer so alten Mine.

Als sie am Ende des Schachts angelangt waren, wurde der

Boden wieder ebener, und sie fanden sich in einer Art zentraler Kammer wieder, von der diverse Tunnel abzweigten. Zee hielt die Laterne hoch …

»MACHT KEHRT, FREMDE«, donnerte eine Männerstimme aus der Finsternis. Eine Ansammlung von Helmlampen schwebte vor ihnen in der Dunkelheit, aber Aster konnte die Gesichter darunter nicht erkennen. »IHR STEHT AUF SECHS KLEINEN FÄSSERN SPRENGPULVER. EINEN SCHRITT WEITER, UND WIR SCHICKEN EUCH ALLE ZUR HÖLLE.«

Erschrocken sah Aster auf ihre Füße. Und tatsächlich, der Boden unter ihren Füßen war frisch umgeschichtet, als wäre dort etwas vergraben worden, und eine Zündschnur schlängelte sich aus der Erde in die Finsternis. Instinktiv tat sie einen Schritt zurück, zwang sich aber gleich darauf, stehen zu bleiben. Panik machte sich flatternd in ihrem Bauch bemerkbar, und sie erdolchte Zee mit ihren Blicken.

Wo zur Hölle hast du uns reingeritten?

Zee reckte ergeben die Hände hoch. »Immer mit der Ruhe«, sagte er mit klarer, ruhiger Stimme. »Mein Name ist Ezekiel Greene – Zee. Ich bin ein Freund von Sam Daniels. Ich habe dieser Gruppe bei der Flucht nach Northrock geholfen, als wir von Rächern angegriffen worden sind. Eine von uns ist schwer verletzt und braucht dringend medizinische Versorgung.«

»WIE LAUTET DIE PAROLE?«

Zee runzelte die Stirn. »Seit wann habt ihr bloß alle eine Parole?«

»SEIT JEDER DRECKSKERL MIT SEINEM HUND HINTER UNS HER IST, WEIL ER SICH DAS KOPFGELD SICHERN WILL. IHR HABT FÜNF SEKUNDEN, UM ZU VERSCHWINDEN …«

»Moment!«, rief Zee. »Ist das hier das Basislager der Skorpione oder nicht? Und bietet ihr eine Zuflucht für Leute, die vor der Zeche davongelaufen sind oder nicht? Ich kenne euren Kodex. Ich war an dem Tag dabei, an dem Sam geschworen hat, ihn zu wahren. Und ihr werdet niemanden finden, der eure Gastfreundschaft mehr verdient hätte als diese Frauen.«

Die Skorpione? Diesen Namen hatte Aster noch nie gehört. Sie hatte überhaupt noch nie von *irgendjemandem* gehört, der sich gegen das Gesetz der Landesherren erhoben und überlebt hätte. Wer waren diese Leute? Wo waren sie an dem Tag gewesen, an dem Clem und sie entführt worden waren? Sie verlagerte ihr Gewicht, versuchte angestrengt, die Gesichter der Fremden zu erkennen.

Kurz herrschte Schweigen. Dann: »ES TUT MIR LEID, ABER WIR KÖNNEN EINFACH NIEMANDEN HEREINLASSEN, DER NICHT VON UNSEREN EIGENEN LEUTEN HERGEFÜHRT WURDE.«

»Wenn ihr uns abweist, verurteilt ihr eine Unschuldige zum Sterben.«

»UNSCHULDIGE STERBEN JEDEN TAG.«

»Nein, heute nicht!«, brüllte Aster plötzlich. Mallow verlor das Bewusstsein und sackte gegen Clementine. Ihre Wundnaht war aufgeplatzt, und sie verlor erneut Blut. Viel Blut. »Hört auf, euch im Dunkeln zu verstecken! Zeigt euch! Kommt und seht meiner Freundin in die Augen, wenn ihr sie abweist.«

Wieder kehrte Stille ein. Gleich darauf bewegte sich eine der Lampen auf sie zu, und die anderen folgten ihr. Schritte hallten mit militärischer Präzision durch die Kammer. Aster schluckte, sah Clementine an, die ihren Blick aus furchtgeweiteten Augen erwiderte. Zees Lippen bildeten eine harte, schmale Linie.

Die Fremden traten in den Lichtkegel der Laterne.

Ein halbes Dutzend derber junger Burschen, alle etwa in Asters Alter oder ein bisschen älter. Wie die Mädchen im Welcome House waren sie Staubblütige, deren Familien aus der ganzen Welt nach Arketta gebracht worden waren, und sie alle wirkten recht abgehalftert, was sich nicht nur auf ihre zerschlissene Kleidung bezog. Sie hantierten mit Spitzhacken und Pistolen, Gewehren und Messern. Die Jungs im Hintergrund hatten sich die Gesichter geschwärzt, um besser mit der Dunkelheit zu verschmelzen, aber das Gesicht des Anführers war sauber – halb rostbraune Haut, halb ledrige rote Brandnarbe.

In den Händen hielt er eine Büchse mit langem Lauf.

»Ich will das Ding nicht benutzen müssen«, warnte er.

Dann stieß ihm plötzlich einer seiner Kumpanen den Ellbogen in die Seite.

»Das sind die Good Luck Girls von den Plakaten, Cutter«, flüsterte er. »Die, die McClennon umgebracht haben. Siehst du ihre Kokarden?«

Cutter ging erkennbar ein Licht auf. Aster spannte die Muskeln, bereitete sich innerlich auf Ärger vor. Ein langer angespannter Moment zog dahin. Dann fing Cutter langsam an zu lächeln, ließ die Waffe sinken und winkte seinen Leuten zu, seinem Beispiel zu folgen.

»Meine Damen – mein Herr –, ich leiste aufrichtig Abbitte«, sagte er und senkte den Kopf zu einer angedeuteten Verbeugung. »Im Namen der Skorpione heiße ich euch im Lager Red Claw willkommen. Es ist uns eine Ehre, euch zu Gast zu haben.«

Schienen verliefen über den gesamten Haupttunnel, und auf ihnen fuhr ein Förderwagen, der für den Transport von Menschen umgebaut worden war. Sie passten nicht alle auf einmal hinein, also wurden Tansy und Mallow als Erste mitgenommen, damit sie rasch ins Lazarett gebracht werden konnten. Bald darauf kehrte Cutter zurück, um den Rest der Gruppe zu holen. Er packte den Hebel, mit dessen Hilfe der Wagen in Fahrt gebracht wurde, bewegte ihn kraftvoll auf und ab, auf und ab und beförderte sie langsam über die Schienen. Ein kalter Luftzug fegte durch Asters Ärmel, als sie mehr Fahrt aufnahmen, und sie kam nicht umhin, sich einzugestehen, dass es eine Erleichterung war, für eine Nacht jemand anders die Verantwortung für ihr Wohlergehen zu überlassen.

»Ich bitte nochmals um Entschuldigung wegen des Missverständnisses«, rief Cutter über das *Klickklack* der Räder hinweg. Zottiges schwarzes Haar fiel ihm auf die Schultern, und nun, da er nicht länger so auf der Hut war, leuchteten seine braunen Augen, als wartete in seiner Kehle ein gutmütiges Lachen darauf, freigelassen zu werden. »Wir selbst benutzen diesen Minenschacht nicht mehr, darum wussten wir, als wir dort jemanden herunterkommen hörten, dass wir es mit Eindringlingen zu tun hatten. Früher waren das meist nur neugierige Leute von der Sorte, die gern in alten Geisterstädten stöbert, statt sich fernzuhalten, wie ihre Mütter es sie gelehrt haben. Aber in letzter Zeit sind auch Raubvögel dabei gewesen, und oben im Norden haben sie es mit Spionen zu tun bekommen, die versucht haben, sich als Läufer auszugeben. Gerade vor zwei Wochen ist das Lager Blueback von innen angegriffen worden.«

»Läufer?«, fragte Violet, der die Wendung der Ereignisse dieser Nacht offenbar zu schaffen machte.

Cutter neigte den Kopf zur Seite. Das war eine Frage, die ein Staubblütiger nicht hätte stellen müssen. Aber Violet war keine Staubblütige.

»Ja, du weißt schon, Ausreißer. Leute, die versuchen, der

Zeche zu entkommen, und untertauchen. Sie rotten sich überall im Grind in versteckten Lagern wie diesem zusammen. Aber natürlich bleiben sie nicht immer verborgen – gerade letzten Monat ist ein Lager westlich von Briarford aufgeflogen, und alle wurden getötet. Aber das ist das Beste, was wir tun können, bis …« Cutters Augen blitzten auf.

»Bis was?«, hakte Violet nach.

Zee und Cutter wechselten einen Blick. Zee nickte. »Du kannst ihnen vertrauen.«

»Bis wir damit fertig sind, die Minen unterirdisch miteinander zu verbinden, damit wir die Leute aus Arketta rausholen und nach Ferron bringen können, wo es die Staubblutschuld nicht gibt«, beendete Cutter den Satz. »Kein Weg in der gesamten Hölle führt über die Grenze, so schwer bewacht, wie die ist, also gehen wir unter ihr hindurch.«

Aster starrte ihn an, wollte sich vergewissern, dass Cutter nicht scherzte. Ihr fielen die Geschichten ein, die sie in ihrer Kindheit gehört hatte – darüber, dass man den ganzen Grind durch die Minen bereisen konnte, wenn man den Weg kannte.

Vielleicht waren das doch nicht nur Geschichten.

So wie Lady Ghost?, überlegte sie.

Aber nein, das war etwas anderes. Nichts am Bau dieser unterirdischen Lager erforderte widernatürliche Kräfte. Doch einen Fluch wie den der Kokarde aufzuheben …

Nein, es war etwas anderes.

»Also sind die Läufer Leute auf der Flucht, und die Skorpione sind Leute, die ihnen eine Zuflucht verschaffen?«, fragte Violet kopfschüttelnd. »Und euer Ziel ist es, eines Tages dazu beizutragen, sie ganz aus dem Land zu schmuggeln, damit sie sich nie vor dem Gesetz verantworten müssen?«

Entweder, Cutter nahm den missbilligenden Ton in ihrer

Stimme gar nicht wahr, oder er kümmerte ihn nicht. »Verdammt richtig!«, sagte er mit einem Grinsen, so scharf wie ein Messer. »Was bedeutet, dass auch wir steckbrieflich gesucht werden. Darum nennen wir uns die Skorpione – wir müssen im Untergrund leben und können nur bei Nacht herauskommen. Aber wir sind immer noch gefährlich für jeden, der dumm genug ist, sich uns in den Weg zu stellen.«

Der Förderwagen wurde langsamer, als er sich dem Ende des Tunnels näherte, das vor ihnen in einem warmen gelben Lichtschein leuchtete. Cutter brachte ihn sanft zum Stehen und sprang über die Seitenwand hinaus, ehe er Aster und den anderen die Hand reichte, um ihnen beim Rausklettern zu helfen. Asters Magen drehte sich um, als er sie berührte, obwohl sie wusste, dass er es nur gut meinte.

»Ich habe jemanden vorausgeschickt, um Kommandant Daniels zu informieren, dass die Lage unter Kontrolle ist«, fuhr Cutter fort. »Er wird gleich morgen früh mit euch reden wollen, aber vorerst sollten wir euch einfach allesamt in eure Betten schaffen. Ich weiß, ihr habt eine harte Nacht hinter euch.«

Den Toten sei Dank. Sie waren erschöpft, und Aster wünschte sich nichts mehr, als diese endlose Nacht endlich hinter sich zu lassen.

Aber dann verließen sie den Tunnel, und plötzlich war sie wieder hellwach. Aster hatte angenommen, das Lager bestehe aus nicht mehr als einer Reihe von Pritschen, die einen oder zwei alte Lagerräume belegten. Nach dem, was sie über Minen wusste, waren sie elendig beengt, und die vergangenen Minuten hatten diese Überzeugung bisher nur verfestigt.

Nun jedoch betraten sie eine unterirdische Stadt.

Eine enorme Höhle erstreckte sich vor ihnen, vielleicht tausend Fuß lang und hundert hoch. Zwar war die Decke voller

Stalaktiten, von denen einige groß genug waren, um ein Höllenpferd aufzuspießen, doch der Boden war freigeräumt und geglättet worden. Wackelige Holzbaracken säumten den äußeren Rand, während in der Mitte ein größeres Gebäude aufragte: die Versammlungshalle, wie Cutter erklärte, der Ort, an dem sie sich zu den Mahlzeiten einfanden und ihre Anweisungen entgegennahmen. Außerdem zeigte er ihnen die Ställe, in die ihre Pferde gebracht wurden, das Lazarett, in dem Mallow versorgt wurde, und den unterirdischen See, aus dem alle ihr Wasser schöpften. Grubenlampen hingen an und zwischen den Gebäuden und vertrieben die Schatten. Und auf dem Stadtplatz, von begabter Hand gemeißelt, befand sich die Skulptur eines Rotscheren-Riesenskorpions aus theomitgeädertem Stein.

So also halten sie die Rächer fern.

Ganz ähnlich, wie die Leute draußen diese plumpen Eisenwächter vor ihre Häuser stellten, nur dass diese Skulptur viel schöner und machtvoller war.

»Beim *Schleier*, wenn ihr das auf den Markt bringen würdet, könntet ihr alle so reich wie Könige sein!«, murmelte Clementine, die Augen vor Staunen weit aufgerissen.

»Mag sein, aber wir wären tote Könige, denn das ist das Einzige, das uns vor den Geistern hier unten schützt«, sagte Cutter mit einem leisen Lachen, als er sie über die schmalen Gehsteige führte. »Die meisten von uns waren Minenarbeiter, also wissen wir, wie wir Theomitadern finden können, sogar in den Minen, die aufgegeben wurden. Aber irgendwie ist es doch nie genug.«

»Sind alle Skorpionlager so groß wie dieses?«, fragte Aster.

Er schüttelte den Kopf. »Dieses ist tatsächlich eines der größten – vier Dutzend Seelen leben hier unten. Wir hatten

Glück, dieses Höhlensystem so nahe an den aufgegebenen Stollen zu finden. Die meisten anderen Lager sind viel kleiner und können nicht mehr als eine oder zwei Familien auf einmal beherbergen.«

Vor einem Haus mit einem Loch im Dach blieb Cutter stehen, fummelte am Türknauf herum und ließ sie hinein. Das Innere war spärlich möbliert: sechs Etagenbetten und ein Tisch mit einer Lampe. Ihre Satteltaschen und der Rest ihrer Sachen waren schon für sie bereitgelegt worden.

»Die Familie, die hier gewohnt hat, ist gerade letzte Woche weitergezogen zum Lager White Eye. Tut mir leid wegen des Dachs. Das wollte ich eigentlich längst reparieren lassen.«

Nach zwei Wochen unter freiem Himmel wirkte diese Unterkunft geradezu luxuriös.

»Es ist perfekt«, sagte Aster und spürte, wie die Erschöpfung zurückkehrte.

»Danke, Bruder«, pflichtete Zee ihr bei.

Cutter grinste. »Wenn ihr sonst noch was braucht, ich bin gleich nebenan.« Er deutete auf ein Haus, vor dem eine Flagge hing – ein schwarzer Kreis mit neun Speichen auf blauem Stoff, das Banner der Neun. Diese Flagge allein wäre draußen Grund genug, ihn exekutieren zu lassen.

Hier unten lief das Leben wirklich anders ab.

»Wir sehen uns dann morgen«, sagte Cutter und ließ sie allein.

Aster atmete tief durch, und Clementine schlang die Arme um sie, offenbar zu erleichtert, um es in Worte zu fassen. Einen Herzschlag später ließ Clem sie wieder los. »Meinst du, sie können Mallow helfen?«, fragte sie.

»Ich traue ihnen zu, dass sie besser für sie sorgen können als jeder andere«, entgegnete Aster zurückhaltend. Sie teilte die Sorge ihrer Schwester, wollte sich das aber nicht anmerken lassen.

»Mal ist zäh. Sie schafft das«, versprach Zee und nahm seinen Hut ab, um zu Bett zu gehen. »Und die haben hier schon Schlimmeres gesehen, das könnt ihr mir glauben.«

Aster verschränkte die Arme vor der Brust. »Na los, sag es nur. Red es dir von der Seele.«

»Was?«, fragte er mit Unschuldsmiene.

»Dass du recht damit hattest, uns hierherzuführen – woran ich offensichtlich Zweifel hatte.«

»Die habe *ich* immer noch«, warf Violet ein. Sie war auf eines der oberen Betten geklettert und kauerte in der Ecke, die Knie an die Brust gezogen. Ihr Schatten hing beinahe beschützend über ihrer Schulter. »Wir hatten keine andere Wahl, als das Gesetz zu brechen. Diese Leute hier … die haben ihr ganzes Leben darauf aufgebaut.«

»Diese Leute haben dich gerade in ihrem Zuhause willkommen geheißen«, ermahnte Aster sie.

»Beinahe hätten sie uns in die Luft gesprengt.«

»Und? Wer wollte uns denn bisher nicht umbringen? Ich finde, die haben sich bewundernswert zurückgehalten.«

Violet schnaubte, legte sich hin und wandte ihnen die Kehrseite zu. Aster und Zee grinsten einander an.

»Wie auch immer, ich meine es ernst. Danke, Zee«, sagte Aster. »Du hast uns das Leben gerettet. Wieder mal.«

Die anderen suchten sich eine Koje und machten es sich zur Nacht bequem. Es war schon so lange her, seit Aster das letzte Mal in einem Bett geschlafen hatte, dass die Matratze ihr einen regelrechten Schrecken einjagte, obwohl sie klumpig war und das Heu sie stach. Verglichen mit den Wäldern war auch die Stille enorm. Keine Grillen, keine Ochsenfrösche, kein Wind in den Bäumen. Von den Schreien der Rächer war nur ein fernes Murmeln geblieben. Die Dunkelheit war völlig frei von Sternen, und als sie durch das Loch im Dach blickte, schien es ihr, als sähe sie den Schleier vor sich.

Vielleicht fühlt es sich ja so an, wenn man tot und begraben ist, sinnierte sie.

Der Gedanke hätte Aster ängstigen sollen, stattdessen empfand sie plötzlich ein überwältigendes Gefühl des Friedens; hier war sie außer Reichweite der Lebenden. Hier konnten sie ihr nichts mehr antun. Sie schlief so tief und fest, wie sie es seit Jahren nicht getan hatte.

KAPITEL FÜNFZEHN

Viel zu schnell wurde es Morgen. Zwar gab es keinen Sonnenaufgang, der sie hätte wecken können, doch das Läuten einer Frühstücksglocke hallte laut genug durch das Lager, dass Aster aus dem Schlaf hochschrak. Abrupt richtete sie sich auf und blinzelte in das Licht der Lampe. Die Betten von Mallow und Tansy waren immer noch unbenutzt – sie mussten die Nacht im Lazarett verbracht haben. Asters Magen verkrampfte sich vor Angst.

Zee war bereits auf und gerade dabei, in seine Stiefel zu schlüpfen. »Cutter war gerade hier und hat gesagt, dass Sam uns in der Versammlungshalle erwartet, zusammen mit Tansy und Mallow. Ich will sie nicht warten lassen.«

Oh, den Toten sei Dank! Mallow hatte es also geschafft. Wäre sie gestorben, so wäre Aster dafür verantwortlich gewesen, das spürte sie mit bedrückender Klarheit. Die anderen betrachteten sie als die Anführerin, und sie hatte ihrer aller Leben in Gefahr gebracht, indem sie die Gruppe zu dem Banküberfall genötigt hatte. Selbst wenn sie keine Schuld daran hatte, dass Zee entdeckt worden war, blieb die hässliche Wahrheit bestehen, dass sie leichtfertig geworden war. Sie hatte das, was am wichtigsten war, aus den Augen verloren.

Die Sicherheit ihrer Schwester und der anderen.

Sie schluckte. »Gut, dann beeilen wir uns wohl besser.«

Nun ging es im Lager lebhafter zu als bei ihrer Ankunft in den frühen Morgenstunden. Die meisten Läufer schienen junge Männer wie Cutter zu sein, aber sie sah auch ein paar Familien: Kinder, die einander durch die schmalen Gänge jagten oder an den Händen ihrer Mütter zerrten. Ein alter Mann saß auf einem Hocker vor seinem Haus und flickte ein Loch in seinem Hut. Drei kleine Mädchen spielten Seilspringen mit einem alten, modrigen Strick. Das alles erinnerte Aster an das heruntergekommene Minenlager, in dem sie aufgewachsen war, aber etwas an diesem Ort war auf subtile Weise anders, fast als wären die Wolken, die die Sonne verdeckt hatten, fortgeweht worden. Die Menschen hier hatten eine aufrechtere Haltung, lachten lauter und stellten Blickkontakt zu denen her, die ihnen begegneten.

Sie haben keine Angst, dachte Aster erst, aber dann begriff sie, dass das nicht ganz richtig war. Sie hatten immer noch genug zu fürchten, das hatte Cutter letzte Nacht mehr als deutlich gemacht. Aber sie *schämten* sich nicht. Hier gab es niemanden, der auf sie herabsah, niemanden, dem gegenüber sie sich beweisen mussten. Aster war überzeugt, dass alle Staubblütigen so ausgesehen hatten, bevor man ihnen die Schatten genommen hatte – bevor sie überhaupt Staubblütige genannt worden waren.

Zee fummelte an seinen Ärmelaufschlägen herum, während sie sich der Versammlungshalle näherten, krempelte er sie hoch und wieder runter.

»Was ist los?«, fragte Clem.

»Ich bin nur nervös, das ist alles. Ich habe Sam seit einer Ewigkeit nicht gesehen. Was, wenn wir uns kaum noch wiedererkennen?«

»Wie seid ihr euch überhaupt begegnet?«, erkundigte sich Aster.

»Das erste Mal sind wir uns vor fünf Jahren in der Gegend von Black Valley über den Weg gelaufen. Er war auf dem Rückweg von einem Jagdausflug zu einem der Lager beim Erklimmen einer Felswand abgerutscht und hatte sich das Bein gebrochen. Ich begreife immer noch nicht, wie er einen so tiefen Sturz hat überleben können – und vielleicht hätte er es auch nicht geschafft, wären wir nicht des Weges gekommen und hätten ihm geholfen, wer weiß. Aber seither eilt ihm der Ruf nach, er sei zu stur zum Sterben.«

Aster war völlig egal, wie Sam den Sturz hatte überleben können. Sie machte sich vielmehr Gedanken über die Zeitangabe.

Vor fünf Jahren?

Zee hatte ihnen erzählt, er sei erst seit zwei Jahren Wegemann. Er hatte behauptet, er habe diese Arbeit aufgenommen, nachdem seine Eltern gestorben seien, weil er seine Schwestern habe versorgen müssen.

»Was hast du draußen im Black Valley gemacht?«, hakte sie nach und bemühte sich, trotz des Unbehagens in ihren Eingeweiden in einem beiläufigen Ton zu sprechen.

Da konnte er erst zwölf oder dreizehn gewesen sein. War er allein gewesen? In Begleitung seines Vaters? Was hatte ein Zocker mit seinem Sohn mitten im Wald zu suchen?

Aber ehe Zee antworten konnte, stürzte Sam Daniels persönlich zur Tür heraus.

Aster wusste sofort, dass er es sein musste, obwohl sie einander noch nicht vorgestellt worden waren. Er bewegte sich mit dem Selbstvertrauen eines Menschen, der sich in der Rolle des Anführers wohlfühlte. Er war groß, dunkelhäutig und trug im Gegensatz zu den anderen Skorpionen elegante Kleidung: eine schwarze Weste über einem schwarzen Hemd, dazu einen schwarzen Zockerhut – der einzige Farbtupfer war die rote Krawatte. Seine Nase sah aus, als wäre sie mehr als einmal gebrochen worden, und sein Lächeln war ähnlich schief. Eine goldplattierte Faustfeuerwaffe hing an seiner Hüfte. Er konnte nicht älter als neunzehn oder zwanzig sein, aber er hatte die Augen eines Menschen, der mindestens dreimal so alt war.

Dann sah er Zee, lächelte und verwandelte sich wieder in einen Jungen.

»Verhobelte Hölle, wie ich mich freue, deine hässliche Visage zu sehen«, sagte Sam. Zee grinste seinerseits, und die beiden nahmen einander in die Arme und klopften sich gegenseitig auf den Rücken.

»Ist viel zu lange her, Bruder«, entgegnete Zee.

»Du musst mir alles erzählen«, bat Sam. »Aber zuerst essen wir. Kommt mit.« Er machte kehrt und winkte ihnen zu, ihm zu folgen.

Das Innere der Halle war voller langer Tische, an denen sich junge Männer über ihre Teller mit Brot und Bohnen beugten. Für einen Moment wurde Aster von der gleichen Panik ergriffen, die sie schon im Saloon in Scarcliff überwältigt hatte – trockener Mund, feuchte Handflächen und versteinerter Magen. Hier waren sie in der Unterzahl, umgeben von Männern, ausgeliefert. Aber anders als in Scarcliff war sie nun imstande, sich zu beruhigen, sich Mut zu machen: Diese Männer waren keine Aufschneider, keine Raubvögel und auch keine Gesetzeshüter. Sie waren Verbündete. Sie hatten sie aufgenommen.

Aster sammelte sich, während sie sich einen Weg zum Serviertisch auf der anderen Seite des Raums bahnten. Hinter dem Tisch stand ein stämmiger, verkniffen guckender Junge, der aussah, als könnte er Sams Bruder sein. Sams Haar war kurz, aber dieser Bursche war so kahl wie ein Türknauf, und seine blanke braune Kopfhaut glänzte im Lampenschein. An diesem Ort war er der erste Mensch, der auf Aster einen ernsthaft unglücklichen Eindruck machte, einen zornigen sogar. *Was für ein Problem hat er?*, überlegte sie. Derweil starrte der Junge finster die kurze Schlange von Leuten an, die darauf warteten, dass er ihnen Essen auf den Teller lud.

Und am Ende dieser Schlange …

»Mal!«, kreischte Clementine, rannte los und schlang die Arme um Mallow. Die lächelte müde und erwiderte die Umarmung. Mallow bewegte sich steif und erkennbar gepeinigt, aber davon abgesehen, schien es ihr erheblich besser zu gehen. Und Tansy auch. Sie ließ Mallow nicht aus den Augen, als fürchtete sie, ihre Freundin könnte einfach verschwinden, und dabei malte sich immer wieder ein ungezügeltes Grinsen auf ihrem Gesicht ab.

»Danke für alles«, sagte Aster zu Sam, und der Druck auf ihrer Brust löste sich endlich.

Sam zuckte mit den Schultern. »Die Arbeit ist Belohnung genug«, sagte er. »Ich habe uns hier einen Tisch reserviert. Holt euch einen Teller mit Essen und kommt zu mir, wenn ihr so weit seid.«

Aster, Violet und Zee gesellten sich zu den anderen in der Schlange. Hunger nagte in Asters Bauch. Sie hielt dem ernsten Jungen ihren Zinnteller hin, woraufhin der wortlos einen Löffel Bohnen draufklatschte. Dann jedoch sah er Zee, und seine Augen fingen an zu leuchten.

»Schön, dich wiederzusehen, Greene«, sagte er mit überraschend sanfter Stimme. »Wir haben alle gedacht, du seist tot.«

»Tja, nun, so leicht werdet ihr mich nicht los«, entgegnete Zee. Eine leichte Röte schlich sich in seine Wangen, und Aster mutmaßte, dass er so viel Aufmerksamkeit nicht gewohnt war.

»Was führt dich her?«

»Ich helfe nur diesen Leutchen hier, nach Northrock zu gelangen«, antwortete Zee und deutete auf die Mädchen. »Meine Damen, das ist Sams Bruder Elijah.«

»Eli«, korrigierte der Junge, der nun wieder so ernst wie zuvor aussah, aber seine Stimme klang immer noch weich. »Ihr könnt mich Eli nennen.«

Als alle versorgt waren, setzten sie sich zu Sam, der damit beschäftigt war, etwas in eine Art Tagebuch einzutragen. Er schlug es zu und breitete die Arme aus, um sie willkommen zu heißen. An seiner linken Hand fehlten die letzten beiden Finger.

»Willst du nichts essen?«, fragte Zee.

»Ich glaube nicht an Frühstück. Eine Tasse kaltes Wasser reicht mir. Macht einen klaren Kopf.«

»Ich hatte vergessen, wie mäkelig du in Sachen Essen bist.«

Sam gab sich empört, lachte aber. »Du beleidigst mich in meinem eigenen Zuhause? Du hast wohl vergessen, wie viele Geschichten ich über dich erzählen könnte, Greene.«

Obwohl Sam ihn ganz offensichtlich nur auf den Arm nahm, flackerte für einen Moment echte Angst in Zees Gesicht auf. Grinsend zog Clementine eine Braue hoch. »Welche *Art* Geschichten?«

Aber Sam hatte schon abgewinkt. Er hatte etwas unterschwellig Ruheloses an sich. Aster erinnerte er an eine Echse, die über heißen Sand flitzte.

»Also, Bruder, hat der Jäger wahrhaftig seine Beute bekommen? Sag mir, wie es kommt, dass du für die meistgesuchten

Verbrecher arbeitest, die Arketta seit einem halben Jahrhundert gesehen hat.«

Zee, der Jäger? Aster runzelte die Stirn.

Jäger von was?

Zee ging nicht weiter darauf ein, sondern berichtete nur nüchtern, wie sie einander begegnet waren. Aster saß ruhig daneben und überließ das Reden den anderen. Es fiel ihr schwer, die Panik zu zügeln, die in ihrem Inneren nagte wie ein ganzer Heuschreckenschwarm. Wieder fühlte sie sich umzingelt, ausgeliefert. Zee mochte sich unter all diesen jungen Männern wohlfühlen, aber das bedeutete nicht, dass sie das auch tat. Violet verhielt sich ebenfalls äußerst still und stocherte in ihrem Essen herum. Ihre Verdrossenheit von vergangener Nacht schien sich sogar noch verstärkt zu haben.

»Tja, ich freue mich jedenfalls, dass ihr die Zeit gefunden habt, uns zu besuchen«, sagte Sam, als sie endlich zum Ende gekommen waren. »Ich wünschte nur, die Umstände wären angenehmer.«

»Ach, weißt du, ich wäre sowieso hergekommen, um Hallo zu sagen«, entgegnete Zee, der inzwischen viel entspannter wirkte.

Aster klappte den Mund auf, um etwas zu sagen, in der Hoffnung, dass Sam ihnen nun auch seine Geschichte erzählen würde, doch er stand auf und griff nach seinem Tagebuch.

»In einem der Stollen im Süden hat es einen Einsturz gegeben, den wir beseitigen müssen, also werde ich euch nun leider allein lassen. Aber ich bestehe darauf, dass wir den heutigen Abend mit einem Festessen begehen. Ich sage meinem Bruder Bescheid, er soll den guten Schnaps rausholen. Bis dahin ruht euch aus, wascht euch – fühlt euch einfach wie zu Hause.«

Und damit wandte er sich zum Gehen.

Clementine stupste Zee an, kaum dass Sam außer Sicht war. »Ich verstehe nicht, warum du so nervös warst. Die lieben dich hier doch ganz eindeutig.«

»Ja, du hast uns nie erzählt, dass du Freunde hast. Ich dachte doch ernsthaft, wir seien die einzigen«, kommentierte Mallow schnaubend, musste aber gleich wieder husten, und Tansy griff rasch nach ihrer Hand.

»Ruhig, Mallow. Du musst zurück ins Bett.«

»Nur wenn du mitkommst.«

Violet verdrehte die Augen. »Freut euch nicht zu früh. Das sind Stockbetten. Aber ich gehe jetzt wieder zum Haus, falls ihr zwei mir folgen wollt.«

Aster war nicht überrascht, dass Violet sich bis zum Mittagessen verkriechen wollte, und sie war nicht allein. Am Ende beschlossen alle bis auf Aster, zum Haus zurückzukehren. Aster konnte es ihnen nicht verübeln – nur die Toten wussten, wann sie das nächste Mal die Gelegenheit bekämen, sich auszuruhen –, aber sie war auch nicht bereit, es ihnen gleichzutun. Violets Worte rauschten wasserfallartig durch ihren Kopf. *Ich bin es nicht gewohnt, so viel Zeit zum Nachdenken zu haben.*

Man musste in Bewegung bleiben, das war der Trick dabei. Sobald man innehielt, holten die Sorgen einen wieder ein.

Vielleicht sollte sie die Zeit nutzen, um ihren Glimmer zu zählen – sie war begierig herauszufinden, wie viel die Bank ihnen eingebracht hatte. Aber ein Teil von ihr wollte nicht riskieren, dass die Skorpione von dem Glimmer erfuhren. Sam wirkte durchaus redlich, trotzdem kannte sie diese Leute nicht. Nicht gut genug. Jedenfalls noch nicht.

Ich suche mir einfach jemanden, der mir mehr über diesen Ort erzählt, beschloss Aster stattdessen.

Und sollte diese Person ihr auch noch etwas über Zee berichten können, umso besser.

Während die anderen die Versammlungshalle verließen, schweifte Asters Blick zu Sams Bruder Eli, der dabei war, den Serviertisch abzuräumen, nun, da das Frühstück vorüber war. Ein dreckiger Lappen hing über seiner mächtigen Schulter, und jedes Mal, wenn er irgendwo etwas Verschüttetes sah, schrubbte er damit das verschrammte Holz. Als sie einander vorgestellt worden waren, hatte er ihr keinen besonders redseligen Eindruck vermittelt, aber wer sollte mehr über die Skorpione wissen als der Bruder ihres Kommandanten?

Aster machte sich auf den Weg zu ihm.

»Kann ich helfen?«, fragte sie und räusperte sich unbeholfen.

Eli blickte auf. Kniff die Augen zusammen. »Nein.«

»Sam sagt, du bereitest für heute Abend ein Festmahl vor, darum kann ich das kaum glauben.«

»Glaub doch zur Hölle, was immer du willst.« Er stapelte die Teller auf einen Handkarren und schob ihn zur Küchentür. Seine Worte trafen Aster hart, doch der Schmerz verwandelte sich rasch in Zorn. Sie hatte gerade angefangen zu glauben, dieser Ort könnte wirklich eine Zuflucht sein, und schon kam dieser Kerl daher und behandelte sie wie den Dreck unter seinen Stiefeln.

Aster vertrat ihm den Weg und verschränkte die Arme vor der Brust. »Hast du ein Problem mit mir?«

»Nein … ich …« Er wirkte ehrlich überrascht.

»Ich bin nicht diesen weiten Weg gekommen, um von deinesgleichen abgekanzelt zu werden.«

Er reckte die Hände zu einer Geste des Friedens empor. Tiefe Linien zeichneten seine Handflächen. »Ich kanzele niemanden ab. Es tut mir leid, wenn ich … Ich bin nicht wie mein Bruder – ich bin nicht gut darin, mit Leuten zu reden. Darum begrüßt er die Neuankömmlinge, und ich mache nur Essen.«

Aster ließ sich erweichen und gab den Weg frei, folgte ihm aber in die Küche. Er erhob keine Einwände.

»Tja, ich bin auch nicht gerade gut darin, mit Leuten zu reden«, murmelte sie und fühlte, wie sich ihre Wangen erwärmten. »Ich war nur … irgendwie neugierig, schätze ich. Ich habe so oft von den Schlupfwinkeln für Läufer gehört, aber nie gedacht, ich würde je einen zu sehen bekommen. Doch wenn dir nicht nach reden ist …«

»Wann habe ich das gesagt? Hör mal, wenn du wirklich bleiben willst, dann werde ich dich nicht davon abhalten«, sagte Eli. »Willst du Geschirr spülen? Denn dazu habe ich ganz bestimmt keine Lust. Hier.«

Er warf ihr sein Putztuch zu und zeigte auf einen Waschbottich. Halb bereute Aster ihre Sturheit, aber sie nahm an, bei all dem, was die Skorpione für sie taten, konnte sie wohl auch ein bisschen Geschirr spülen.

Einige Minuten lang arbeiteten sie schweigend. Sie spülte, er trocknete ab, und die Stille war angenehm, die Arbeit beruhigend. Eli sah sie nicht an und berührte sie nicht. Er schien nichts von ihr zu erwarten, und das stellte für sie eine unbeschreibliche Erleichterung dar.

»Wie lange lebt ihr, du und Sam, schon hier?«, fragte Aster nach einer Weile. Sinnloses Geplauder mit Männern war sie gewohnt, aber Eli verhielt sich nicht annähernd so wie die Aufschneider im Welcome House. Die liebten es, sich selbst reden zu hören. Eli musste man vermutlich die Würmer aus der Nase ziehen.

Elis Miene wurde noch etwas finsterer. »Wir leben seit etwa

einem Jahr in Red Claw«, sagte er, »aber bei den Skorpionen sind wir schon viel länger. Die haben uns aufgenommen, als wir nur zwei Läuferkinder waren. Sam hing schon bald an der Truppe und hat sich dafür entschieden, sich ihnen anzuschließen. Er hat nicht lange gebraucht, um sich bis zum Kommandanten hochzuarbeiten.«

»Und wer steht über ihm?«

»So funktioniert das nicht. Die Skorpione haben keinen einzelnen Anführer. Jedes Lager hat seinen eigenen Kommandanten, seine eigenen Regeln und seine eigene Art, die Dinge zu regeln. Wir arbeiten zusammen, so gut wir können.«

»Hört sich … schwierig an.«

»Ist es auch«, entgegnete er knapp.

Aster ließ sich nicht beirren. »Also, wenn Sam der Kommandant ist, bist du dann sein Stellvertreter?«

»Cutter ist der Stellvertreter. Ich arbeite nur hier.«

Als sie mit dem Geschirr fertig waren, bedeutete Eli Aster mit einem Nicken, sie möge ihm in die Vorratskammer folgen. Regale säumten die Wände. Es gab die verschiedensten Esswaren, von gesalzenem Fleisch bis hin zu getrockneten Nahrungsmitteln, zu denen auch säckeweise Bohnen zählten – und Fässer voller Wein.

»Hier unten ist es, als würde man in einem riesigen Rübenkeller leben«, erzählte Eli. »Es ist immer kühl und feucht, dadurch bleibt alles frisch. Ich denke, heute Abend machen wir Chilischoteneintopf. Das bedeutet, wir müssen eine Menge Gemüse schneiden.«

»Soll mir recht sein.«

Tatsächlich lief Aster schon bei dem Gedanken das Wasser im Munde zusammen. Sie hatte keine anständige Mahlzeit mehr bekommen, seit sie das Welcome House verlassen hatten.

Eli reichte ihr ein Haarnetz, und Aster stülpte es sich über den Kopf, so gut es ihr eben gelingen wollte, obwohl sie sich furchtbar albern vorkam. Eli lächelte schwach.

»Sonst müsstest du es abrasieren, so wie ich.«

»Wir können ja nicht alle aussehen wie eine Billardkugel.«

Er reichte ihr einen Sack, und sie fingen an, Gemüse einzusammeln: Chilischoten, Zwiebeln, Tomaten, Knoblauch und Süßkartoffeln.

»Wo habt ihr all die Lebensmittel her? Baut ihr die selbst an?«, fragte Aster und zog die Nase kraus, als sie den scharfen Geruch der Zwiebeln wahrnahm.

Er schüttelte den Kopf. »Wir müssen regelmäßig hier raus, um Vorräte von befreundeten Händlern zu kaufen, und wir treiben auch Handel mit den anderen Lagern. In diesen Höhlen ist es unmöglich, irgendetwas anderes als Pilze und Schimmel zu züchten.«

»Gefällt es dir, so zu leben? Hier unten zu leben?«

Eli schwieg so lange, dass Aster schon glaubte, er hätte sie gar nicht gehört. Mit täuschender Leichtigkeit warf er sich den Sack über die Schulter. »Es fühlt sich an, als müsste man so eine Frage mit Ja beantworten«, entgegnete er schließlich. »Es gibt Leute, die würden alles tun, um bei den Skorpionen aufgenommen zu werden. Aber ich bin nicht dafür geschaffen, unter der Erde zu leben. Niemand von uns ist das. Ich vermisse die Sonne. Ich vermisse Wetter. Wind und Regen. Den Geruch der Bäume. Einfach alles.«

»Du fühlst dich, als wärst du schon tot und begraben«, sinnierte Aster und dachte an das unheimliche Gefühl, das sie in der vergangenen Nacht überkommen hatte.

Zum ersten Mal sah Eli sie direkt an. »Genau. Ich hasse es, dass sie uns hier runtergejagt haben. Dass uns nichts anderes bleibt, als in dieser Höhle das Beste zu sehen, was wir uns erhoffen können.«

Wie in Green Creek, dachte Aster plötzlich. Frauen sollten dankbar dafür sein, wenn sie in ein Welcome House verschleppt wurden. Männer sollten dankbar sein, wenn sie in ein Loch im Boden entkommen konnten.

»Willst du versuchen, nach Ferron zu fliehen, wenn es so weit ist?«, fragte Aster. »Wenn die Tunnel fertig sind, meine ich.«

Eli schüttelte den Kopf. »Ich glaube nicht. Mein Bruder sagt, wir schulden es unseren Leuten, zu bleiben und die Landesherren zu bekämpfen. Wir können von Glück reden, dass wir dazu in der Lage sind. Nicht jeder kann das.« Eli seufzte. »Und ich weiß, dass er recht hat. Es ist nur, dass ich mir manchmal einfach wünsche, wir müssten gar nicht kämpfen. Mir ist, als hätte ich vom Tag meiner Geburt an kämpfen müssen. Ich wäre lieber nicht so schnell erwachsen geworden, sondern so groß geworden, wie Kinder es sollten.«

Es war, als hätte er den Gedanken direkt aus Asters Kopf gezogen, einen Gedanken, der ihr gar nicht wirklich bewusst gewesen war. Aber würde sie sich eingestehen, was sie verloren hatte, würde diese Last sie einfach erschlagen.

»Du wünschst dir, du könntest dein Leben noch mal von vorn beginnen«, sagte Aster mehr oder weniger zu sich selbst.

Eli nickte. »Mit einem ganz neuen Körper, den sie nie zerschlagen haben, und einem ganz neuen Geist, der frei ist von all den bösen Erinnerungen, ja. Ganz genau …« Er lachte leise. »Das wünsche ich mir oft.«

Erschüttert folgte sie Eli zurück in die Küche, und sie fingen an, Zwiebeln zu schneiden und die Bohnen einzuweichen. Für einen Moment fühlte sich Aster, als wäre sie wieder ein

Daybreak Girl, das Gemüse putzte und schälte, bis die Haut wund war. Aber natürlich gab es hier keine Raubvögel, die ihr Angst machten und sie zwingen konnten, schneller zu arbeiten. Und sie würde das Essen, das sie zubereitete, tatsächlich auch genießen können.

»Wie steht es mit dir? Was hast du vor?«, fragte Eli nach einer Weile.

Aster zögerte. »Wir wollen versuchen, Lady Ghost zu finden«, antwortete sie dann und widmete sich den Chilischoten. »Das ist diese Frau, die angeblich die Kokarden entfernen kann.« Nun, da sie es laut aussprach, klang es absurd, und sie ertappte sich dabei, vorsorglich in die Defensive zu gehen, ehe Eli sie auslachen konnte. »Eines der Mädchen aus unserer Gruppe, Violet … sie hat irgendwelche Verbindungen zu ihr.«

Eli zog eine Braue hoch. »Wirklich?«

Nun, das war nicht ganz die Wahrheit, aber auch keine richtige Lüge, wie Aster hoffte. »Weißt du irgendwas über Lady Ghost?«, fragte sie.

Eli schüttelte den Kopf. »Nur das Übliche. Als ich klein war, bin ich Frauen begegnet, die zu alt für ihr Welcome House waren und versucht haben, ihre Kokarden loszuwerden. Die meisten wollten sie wegbrennen oder wegschneiden – aber keine hat es geschafft. Sie haben nur Narben im Gesicht zurückbehalten, und die Kokarden haben ihnen schlimmer wehgetan als vorher. Womit ich natürlich nicht sagen will, dass es euch auch so ergehen wird«, fügte er mit einem kurzen Blick in ihre Richtung hinzu. »Ich bin sicher, Lady Ghost weiß, was sie tut.«

»Bestimmt«, murmelte Aster, obwohl sie sich inzwischen wünschte, sie hätte ihn nicht nach ihr gefragt. Wünschte, sie hätte nicht so viel Hoffnung in eine Frau gesteckt, von der sie so wenig wusste. Eine Frau, die es vielleicht gar nicht gab.

Eli würzte die Bohnen. »Wie auch immer, Zee ist ein guter Kerl und kann euch bei der Reise nach Northrock wirklich helfen«, sagte er, offenbar bestrebt, die Stimmung aufzulockern.

»Ja, das ist wahr … Kennst du Zee gut?«, fragte Aster in einem, wie sie hoffte, beiläufigen Ton. Es war vielleicht besser, wenn Eli nicht erfuhr, wie neugierig sie in Bezug auf Zees Vergangenheit war … oder wie sicher sie war, dass er sie in diesem Punkt belogen hatte.

Eli schüttelte den Kopf. »Nicht so gut wie mein Bruder. Ich bleibe meistens für mich allein.«

Verdammt.

»Aber ich habe große Achtung vor ihm«, fuhr Eli fort. »Dass er euch zu Lady Ghost bringt, erinnert mich ein bisschen an das, was wir hoffentlich eines Tages für unsere Leute tun können – sofern es uns gelingt, den Läufern dabei zu helfen, die Grenze zu überqueren.«

In diesem Moment überlagerte eine Idee Asters Enttäuschung.

»Eli … wie wäre es, wenn wir zusammenarbeiten würden?«, fragte sie gedehnt.

»Wie meinst du das?«

»Die Skorpione kämpfen doch darum, den Staubblütigen zu helfen, nicht wahr? Dazu gehören auch die meisten Good Luck Girls. Denen solltet ihr genauso helfen. Und *wir* könnten *euch* helfen. Die Landesherren besuchen die Welcome Houses, und wir kennen sie besser als sie sich selbst. Wir sind mit ihrem Tagesablauf vertraut, ihren Plänen. Stell dir vor …«

Aber Eli schüttelte den Kopf.

»Was?«, verlangte Aster zu erfahren.

»Nichts, tut mir leid. Es ist nur … na ja, du und deine Freundinnen, ihr seid was Besonderes, nachdem ihr McClennons Sohn umgebracht und den Gesetzeshütern die Hölle heißgemacht habt. Hier seid ihr lebende Legenden. Aber bei einigen der Jungs werdet ihr es schwer haben, sie dazu zu bringen, mit irgendwelchen anderen Good Luck Girls zusammenzuarbeiten.«

Aster schäumte innerlich. »Was soll das heißen?«

Offenbar hatte Eli ihren Gesichtsausdruck bemerkt, denn er machte einen Rückzieher. »Vergiss, was ich gesagt habe.«

»Alles, was ich mir jetzt ausdenken kann, ist schlimmer als die Wahrheit.«

Eli antwortete nicht, runzelte nur die Stirn und hackte Knoblauch klein.

Eine böse Ahnung kroch Asters Rücken hinauf und ließ ihr die Nackenhaare zu Berge stehen. »Eli … bin ich hier sicher?«, fragte sie vorsichtig. »Meine Freundinnen, meine Schwester … sind wir in Sicherheit?«

Eli brauchte offenbar einen Moment, um zu begreifen, worauf sie hinauswollte, aber kaum hatte er es verstanden, beeilte er sich, sie zu beruhigen.

»Natürlich«, sagte er, legte das Messer beiseite und sah sie an. »*Immer,* Aster. Mein Bruder würde niemals zulassen, dass jemand euch wehtut. Und ich auch nicht. So läuft das hier nicht. Hier seid ihr in Sicherheit. Immer.«

Sie seufzte halb erleichtert, halb erbittert. »Wovon zur Hölle hast du dann gesprochen? Warum sollten die Skorpione Mädchen wie uns nicht helfen wollen?«

Eli griff wieder zu seinem Messer. »Es ist nur wegen dieses … Grolls, den manche Männer hegen, wenn es um die Good Luck Girls geht. Einer meiner Zimmergenossen beispielsweise, Ian … Als der gehört hat, dass ihr hier seid, hat er mir von den Mädchen erzählt, mit denen er aufgewachsen ist und die in einem

Welcome House gelandet sind. Und seine Worte waren nicht gerade … freundlich.«

»Und? Was hat er gesagt?«

»Das möchte ich lieber nicht wiederholen.«

»Eli, ich habe Dinge gehört, bei denen würden sich sogar deine nicht vorhandenen Haare kräuseln. Behandel mich nicht wie ein Kind. Erzähl schon, was dein Freund gesagt hat.«

Eli blickte auf seine großen Bärentatzenhände. Seine Knöchel waren mit weißen Narben überzogen.

»Er ist nicht mein Freund«, sagte er endlich und presste die Lippen zusammen. »Und was er gesagt hat, war: ›Wir haben uns in den Minen krumm und bucklig geschuftet, aber das war wenigstens eine ehrbare Arbeit. Good Luck Girls verkaufen ihre Seele und teilen das Bett mit dem Landesherrn, nur damit sie in seiner Villa leben und seinen Wein trinken können. Das sind heuchlerische Verräterinnen, die nur bekommen, was sie verdient haben.‹«

Asters Kiefermuskulatur arbeitete, und sie sog mühsam beherrscht Luft zwischen den Zähnen hindurch.

»Und was hast du darauf erwidert?«

Eli zuckte mit den Schultern. »Ich habe ihm gesagt, wenn er vorhat, sich wie ein Idiot aufzuführen, dann kann er die Nacht im Stall verbringen. Soweit ich weiß, ist er noch dort.«

Aster atmete auf.

»Was meinst du, wie viele denken so wie er?«, fragte sie leise.

»Nicht alle«, antwortete er rasch. »Nicht mal die meisten. Aber … genug. Das hasse ich, glaube ich, am meisten an der Zeche. Sie sorgt dafür, dass verzweifelte Menschen sich gegeneinander wenden. Du hast recht – wir müssen einander helfen. Das ist die einzige Möglichkeit.«

Tja, zu schade, denn jetzt habe ich keine Lust mehr, etwas für diese Narren zu tun.

»Die Sache ist die«, fuhr Eli fort, »Männer wie Ian sind nicht das einzige Problem. Es gibt auch noch … spezielle Gründe, warum wir für die Good Luck Girls nichts tun konnten.« Er zögerte. »Es ist schwer genug, Minenarbeitern zu helfen, die aus den Pächterlagern geflüchtet sind, aber Mädchen zu helfen, aus den Welcome Houses zu fliehen … Die sind so gut gesichert wie Militärfestungen. Es ist beinahe unmöglich, da reinzukommen, ganz zu schweigen dort wieder herauszugelangen.«

»Richtig. Ich weiß.«

Für einen Moment schälten sie schweigend Kartoffeln und lauschten dem Brodeln des Wassers im Topf. Genauso fühlte Aster sich – kochend vor Wut. Ihre Kokarde brannte. Wie konnte sich irgendeiner von denen erdreisten, sie als Verräterin einzustufen? Sie hatte nichts von alldem je gewollt. Die hatten keine Ahnung, worüber sie sprachen. *Die* waren die Verräter, weil sie die Menschen im Stich ließen, die ihre Hilfe am nötigsten hatten. Weil sie aufgaben, ohne es überhaupt zu versuchen.

»Du hast ein Recht darauf, wütend zu sein«, sagte Eli nach einer Weile. Inzwischen war er dabei, die Tomaten zu würfeln.

Aster bedachte ihn mit einem langen Seitenblick. »Mir war nicht bewusst, dass ich dafür deine Erlaubnis brauche.«

»So habe ich das nicht gemeint. Es ist nur … Ich bewundere dich dafür. Es ist, wie ich gesagt habe. Alle sagen uns, wir sollen dankbar sein – da ist es schwer, sich Wut zu gestatten, verstehst du?«

Aster kippte ihre Kartoffelschalen in den Komposteimer und überlegte, ob sie ihm eine ehrliche Antwort geben sollte.

»Mir macht das Angst, Eli … wie wütend ich dauernd bin«,

gestand sie schließlich. »Vor gerade mal zwei Tagen haben wir diese Bank in Scarcliff ausgeraubt, und ich war ganz zerfressen von Zorn – auf die Aufschneider, die uns verwünscht haben, die Landesherren, deren Glimmer wir gestohlen haben, und auf die Gesetzeshüter, die versucht haben, uns zu fangen –, so sehr, dass ich nicht mehr klar denken konnte. Ich habe mich danach gesehnt, denen wehzutun, sodass es mich gar nicht mehr gekümmert hat, ob *ich* dabei auch Schaden nehme. Und meine Leichtfertigkeit hätte meine Freundin beinahe das Leben gekostet. Deshalb sind wir hier gelandet.« Sie schüttelte den Kopf, und ihr Magen rebellierte. »Ich glaube nicht, dass die anderen mir die Schuld geben, aber ich tue es. Manchmal denke ich, ich wäre besser dran, wenn mir alles egal wäre.« Unwillkürlich dachte sie an Violet – Violet und ihre kühle, distanzierte Haltung. »Zumindest wäre ich dann vielleicht glücklicher.«

Eli sog Luft zwischen den Zähnen hindurch. »Ich weiß nicht. Manche Dinge berühren einen eben, und so zu tun, als wäre es nicht so, löst das Problem nicht«, entgegnete er nachdenklich. »Aber Wut … Wut treibt einen an, Dinge zu tun. Jedenfalls manchmal. Du musst nur darauf achten, dass du sie nutzt und dich nicht von ihr treiben lässt, denn dann wirst du leichtfertig, dann verletzt du dich selbst und die Leute, die dir wichtig sind. Aber die Wut allein macht einen nicht zu einem schlechten Menschen, denke ich. Sie macht einen nur menschlich.« Als er Aster nun anblickte, hatte sich ein schelmisches Funkeln in seine Augen geschlichen. »Also … ihr habt eine Bank ausgeraubt? Darüber musst du mir alles erzählen.«

Damit entlockte er ihr tatsächlich ein Lächeln, und sie entspannte sich ein wenig.

»Dann fange ich am besten am Anfang an.«

Der Abend senkte sich über das Lager, und Aster läutete die Glocke, um allen Bescheid zu geben, dass das Essen fertig war. Am Ende hatten sie drei Bottiche mit Chilischoteneintopf zubereitet. Dazu gab es Maisbrot und kalte, aus Wurzeln gebraute Limonade. Allmählich füllte sich die Versammlungshalle mit Leuten, die meist zu zweit oder zu dritt eintrafen – Skorpione, Läufer und schließlich Asters eigenes Grüppchen. Inzwischen sahen sie alle deutlich erholter aus, sogar Mallow.

Aster lief zu ihnen, um sie zu begrüßen.

»Aster! Hast du wirklich den ganzen Tag damit verbracht, das Abendessen zuzubereiten? Wie kommt es, dass du dich noch auf den Beinen halten kannst?«, fragte Tansy, deren Augen beim Anblick der Speisen auf dem Serviertisch aufleuchteten.

Aster schaute sich zu Eli um, der bereits hinter dem Tisch Posten bezogen hatte und aussah wie ein Pianist, der im Begriff war, seine Lieblingsmelodie anzustimmen. Sie lächelte. »Ich hatte Hilfe.«

Am Morgen, als alle noch schläfrig gewesen waren oder in Gedanken schon bei dem Tag, der vor ihnen lag, war die Stimmung in der Versammlungshalle recht gedrückt gewesen, aber nun hallten Geplauder und Gelächter durch den Saal. An einem Tisch schlug jemand auf der Gitarre eine packende Melodie an, während eine andere Gruppe ein Trinklied zum Besten gab.

»Ein Glas auf den Reichtum, ein Glas auf die Ehe, ein Glas auf die Lebenden, zwei den Toten zur Ehre!«

Sam Daniels traf ein, als die meisten bereits ihre Plätze eingenommen hatten, und begrüßte im Vorübergehen jeden mit Namen, ehe er sich an dem Tisch niederließ, an dem neben Aster und den anderen auch Cutter und mehrere der jüngeren Skorpione saßen. Als alle versorgt waren, gesellte sich Eli an ihren Tisch. Nachdem sie den ganzen Tag in der Küche zugebracht hatte, war Aster überzeugt gewesen, sie hätte jeglichen Appetit auf die Mahlzeit, die nun vor ihr stand, verloren. Aber schon beim ersten Bissen kehrte der Hunger zurück. Der gehaltvolle rote Eintopf und das frische Maisbrot reichten, damit sich ihr Magen vor bloßer Gier zusammenzog.

Nach dem Essen holte ein Junge namens Lewis ein Kartenspiel hervor. Er hatte eine ebenmäßige goldene Haut und langes schwarzes Haar, das er zu einem Pferdeschwanz gebunden hatte. Als er die Karten austeilte, wanderten seine Mundwinkel aufwärts.

»Komm schon, Lewis, wir können nicht Karten spielen, es sind Damen anwesend«, sagte Cutter.

»Klingt, als hätte da jemand Angst, er könnte gegen ein Mädchen verlieren«, stichelte Clementine.

Cutter verschränkte die Arme vor der Brust. »Sam. Sag ihm, dass ich recht habe.«

Sam ordnete bereits sein Blatt. »Der Verlierer spült heute Abend das Geschirr.«

»Welches Spiel spielt ihr?«, fragte Tansy aufgeregt. Sie alle hatten die Männer im Welcome House im Spielsalon Karten spielen sehen, aber natürlich hatte keine von ihnen je mitmachen dürfen.

Lewis fing an, die Regeln zu erklären. Aster war zu müde, um ihm zu folgen – ihr langer Tag holte sie nun doch endlich ein –, aber sie stimmte zu, noch ein bisschen länger aufzubleiben und Clementine über die Schulter zu blicken.

»Ich kapier das nicht«, klagte Zee, als Lewis mit seiner Erklärung fertig war. »Du musst noch mal von vorn anfangen und es mir so erklären, als wäre ich gerade fünf.«

»Warte, war dein Vater nicht ein Zocker? Wie kommt es, dass du darin so schlecht bist?«, zog Clem ihn auf.

Zee klappte den Mund auf und wieder zu. Offenbar hatte sie ihn so unvorbereitet erwischt, dass er keine Antwort zu bieten hatte. Sam blickte ihn an und zog eine Braue hoch, sagte aber nichts.

»Er … ich habe nie …«, stammelte Zee.

»Du kriegst das schon noch hin, Ezekiel«, sagte Mallow ungeduldig. »Wir wollen nur wissen, worauf wir wetten, denn wir werden verdammt noch mal nichts von unserem Glimmer aufs Spiel setzen.«

»Nein, natürlich nicht«, erwiderte Lewis. »Sagen wir, wir wetten um … Geheimnisse. Der Gewinner jeder Runde darf einem der anderen eine Frage stellen.«

Aster und Violet wechselten einen Blick. Aster gefiel das gar nicht. Sie konnte sich allzu gut vorstellen, welche Fragen ein Haufen junger Männer wohl einigen Good Luck Girls würde stellen wollen.

Aber sie erhob keine Einwände, und als das Spiel seinen Lauf nahm, stellte sie erleichtert fest, dass *diese* jungen Männer vor allem neugierig auf ihre Flucht waren. Anscheinend hatten sie von Reisenden davon gehört oder in den Zeitungen darüber gelesen, wenngleich die Geschichte sich offenbar bei jeder neuen Erzählung verändert hatte.

»Also, wie habt ihr die Postkutsche ausgeraubt?«, fragte einer der Jungs Violet.

»Na ja, wenn man es genau nimmt, war das nur eine Privatkutsche …«

»Habt ihr wirklich einen Aufschneider aufgehängt, weil er euch in die Quere gekommen ist?«, fragte ein anderer Mallow.

»Ja, bloß an den *Füßen,* aber ja, haben wir.«

»Stimmt es, dass man dich *das Messer* nennt?«, wollte ein Dritter von Aster wissen.

Sie gestattete sich ein schwaches Grinsen. »Wenn das so ist, dann ist es mir neu.«

Aster kam zu dem Schluss, dass sie Elis Vorstellung von Freunden ein bisschen mehr Vertrauen hätte entgegenbringen können. Die Jungs waren verträglich und beantworteten freundlich die Fragen der Mädchen über das unterirdische Leben der Skorpione und die Gefahren, denen sie hier ausgesetzt waren. Viel von dem, was sie zu sagen hatten, hatte Aster bereits von Eli erfahren, dennoch war es interessant, andere darüber reden zu hören. Nicht jeder teilte Elis Sehnsucht nach dem Leben über der Erde. Einige hatten hier unten ihr Glück gefunden.

Irgendwann, als die Nacht voranschritt und sie sich miteinander immer wohler fühlten, widmeten sich die Fragen dem Welcome House.

»Also gut, diese Frage geht an ... Tansy. Du bist so still gewesen. Wie bist du in Green Creek gelandet?«, fragte schließlich einer der Jungs.

Sam und Aster bedachten ihn beide mit einem warnenden Blick, doch da ergriff Tansy das Wort.

»Nein, schon gut. Das ist eine Frage, die ich mir selbst auch schon gestellt habe«, sagte sie leise. »Wir hatten keine große Wahl. Meine Mutter ist plötzlich gestorben, und wir haben das Geld gebraucht.«

Mallow nickte und legte ihre Hand auf Tansys. »Meine Leute haben mir erklärt, es wäre meine Verantwortung, und ich wäre verpflichtet, meinen Teil beizutragen. Nein zu sagen, als die Kundschafter zu uns kamen, stand gar nicht zur Debatte. Meine Leute waren froh, dass sie mich ausgewählt hatten.«

Aster und Clementine sahen einander in die Augen. Keine der beiden hatte den anderen ihre Geschichte erzählt. Sie sprachen sogar untereinander kaum darüber – Aster fühlte sich der Familie gegenüber, die sie zurückgelassen hatten, anders als Clementine, und beide schienen nicht erpicht darauf, alte Wunden wieder aufzureißen, indem sie versuchten, die jeweils andere von der eigenen Sichtweise zu überzeugen.

»Unsere Familie hat wirklich geglaubt, dass wir dort besser dran wären«, berichtete Clementine vorsichtig. »Die Kundschafter vom Welcome House … das sind gewiefte Verkäufer. Sie haben versprochen, dass wir nie Hunger würden leiden müssen, dass wir immer die beste medizinische Versorgung im ganzen Land bekämen. Und sie haben auch versprochen, Aster und mich nicht zu trennen. Das hat sich zu gut angehört, um wahr zu sein.«

»Das war es ja auch«, murmelte Aster. Clementine vermisste ihre Familie schmerzlich, das wusste Aster. Sie gab den Landesherren die Schuld für ihr Leid.

Aster jedoch warf all das ihrer Familie vor. Die hätten es besser wissen müssen. Sie hätten sie genug lieben müssen, um sie nicht einfach zu verkaufen. Nie hätte sie ihre eigenen Töchter an ein Welcome House verhökert, ganz gleich, wie verzweifelt die Lage auch wäre. Lieber hätte Aster daheim gehungert, als das Leben zu führen, an welches ihre Familie sie ausgeliefert hatte.

Du bist zu hart zu ihnen, pflegte Clem einzuwenden. *Es ist nicht ihre Schuld, dass es keine guten Alternativen gab.*

Keine guten Alternativen – wie Eli gesagt hatte. Vielleicht hatten sich ihre Eltern in einer Notlage befunden, von der sie gar nichts gewusst hatte. Vielleicht war ihnen das Welcome House *wirklich* wie das kleinere zweier Übel erschienen. Derlei Überlegungen hatten ihr von jeher Unbehagen bereitet.

Trotzdem ist es ein Übel. Wenigstens das hätten sie erkennen müssen.

Sie spielten noch eine Runde, und dieses Mal gewann Eli. Er

blickte Aster an, und es war, als sähe er ihr an, welche Frage ihr auf dem Herzen lag.

»Denkst du manchmal darüber nach, deine Familie zu suchen, jetzt, wo du da raus bist?«, fragte er mit seiner sanften Stimme.

Zumindest in diesem Punkt waren Aster und Clementine sich einig.

»Was würde das nützen? Wir werden im ganzen Land gesucht. Wir würden womöglich ihr Leben aufs Spiel setzen«, sagte Aster. Wie auch immer sie ihrer Familie gegenüber empfand, das wollte sie bestimmt nicht.

»Wenn unsere Kokarden weg sind und wir uns lange Zeit bedeckt gehalten haben, dann könnten wir es vielleicht versuchen, aber vorerst …« Clementine schüttelte nur den Kopf.

Lewis verschränkte die Arme vor der Brust. »Und was ist mit dir, Prinzessin?«, fragte er.

Violet blickte überrascht von ihren Karten auf. »Wer, ich?«

»Wer sonst? Die Landesherren haben sich viel Mühe gegeben, dafür zu sorgen, dass nur Staubblütige in die Welcome Houses verfrachtet werden. Also, wie bist du da gelandet?«

»Achte gar nicht auf den Trottel, Violet, er ist nicht dran«, sagte Sam und wedelte abweisend vor ihm mit der Hand. Aster dankte ihm still. Sie nahm an, dass Violet genauso ungern über ihre Vergangenheit sprach wie sie selbst. Doch zu ihrer Überraschung antwortete diese, wenngleich sich eine Spur ihres gewohnt trotzigen Tons in ihre Stimme schlich.

»Denkst du, ich hätte nicht gelitten?«, fragte sie Lewis so beißend wie ein Peitschenhieb.

»Das habe ich nie gesagt«, entgegnete er ruhig.

»Meine Eltern waren keine Staubblütigen, so weit liegst du richtig. Manchmal hat auch eine hellblütige Familie eine Pechsträhne und sieht sich gezwungen, die Tochter zu verkaufen. So ist meine Mutter im Welcome House gelandet.«

»Warte, deine Mutter war ein Good Luck Girl?«, fragte Cutter. »Aber die Ärzte …«

»Bei ihrer Operation ist etwas schiefgegangen«, fiel ihm Violet ins Wort, ehe er seine Frage zu Ende bringen konnte.

»Vielleicht waren sie auch einfach nicht bereit, ein hellblütiges Mädchen zu zerschnippeln«, warf Lewis ein.

Violet schürzte die Lippen und machte ganz den Eindruck, als wäre sie geneigt, ihm zu widersprechen, aber dann zauderte sie. »Ich … ich habe selbst auch schon darüber nachgedacht. Ob das ein Versehen war. Ob *ich* ein Versehen war. Vielleicht haben sie gedacht, sie täten ihr einen Gefallen. Allerdings bezweifle ich, dass sie das auch so gesehen hätte.«

»Dann … dann war dein Vater ein Aufschneider?«, fragte Sam und fügte die Puzzlestücke zusammen.

Violet nickte. »Ein Stahlmagnat. Tom Wells. Als er erfuhr, dass meine Mutter schwanger von ihm war, da hat er ihr versprochen, er würde sie aus dem Welcome House freikaufen – und er wollte sie nicht nur behalten, wie es die anderen Aufschneider tun, er wollte sie heiraten. Wollte sie mitnehmen und mit ihr in seinem vergoldeten Herrenhaus auf dem höchsten Berg von Northrock leben. Das ist genau das, wovon Good Luck Girls träumen. Und es kommt einem zu gut vor, um wahr zu sein.« Sie sah Aster an, als sie deren Worte wiederholte. »Und das war ja es auch.«

Aster legte die Stirn in Falten. Sie hatte gewusst, dass Violets Vater ein Aufschneider war, aber die Einzelheiten hatte sie nicht gekannt.

»Meine Mutter hat sechs Jahre auf ihn gewartet«, fuhr Violet fort. »Sechs Jahre – sie hat den Mann geliebt. Aber er ist nie in das Welcome House zurückgekehrt, und als sie begriffen hat, dass er das auch nie tun würde, hat sie sich umgebracht. Mir ist außer der Gutenachtgeschichte, die sie mir immer erzählt hat, und ihrem Abschiedsbrief nichts geblieben, um mich an sie zu erinnern.« Violet zuckte mit den Schultern und trank einen Schluck von ihrer Limonade, aber Aster sah, wie ihre Kiefermuskulatur arbeitete, als sie schluckte.

»Ich kann mir vorstellen, dass das niederschmetternd für sie gewesen sein muss«, bemerkte Cutter leise. »Zu glauben, sie käme da raus und könnte endlich ein richtiges Leben führen, in Freiheit …«

»Freiheit?«, fiel ihm Aster ins Wort und drehte sich zu ihm um. »Sie wäre immer noch durch eine Kokarde gezeichnet gewesen. Sie wäre ihr Leben lang das Eigentum eines Mannes geblieben. Ausgestattet mit irgendeiner schicken Identitätskarte, die sie jedem Gesetzeshüter hätte zeigen müssen, dem sie auf der Straße begegnet wäre. Denkt nur nicht, Good Luck Girls könnten in Arketta je *Freiheit* finden.«

Cutter starrte seine Hände an.

Aster drehte sich wieder zu Violet um, die unruhig auf ihrem Stuhl herumrutschte.

»Und deinetwegen ist dein Vater auch nie zurückgekommen?«, fragte Lewis in die Stille hinein. »Du bist ihm immer noch nicht begegnet?«

»Noch nicht.« Ein sonderbarer, düsterer Ausdruck huschte über Violets Gesicht, etwas Fremdartiges, das Aster noch nie an ihr bemerkt hatte. »Aber eines Tages.«

Sams Mimik wurde sanfter. »Tut mir leid, dass du so viel verloren hast.«

Überall am Tisch setzte mitfühlendes Gemurmel ein. Sie alle hatten schon etwas verloren. Darum waren sie hier.

Es gibt so viel Leid im Grind, dachte Aster, nippte an ihrer Limonade und genoss die Süße.

Es war an der Zeit, dass sie dieses Gebirge für immer hinter sich ließen.

KAPITEL SECHZEHN

Früh am nächsten Tag kehrten sie dem Lager Red Claw den Rücken.

So gern sie den Grind auch hinter sich lassen wollte, widerstrebte es Aster, wieder überirdisch unterwegs zu sein. Durch die Minen zu ziehen konnte tückisch sein, ja, aber durch die Wälder zu streifen war noch schlimmer. Doch ihnen blieb keine Wahl – die Skorpione hatten ihr Tunnelsystem durch den Grind noch nicht fertiggestellt, daher konnten sie auf dem Weg nicht mehr weiter nach Norden reisen.

»Deine Arbeit und die der Skorpione ist gar nicht so verschieden«, sagte Clementine zu Zee, als sie, begleitet von Eli, dessen Gesicht unter der weichen Hutkrempe verborgen war, ihre Pferde am Zügel einen neuen Minenschacht hinaufführten. Noch war dessen Ende nur ein ferner Funken Tageslicht.

»Wie meinst du das?«, fragte Zee.

»Na ja, ihr beide helft Leuten, durch den Grind zu kommen«, erklärte Clementine. »Der einzige Unterschied ist, dass die Skorpione auf der Flucht vor dem Gesetz sind.«

Aster und Eli wechselten einen Blick. Vermutlich war auch ihm ihr Gespräch in den Sinn gekommen.

»Das ist der Grund, warum wir zusammenarbeiten, weißt du«, berichtete Eli leise. »Wegemänner und Skorpione. Die meisten Wegemänner sind Staubblütige, also versuchen sie zu helfen, wo sie nur können. Aber Zee ist einer der Besten, die mir je begegnet sind.«

»Nicht *der* Beste?«, fragte Zee entrüstet.

Eli lächelte. »Deine Kartenspielerkünste lassen ein wenig zu wünschen übrig.«

Zee und Eli führten die Gruppe an, direkt gefolgt von Clem, Tansy und Mallow. Aster und Violet bildeten den Abschluss. Alle anderen wirkten so erholt, wie sie nur sein konnten – sogar Mallows Humpeln hatte nachgelassen –, aber Violets Augen lagen tief in den Höhlen, und ihr Gesicht wirkte abgespannt. Es schien, als hätten all die Wahrheiten, die letzte Nacht offenbart worden waren, sie völlig erschöpft.

»Kommst du zurecht?«, murmelte Aster.

Violet sah sie nicht einmal an. »Ich werde besser zurechtkommen, sobald wir aus dieser verhobelten Mine raus sind.«

Tja, die war immerhin besser, als von Rächern zerrissen zu werden. Violet könnte, wie Aster verärgert dachte, wenigstens ein bisschen Dankbarkeit für die Gastfreundschaft zeigen, die man ihnen erwiesen hatte. Aber zugleich kannte sie das Mädchen inzwischen gut genug, um zu wissen, dass seine Erbitterung eine Art Maske war, die ihm gewöhnlich dazu diente, sich dahinter zu verstecken.

»Deine Mutter …«, sagte Aster vorsichtig. »Wie war sie?«

»Das liegt doch wohl auf der Hand, oder nicht?«, blaffte Violet. »Ein dummes Ding, das einen Aufschneider geliebt und, noch schlimmer, die eigene Tochter mit nichts als einer verfluchten Kokarde auf der Haut zurückgelassen hat.«

Trotz der harten Worte nahm Aster die Liebe in ihrem Ton wahr.

»Die Geschichte, die sie dir erzählt hat … der Abschiedsbrief …«, ermunterte Aster sie sanft.

»Ich will nicht darüber reden«, fiel Violet ihr ins Wort.

Aster drang nicht weiter in sie. Es war nicht gerade so, als hätte sie unbedingt darüber reden wollen, aber nach dem Tag mit Eli glaubte sie, einen Grund zu kennen, warum das eine gute Idee hätte sein können. Reden … es half.

Der Schacht wurde steiler, und die Gespräche versiegten, während sich alle gegen die Steigung stemmten. Zwar war die Luft kalt, doch Aster lief bereits der Schweiß zwischen den Schulterblättern den Rücken hinab. Draußen, in der Hitze, würde sie vermutlich am ganzen Körper darin baden.

Zurück in die Realität, dachte sie erbittert.

Schließlich hatten sie den Mineneingang erreicht. Der Schacht hatte sie zu dem Wald auf der von ihrem Zugangspunkt aus gesehen entgegengesetzten Seite des Berges geführt. Eli ging zuerst hinaus und hielt Ausschau nach Raubvögeln, ehe er die anderen zu sich winkte. Die Pferde wieherten aufgeregt, als sie aus der Dunkelheit traten.

»Also gut, weiter gehe ich nicht mit«, verkündete Eli, als alle draußen waren.

»Ich kann euch allen gar nicht genug danken«, bekundete Zee. »Richte deinem Bruder aus, wie dankbar ich ihm für seine Hilfe bin, ja?«

»Wir sollten diejenigen sein, die dankbar sind. Du hast eine Menge Freude zu uns gebracht, von der wir uns ein bisschen bewahren werden.«

Lächelnd tippte Zee sich an die Hutkrempe, ehe er sich in den Sattel schwang. Mallow und Tansy taten es ihm gleich. Violet blinzelte in den Sonnenschein, und ihr Schatten folgte ihr wie eine Kriegsflagge. Dann, nachdem sie einen Schluck aus ihrer Feldflasche genommen hatte, um sich für den Tag zu wappnen, stieg auch sie auf ihr Pferd.

Aster und Clementine waren die Letzten; Aster zauderte, denn sie wollte Eli ebenfalls danken, doch wie stets fiel es ihr schwer, die passenden Worte zu finden.

Eli schien es nicht eilig zu haben, ins Lager zurückzukehren. Er nahm seinen Hut ab, schloss die Augen und wandte sein Gesicht der Sonne zu, und zum ersten Mal, seit Aster ihn kennengelernt hatte, schien er mit sich im Reinen zu sein.

»Eli«, sagte sie schließlich, obgleich sie wenig gewillt war, den Zauber dieses Augenblicks zu brechen. Er schlug die Augen auf, und sie räusperte sich. »Dank deinem Bruder auch von mir, hörst du? Wir begegnen nicht so oft ehrbaren Männern wie euch beiden. Wir werden euch vermissen.«

»Und wir euch. Glück sei mit euch, Aster.«

Er neigte das Kinn zu einer angedeuteten Verbeugung, und Aster kletterte hinter Clementine auf das Pferd. Den Blick nach vorn gerichtet, ritt sie in das Dickicht des Waldes.

Aster stapelte beim Zählen jeweils zehn Silbermünzen aufeinander und bewegte dabei stumm die Lippen. *Einundneunzig, zweiundneunzig, dreiundneunzig, vierundneunzig …*

Clementine zählte ebenfalls, um die errechnete Summe gegenzuprüfen. Es war später Nachmittag, und sie hatten unter den niedrigen Ästen eines alten Baums Rast gemacht. Aster hatte diesen Moment ebenso gefürchtet wie herbeigesehnt – jenen Moment, in dem sie erfahren würden, ob sie genug Glimmer gestohlen hatten, um Lady Ghost zu bezahlen.

»Wir hätten nicht so viel für den frischen Proviant ausgeben sollen, den wir den Skorpionen abgekauft haben«, sagte Tansy, die gespannt zusah.

»Wir haben das Zeug gebraucht. Und Sam hat uns einen guten Preis gemacht«, wandte Zee ein.

»Seid still, ich muss mich konzentrieren«, murrte Aster. Sie waren beinahe fertig, und sie hatte nicht die Geduld, um noch einmal von vorn anzufangen.

Einhundertelf, einhundertzwölf, einhundertdreizehn …

Aster legte die letzte Münze auf den Stapel.

Fünftausendeinhundertvierzehn Adler.

»Fünftausendeinhundertvierzehn?«, fragte Clem zögernd.

Ein erleichtertes Lächeln breitete sich auf Asters Gesicht aus, als sie nickte und die Zahl bestätigte.

Nun war es offiziell – vorausgesetzt, dass Violets Information korrekt war, hatten sie genug Glimmer beisammen, um sich die Kokarden entfernen zu lassen.

»Also müssen wir jetzt niemanden mehr ausrauben?«, fragte Violet, die trotz der guten Nachrichten distanziert wirkte und eine versteinerte Muschel in der Hand hin und her drehte.

»Nicht solange wir sparsam mit unserem Glimmer umgehen«, antwortete Aster und schaufelte die Münzen wieder in den Beutel.

»Wir *könnten* aber noch einen Aufschneider ausrauben … einfach, na ja, aus Jux und Tollerei«, schlug Mallow grienend vor.

»Auf keinen Fall. Beim letzten Mal wärst du beinahe gestorben«, erwiderte Tansy.

»Beinahe. Aber ich bin immer noch hier, nicht wahr?«

Aster schüttelte den Kopf. »Die Bank war ein Fehler. Ich hätte das nicht erzwingen dürfen. Solche großen Risiken gehen wir nicht mehr ein.«

»Ein Fehler? Inwiefern? Der Überfall hat uns den Rest des Glimmers eingebracht«, wandte Mallow ein.

»Und wir wären fast geschnappt worden«, ergänzte Violet trocken.

Dieses Mal hatte Aster Violet nichts entgegenzusetzen. Sie

zog den Münzbeutel zu und sah die anderen an, ließ sich von der Glut ihrer Aufregung erwärmen und sammelte neuen Mut.

»Hört mal, ich habe nachgedacht … Ich wollte … ich schulde euch allen Abbitte«, brachte sie schließlich hervor. *Na also, jetzt ist es raus.* »In Scarcliff bin ich leichtfertig gewesen, und ihr habt den Preis dafür bezahlen müssen.«

Tansy runzelte die Stirn. »Du denkst, wir würden dir die Schuld geben? Du bist diejenige, die uns da rausgeholt hat.«

»Ja, wir anderen waren bereit aufzugeben, aber du bist stark geblieben«, stimmte Mallow zu.

»Na ja, es gibt einen Unterschied zwischen stark und stur«, erwiderte Aster.

»Aster …« Clementine schüttelte den Kopf. »Ich wäre tot, wenn du nicht wärst. Jede von uns hätte ein Dutzend Mal sterben können.«

Aster sah ihre Schwester an.

»Wir alle haben hier draußen Fehler begangen«, fuhr Clem fort. »Aber wir wissen auch, dass wir nur das Beste füreinander wollen, und darauf kommt es an. Wir sind nicht mehr im Welcome House, wo Mother Fleur ständig versucht hat, die Mädchen gegeneinander aufzuhetzen. Hier draußen können wir Vertrauen haben.«

»Ja, und du kannst darauf vertrauen, dass wir schon dafür sorgen, dass du dich nicht zu sehr zum Narren machst, Aster«, bemerkte Mallow. »Also mach dir nicht so viele Gedanken.«

Sogar Violet nickte nun, und die warme Glut in Asters Brust leuchtete noch ein bisschen heller.

»Danke«, murmelte sie verlegen.

Die Nacht brach herein. Obwohl Aster schon jetzt die Sicherheit des Skorpion-Lagers vermisste, hatte die vertraute Routine auch etwas Tröstliches. Brot, eingetunkt in ausgelassenem Fett. Decken, rau, aber warm. Die Toten heulten in der Ferne. Und die Sterne glitzerten wie Tränen am Himmel.

Am nächsten Morgen machten sie sich auf den Weg nach Clearwater, der letzten ernst zu nehmenden Stadt im Grind. Inzwischen waren nahezu drei Wochen vergangen, seit sie aus Green Creek geflohen waren. Drei Wochen, in denen sie durch den Grind gehetzt waren, den sie in ihrem ganzen Leben noch nie verlassen hatten, und nun hatten sie ihn beinahe durchquert. Dahinter erstreckte sich das grüne Tal des nördlichen Arkettas, und schon jetzt veränderte sich der Wald, belaubte Eichen und Eschen nahmen die Stelle der knorrigen Kiefern ein, und der trockene rote Staub wich allmählich fruchtbarer brauner Erde.

Clearwater war auch die letzte Stadt vor Northrock, die ein Welcome House vorzuweisen hatte – außerhalb des Grinds gab es nur wenige Staubblütige und folglich auch nur sehr wenige Good Luck Girls.

Dies würde demnach Zees letzte Chance sein, seine Schwestern zu finden.

»Wollt ihr wirklich, dass ich das Risiko eingehe, nach Clearwater zu reiten?«, fragte Zee, als sie sich der Stadt näherten. Sie waren ungefähr eine Meile entfernt, und die Sonne begann gerade ihren Abstieg am Himmel. »Euren Glimmer haben wir, und den Grind haben wir jetzt beinahe hinter uns. Ich kann allein auf demselben Weg zurückkehren, nachdem ich euch zu Lady Ghost gebracht habe.«

»Du gehst jetzt«, sagte Aster. Nach den Vorkommnissen in Scarcliff war der Gedanke, geradewegs weiter nach Northrock zu ziehen, verlockend, aber ihr war nur allzu klar, was Zee geopfert hatte, um ihnen zu helfen. Wenn es irgendeine Möglichkeit gab, im Gegenzug ihm zu helfen, seine Familie zu finden, dann wollte Aster sie nutzen.

Zee war unverkennbar erleichtert, auch wenn er nichts dergleichen sagte. »In Ordnung«, meinte er. »Dann werdet ihr alle einfach hier warten und die Augen offen halten. Sollte es irgendwelchen Ärger geben, dann reitet ohne mich weiter. Ich hole euch schon wieder ein.«

Er gab seinem Pferd die Sporen, während die anderen abstiegen und sich in die Deckung der niedrigen Sträucher verkrochen. Die Knochenstraße, die sich Richtung Clearwater schlängelte, war durch die Bäume gerade noch erkennbar.

Violet band ihr Pferd an. »Ich hoffe, er findet seine Schwestern, aber ich rechne nicht damit«, sagte sie zu niemand Speziellem. Es war keiner ihrer üblichen beißenden Kommentare, sondern lediglich eine schlichte Feststellung.

»Wo, meint ihr, könnten sie sein, wenn nicht in einem Welcome House?«, fragte Clementine, deren Besorgnis ihr ins Gesicht geschrieben stand.

»Wer weiß«, murmelte Mal. »Im Grind verschwinden dauernd staubblütige Mädchen, und die Gesetzeshüter vergeuden nicht gerade ihre Zeit damit, sie zu suchen.«

»Aber es ist doch vermutlich gut, wenn sie nicht in einem Welcome House sind, oder?«, sagte Tansy zu Clementine. »Das bedeutet doch, es besteht eine Chance, dass sich irgendwelche anständigen Leute irgendwo ihrer angenommen haben … Segner vielleicht oder die Skorpione …«

»Oder sie sind längst tot«, kommentierte Violet kurz und bündig.

»Beim Schleier, Violet, kannst du keine zehn Minuten überstehen, ohne jemandem den Tag zu verderben …«, setzte Mallow an.

»Ruhe!«, flüsterte Aster plötzlich. Aus den Augenwinkeln hatte sie eine Bewegung wahrgenommen. Ein Raubvogel ritt auf einem Höllenpferd die Knochenstraße hinauf. Die Mädchen kauerten sich hinter das Gebüsch, und ihre Hände tasteten nach ihren Waffen.

»Mögen die Toten uns schützen«, murmelte Tansy tonlos.

Ein Wagen folgte ihm. Eiserne Stäbe bildeten einen Käfig über dem hölzernen Boden. Nur eine Person war darin gefangen – ein Mädchen, höchstens zehn Jahre alt.

Ein neues Mädchen für das Welcome House.

Aster hörte Violet fluchen, während sie einen Blick mit Clementine wechselte.

»Selbst wir alle fünf zusammen würden nicht reichen, um es mit ihm aufzunehmen«, brummte Tansy. Raubvögel empfanden weder Schmerz noch Furcht, was sie in einem Kampf viel gefährlicher machte als einen normalen Mann. Darum war Aster stets vor ihnen weggelaufen.

»Also sollen wir einfach hier herumsitzen und zulassen, dass er sie wegbringt?«, fragte Mallow. »Nein, ich sage, wir überfallen ihn. Ein Kopfschuss, und er ist erledigt.«

»Du hast keine freie Schussbahn«, wandte Violet düster ein. »Und sonst gibt es nicht viel, was ihn aufhalten könnte.«

Aster schluckte, als sich plötzlich alle Blicke auf sie richteten. Es war eine Sache, ein verhältnismäßig kleines Risiko für Zee und seine Schwestern auf sich zu nehmen – und Aster hatte das Gefühl, ihnen das schuldig zu sein –, aber ein so viel größeres Risiko einzugehen, um eine Fremde zu retten?

Und es gab noch andere Dinge zu bedenken. Wo sollten sie das Mädchen anschließend lassen? Wie sollte Zee sie finden? Was sollten sie tun, wenn die Gesetzeshüter die Verfolgung aufnahmen? Noch einen Zusammenstoß mit ihnen konnten sie sich nicht leisten.

Wir nehmen das Mädchen mit, bis wir eine Lösung gefunden haben.

Zee sagte, er würde uns einholen, sollte es Schwierigkeiten geben.

Und die Gesetzeshüter können uns nicht in den Wald folgen, nicht wenn die Rächer erst mal da sind.

Aber der Raubvogel …

Er wiegte sich auf dem Rücken seines Höllenpferdes, und die Mündung eines Gewehrs lugte über seine Schulter. Schon jetzt konnte Aster spüren, wie sich sein mentaler Einfluss ihrem Geist aufdrängte. Er verbreitete ein Gefühl der Verzweiflung, um das Mädchen unter Kontrolle zu halten.

Zorn wütete in Asters Eingeweiden, heiß und ätzend. Wenn sie nichts taten, dann würde dieses Mädchen in den nächsten Tagen von einem Arzt verstümmelt, mit einer Kokarde gezeichnet und so lange gefoltert werden, bis es den Willen, sich zu wehren, verloren hätte – ganz zu schweigen von der Arbeit, die man ihm in den nächsten Monaten und Jahren aufzwingen würde.

»Also, Aster, was sollen wir tun?«, fragte Clementine.

Aster reckte das Kinn vor. »Wir tun, was immer nötig ist, um sie zu retten«, sagte sie. Das Herz hämmerte in ihrer Brust, aber nicht vor Zorn, sondern getrieben von der plötzlichen Überzeugung, dass sie im Begriff waren, exakt das zu tun, was richtig war. »Schnell – wir dürfen nicht zulassen, dass er die Stadt erreicht.«

Rasch wickelten sich die Mädchen ihre Staubschutztücher um das Gesicht und luden die Revolver. Als sie das taten, erklärte ihnen Aster hastig flüsternd ihren Plan.

»Mallow, du nimmst die Schleudersteine, um das Höllenpferd aufzuhalten, dann laufen Violet und ich hin und befreien das Mädchen. Sobald die Kleine in Sicherheit ist, können Clem und Tansy das Feuer eröffnen. Anschließend flüchten wir alle in den Wald.«

Die anderen starrten sie stählernen Blicks an. Sie würden es tun.

»Ich habe immer noch Schmerzen, darum kann ich nicht versprechen, wie gut ich treffe«, warnte Mallow, während sie in den Satteltaschen nach den Schleudersteinen suchte. Die Waffe bestand aus drei Flechtschnüren aus Rohleder, an deren Ende stachelige Gewichte befestigt waren. Korrekt geworfen, würden sie sich um die Beine des Tieres wickeln. Zee hatte sie dazu verwendet, um kleinere Beutetiere zu jagen, wenn ein Schuss sie hätte verraten können.

Ob die Waffe aber ausreichend war, um ein voll ausgewachsenes Höllenpferd zu Fall zu bringen, wusste Aster nicht zu sagen.

Nun war der Raubvogel nur noch wenige Längen entfernt.

»Zurück«, flüsterte Mallow und fing an, die Steine in einem weiten Kreis über ihrem Kopf zu schwingen. Sie sausten mit einem leisen *Wupp-wupp-wupp* durch die Luft. Mallow hatte nur eine Chance.

Der Raubvogel zog vor ihnen vorüber. Rostrote Augen, sandfarbene Bartstoppeln am Kinn. Keine Spur von Gnade im Gesicht.

Da plötzlich spannte sich sein Körper. Er drehte sich um …

Mallow ließ die Schleudersteine los. Sie flogen durch die Luft, tief und schnell, wickelten sich um die Vorderbeine des Höllenpferdes und bohrten ihre Stacheln tief in sein Fleisch.

Ja!

Das Biest bäumte sich auf und stieß einen schauerlichen Schrei aus. Obwohl es recht unbeholfen wieder aufsetzte, blieb es auf den Beinen. Aber immerhin stand es nun erst einmal und trat um sich in dem Versuch, sich zu befreien. Sie hatten keine Zeit zu verlieren. Aster lief auf die Straße, Violet folgte zu Pferde, und sie eilten zu dem Wagen. Das Mädchen wirkte verzagt und reagierte nur langsam. Die mentalen Klauen des Raubvogels waren immer noch tief in seinem Geist verhakt.

Keine Sorge, Kleines, dachte Aster, der vor Empörung die Galle aufstieg.

Ich konnte Clementine nicht retten, aber dich werde ich retten.

Ich konnte mich nicht retten, aber dich werde ich retten.

Der Raubvogel stieg ab. Beruhigte sein Pferd und ging in die Knie, um dessen Vorderbeine zu befreien. Er blickte gar nicht auf, als Aster die Pistole zog. Schweißperlen rannen über ihre Schläfe, und sie zwang sich, nicht zu erstarren, sondern die Waffe auf das Vorhängeschloss des Käfigs zu richten. »Schon gut«, flüsterte sie dem Mädchen zu, das sie wortlos anstarrte. Ein letztes Mal sah Aster sich zu dem Raubvogel um. Er arbeitete langsam, schien unbesorgt. Etwas an seinen ruhigen Bewegungen ließ ihr die Haare zu Berge stehen.

»Los«, murmelte Violet vom Sattel aus.

Aster fixierte wieder das Vorhängeschloss. Dann drückte sie ab.

Die Luft explodierte. Aster zuckte zurück, als Metall herumflog und Rauch aufwogte. Gleich darauf sprang sie wieder vor, öffnete hustend die Käfigtür und kletterte auf den Wagen.

»Wer … wer bist du?«, fragte das Mädchen lallend. Schrecken erfüllte seine Augen, aber es hatte nicht einmal geschrien, als die Waffe direkt neben ihm losgegangen war.

»Mein Name ist Dawn«, sagte Aster hastig, ohne so recht zu wissen, warum sie dem Mädchen ihren richtigen Namen nannte. »Wir holen dich hier raus.«

Sie nahm das Mädchen an der Hand und sprang hastig mit ihm zurück auf die Straße. Der Raubvogel hatte sich inzwischen aufgerichtet und blickte Aster direkt an.

»Du hast mein Pferd verletzt«, sagte er ruhig und wischte sich das Blut an der Hose ab. »Dafür werde ich dich töten.«

Er schlug sie mit einem Speer purer Schmerzen, die sich durch ihre Brust zogen, als würde ihr Herz von einer riesigen Faust zerquetscht werden. Schreiend stürzte Aster zu Boden und rollte sich zusammen. Die Waffe fiel ihr aus der Hand. Furcht brauste durch ihren Kopf.

»Nimm sie! Bring sie hier weg!«, brüllte Aster Violet zu, während sie darum kämpfte, wieder auf die Beine zu kommen. Aber da brach auch Violet zusammen und fiel wie ein Sack Getreide vom Pferd.

Die ersten Schüsse der anderen erschollen, als der Raubvogel auf das Mädchen zuging, das wie erstarrt an Ort und Stelle stehen geblieben war und ihm mit blankem Entsetzen entgegenblickte. Kugeln trafen seine Rippen, seinen Oberschenkel. Er zuckte nicht einmal, nahm nur gemächlich sein eigenes Gewehr vom Rücken. Aster kämpfte gegen die Übelkeit erregende Angst an, die über sie hereinbrach, als sie zu dem Mädchen kroch.

»Nein!«, schrie Clementine in diesem Moment.

Sie rannte aus der Deckung, ein Gewitter hastiger Bewegungen am Rande von Asters Blickfeld.

Nein, Clem, dachte Aster verzweifelt. *Schnapp dir die anderen und hau ab.*

Clementine hob ihre Waffe. Der Raubvogel knurrte und stieß sie mit dem Kolben seines Gewehrs zurück. Blut rann aus Clementines Nase. Aster sprang auf, getrieben von einem Zorn, wie sie ihn noch nie zuvor verspürt hatte, der seine Macht über sie brach. Ein animalisches Grollen entfloh ihren Lippen. Sie riss das Messer aus der Scheide und sprang …

Mit Furcht erregender Geschwindigkeit peitschte er herum

und rammte ihr den Handballen gegen die Brust, ehe ihre Klinge ihr Ziel treffen konnte. Aster verlor den Halt, ihre Beine flogen in die Luft, und der Atem entwich aus ihrer Lunge. Der Raubvogel bemächtigte sich erneut ihres Geistes, dieses Mal mit einer so niederschmetternden Hoffnungslosigkeit, dass ihr die Tränen die Kehle zuschnürten.

Sie alle würden hier sterben, das wusste Aster nun.

Sie hatte alles getan, was sie nur konnte, und sie würden dennoch sterben.

Durch den Schleier ihrer Tränen sah Aster Mallow und Tansy mit erhobenen Waffen aus dem Wald herbeilaufen und auf den Kopf des Raubvogels schießen. Doch die Pistolen klickten mit leerer Trommel, ohne dass eine Kugel ihn getroffen hätte.

In der Ferne erklang Gebrüll.

Das Gesetz war im Anmarsch.

»Zeig mir dein Gesicht, Staubblut.« Der Raubvogel kauerte sich neben Aster und zog ihr Staubschutztuch beiseite. Seine kalten, glatten Finger strichen über ihre Wange. Asters Magen krampfte sich zusammen.

Die Augen des Raubvogels funkelten, als er sie erkannte.

Aster handelte, ehe sie darüber nachdenken konnte. Er zögerte, überlegte, was er mit ihr anfangen sollte, doch sie kannte keine solche Ungewissheit. Sie hatte in der Sekunde, in der sie ihn gesehen hatte, gewusst, sie würde ihn töten, sollte sie die Gelegenheit dazu bekommen. Sie hatte seit ihrer ersten Nacht im Welcome House, in der die Raubvögel sie gefoltert und in die Unterwerfung gezwungen hatten, gewusst, dass diese Wesen niemals Gnade zeigen und auch keine Gnade verdienen würden.

»Ruhm der Zeche«, flüsterte Aster ihm zu, und ihr Ton ließ die Worte zum Fluch werden, als sie mit dem Messer ausholte.

Und dieses Mal fand es sein Ziel und bohrte sich tief in seine Kehle. Er krampfte, Panik leuchtete in seinen orangeroten Augen auf, und seine Hände flogen zu der Wunde. Aster stieß ihn von sich und übergab sich in den Staub. Der Raubvogel rang um Luft, sein Atem klang feucht, ein scheußliches Rasseln, das leiser und leiser wurde. Bis schließlich gar kein Atem mehr da war.

»Aster!« Clementine eilte zu ihr und hielt sich die Nase. Blut quoll zwischen ihren Fingern hervor.

Verdammter Mistkerl, dachte Aster.

Er hatte Clementine angefasst. Er hatte ihr wehgetan. Aster hätte ihn am liebsten gleich noch einmal getötet.

»Ist alles in Ordnung?«, fragte Clem, griff nach Asters Hand und zog sie auf die Beine.

»Mir geht es gut.« Aster hustete. »Wo ist das Mädchen?«

Clementine zeigte auf Violet, die der Kleinen gerade in den Sattel half.

Den Toten sei Dank, dachte Aster.

Wie zur Antwort setzte das nächtliche Geheul wieder ein.

»Also gut, dann lasst uns verschwinden, bevor die Gesetzeshüter hier eintreffen«, sagte Aster. Gemeinsam eilten sie in den Wald, stiegen auf und ließen den Raubvogel in der immer größer werdenden Pfütze seines eigenen verwünschten Blutes zurück.

KAPITEL SIEBZEHN

Es dauerte über eine Stunde, bis Zee an ihrem Notfalltreffpunkt, einer schmalen Spalte in der Felswand, zu ihnen stieß. Als er zu dem Versteck hinaufritt, tat er das mit einer Geschwindigkeit, wie Aster es noch nie zuvor bei ihm erlebt hatte. Kaum hatte er sein Ziel erreicht, riss er sein Pferd abrupt herum, um es zum Stehen zu bringen, und glitt aus dem Sattel. Der Lauf seiner Rächer-Flinte rauchte immer noch.

»Ist dir jemand gefolgt?«, fragte Aster völlig ruhig. Sie war gar nicht da, nicht in diesem Moment und nicht an diesem Ort, nicht wirklich. Sie schwebte irgendwo außerhalb ihrer selbst, gerade ein paar Zoll links von sich, wie schon die ganze Zeit, seit sie zugesehen hatte, wie das Leben aus den Augen des Raubvogels gewichen war.

Zee schüttelte den Kopf. »Nur die Toten.« Er atmete in kurzen, harten Zügen und humpelte in das Versteck – drei lange Rächerklauen hatten sich tief in das Fleisch seines Oberschenkels gebohrt, und seine Drillichhose war blutgetränkt.

Violet verzog das Gesicht. »Verhobelte Hölle. Stell dich einfach bei den anderen an und warte, bis du dran bist.«

Die Übrigen hatten sich weiter hinten versammelt und wurden eine nach der anderen von Tansy zusammengeflickt. Clementines Nase blutete immer noch. Mallows Wundnaht war wieder aufgegangen. Und das Mädchen – das Mädchen stand unter Schock. Seine Haut wund, gezeichnet von Sonnenbrand, Insektenstichen und Kratzern.

Bei dem Anblick blieb Zee abrupt stehen.

»Wo, zur Hölle …?«

»Du hast gesagt, wir sollten hier warten, falls es Probleme gibt – tja, sie ist das Problem«, sagte Aster. »Wir erklären es dir später. Bring dich erst mal in Ordnung.«

Violet maß Aster mit einem sonderbaren Blick.

»Du bist erstaunlich gelassen. Wenn ich es nicht besser wüsste, würde ich sagen, du hast dir ein bisschen Süßdistel einverleibt«, sagte sie leise.

Die Worte schienen von weit her zu kommen. Aster drehte sich zu ihr um. »Dann ist es ja gut, dass du es besser weißt«, sagte sie gleichgültig.

Sie wollte an Violet vorbeigehen, aber die packte ihren Arm. Aster schüttelte sie ab.

»Fass mich nicht an.«

»Werden wir noch darüber reden, was heute Abend vorgefallen ist?« So leicht gab Violet sich nicht geschlagen.

»Was gibt es da zu reden?«

»Du hast einen Mann *umgebracht.*«

Asters Magen drehte sich um.

»Ich habe getan, was ich tun musste«, murmelte sie. »Und dieser ›Mann‹ hat seine Seele schon vor langer Zeit verkauft, um ein Raubvogel zu werden. Ich habe nur eine leere Hülle getötet.«

»Schön, trotzdem. Das ist schon ein höllisches Ding. Und du verhältst dich, als wäre gar nichts passiert.«

Aster peitschte zu ihr herum. »Willst *du* mir etwa Vorhaltungen darüber machen, dass ich zu gefühllos wäre? Ernsthaft, Violet? Wo war denn dein Einfühlungsvermögen, als du andere

Mädchen an Mother Fleur verraten hast? Warum hast du bis jetzt gewartet, um dir ein verhobeltes Gewissen zuzulegen?«

Aster war, als hätte sie mit einem Mal keine Kontrolle mehr über ihren eigenen Körper. Worte sprudelten aus ihr hervor, ehe sie sie überhaupt denken konnte. Ein zittriges Gefühl ergriff Besitz von ihr, beinahe als lockerten sich ihre Gelenke, und ihr rann ein Schauder über die Arme.

Bei den Toten, womöglich drehe ich wirklich durch.

Violets Lippen bildeten eine harte Linie.

»Ich habe dir keine Vorwürfe gemacht, Aster. Ich wollte nur … ich wollte mich lediglich vergewissern, dass es dir gut geht«, sagte Violet steif. Sie stolzierte davon, ehe Aster etwas entgegnen konnte, und lehnte sich an einen Baum.

Vergiss sie, dachte Aster störrisch, fühlte sich aber gar nicht gut. Doch es gab wichtigere Dinge, um die sie sich kümmern musste.

Aster ging zu den anderen, die zusammengedrängt am Boden kauerten. Tansy verarztete Zees Bein. Mallow versorgte ihre eigenen Wunden mit neuen Verbänden. Und das kleine Mädchen schmiegte sich an Clementine. Getrocknete Tränen hatten Spuren auf seinen Wangen hinterlassen, und Clem war dabei, ihm das Gesicht mit einem feuchten Lappen abzuwaschen. Inzwischen war es ihnen gelungen, dem Mädchen seinen Namen – Adeline – zu entlocken, aber auch nicht viel mehr.

»Hast du Hunger, Kleines?«, fragte Clementine.

Adeline entgegnete etwas Unverständliches.

»Bitte?«, hakte Clementine nach.

»Ein bisschen«, sagte sie nun etwas deutlicher.

Aster setzte sich neben sie und reichte ihr wortlos einen trockenen Keks. Als Adeline anfing, an ihm zu knabbern, klang es, als nagte eine Maus an Bodenbrettern.

»Woher kommst du, Adeline?«, fragte Aster sanft.

Sie schluckte. »Yellowwood … aber der Mann mit den schönen Augen wollte mich woandershin bringen. Irgendwohin, wo ich nicht mehr hungern müsste, hat mein Vater gesagt.«

»In ein Welcome House?«, setzte Aster nach.

Adeline nickte.

»Tja, wir kommen aus einem Welcome House«, erklärte Aster und zeigte auf die anderen Mädchen. »Und die Wahrheit ist, dass das kein schöner Platz zum Leben ist, wie der Mann dir und deinem Vater wahrscheinlich erzählt hat.« Sie verstummte, sah Clementine an und überlegte, wie sie dem Mädchen beibringen sollte, was für ein Ort das wirklich war. Mit Worten war sie nie besonders gut gewesen, und gerade jetzt fühlte sie sich der Aufgabe, irgendjemandem Trost zu spenden, nicht gewachsen.

»Dort sitzt der Hunger in deiner Seele, nicht in deinem Magen«, sagte Clementine, die Asters stumme Bitte offenbar verstanden hatte. »Und das ist viel schlimmer.«

Das Mädchen richtete die tiefschwarzen Augen wieder auf Clem. Dieses Kind hatte keinen Grund, ihnen zu vertrauen, wie Aster im Stillen feststellte. Schlimm genug, dass man es aus seinem Zuhause fortgebracht hatte – nun war es auch noch von Fremden entführt worden. Aber etwas an Clementines sanfter Stimme schien Adeline zu beruhigen, und sie fing wieder an zu weinen – ein steter Strom stummer Tränen, der wohl mehr der Überforderung geschuldet war als irgendetwas anderem.

»Ich will wieder nach Hause«, sagte sie.

»Wenn du zu deinem Vater zurückgehst, bringt ihn das in Schwierigkeiten«, entgegnete Clementine vorsichtig. Abkommen mit Welcome Houses konnten nicht rückgängig gemacht werden. Theoretisch konnte eine Familie ihre Tochter zurückkaufen – das war eine der Methoden, mit denen die Hellblütigen die ganze Sache rechtfertigten –, aber das kostete mehr, als irgendein Staubblütiger in seinem ganzen Leben zu sehen bekäme. »Und die Gesetzeshüter werden dich so oder so zum Welcome House bringen. Hast du noch andere Verwandte? Jemanden, der dich verstecken könnte?«

Das Mädchen schien zu überlegen. »Meine Tante«, sagte es schließlich. »Sie wohnt in Two Pines.«

Aster blickte Zee an, wollte wissen, ob ihm der Name etwas sagte. Er nickte.

»Das ist eine kleine Stadt, ungefähr einen halben Tagesritt von hier. Arbeitet deine Tante dort auf dem Pachthof, Adeline?«

Adeline nickte.

»Sollen wir sie dorthin bringen?«, erkundigte sich Clementine in gedämpftem Ton bei Aster. »Wir können sie nicht nach Northrock mitnehmen. Das ist zu gefährlich.«

»Es wäre auch gefährlich, sie nach Two Pines zu bringen«, wandte Aster ebenfalls murmelnd ein. »Das wäre ein Umweg. Wir könnten entdeckt werden. Und was, wenn ihre Tante sie in das Welcome House zurückschicken will?«

»Dann erklären wir es ihr. Wir sagen ihr, dass sie das nicht tun kann«, sagte Clem.

Aster zögerte. Aber schließlich hatte sie das Mädchen nicht gerettet, um es in noch größere Schwierigkeiten zu bringen, indem sie es nach Northrock mitnahm.

»Also gut, Adeline, wir bringen dich gleich morgen früh zu deiner Tante«, sagte Aster. »Aber jetzt ruhst du dich ein bisschen aus, hörst du? Das war ein langer Tag. Und mach dir keine Sorgen, wir kümmern uns um dich.«

Seufzend überließ Aster das Mädchen Clementines Fürsorge, breitete ihre Decke aus und wickelte sich darin ein. Das zittrige Gefühl hatte sich immer noch nicht gelegt. Sie sah sich nach Violet um, die am äußeren Rand der Felsspalte saß und das Gesicht in den Wind hielt, um ihre vom fiebrigen Schweiß des Entzugs überzogene Haut zu kühlen. Violet, die Einzige, der Asters tödliche Gelassenheit aufgefallen war und die erkannt hatte, was dahintersteckte – totale Erschöpfung. Die Art Erschöpfung, die Aster auch nach besonders schlimmen Nächten im Welcome House überfallen hatte. Violet hatte das vermutlich schon Hunderte und Tausende von Malen am eigenen Leib erlebt.

Ich habe dir keine Vorwürfe gemacht, Aster. Ich wollte nur … ich wollte mich lediglich vergewissern, dass es dir gut geht.

Tut es nicht, dachte Aster.

Es geht mir nicht gut.

Das war so ein schlichter Gedanke, doch in ihm verbarg sich etwas Enormes, etwas Beängstigendes. Sie konnte es sich nicht leisten, so zu denken. Sie musste stark bleiben. Für Schwäche war kein Platz. Dafür war nie Platz gewesen. Clementine zählte auf sie. Mallow und Tansy auch. Und nun war da noch dieses Mädchen …

Aber der Gedanke kehrte zurück, drängender. Jetzt, da er sich einmal Aufmerksamkeit verschafft hatte, ließ er sich nicht mehr zurückdrängen.

Es geht mir nicht gut.

Die Worte trugen sie in die dunklen Tiefen eines unruhigen Schlafs.

Früh am nächsten Morgen erwachten sie und brachen nach Two Pines auf, bahnten sich nordwärts einen Weg durch den immer dichter werdenden Wald. Das Grün der Bäume wurde leuchtender, die Erde dunkler und nachgiebiger. Inzwischen hatten sie den Rand des Grinds beinahe erreicht. Im Kernland Arkettas gab es weniger Gesetzeshüter, aber auch weniger Staubblütige. Selbst mit abgedeckten Kokarden würden sie unerwünschte Aufmerksamkeit erregen.

Aster versuchte, sich darüber nicht schon jetzt den Kopf zu zerbrechen. Es reichte, sich Gedanken darüber zu machen, wie sie Adeline sicher nach Hause bringen konnten. Das Mädchen ritt mit Tansy, die es ihm offenbar angetan hatte, während Mallow sich mit Zee ein Pferd teilte.

»Freust du dich schon darauf, deine Tante zu sehen, Adeline? Wie heißt sie denn?«, fragte Tansy.

»Ruth«, sagte Adeline. Der Schlaf schien ihr gutgetan zu haben, und sie sah sich recht vergnügt im Wald um und zeigte auf jeden Vogel und jeden Käfer, den sie entdeckte. Aster nahm an, dass sie, wie die meisten Menschen, ihren Heimatort nie verlassen hatte – bis jetzt. »Ich bin meiner Tante noch nie begegnet«, fuhr Adeline fort und bestätigte so Asters Vermutung. »Jedenfalls nicht mehr, seit ich ein Baby war. Aber meine Mama hat die ganze Zeit von ihr gesprochen. Sie hat gesagt, als Kinder hätten sie sich geglichen wie ein Ei dem anderen. Sie ist letztes Jahr gestorben – meine Mama. Ein Rächer hat sie erwischt.«

»Tut mir leid, das zu hören«, sagte Tansy. »Ich habe meine Mutter auch verloren.«

Aster und Clementine ritten behaglich schweigend hinter ihnen. Nun, bei Tageslicht, hatte Aster das Gefühl, wieder klarer denken zu können und hinter sich gelassen zu haben, was immer sie zuvor befallen hatte. Wahrscheinlich war das so oder so nur die Nachwirkung des Überfalls auf den Raubvogel gewesen, überlegte sie. Und sie war froh, dass sie den Mistkerl erledigt hatte.

»Der Gedanke, dass wir kurz davor sind, den Grind zu verlassen, ist irgendwie seltsam«, sagte Clementine und zupfte ein wachsartiges sternförmiges Blatt von einem der Bäume, die sie passierten. Sie hielt es an die Nase und inhalierte tief. Keine von ihnen hatte jemals zuvor so viel Grün zu sehen bekommen. »Hättest du gedacht, dass wir es so weit schaffen würden?«

»Ich habe immer nur einen Tag nach dem anderen in Angriff genommen«, gestand Aster. Zu Beginn ihrer Flucht war ihr der Gedanke, sie könnten Lady Ghost aufsuchen, etwa so wahrscheinlich vorgekommen wie die Idee, sie könnten zum Mond reisen. Aber jetzt …

»Meinst du, wir kommen je wieder nach Hause?«, fragte Clem. »Ich glaube das nicht, aber es fällt mir so schwer, mir vorzustellen, dass ich nie mehr zurückkehren kann.«

»Du willst Ma und Pa suchen?«, erkundigte Aster sich vorsichtig.

Clementine brauchte einen Moment, ehe sie antwortete. »Ich glaube, sie wünschen sich, dass wir glücklich sind« erklärte sie schließlich. »Ich glaube, sie wollen, dass wir *leben.* Auch wenn das bedeutet, dass wir sie nie wiedersehen. Ich meine, das ist doch der Grund, warum sie uns überhaupt nach Green Creek geschickt haben.«

Aber die Sehnsucht in ihrer Stimme entging Aster nicht. Sie hatten keine Ahnung, ob ihre Eltern immer noch in demselben Lager waren. Oder ob sie überhaupt noch am Leben waren. Aster hatte den Verlust an dem Tag betrauert, an dem sie sie im Stich gelassen hatten. Aber Clementine hoffte – wie immer – auch jetzt noch das Beste. Vielleicht träumte sie im Stillen davon, dass die ganze Familie irgendwann glücklich vereint sein würde.

Aster wusste es besser.

Gegen Mittag erreichten sie Two Pines. Nach einer längeren Unterredung beschlossen Violet und Aster, allein loszuziehen, um Adelines Tante aufzusuchen – es hatte keinen Sinn, die Sicherheit aller aufs Spiel zu setzen, und eine größere Gruppe würde nur unnötig Aufmerksamkeit erregen. Zee und die anderen würden im Wald an einem vereinbarten Treffpunkt auf sie warten, während Aster und Violet zu dem Pachthof ritten.

»Überlass das Reden mir«, murmelte Violet, während sie die Straße hinunterritten. »Dir nimmt niemand ab, dass du ein ehrbarer Wegemann bist – oder irgendetwas Ehrbares, wenn wir schon dabei sind.«

Aster ging prompt hoch. »Wenn schon, dann werde *ich* mich für *dich* verbürgen müssen. Sobald diese Frau deinen Schatten sieht, knallt sie uns die Tür vor der Nase zu. Und wer könnte es ihr auch vorwerfen?«

Violet schnaubte leise. Ihr Plan sah vor, Adelines Tante zu überzeugen, dass sie Wegemänner seien und das Kind allein und verlassen aufgefunden hätten. Mallow hatte ihnen gezeigt, wie sie ihre Brüste abbinden konnten, damit sie eher als Männer durchgingen, eine Technik, die sie sich zur Gewohnheit gemacht hatten, seit sie Green Creek den Rücken gekehrt hatten. Und Zee hatte ihnen sein Abzeichen gegeben, das sie der Obrigkeit zeigen konnten, um zu beweisen, dass sie keine Landstreicher waren. Solange sie dort wieder verschwanden, ehe ihre Kokarden sich durch die Staubschutztücher brannten, konnten sie die Deckung aufrechterhalten.

Dennoch schnürte die Besorgnis Aster die Kehle zu. Sie hoffte, Adelines Tante wäre so begeistert, ihre Nichte zu sehen, dass sie keine Fragen über die Leute stellte, die sie zu ihr brachten.

Aster folgte den Schildern eine Seitenstraße hinunter, die zu

Mr. Cottenhams Gehöft führte, wo die Tante laut Adeline auf den Tabakfeldern arbeitete. Der Gutshof befand sich ungefähr eineinhalb Meilen östlich vom Stadtgebiet von Two Pines, wo die Hellblütigen lebten. Die Baracken, die das Meer aus Tabakblättern säumten, erinnerten Aster ungemein an das Haus, in dem sie herangewachsen war – billig und hektisch erbaut, das Holz verwittert und rissig, die Dächer eingesunken, als wollten sie Abbitte leisten. Es gab keine Mauer, die diese Häuser vor den Rächern schützte, nur einfache Eisenwächter und Büschel getrockneter Grauweidenzweige, die an den Fenstern baumelten. Etliche Familien saßen auf Bänken im Freien, verzehrten ihr Mittagessen und tranken kaltes Brunnenwasser aus ihren Schöpfkellen.

Aster und Violet stiegen ab und halfen dann Adeline vom Pferd.

»Guten Tag, die Herren. Wir bekommen hier nicht oft Fremde zu sehen«, begrüßte sie ein älterer Mann, der sie unter der Krempe seines Sonnenhuts argwöhnisch beäugte und einen Klumpen Kautabak im Mund umherschob. Kurz huschte sein Blick zu Violets Schatten, doch er sagte nichts dazu.

»Wir suchen eine Frau namens Ruth«, sagte die forsch, kehrte ihren herrischsten Tonfall heraus und ließ das Wegemann-Abzeichen aufblitzen. »Das Mädchen hier ist mit ihr verwandt.« Sie deutete auf Adeline.

Beim Anblick des Kindes wurde seine Miene milder. »Ruth Sheppard?«

Adeline nickte, und der Mann lächelte. »Ich bringe euch zu ihr.«

Er führte sie durch das Lager. Die Arbeiter schleppten ihre Erschöpfung wie schwere Mäntel mit sich herum, und zwei Raubvögel marschierten zwischen den Tabakreihen auf und ab, um dafür zu sorgen, dass niemand ins Hintertreffen geriet oder versuchte, Unruhe zu stiften.

Verhobelte Hölle, dachte Aster bei ihrem Anblick.

Das war das Letzte, was sie brauchen konnten.

Der Mann geleitete sie zu einem Haus mit einem kleinen Blumengärtchen und einem eisernen Wächter in der Form von zwei hüpfenden Mädchen. Adeline musterte ihn neugierig und ahmte die Haltung nach.

»Ganz ruhig jetzt, Addy«, murmelte Aster und befeuchtete sich die Lippen, als der alte Mann an die Tür klopfte.

»Normalerweise müsste Ruth zu Hause sein, aber vielleicht ist sie nach nebenan gegangen«, sagte er. »Sie und Miss Crane sind bekannt dafür, dass sie beim Mittagessen mit ein paar anderen Damen Karten spielen. Darf Mr. Cottenham natürlich nicht wissen. Der wäre nicht erfreut, wenn er erführe, dass jemand von uns mit seinem Geld spielt, umso mehr, wenn es auch noch ein Haufen Frauen ist …«

Doch dann wurde die Tür geöffnet. Eine Frau mit grau meliertem Haar und wettergegerbter brauner Haut stand vor ihnen. Sie war dürr wie ein Strich in der Landschaft und hatte die gleichen dunklen Augen wie Adeline.

»Walter? Wer sind die zwei?«

»Hab gehofft, du wüsstest das. Sie sagen, dieses Mädchen gehöre zu deiner Familie.«

»Tante Ruth?«, fragte Adeline und trat zögernd vor.

Die Hand der Frau zuckte zu ihrer Kehle, und ihre Augen weiteten sich vor Schreck. *»Adeline?«*

Walter lächelte. »Dann lasse ich sie mal alle bei dir. Du weißt ja, wo du mich findest, falls du was brauchst.«

Ruth scheuchte sie ins Haus und schloss die Tür. Als sie sich umblickte, überkam Aster eine beinahe körperlich spürbare

Sehnsucht – wenn sie sich anstelle Ruths Decken aus gesponnener Wolle die ihrer eigenen Mutter vorstellte, war es fast so, als wären sie in dem Zuhause ihrer Kindheit gelandet.

Ruth schlang die Arme um Adeline, drückte sie an sich und küsste sie auf den Kopf. Tränen rannen über ihre Wangen.

»Ich hätte nie gedacht, dass ich dich noch einmal wiedersehe«, sagte sie und ließ Adeline los, um sie besser ansehen zu können. Erleichterung flutete Asters ganzen Körper. Ruth wollte das Mädchen bei sich haben, so viel stand fest. »Ich verstehe nicht, wie das möglich ist – ich habe einen Brief von meinem Schwager bekommen, in dem er schrieb, er habe vor, Addy an ein Welcome House zu verkaufen. Ich habe getan, was ich konnte, um ihn davon abzubringen, ich habe ihm sogar angeboten, Addy bei mir aufzunehmen. Aber er hat gesagt, er würde den Glimmer brauchen, und das war es dann.«

Ruth strich mit den Fingern durch das Haar des Mädchens, in dessen Gesicht ein breites Grienen prangte. Sosehr sie sich in den letzten zwei Tagen auch bemüht hatten, Adeline aufzumuntern, hatte Aster sie doch bisher noch nie so strahlen sehen. Der Anblick erfüllte ihr Herz mit einer Freude, die sie nicht mehr verspürt hatte, seit …

Nun ja, seit sie in Addys Alter gewesen war.

»Sie sieht aus wie meine Schwester, als sie noch klein war«, bekundete Ruth und richtete sich mühsam auf. »Das vor dem Haus sind wir – die beiden hüpfenden Mädchen. Habt ihr sie gekannt, oder …?« Eine düstere Wolke legte sich über ihre sonnige Erregung. »Wie kommt es, dass Adeline bei euch ist?«

»Wir sind Wegemänner«, entgegnete Violet prompt. »Wir arbeiten zusammen. Adeline haben wir gefunden, als wir wegen eines Auftrags unterwegs nach Norden waren. Anscheinend hat der Raubvogel, der sie zu diesem Welcome House hätte bringen sollen, sie einfach zurückgelassen.«

»Aber warum?«

Violet zuckte mit den Schultern. »Wer kennt schon die Motive eines so seelenlosen Mannes. Vielleicht hat sich ihm eine lukrativere Gelegenheit geboten. Jedenfalls hätte es sich falsch angefühlt, Adeline einfach allein da draußen zu lassen.«

»Ja natürlich«, entgegnete Ruth geistesabwesend, aber die Wolke wurde nur noch dunkler. »Also, dann habt ihr … dann habt ihr sie vor dem Welcome House bewahrt? Sie ist rechtswidrig hier?«

Aster zögerte, und ihr eigenes Lächeln fiel in sich zusammen. »Wäre es dir lieber, wir würden sie zurückbringen?«

»Nein, natürlich nicht. Meine Schwester würde wollen, dass ich mich um ihr Mädchen kümmere, davon bin ich überzeugt. Aber …« Sie zögerte, ehe sie leiser weitersprach: »Jemand wird sie suchen, nicht wahr? Leute aus dem Welcome House oder Gesetzeshüter? Beide? Und wenn ihr mich so leicht finden konntet, dann ist es nur eine Frage der Zeit, bis auch die hier auftauchen.«

Adeline hatte angefangen, sich in ihrem neuen Zuhause umzuschauen. Sie öffnete Schubladen und Schränke und schien nicht zu ahnen, dass sie immer noch in Gefahr war.

»Könnt ihr zusammen woandershin gehen?«, fragte Violet und wechselte einen sorgenvollen Blick mit Aster.

Aster war nicht sicher, was sie eigentlich erwartet hatte, als sie schwer bewaffnet den Raubvogel angegriffen hatten. Sie war überzeugt gewesen, dass sie das Richtige tat, aber sie hatte nicht darüber nachgedacht, wie es anschließend weitergehen sollte. Und später hatte sie gehofft, Adelines Tante würde wissen, was zu tun war. Aber alles, was die Frau gesagt hatte, traf zu. Was, wenn Aster und Violet durch ihre Vorgehensweise gerade ihr Todesurteil gesprochen hatten?

Und Addy …

Mit trockenem Mund starrte Aster die Frau an. »Ihr müsst von hier verschwinden. Geht woandershin.«

Ruth blinzelte. »Ich … ich denke, ich könnte versuchen, uns weit genug von hier fortzubringen, damit wir in einer anderen Stadt neu anfangen können«, überlegte sie laut. »Wir könnten unsere Namen ändern, unser Aussehen … aber ich habe nicht genug Glimmer für so etwas. Eigentlich habe ich gar keinen Glimmer.« Sie sah sich in dem kleinen Haus um, und da begriff Aster, dass es hier praktisch nichts gab, was Ruth hätte verkaufen können – wie das Haus selbst waren auch sämtliche Möbel, das Geschirr und sogar die Kleidung Leihgaben des Landesherrn Mr. Cottenham, deren Kosten auf die Schuld der Familie hinzuaddiert wurden.

»Ich kann euch versprechen, dass ich sie lieben werde wie meine eigene Tochter, aber ich kann nicht versprechen, dass ich immer in der Lage sein werde, für ihre Sicherheit zu sorgen«, fuhr Ruth fort. »Vielleicht … vielleicht wäre es besser für sie, in das Welcome House zu gehen. Dort würde man sich wenigstens um sie kümmern …«

Furcht bohrte sich schmerzhaft in Asters Eingeweide. Eine Erinnerung erhob sich aus den Tiefen ihres Geistes, wo sie sie begraben hatte, bahnte sich scharrend den Weg ans Licht wie ein Monster, das einfach nicht sterben wollte. Der Augenblick, in dem ihre Eltern ihr gesagt hatten, sie würden sie und Clementine an das Welcome House verkaufen, der Verrat, der sie so ganz und gar gebrochen hatte, dass sie nie mehr in der Lage gewesen war, sich völlig davon zu erholen.

Da bist du besser dran, Dawn. Die Stimme ihrer Mutter, trügerisch besänftigend und süß. *Ich verspreche dir, dort wird man sich um euch kümmern.*

»Warte«, ging Aster so hastig dazwischen, dass sie vergaß, ihre Stimme zu verstellen. Mit einem Husten versuchte sie, den Fehler wettzumachen. »Lass mich mit meinem Partner darüber reden.«

Aster nickte Violet zu, sie nach draußen zu begleiten, bemüht, ihre Erschütterung zu verbergen. Als sie die Tür hinter ihnen schloss, stemmte Violet die Hände in die Hüften und blinzelte in die Sonne.

»Was gibt es da noch zu reden?«, fragte sie. »Wir können nichts mehr für diese Leute tun.«

»Wir können. Wir müssen.« Aster ging zu der schwarzen Stute, griff in die Satteltasche und nahm den Münzbeutel heraus. Er war schwer von all dem Glimmer, den sie seit Green Creek gehortet hatten.

Violets Augen weiteten sich. »Nein …«

»Violet, wir haben keine Wahl. Die werden herkommen und die Tante töten, das weißt du. Und dann bringen sie Adeline in das Welcome House. Sie müssen woandershin, aber nicht in irgendein Erdloch, in dem sie nur auf ihren Tod warten können. Sie brauchen eine Möglichkeit, ein neues Leben anzufangen, weit genug entfernt, dass die Raubvögel die Suche nach ihnen aufgeben. Und dafür brauchen sie Glimmer. Jede Menge davon. Oder alles, was wir getan haben, war umsonst.«

»Wenn du … wenn wir diesen Glimmer nicht behalten, dann war die ganze verhobelte Reise umsonst«, zischte Violet. »Lady Ghost …«

»Wir können sie nicht einfach dem Tod ausliefern!« Aster sprach leise, aber ihr Zorn war dennoch hörbar. »Und wir können nicht zulassen, dass das, was uns zugestoßen ist, auch diesem kleinen Mädchen zustößt.«

Seufzend faltete Violet die Hände über dem Kopf.

»Es ist nicht so, als wäre mir das alles egal. Das ist es nicht. Ich schwöre dir, ich bin nicht das böswillige Miststück, für das du mich zu halten scheinst.« Aster zuckte zusammen. Offenbar hatte Violet die harten Worte der vorigen Nacht nicht vergessen. »Es ist nur so, dass man manchmal praktisch denken muss. Harte Entscheidungen treffen. Und wenn du die Kokarde nicht loswirst, dann wirst du auch sterben, Aster. Dann werden wir alle sterben.«

Aster ließ die Schultern hängen und blickte durch das Fenster. Ruth hatte Adeline an den Küchentisch gesetzt und schenkte ihr Tee ein. Sie wirkte so ruhig, obwohl gerade ihre ganze Welt auf den Kopf gestellt worden war.

Sie haben eine Chance, das Leben zu führen, das mir und Clementine weggenommen wurde.

»Dann geben wir ihnen wenigstens meinen Anteil«, bot Aster an.

»Sei nicht dumm. Das reicht vorn und hinten nicht. Es sei denn, du willst ihnen auch Clems Anteil überlassen?«

Aster sagte nichts, aber ein angespannter Zug um die Mundwinkel grub sich in ihr Gesicht.

»Dachte ich es mir doch.«

Der Wind fegte zwischen ihnen hindurch und trug den Geruch der Tabakpflanzen herbei. Die Feldarbeiter, die ihr Mittagessen verspeist hatten, packten ihre Sachen zusammen und machten sich bereit, wieder auf die Felder hinauszuziehen. Asters Kokarde brannte immer intensiver unter dem Stoff ihres Staubschutztuches. Ihnen blieb nicht mehr viel Zeit.

»Pass auf, es läuft auf Folgendes hinaus«, sagte Aster schließlich. »Wir können uns etwas ausdenken, so wie immer. Aber das hier geben wir ihnen. Es ist ihre einzige Chance.«

Violet rieb sich die Augen mit den Handballen.

»Ach verdammt, Aster«, murrte sie.

»Die anderen werden es verstehen. Wenn sie hier wären, würden sie genauso entscheiden.« Sie wusste tief im Herzen, dass sie recht hatte.

»Natürlich. Sie sind genauso schwächlich wie du. Und sie würden auch tun, was du ihnen sagst, denn du bist ihre Anführerin. Und darum musst du praktisch denken, wie ich schon sagte. Wärst du je die Bienenkönigin gewesen, dann wüsstest du das.«

»Lass mich mit der alten Leier in Ruhe. Du hast in Green Creek nur dein eigenes Wohl im Sinn gehabt, das hast du selbst gesagt.«

»Das musste ich. Sonst hätte es ja niemand getan.« Aber dann schien Violet zu einem Schluss zu kommen, und plötzlich wirkte ihr Gesichtsausdruck beinahe gelangweilt. »Wie auch immer, mach, was du willst. Gib ihnen den Glimmer, wenn du dich dann besser fühlst. Ich will nur weg von hier.«

Aster schluckte und nickte, erfüllt von tiefer Erleichterung. Dennoch kreisten endlose Zweifel durch ihren Kopf, als sie an die Tür klopfte und darauf wartete, dass Ruth ihnen öffnete. So unverblümt Violet ihr gegenüber auch gewesen war, sie hatte ihr die unausgesprochene Wahrheit erspart: dass sie keine Chance hatten, den Verlust von so viel Glimmer in der kurzen Zeit, die ihnen noch blieb, wieder auszugleichen.

Aber es gab noch eine andere Wahrheit. Wie ehrbar ihre Motive auch gewesen sein mochten, es war allein ihre Schuld, dass Adeline nun auf der Flucht vor dem Gesetz war.

Sie hatten sie da hineingeritten, also mussten sie sie auch wieder rausholen.

Ruth öffnete die Tür einen Spaltbreit und sah Aster und Violet erwartungsvoll an.

»Danke für deine Geduld«, sagte Aster. »Wir haben ein bisschen Glimmer gespart, den wir dir gern geben würden. Um dir zu helfen, irgendwo anders neu anzufangen, so weit von hier entfernt wie nur möglich.« Aster hielt ihr den Münzbeutel hin. »Da sind etwas mehr als fünftausend Adler drin. Das sollte reichen.«

Ruth bekam große Augen. »Das kann ich unmöglich annehmen.«

»Bitte«, drängelte Violet, und Aster stellte überrascht fest, dass in ihrer Stimme echtes Wohlwollen mitschwang. »Für Adeline.«

»Ich wünschte, jemand hätte das Gleiche für meine Schwester tun können«, fügte Aster hinzu.

Ruth nahm den schweren Münzbeutel an sich. Ihre Augen schimmerten unter neuerlichen Tränen, die sie hastig fortwischte. »Ich weiß nicht, wie ich euch danken soll … beim Schleier …«

Aster reckte die Hände hoch. »Es ist uns eine Ehre, helfen zu können.«

Ruth dankte ihnen noch einmal und nahm sie beide in den Arm. Eine Woge des Heimwehs spülte über Aster hinweg, gefolgt von einem Stolz und einer Zufriedenheit, wie sie sie noch nie zuvor verspürt hatte. Aufschneider auszurauben hatte jedes Mal einen Rausch der Befriedigung mit sich gebracht, aber das hier … das war wie eine gediegene Mahlzeit, die sich auf die Rippen setzte und tagelang satt machte. Für einen kurzen Moment fielen all der Schmerz und die Scham von ihr ab.

Das ist es, dachte Aster und atmete hörbar aus.

Das ist der Grund, warum ich hier bin.

Und da hörte sie die Stimmen hinter sich. Aster drehte sich um, und ihr wurde flau im Magen. Walter führte eine Gruppe von einem halben Dutzend Feldarbeiter an, alle bewaffnet mit Sicheln und anderen Werkzeugen. Zielstrebig marschierten sie auf das Haus zu.

»Ich *wusste,* etwas stimmt nicht mit euch zweien«, brüllte er mit barscher, anklagender Stimme. »Die sind nicht, wer sie zu sein vorgeben, Ruth! Das sind die Mädchen aus Green Creek. Das da ist eines der gestohlenen Pferde.« Zum Beweis hielt er einen Steckbrief hoch. »Packt sie, Jungs!«, befahl er, als die Männer nur noch wenige Schritte vom Haus entfernt waren. »Und vergesst nicht, McClennon will sie lebend!«

Aster blieb keine Zeit, die Wendung der Ereignisse zu verarbeiten, keine Zeit, auch nur aufs Pferd zu steigen, ehe Walter seine Sichel schwang. Also ergriff sie Violets Hand, und sie rannten zu Fuß davon.

»Komm!«, brüllte sie.

Auf dem festgestampften Boden liefen sie los, Seite an Seite, bis sie im kühlen grünen Schatten der Tabakfelder verschwanden. Bei jedem Schritt tat das Herz in Asters Brust einen Satz, und der Aufprall ihrer Füße erschütterte sie bis ins Mark.

»Die werden Ruth und Adeline doch nichts tun, oder?«, fragte Violet, inzwischen ziemlich außer Atem.

»Dazu haben sie keinen Grund«, antwortete Aster keuchend, obwohl sie damit vor allem sich selbst zu beruhigen versuchte. Die Bande war ihnen dicht auf den Fersen, und ihre Schritte hallten hinter ihnen über die Felder.

Sie hatten keine Chance, ihren Vorsprung noch lange zu halten.

Aster riss ihr Staubschutztuch herunter. Ihre Tarnung war sowieso aufgeflogen, und der Schmerz machte sie nur langsamer. Sie mussten es bis in den Wald schaffen, zurück zu dem Treffpunkt, an dem Zee und die anderen auf sie warteten.

Und wir führen diese verdammte Meute direkt zu ihnen …

»Hier entlang«, zischte Aster Violet zu und zwang sich, den Gedanken zu verdrängen. Sie tauchte seitwärts zwischen den Pflanzen hindurch und lief quer zu den Reihen weiter, statt ihnen zu folgen. Ihre einzige Hoffnung bestand darin, die Männer in dem grünen Gewirr abzuschütteln.

Zweige peitschten ihnen ins Gesicht, und der Geruch des Tabaks machte Aster schwindelig. In der Ferne erklang ein Schuss. Einer der Männer musste eine Waffe haben.

Und dann waren da auch noch die Raubvögel …

»Ich … sehe … das … Ende!«, keuchte Violet, unterbrochen von hastigen Atemzügen.

Einen Moment später ließen sie das Feld hinter sich. Aster jagte über den schmalen Streifen offenen Graslands zwischen Feld und Bäumen und tauchte in den Wald ein. Der Treffpunkt war immer noch eine Viertelmeile entfernt.

Die brachten Aster und Violet in wenig mehr als einer Minute hinter sich.

»Aster? Wir haben Schüsse gehört …«, begann Zee, als sie zwischen den Bäumen heranpreschten.

»Keine Zeit für Erklärungen. Sie sind uns auf den Fersen. Wir müssen von hier verschwinden«, rief sie. Violet schnappte dankbar nach Luft, als sie stehen blieben, und Aster fing an, die Pferde loszubinden. »Wir mussten unser Pferd zurücklassen«, fuhr sie fort. »Clem, du reitest mit Zee, Violet mit mir.«

Die Geräusche ihrer Verfolger rollten wie eine Flutwelle herbei. Weitere Schüsse fielen, begleitet von lautstarken Verwünschungen. Sie konnten nicht mehr als hundert Fuß hinter ihnen sein.

»Beim *Schleier*«, fluchte Mallow, als die Männer zwischen den Bäumen in Sicht kamen.

»Da sind auch Raubvögel, und die Gesetzeshüter werden nicht weit hinter ihnen sein«, bekundete Aster erbittert.

Sie gaben den Pferden die Sporen und galoppierten tiefer in den Wald hinein. Die Männer, die zu Fuß hinter ihnen her waren, würden nicht mithalten können, aber die Gesetzeshüter waren ebenfalls beritten. Die hätten keine Probleme, ihnen zu folgen, und sie waren vermutlich längst in Alarmbereitschaft nach dem Aufsehen, das Aster in Clearwater erregt hatte.

Sie sah sich zu Zee um, dessen Gesicht unter der Hutkrempe vor Sorge verzerrt war. Anscheinend dachte er das Gleiche wie sie.

»Wie sollen wir sie dieses Mal abhängen?«, fragte Aster, und der Wind riss ihr die Worte beinahe von den Lippen.

Er schüttelte den Kopf, die Augen stur auf den Boden vor ihm gerichtet. »Das wird hart, Aster. An den Grenzen des Grinds sind immer zusätzliche Gesetzeshüter stationiert.«

Clementines Arme spannten sich fest um seinen Bauch. »Und was sollen wir jetzt machen?«

»Ich habe eine Idee, aber es ist gefährlich.« Endlich warf er Aster einen knappen Blick zu. »Es ist beinahe dunkel – die Rächer kommen bald heraus. Wenn ich die zu den Gesetzeshütern führe, kann der Rest von euch mit dem Theomitring entkommen …«

»Zee, nein«, fiel Clementine ihm ins Wort.

Aster packte die Mähne ihres Pferdes, das ins Stolpern geriet, als es einem Baum auswich.

»Ihr reitet weiter bis zur nächsten Stadt, Stonegate«, fuhr

er unerbittlich fort. »Dort gibt es einen Bahnhof. Das ist die erste Station für einen Zug, der bis hinauf nach Northrock fährt …«

»Zee, du musst mit uns kommen«, rief Mallow ein Stück weit hinter ihnen.

»Nein«, sagte Aster. Ein Gefühl des Respekts breitete sich in ihrer Brust aus. »*Ich* gehe mit Zee.«

»Nein!«, schrie Clementine nun. »Nicht ihr beide.«

Zee nickte Aster kurz zu und brachte sein Pferd zum Stehen. Aster und Mallow folgten seinem Beispiel.

»Sie hat recht, Clem«, sagte er sanft. »Kein Pferd kann drei voll ausgewachsene Reiterinnen tragen. Jemand muss bei mir bleiben.«

»Dann nimm mich. Ich bin die, die sie eigentlich wollen …«

»Nein«, schnitt Aster ihr das Wort ab und glitt bereits vom Pferd. »Ich habe das alles auf mich genommen, um dich zu retten, Grace, hörst du? Ich werde dich jetzt nicht aufgeben.«

»Aster … bist du sicher?«, fragte Tansy. »Vielleicht können wir …«

»Meine Entscheidung ist endgültig.« Sie musste dieser Debatte umgehend ein Ende machen, denn ihr Vorsprung vor den Gesetzeshütern würde nicht lange vorhalten. Clementine kletterte aus dem Sattel. Tränen strömten über ihr Gesicht.

»Versprich mir, dass du uns wieder einholst«, flüsterte sie und nahm Aster in die Arme.

Asters Herz schlug hart und schnell in ihrer Brust. »Ich will nicht, dass ihr auf uns wartet. Das ist zu gefährlich …«

»*Versprich* es mir!«

Aster hatte ihre Schwester noch nie belogen, und sie hatte nicht die Absicht, jetzt damit anzufangen. Doch dann blickte sie auf und sah, wie Violet kaum merklich den Kopf schüttelte.

Manchmal musst du praktisch denken.

»Ich verspreche es«, flüsterte Aster, sagte Clementine, was sie hören musste. Clem atmete auf, dankte ihr und kletterte hinter Violet in den Sattel.

»Glück sei mit euch, Freunde.«

Clementine zögerte, als steckten die Worte in ihrer Kehle fest, doch dann gab Violet dem Pferd die Sporen.

Der Himmel hatte sich tiefrot verfärbt, während die Sonne am Horizont versank. Die Schatten um sie herum waren nun länger und tiefschwarz. Und im Süden, leise, aber mit jeder Sekunde kraftvoller, erklang das Geräusch von hundert Pferdehufen, die ihrer Spur folgten.

»Viel Glück!«, rief Clementine über ihre Schulter.

Die Mädchen ritten los. Aster und Zee sahen ihnen nach, bis sie im dichten Wald verschwunden waren. Kaum waren sie außer Sicht, zog er seine Flinte hinter dem Rücken hervor und gab sie Aster.

»Ich hoffe, du hast wirklich so viel geübt, wie du gesagt hast«, bemerkte er ohne jeden Hauch seines üblichen Humors. »Das wirst du brauchen.«

KAPITEL ACHTZEHN

Aster starrte die Waffe an, als hätte er ihr eine lebendige Schlange in die Hände gelegt.

»Solltest *du* die nicht nehmen?«, fragte sie. Auf das Vorhängeschloss zu schießen war schlimm genug gewesen, und hier ging es um mehr als nur darum, mit einer kleinen Pistole einen verdammten Gegenstand zu treffen.

Zee schüttelte den Kopf, während er hastig nach seinem Messer suchte. »Als ich das letzte Mal versucht habe, beim Reiten zu schießen, ist das hier passiert«, sagte er und klopfte auf seinen verletzten Oberschenkel. »Ich würde dir ja die Zügel überlassen, aber Nugget kennt mich besser. Du kriegst das hin, Aster.«

Und dann schlitzte er sich die Handfläche auf.

»*Zee* … was zur Hölle …«

»Wir müssen die Rächer zu uns locken.«

»Die sind nicht lebendig. Sie können das Blut nicht mal riechen.« Er hatte den Verstand verloren.

»Nein, aber sie werden von Schmerz und Furcht angezogen, und es braucht nicht viel, um ihren Appetit zu wecken. Angst haben wir ja schon genug.« Er verzog das Gesicht und reichte ihr das Messer. »Mach das auch.«

»Zee … ich weiß nicht recht …«

Während sie sprach, verschwand die Sonne hinter dem Horizont, und der Wald versank in Dunkelheit. Sogleich begannen die Rächer zu heulen, erst leise, dann lauter und immer lauter. Asters Puls donnerte zwischen ihren Ohren.

Sie schnitt sich in die Handfläche.

Aster sah das Blut, ehe sie den Schmerz wahrnahm – und was für eine fürchterlich große Menge Blut das war. Bald war ihre ganze Hand rot, Rinnsale liefen über ihr Handgelenk zum Ellbogen. Die Wunde pulsierte im Rhythmus ihres Herzens, und ihre Handfläche brannte, als stünde sie in Flammen. Zee gab ihr eine Bandage, mit der sie den Schnitt verbinden konnte, doch sie fühlte sich schon recht benommen.

»Bleib bei dir«, sagte er. »Wenn die Rächer uns beinahe erreicht haben, dann führen wir sie zu den Gesetzeshütern. Wir kommen da wieder raus, ich verspreche es dir.«

Sie fragte sich, ob auch er ein Lügner war.

Die Gesetzeshüter kamen näher und gaben sich keine Mühe, leise zu sein. Alle paar Sekunden wiederholten sie den immer gleichen Warnruf:

»ACHTUNG. IHR STEHT UNTER ARREST. LASST DIE WAFFEN FALLEN UND KOMMT MIT ERHOBENEN HÄNDEN HERVOR.«

Was, wenn die Männer sie vor den Rächern erreichten? Was, wenn nicht genug Rächer da waren, um sie aufzuhalten? Was, wenn …

Zee kletterte in den Sattel und half Aster hinauf, sodass sie bereit waren loszupreschen, sobald Rächer und Gesetzeshüter nahe genug waren. Aster hätte beinahe die Flinte fallen lassen, als sie hinter ihn glitt. Es war nicht so einfach, sie mit der verletzten Hand zu halten.

»Wie viele Kugeln sind da drin?«, fragte sie zittrig. Die Rächer kamen, um sie zu holen, sie konnte sie spüren; ihre

Schwingen pflügten durch die Luft, wühlten sie auf und brachten kurze, heftige Böen hervor.

»Sechs«, antwortete Zee und streichelte Nuggets Hals, um das Tier zu beruhigen. »Das Nachladen dauert lange – zu lange, also schieß nur, wenn du musst.«

Ihr Atem formte Dampfwolken vor ihren Gesichtern. Die Temperatur sank rasch. Trotzdem bildeten sich Schweißperlen an Asters Haaransatz. Sie wischte sie mit dem Handrücken weg, starrte in die Finsternis und zuckte jedes Mal zusammen, wenn sich etwas regte. Mit der Waffe in der Hand fühlte sie sich auch nicht sicherer. Ebenso gut könnte sie versuchen, ein Gewitter niederzuschießen.

Dann sah sie es – ein silbernes Leuchten überlagerte das Mondlicht und kam so schnell wie ein Kojote auf sie zu. Sie hob die Flinte …

»Warte«, sagte Zee, riss das Pferd herum, und der Rächer verfehlte sie knapp genug, dass Aster hörte, wie seine Klauen flüsternd an ihrem Gesicht vorüberschossen. »Wir wollen sie ja nicht schon jetzt in die Flucht schlagen. Wir müssen erst mehr von ihnen herlocken.«

Wie viele?

Denn inzwischen schien der ganze Wald vor Rächern nur so zu brodeln. Zweige brachen, während sie heranrauschten. Ihre schrillen, unartikulierten Schreie rollten wie eine Woge über Aster hinweg. Ihre Kopfhaut spannte sich an, und das Herz wollte ihr beinahe aus der Brust springen. Sie fühlte mehr, als sie es sah, dass ein weiterer Rächer von oben auf sie herabschoss …

»JETZT!«, befahl Zee.

Sie hob die Waffe und feuerte blindlings in die Finsternis. Der Schuss zerriss die Nacht mit donnerndem Lärm und aufblitzendem Feuer, und der Rückstoß der Flinte hätte sie fast aus dem Sattel geschleudert. Der Rächer stieß einen kläglichen Schrei aus und fiel zurück, aber schon war ein anderer da. Endlich gab Zee dem Pferd die Sporen, und es stürzte voran und lockte die Rächer hinter ihnen her.

Der Wind zerrte an Asters Gesicht, als sie auf die Gesetzeshüter zugaloppierten. Mühsam unterdrückte sie die Panik, die sie jedes Mal befiel, wenn sie eine Waffe abfeuerte. Unterdrückte den Brechreiz, der in ihrer Kehle aufstieg. Sie konnte es sich nicht leisten, die Beherrschung zu verlieren. Nicht jetzt und nicht hier.

»Halt durch!«, rief Zee und trieb das Pferd weiter an. Zweige zerkratzten ihre Arme und Beine, und Asters Knochen rasselten unter dem Donnern der Pferdehufe. Sie fühlte, dass mindestens zwei Rächer mit ihnen Schritt hielten, einer auf jeder Seite. Aster zögerte, wusste nicht recht, worauf sie zielen sollte. Dann griff der Rächer auf der rechten Seite an, versenkte die Fangzähne in ihrer Wade und zog …

Aster schrie auf, feuerte zweimal auf ihren Angreifer, dann ein drittes Mal, um auch den anderen Rächer links von sich zu vertreiben.

Damit ist schon mehr als die Hälfte der Patronen weg.

»Alles in Ordnung?«, brüllte Zee.

»Es geht mir gut«, bellte Aster zur Antwort, aber ihr Bein pulsierte, und sie konnte nicht mehr klar sehen.

Menschliches Geschrei ertönte von vorn. Ihre Verfolger hatten die Schüsse gehört.

»Also gut, wir sind beinahe da«, verkündete Zee, und tatsächlich konnte Aster bereits vage die dunklen Umrisse berittener Gesetzeshüter in vielleicht hundert Fuß Entfernung ausmachen. Mindestens zwei Dutzend Männer, einige davon ausgestattet mit Grauweidenfackeln – jede ausreichend, um einen oder auch zwei Rächer zu vertreiben, aber nicht genug, um die ganze Horde abzuwehren, die Zee und Aster zu ihnen dirigierten.

»HALT!«, brüllte der Anführer der Gesetzeshüter.

Zee ritt weiter.

Vereinzelt fielen erste Schüsse.

»Ich dachte, die dürfen uns nicht töten«, knurrte Zee und zog den Kopf ein.

»Schätze, sie liefern lieber unsere Leichen ab, als uns noch einmal entkommen zu lassen«, erwiderte Aster erbittert. Ihr Bein war inzwischen voller Blut von dem Biss des Rächers, und ein anderer holte gerade mit schwerem, machtvollem Flügelschlag auf.

Noch fünfzig Fuß Abstand zu den Gesetzeshütern.

»*Verdammt!*«, fluchte Zee, prallte zurück gegen Aster und hielt sich die Schulter. Er war angeschossen worden. Das Pferd geriet ohne seine Führung aus dem Tritt und wurde langsamer.

Mist …

Aster wirbelte herum und schoss auf den mondbeschienenen Rächer über ihnen, als der gerade zum tödlichen Angriff ansetzte, die Klauen vorgereckt, die Kiefer weit geöffnet. Er kreischte, und seine Silhouette flackerte, als er kehrtmachte und floh.

Fünfundzwanzig Fuß. Zee hatte die Zügel wieder in der Hand, atmete aber ungleichmäßig. Doch sie wurden schneller, rasten auf den Trupp Gesetzeshüter zu.

»BLEIBT, WO IHR SEID …«

Zee stieß einen wilden, verzweifelten Schrei aus. Aster zielte mit dem Gewehr über seine Schulter hinweg und feuerte ihren letzten Schuss ab, zwang den Gesetzesmeister, ihnen aus dem

Weg zu gehen. Und dann jagten sie mitten durch den Trupp hindurch, eine Horde Rächer direkt auf ihren Fersen.

Wahnsinn.

Hinter ihnen hagelte es Schüsse. Aster und Zee kauerten sich tief zusammen, zogen die Köpfe ein. Männer brüllten, als sie von Rächern angegriffen, von ihren Pferden gezerrt oder in die Baumwipfel hinaufgetragen wurden. Die Schreie der Lebenden und der Toten erhoben sich zu einem Chor, der Aster das Blut in den Adern gerinnen ließ.

Es dauerte nicht lange, da machten die Gesetzeshüter kehrt und rasten los – nicht hinter Aster und Zee her, sondern einfach nur weg von der wimmelnden Horde. Die Männer stoben in alle Richtungen. Der Geruch von Blut und Schießpulver verdichtete sich in der Luft. Zee nutzte die allgemeine Verwirrung, um die Rächer und ihre neue Beute abzuschütteln, und Aster spürte Hoffnung in ihrem Inneren aufflackern, als sie sich gen Norden wandten. In Richtung Stonegate, dorthin, wo ihre Freunde waren.

Wir haben es geschafft.

Sie schwankte unter dem berauschenden Hochgefühl, das ihre Furcht vertrieben hatte. Für eine Weile lauschten beide schweigend dem Rhythmus des Hufschlags und den verhallenden Geräuschen des Chaos, das sie gestiftet hatten. Dann schlug hammerhart Asters Müdigkeit zu, und sie brauchte all ihre Energie, um sich aufrecht zu halten. Derweil tastete Zee mit der gesunden Hand nach seiner Feldflasche und trank einen Schluck.

»Weißt du, was Clem sagen wird, wenn sie uns sieht?«, fragte er schließlich, wischte sich den Mund ab und reichte die Flasche nach hinten zu Aster. Sie vernahm ein Lächeln in seiner Stimme.

Trotz allem lächelte auch sie. *»Ich habe es euch gleich gesagt.«*

Kaum waren sie außer Gefahr, hielten Aster und Zee an, um ihre Wunden zu säubern und zu verbinden, so gut sie eben konnten. Zee riss einen Streifen aus seinem Hemd, um eine Schlinge für seinen Arm zu fertigen, während Aster einen Fetzen ihres eigenen Hemds als Bandage für ihre verletzte Wade benutzte. Dann luden sie die Flinte nach, stiegen wieder auf und setzten den Ritt für den Rest der Nacht fort, folgten der Spur der anderen. Je eher sie sie einholten, desto eher konnten sie den Grind hinter sich lassen.

Aster verbrachte den Ritt in einem benebelten Halbschlaf, und ihr Kopf schwankte bei jedem Schritt des Pferdes hin und her. Allmählich fühlte sie sich wie in jener Nacht, nachdem sie den Raubvogel getötet hatte. Abgekoppelt, unwirklich. *Nicht gut.* Der Angriff der Rächer, das Gewehrfeuer der Gesetzeshüter, das Donnern der Flinte in ihren Händen – das alles wurde zu viel für sie.

Doch zu ihrer Überraschung half ihr Zees Gegenwart, im Hier und Jetzt verankert zu bleiben. Dennoch fühlte sie sich in seiner Nähe nach wie vor nicht ganz wohl, und sie hegte den Verdacht, dass sich das nie ändern würde. Und da war immer noch etwas in seiner Vergangenheit, das er ihnen nicht erzählt hatte, etwas, dessen er sich schämte oder das er fürchtete oder beides. Andererseits hatte auch sie ihre Geheimnisse, und sie wusste, wie es sich anfühlte, von der eigenen Furcht oder Scham zum Schweigen verurteilt zu sein. Aster ging auf, dass sie Zee vertraute, mehr, als sie es nach ihrer ersten Begegnung je erwartet hätte.

Sie hatte sich nie vorstellen können, so etwas mit einem Jungen zu erleben – eine ehrliche Freundschaft.

»Zee«, sagte Aster müde, nicht zuletzt, um wach zu bleiben, »bei allem, was passiert ist, hatte ich nie die Gelegenheit, dir zu sagen … es tut mir leid, dass du deine Schwestern nicht hast finden können.«

Zee reagierte nicht, und Aster fragte sich, ob er sie gehört hatte, fragte sich, ob sie überhaupt gesprochen oder ob sie die Worte nur geträumt hatte. Aber dann antwortete er doch, und seine Stimme klang so sanft wie das erste Tageslicht, das durch das Laub in den Wald sickerte.

»Mir auch.«

»Was willst du jetzt tun? Wenn du uns abgeliefert hast?«

»Ich habe sie nicht aufgegeben.« Er seufzte. »Das werde ich nie tun. Aber die Spur ist erkaltet. Ich habe in jedem Welcome House im Grind gesucht, aber keinen Hinweis auf sie entdecken können. Es ist, als wären sie einfach … verschwunden.«

Ein Schauder rann über Asters Rückgrat. Nicht zu wissen, was aus der eigenen Familie geworden war – das war beinahe schlimmer, als sie gänzlich zu verlieren. Man konnte nicht trauern, konnte nicht weiterziehen.

Du findest einen Weg, würde Clementine vermutlich sagen, *das weiß ich genau.* Oder: *Ich bin sicher, sie sind zusammen, wo sie auch sein mögen.* Und sie würde es vielleicht sogar glauben. Aber Aster brachte solche Worte nicht über die Lippen. Falsche Hoffnung war eine grausame Gabe für einen Freund.

»Wenn wir dir irgendwie helfen können, dann gib mir Bescheid, hörst du?«, sagte sie stattdessen. Zees Schwestern verdienten die Freiheit genauso sehr wie sie und Clem oder Mallow und Tansy oder Violet, Adeline oder irgendeines der vielen Hundert anderen Good Luck Girls im Grind.

»Danke, Aster«, entgegnete Zee und klang überrascht. »Das werde ich bestimmt.«

Kurz nachdem die Sonne ganz über dem Tal aufgegangen war, erreichten sie Stonegate. Oben auf dem Kamm hielten sie inne und blickten ins Tal hinab. Das war die bei Weitem größte Stadt, die sie bisher zu sehen bekommen hatten, und statt einer Mauer hatte sie mitten im Zentrum einen riesigen steinernen Bogen. Zee erklärte ihr, dass dieser Bogen den Torweg in und aus dem Grind darstellte, obwohl die Leute gewöhnlich über den Bahnhof auf der Ostseite der Stadt an- und abreisten. Die Schienen führten nordwärts, glänzten im Tageslicht wie ein stählernes Band, und am Bahnhof stand ein wartender Zug.

Aber wo waren Clementine und die anderen?

Zee stieg ab und kniete sich zu Boden, um die Spur zu untersuchen, der sie gefolgt waren. Nun, bei Tag, konnte Aster erkennen, wie erschöpft er aussah, wie ausgezehrt sein Gesicht war, wie langsam und gepeinigt jede Bewegung wirkte. Und sie wusste, sie sah mindestens genauso schlimm aus.

»Ihre Spur endet hier. Sie sind nicht in die Stadt geritten«, erklärte er verunsichert.

»Also warten sie auf uns, wie sie gesagt haben. Aber wo?«

»Sie müssen ganz in der Nähe sein.«

Aster stieg ebenfalls ab, trat neben Zee und sah sich um. Sorge bohrte sich in ihr benebeltes Bewusstsein. Was, wenn jemand anders ihre Spur aufgenommen hatte? Waren sie gefangen genommen worden? Oder einem Unfall zum Opfer gefallen …?

Doch da hallte Clementines Stimme durch die Stille.

»Sie sind da! Sie haben es geschafft! Ich habe euch ja gesagt, sie schaffen es.«

Aster wirbelte herum. Clementine war zu Fuß zwischen den Bäumen hervorgekommen und rannte auf sie zu. Mallow, Tansy und Violet waren direkt hinter ihr. Aster blieb kaum Zeit zum Aufatmen, ehe ihre Schwester sie so fest in die Arme schloss, als wollte sie sie erdrücken.

»Ich freue mich auch, dass wir es geschafft haben«, kommentierte Aster mit einem müden Lachen, und erst da wurde ihr klar, dass nicht viel gefehlt hätte, und sie hätte Clementine nie wiedergesehen. Der Gedanke schnürte ihr die Kehle zu, und sie musste die Tränen hinunterschlucken.

Clementine ließ sie los und wollte Zee umarmen, hielt aber inne, als sie sah, dass er den Arm in einer Schlinge trug.

»Was zur Hölle ist passiert?«, fragte Mallow mit geweiteten Augen.

»Wir erzählen euch alles«, versprach Zee, »aber jetzt müssen wir diesen Zug erwischen.«

Er zeigte auf den Güterzug im Bahnhof.

Violet runzelte die Stirn. »Muss es wirklich *dieser* Zug sein? Wir haben eine höllisch lange Nacht hinter uns, Zee. Wir sind nur etwa eine Stunde vor euch hier eingetroffen.«

»Ich fürchte schon«, erwiderte er. »Das wird bis heute Abend der letzte Güterzug sein. Während des Tages fahren nur Personenzüge – keine Chance, dass wir in denen als blinde Passagiere mitreisen.«

»Und wir können hier auch nicht bis zum morgigen Abend unentdeckt herumsitzen«, fügte Tansy hinzu.

»Richtig. Aber wenn wir erst in dem Zug sind, können wir uns während des ganzen Weges nach Northrock ausruhen. Das ist eine ganze Tagesreise. Wo sind die Pferde?«

Tansy und Mallow eilten zurück in den Wald und führten die Pferde mit sich. Aster und Clementine wechselten wieder den Platz, sodass Aster mit Violet ritt und Clementine mit Zee. Dann machten sie sich auf den Weg hinab, bis sie den Stadtrand erreicht hatten, von wo aus sie parallel zu den Schienen im Wald weiterritten. Sie würden nicht im Bahnhof in den Zug steigen, erklärte ihnen Zee – zu viele mögliche Zeugen. Stattdessen würden sie aufspringen, sobald er um die erste Kurve fuhr. Dort würde der Zug langsamer werden müssen, um der Biegung zu folgen.

Trotzdem … er wäre in Bewegung. Aster gefiel das nicht sonderlich. Dieses Vorhaben war so übereilt wie der Bankraub. Irgendetwas würde bestimmt schiefgehen.

Der Zug gab den ersten Pfiff von sich. Er verließ den Bahnhof.

»Kommt schon, er darf uns nicht davonfahren«, drängelte Zee, aber ihre Pferde waren müde und ließen sich kaum zu einem schnelleren Tempo antreiben. Es dauerte nicht lange, da überholte sie der Zug, die Maschine stampfte gerade zwanzig Fuß links von ihnen vorbei. Einige der Wagen waren aus Holz, dessen Farbe so verblasst war, dass die Maserung durchschimmerte. Andere waren oben offen und beladen mit Bergen von Kohle. Schwarzer Rauch wogte aus dem Schornstein. Begleitet von einem Geräusch wie Donnergrollen, drehten die Räder sich immer schneller. Aster kam sich vor, als würde sie einen Dämon aus der Hölle verfolgen.

Die Biegung lag direkt voraus.

»Also gut, bereitet euch aufs Absteigen vor!«, rief Zee ihnen zu und ritt näher an das Gleis heran, bis sie sich längsseits zu dem Zug befanden. Die Wagen tosten vorbei. Wind zerrte an ihren Kleidern und Haaren.

Er ist zu schnell. Wir werden es nie schaffen, ihn zu erwischen, dachte Aster verzweifelt. Schaurige Bilder drängten sich ungebeten in ihr Bewusstsein: Tansy, wie sie unter die Räder geriet, Mallow, zerschmettert an der Seitenwand. Zähneknirschend schüttelte sie den Kopf.

Als sie die Kurve erreicht hatten, zügelte Zee sein Pferd und stieg ab.

»Nehmt nur mit, was ihr auf dem Rücken tragen könnt!«, brüllte er über den Lärm hinweg. »Wo ist der Glimmer?«

Aster und Violet wechselten einen Blick. Der Glimmer war bei Adeline und ihrer Tante.

»Wir haben alles im Griff«, sagte Violet, die Asters Mimik zu lesen wusste, zu den anderen.

Auch die Mädchen waren abgestiegen und füllten, so schnell sie konnten, die Ranzen. Das Ende des Zuges war bereits in Sicht.

»Da, vierundzwanzig-siebenundsechzig«, schrie Zee, befeuchtete sich die Lippen und deutete auf den nächsten Güterwagen. Blutrote Farbe schälte sich von seinen hölzernen Wänden. Jemand, erklärte er hastig gestikulierend und mit lautem Gebrüll, würde die Leiter an der Seite erklimmen müssen, um die Tür zu entriegeln und zu öffnen, damit die anderen hineinspringen konnten.

Und in Anbetracht seines Arms würde dieser Jemand offensichtlich nicht Zee sein.

Aster sah Mallow an, aber die war auch verletzt, genauso wie Aster selbst. Mit dem Bein …

»Ich mache das«, sagte Clementine. Ihre Stimme war kaum zu hören bei dem Lärm des Zuges.

»Clem, nein«, widersprach Aster mit pochendem Herzen.

Aber ihre Schwester war schon unterwegs, kletterte durch das kniehohe Gras auf den Kiesstreifen neben den Schienen. Die Steine knirschten unter ihren Stiefeln. Sie schloss die Augen und murmelte ein Gebet. Der Güterwagen war noch drei Längen entfernt und kam so schnell wie ein kanterndes Pferd um die Kurve.

Oder ein Mensch, der annähernd so schnell rannte, wie ein Mensch es eben konnte.

»Alle bereitmachen!«, brüllte Mallow.

Der Güterwagen ratterte vorbei. Clem rannte mit, sprang und packte die Leiter. Rostflocken lösten sich unter ihren Fingern. Rasch kletterte sie hinauf. Die anderen hielten mit dem Wagen Schritt. Aster humpelte, so schnell ihr verletztes Bein es ihr erlaubte. War der Zug erst um die Kurve, würde er sogleich wieder schneller werden.

Dann hätte Aster keine Chance mehr, ihn zu erwischen.

Auf dem Dach des Waggons angelangt, legte Clem sich auf den Bauch, löste die Verriegelung an der Oberseite der Tür, und versuchte, sie zu öffnen.

»Sie … sie klemmt«, rief sie stockend.

»Dann mach sie los!«, blaffte Violet.

Der Zug fing an zu beschleunigen.

Endlich schaffte Clem es, die Tür zu öffnen, die krachend zur Seite rutschte. Sie kletterte vom Dach und schwang sich hinein, landete auf dem Heu, das den Boden bedeckte.

»Tansy, komm, ich helfe dir!«, brüllte sie und streckte die Hand aus.

Tansy führte die Gruppe an. Sie rannte schneller, griff nach Clementines Hand und sprang. Clementine zog sie sicher in den Waggon.

Violet war die Nächste.

»Mist, Mist, Mist«, schrie sie bei jedem Schritt, steigerte stetig ihr Tempo, streckte eine Hand aus, und Clem und Tansy zogen sie in den Waggon. Dann war Mallow dran, danach Zee. Er schrie auf, als sie seinen verwundeten Arm ergriffen.

Und nun war Aster an der Reihe.

Der Zug hatte die Kurve umrundet und wurde immer schneller. Aster zwang sich, trotz der stechenden Schmerzen in ihrem Bein nicht nachzulassen.

»Komm schon, Aster, du hast es beinahe geschafft!«, brüllte Clementine, doch Aster erkannte die Furcht in ihren Augen.

Sie verfluchte sich selbst, verfluchte das Brennen in ihrer Lunge und ihrer Kehle, verfluchte den pulsierenden Schmerz in ihrem Bein und griff nach Clementines Hand. Packte sie.

Und stolperte.

Ihre Beine gaben unter ihr nach.

Sie schrie.

Clem ließ nicht los, während Aster versuchte, wieder festen Tritt zu bekommen. Ihre Beine brannten, während sie mitgezogen wurden. Kies prasselte auf ihre Kleidung und ihre Haut.

Die Räder waren beängstigend nahe. Funken flogen ihr ins Gesicht, und das Rattern erstickte alles bis auf die nackte, sprachlose Furcht. Wieder versuchte Aster, Tritt zu fassen, aber der Zug fuhr zu schnell. Sie würde zu Tode geschleift oder auf den Schienen in zwei Hälften zerteilt werden.

Und wenn sie nicht losließ, würde sie Clementine mit in den Tod nehmen.

Es tut mir leid, Grace, dachte Aster, als sie ihren Griff lockerte. *Es tut mir so leid.*

Da, plötzlich, spürte sie, wie sich eine starke Hand um ihren Unterarm schloss. Zees Hand. Und dann Violets über Zees. Mallows, dann auch Tansys.

»ZIEHT!«, schrie Clementine.

Aster wurde emporgezogen, und sie zerrten sie in den Waggon.

Ein Schluchzer entrang sich ihr, als sie flach auf dem Bauch landete und das Holz ihre Haut zerkratzte. Sie kroch voran, und Clementine zog hinter ihr die Tür zu und schloss sie in der Dunkelheit ein. Eine Woge der Erleichterung spülte über

Aster hinweg, und für einen Moment überlagerte ein Rausch der Euphorie all ihre Schmerzen.

Wie viele Male hatte der Grind über die Jahre versucht, sie zu besiegen? Sie alle zu besiegen?

Und nun ließen sie ihn endgültig hinter sich.

»Das war gefährlich.« Als sie sich ausreichend erholt hatte, setzte Aster sich hustend auf. In ihrem Kopf drehte sich immer noch alles vor Fassungslosigkeit, aber sie bemühte sich, Haltung zu zeigen. »Ihr hättet mich zurücklassen sollen.«

Violet verdrehte die Augen – Aster konnte es nicht sehen, aber sie ahnte es. »Gern geschehen«, schnaubte Violet wie zur Bestätigung.

Aster lächelte. *Danke,* dachte sie. *Euch allen.*

KAPITEL NEUNZEHN

Die Fahrt in dem Güterwagen war alles andere als komfortabel. Es war dunkel, die Luft staubig, die Fracht ratterte in ihren Kisten, und der Boden bebte bei jeder Unebenheit im Gleis. Außerdem war ein Relikt mit ihnen im Waggon, die nebelhafte Gestalt eines Schienenarbeiters, die rauchend in der Ecke hockte und ein vages, aber bedrückendes Gefühl von Sehnsucht um sich herum verbreitete. Aber müde, wie Aster war, kümmerte sie das wenig. Binnen Minuten schlief sie tief und fest.

Als sie wieder erwachte, hatte Aster jedes Gefühl dafür verloren, wie viele Stunden vergangen sein mochten. Außer ihr war nur Clementine auf und hielt Wache. Sie kauerte am Boden, die Arme um die Knie geschlungen, und starrte das Relikt an – nicht furchtsam, sondern neugierig. Aster setzte sich an der Kiste, die sie als Rückenlehne nutzte, aufrechter hin und zuckte zusammen, als sie spürte, wie steif ihr Bein war.

»Sprichst du wieder mit Geistern, Clem?«, fragte sie leise.

Clementine schenkte ihr ein schwaches Lächeln, das in dem wenigen Licht, welches durch die Ritzen im Holz hereindrang, gerade noch erkennbar war.

»Ich höre mehr zu«, sagte sie. »Dieser heißt Calvin. Er ist schon sehr lange hier.«

»Tja, wenn ihr mich nicht gerettet hättet, dann hätte ich

auch als Geist in diesem Zug enden können«, bemerkte Aster. »Noch mal danke, dass … du weißt schon.«

»Ach, bitte. Als hätte ich dich je zurückgelassen. Ist das zu glauben? Wir haben es fast geschafft.«

»Beschrei es nicht, noch sind wir nicht da«, mahnte Aster. Und dann war da immer noch das kleine Problem mit all dem Glimmer, dem sie sich stellen mussten – nicht dass Aster gerade jetzt bereit dazu gewesen wäre, darüber zu sprechen. Sie war nicht einmal bereit dazu, daran zu *denken.* »Glaubst du wirklich, wir werden Lady Ghost finden, wenn wir diese Zugfahrt hinter uns haben?«

»Ich weiß, dass wir sie finden werden.«

»Was hast du vor, wenn du die Kokarde einmal los bist?«

Clementines Finger wanderten an die Seite ihres Halses. »Ich glaube, als Erstes gehe ich in eine Konditorei und hole mir ein Buttercremetörtchen.«

Aster prustete los. »Was denn, um zu feiern?«

Aber Clem stimmte nicht in ihr Gelächter mit ein. »Nein, nur … um etwas Normales zu tun. Etwas, das andere Mädchen auch machen. In der Stadt einkaufen, etwas in der Bäckerei bestellen, frei herumspazieren. Und das alles, ohne dass dich jemand anstarrt und … dich hasst.«

Einer Schar Staubblutmädchen wird auch dann noch genug Hass begegnen, dachte Aster, behielt es aber für sich. Denn Clementine hatte recht.

Was immer sonst passierte, sie würden wenigstens frei sein.

»Und du?«, fragte Clementine. »Was machst du, wenn die Kokarde weg ist?«

Aster ging ihr Gespräch mit Eli durch den Kopf. *Manchmal wünschst du dir, du könntest dein Leben noch mal von vorn beginnen.*

»Es fällt mir schwer, mir das auch nur vorzustellen«,

gestand Aster so leise, dass ihre Stimme über dem Rattern der Räder unter dem Waggon kaum zu hören war. Der Geruch von Sägemehl lag in der Luft und kitzelte sie in der Kehle. »Ich weiß, wir können keine Kinder bekommen, aber vielleicht … ich weiß nicht … Mir gefällt die Idee, einem Mädchen die Art von Leben zu ermöglichen, die uns verwehrt war.«

»Es ist noch nicht zu spät, ein solches Leben zu führen«, wandte Clementine ein und musterte sie eigentümlich. »Wir sind noch jung.«

Aber Aster stellte fest, dass es sich anfühlte, als wäre es zu spät, und der Gedanke erfüllt sie mit einem unerträglichen Kummer, doch sie verdrängte ihn augenblicklich. Dafür hatte sie keine Zeit.

»Aster … Dawn …«, setzte Clementine an, doch da holperte der Zug über eine mächtige Delle, woraufhin auch alle anderen erwachten.

Den Toten sei Dank, dachte Aster, erleichtert, der belastenden Wendung zu entkommen, die ihr Gespräch genommen hatte. Tansy und Mallow, die sich aneinandergekuschelt hatten, schossen ruckartig hoch. Violet fluchte, als sie über den Boden rollte, und Zee schnaubte wie ein wütender Stier.

»Ist der verhobelte Zug aus den Schienen gesprungen?«, fragte Violet.

»Nein, aber gewissermaßen fliegen wir wirklich«, gestand Zee und rieb sich das Auge mit dem Handballen. »Wir müssten gerade den Goldsee überqueren.«

Der Goldsee war ein flacher Präriestreifen nahe der Nordgrenze von Arketta, wo die Wälder erneut die Vorherrschaft übernahmen.

Was bedeutete, dass sie beinahe am Ziel waren.

»Haben wir irgendetwas Interessantes verpasst, während wir geschlafen haben?«, fragte Tansy.

»Eigentlich nicht«, antwortete Clementine. »Aster und ich haben uns nur über Lady Ghost unterhalten und darüber, was wir tun, wenn die Kokarden erst mal weg sind.«

»Hat Aster sonst noch etwas über Lady Ghost gesagt?«, wollte Violet wissen.

Aster bedachte sie mit einem finsteren Blick. Clementine zog die Nase kraus. »Was zum Beispiel?«

»Zum Beispiel, wie wir sie bezahlen sollen, nun, da all der Glimmer futsch ist.«

Die Worte hingen in der Luft, und die Wahrheit lag wie ein schweres Gewicht auf Asters Brust.

»Aber ich dachte, ihr hättet gesagt, ihr … Ist er denn nicht in …«, stammelte Tansy, ehe Aster imstande war, etwas zu sagen.

»Wovon zur Hölle sprichst du, Violet?«, hakte Mallow gereizt nach.

Aster seufzte. »Das wollte ich euch eigentlich längst erzählt haben …«

Und dann beichtete sie ihnen alles – wie Ruths Freude über das Wiedersehen mit Adeline sich in Furcht verwandelt hatte, als sie begriffen hatte, was ihnen bevorstand, sollten sie nicht von dort verschwinden können. Darüber, dass Adeline ohne den Glimmer nach ihrer Rettung vor dem Welcome House schlimmer dran gewesen wäre als zuvor.

»Ich hätte so eine große Entscheidung nie ohne euch treffen dürfen, aber für die beiden ging es um Leben und Tod«, schloss Aster.

Und für uns geht es auch um Leben und Tod, wenn wir das nicht wieder ausgleichen können, dachte sie. Als sie die Entscheidung getroffen hatte, war sie überzeugt gewesen, die anderen hätten das Gleiche getan. Zumindest hatte sie sich das eingeredet. Aber nun, da sie sich nach Kräften bemühte, die Reaktion ihrer Freundinnen in der Dunkelheit einzuschätzen, wurde sie von neuerlichen Zweifeln geplagt. Tansy wirkte verdattert, Mallow schaute finster drein, und Clementine starrte auf ihre Hände.

»Du warst dabei, Violet«, sagte Aster verzweifelt. »Erklär ihnen, wie es war.«

»Oh, es war richtig, das zu tun, das bezweifle ich nicht«, erwiderte Violet. »Auch wenn es nicht gerade *klug* war. Aber nun müssen wir uns überlegen, wie es weitergehen soll.«

Für einen Moment schwiegen alle, und Aster schlug das Herz bis zum Hals.

Dann nickte Mallow, langsam, aber nachdrücklich. »Ich bin froh, dass ihr so gehandelt habt«, sagte sie. »Ich hätte das Gleiche getan. Aber ohne diesen Glimmer …«

»Ohne diesen Glimmer haben wir den ganzen Weg umsonst gemacht«, schloss Tansy mit belegter Stimme.

Clementine schüttelte den Kopf. »Nein, wir bekommen die Adler wieder. Wir finden eine Möglichkeit. Das tun wir immer. Wir können noch eine Bank ausrauben …«

»Was, in *Northrock*?«, fragte Mal. »Wir sind nicht mehr im Grind. Alle Banken hier sind durch die besten Sicherheitsmaßnahmen geschützt, heißt es …«

»Und? Was sollen wir dann machen?«

»… und dann seht uns mal an. Ich bin herumgeschleudert worden wie eine Flickenpuppe, Aster ist das halbe Bein abgebissen worden, Zee wurde angeschossen …«

Als hätte sein Name ihn aus seiner Benommenheit geweckt, meldete Zee sich zu Wort.

»Nehmt den Ring«, sagte er.

Alle starrten ihn an, niemand sprach ein Wort. Zee wiederholte seinen Vorschlag.

»Nehmt den Theomitring, um Lady Ghost zu bezahlen«, sagte er mit festerer Stimme. »Er ist mindestens fünftausend Adler wert. Sie wird ihn nehmen.«

»Zee … nein«, widersprach Clementine unwillkürlich. »Den Ring brauchen wir, um *dich* zu bezahlen.«

»Du hast schon zu viel geopfert«, stimmte Tansy zu. »Du hast den ganzen Glimmer deines Vaters für uns ausgegeben, du bist unseretwegen mit dem Gesetz in Konflikt geraten, du hast dein Pferd zurückgelassen …«

»Wir stehen in deiner Schuld«, führte Mal ihren Gedanken zu Ende.

»Wenn ich nur der Bezahlung wegen bei euch gewesen wäre, hätte ich schon vor langer Zeit aufgegeben«, erwiderte Zee und lehnte den Kopf an die Wand. »Ihr seid inzwischen alle zu meiner Familie geworden … vielleicht zu der einzigen Familie, die ich noch habe. Bis ich also meine Schwestern finde …« Er sah sich zu Clementine um und verschränkte die Finger mit ihren. »Lass mich euch zu Lady Ghost bringen, Clem.« Dann blickte er in die Runde. »Ihr alle.«

Asters Beschützerinstinkt lebte wieder auf – dieses Mal jedoch nicht wegen Clementine, sondern wegen Zee. »Wir lassen dich nicht mit leeren Händen deiner Wege ziehen«, beharrte sie zu ihrer eigenen Verwunderung. »Es muss eine andere Möglichkeit geben.«

»Die gibt es nicht«, entgegnete Zee nicht minder stur und hielt ihr den Ring hin. »Bitte, Aster, lass mich einfach helfen. Lass mich das zu Ende bringen. Glaub mir, das ist das wenigste, das ich tun kann, nach …« Er brach ab. »Es ist das wenigste, das ich tun kann.«

Verunsichert nahm Aster den Ring und versuchte, die Schatten zu durchdringen, um Zees Gesichtsausdruck zu deuten. Was hatte er gerade sagen wollen?

Etwas über das, was er vor uns verbirgt.

Etwas, das so schlimm war, dass Zee bereit war, den Theomitring aufzugeben, um es wiedergutzumachen.

Aster setzte sich noch aufrechter hin.

»Zee«, sagte sie langsam und so vorsichtig, als wollte sie einen Weg über zerbrochenes Glas ertasten. »Weißt du, wir alle haben unsere Geheimnisse, und dir steht auch das eine oder andere zu. Ich … Damit habe ich Frieden geschlossen. Aber wenn du versuchst, etwas wiedergutzumachen, indem du uns hilfst … wenn das der wahre Grund dafür ist, dass du den Ring nicht nehmen willst … Ich denke, dann haben wir ein Recht zu erfahren, worum es geht. Denn für mich gehörst du jetzt auch zur Familie, und ich muss wissen, ob ich damit richtigliege.«

Sie schluckte. Plötzlich fühlte sich ihr Gesicht warm an. Sie hatte selbst nicht damit gerechnet, dass sie so offen sprechen würde. Zee klappte den Mund zu einer Entgegnung auf, aber Clementine kam ihm zuvor.

»Um der Toten willen, Aster«, blaffte sie. »Was muss Zee denn noch tun, um zu beweisen, dass er ein guter Mann …«

Zee entzog ihr seine Hand. »Nein, Clem, sie hat recht«, widersprach er, und es klang, als würde jedes Wort ihm Schmerzen bereiten. »Ich … ich war nicht ganz ehrlich zu euch.«

Asters Lippen öffneten sich, als sie unwillkürlich scharf ausatmete. Die anderen wurden sehr still, und die Luft in dem Güterwagen schien plötzlich schwer auf ihnen zu lasten.

»Was heißt das, du warst nicht ganz ehrlich zu uns?«, fragte Clementine in das bestürzte Schweigen der anderen hinein. Aster konnte die Miene ihrer Schwester in der Dunkelheit nicht sehen, aber sie konnte das verletzte Zittern in ihrer Stimme hören. »Zee …«

»Ihr *seid* für mich meine Familie«, betonte Zee, nahm den Hut ab und wandte sich ihr zu. »Jedes Wort davon war wahr, Clem. Worüber ich nicht ganz ehrlich war, das ist die Familie, von der ich abstamme. Meine Eltern. Mein Vater.« Er sah eines der Mädchen nach dem anderen an, und das Weiß seiner Augen schimmerte in der Finsternis. »Er war kein Zocker. Er war ein Raubvogel.«

Einen endlosen Moment lang herrschte Stille.

»Dein Vater … was …?«, murmelte Aster dann.

»Er hat Flüchtige aus den Welcome Houses gejagt. Und er hat mich mitgenommen. So habe ich gelernt, Spuren zu lesen. Und daher kam auch all unser Glimmer«, schloss Zee.

»Und darum warst du so erpicht darauf, jetzt einer Schar Flüchtiger zu helfen«, presste Violet zwischen zusammengebissenen Zähnen hervor. »Um dein Gewissen zu beruhigen.«

»Das ist nicht der einzige Grund …«, antwortete Zee eindringlich.

Aber Aster hörte seine Worte nicht mehr. Ein Summen erhob sich in ihrem Schädel. Es war, als wäre vor ihren Augen der Schleier gefallen, und Aster sähe Zee zum ersten Mal unverfälscht und klar vor sich.

Die Wolke von Schuld, die ihn umgab, ganz gleich, wie selbstlos er agierte.

Das Unbehagen, das Besitz von ihm ergriff, wenn jemand ihn nach seinem Leben vor seiner Zeit als Wegemann fragte, die Ungereimtheiten in seinen Antworten.

Die Panik, die ihn überkam, wann immer Raubvögel in der Nähe waren – die einzigen Gelegenheiten, bei denen er echte, reine Furcht gezeigt hatte.

Aster drehte sich der Magen um, und für die Übelkeit war nicht allein das Schwanken des Waggons verantwortlich.

Zees Ton klang inzwischen flehentlich. »Ich wollte es euch schon tausendmal sagen. Aber ich wollte nicht, dass ihr denkt … Ich war nur ein Junge, und er hat mich gezwungen, mit ihm zu gehen. Aber ich wollte ihm nie helfen. Ich habe jede Minute gehasst …«

»Hast du jemanden getötet?«, fragte Mallow angespannt.

»Nein! Natürlich nicht.«

»Aber dein Vater. Dein Vater hat Mädchen wie uns getötet«, drang Clementine in ihn.

Zee zauderte und nickte dann. »Mädchen wie euch und Mädchen wie meine Schwestern«, sagte er hilflos, und seine Stimme klang belegt. »Ich wollte nur das Beste für meine Schwestern. Der Glimmer hätte uns aus den Schulden herausholen sollen …«

»Das reicht«, sagte Aster, ehe er noch mehr erzählen konnte. Sie hatte nicht die Energie, um Zees schlechtes Gewissen zu besänftigen, und sie wollte es auch nicht. Dass sie recht behalten hatte, war keine Erleichterung, sondern erfüllte sie mit einer überwältigenden Erschöpfung, die sie gleich einer Krankheit übermannte.

»Es tut mir leid«, betonte er noch einmal. Der Hut lag nach wie vor in seinem Schoß, doch nun setzte er ihn wieder auf, als könnte er sein Gesicht so verbergen. »Was ich getan habe, tut mir leid, und mir tut leid, dass ich euch so lange belogen habe.«

Oh, es tut ihm leid. Schätze, das macht alles wieder gut, dachte Aster erbittert.

»Du hast gesagt, dein Vater sei tot. Wie ist er gestorben?«, fragte Tansy, deren Stimme kaum über ein Flüstern hinauskam.

Zee seufzte. »Er hat Selbstmord begangen«, sagte er. »Ein Raubvogel zu sein, das … Es fordert seinen Preis. Sterbliche sind nicht dafür geschaffen, die Mächte auszuhalten, die von jenseits des Schleiers stammen. So etwas frisst die Seele auf. Das könnt ihr nicht verstehen, wenn ihr nicht erleben müsst, wie es jemandem widerfährt, den ihr liebt. Mein Vater hat diese Arbeit aufgenommen, weil er uns für alle Zeiten aus den Schulden herausholen wollte, aber er hat dabei seine Erinnerungen verloren, seine Gefühle, seine Wünsche … alles, was ihn ausgemacht hat. Früher hatte er Modellboote gebaut und sie zum Bach gebracht, wo wir sie fahren lassen konnten. Er hatte meine Schwestern in den Schlaf gesungen. All das ging verloren. Es war, als würde er versteinern. Meine Mutter ist eines Winters gestorben, und er hat nicht eine Träne vergossen. Später im selben Jahr hat er sich erschossen – aber nicht, weil er um sie getrauert hätte, glaube ich, sondern wegen der Leere in ihm. Er hätte ebenso gut schon tot sein können.«

Niemand sagte ein Wort. Sie alle hatten ihre Tragödien erlebt, und sie alle hatten die kalte Gleichgültigkeit der Raubvögel kennengelernt, aber die Vorstellung, sie müssten zusehen, wie ein geliebter Mensch sich langsam an diesen Fluch verlor … das war ein Schrecken, der Aster noch nie in den Sinn gekommen war.

Soweit ich mich erinnere, bist du nicht derjenige, der in seiner Kindheit von ihnen gequält worden ist, hatte sie einmal zu ihm gesagt.

Aber vielleicht war er das doch.

»Es tut mir leid, Zee«, sagte Aster, als nach einer Weile ein Teil ihres Zorns versiegt war. »Du hättest es uns sagen sollen. Aber es tut mir trotzdem leid.«

»Ich verstehe, warum du nicht darüber reden wolltest. Das ist eine schreckliche Geschichte«, murmelte Mallow.

Aber Zees Aufmerksamkeit galt erneut Clementine. »Clem? Du bist so still«, sagte er und schluckte. »Was denkst du?«

»Ich denke … ich denke, du warst vielleicht ebenso ein Gefangener deines Vaters wie alle anderen auch«, würgte sie hervor, ohne ihn anzusehen. »Aber ich wünschte, du hättest mir das nicht vorenthalten. Ich hätte es verstanden. Ich verstehe es. Du musst mir vertrauen.«

»Sie hat recht, Zee«, bemerkte Aster seufzend. »Denkst du, wir wüssten nicht, wie es sich anfühlt, wenn man seine ganze Vergangenheit hinter sich lassen möchte?« Die anderen gaben zustimmende Laute von sich.

»Ehrlich, ich dachte, ihr würdet mich hassen«, gestand Zee.

»Ich habe es gehasst zu wissen, dass du uns *anlügst*«, sagte Aster. Die schlimmsten Männer waren Lügner. Sie erzählten einem, dass oben unten sei, und straften einen, wenn man ihnen nicht glauben wollte. Das Welcome-House-System war auch eine Lüge. Der ganze verdammte Grind beruhte auf einer Lüge – der Lüge, die besagte, dass Staubblütige all die schlimmen Dinge, die ihnen widerfuhren, verdient hätten.

Aster glaubte nicht, dass sie noch eine weitere Lüge würde aushalten können.

»Ihr habt mein Wort – von jetzt an nur noch die Wahrheit«, versprach Zee. »Also glaubt mir, wenn ich euch Folgendes sage: Ich werde euch alle zu Lady Ghost bringen, aber nicht, weil ich euren Glimmer will, und auch nicht, weil ich eure Vergebung will. Ich will euch nur gewinnen sehen.«

Als der Zug in den Außenbezirken von Northrock langsamer wurde, sprangen sie ab. Es wäre nicht gerade hilfreich, würde man sie als blinde Passagiere in dem Waggon erwischen. Andererseits bedeutete das, dass sie die letzten paar Meilen bis in die Stadt hinein zu Fuß über Weideland zurücklegen mussten. Asters verwundete Glieder waren nach dem langen Sitzen steif geworden, und jeder Schritt jagte einen neuen pulsierenden Schmerz durch ihren Leib. Der Boden war uneben und mit Pfützen übersät, und das Gras reichte ihnen stellenweise bis zur Hüfte. Es war ein langsamer, beschwerlicher Marsch durch eine Umgebung, die sich so sehr von dem Gebirge unterschied, das sie hinter sich gelassen hatten, dass Aster sich fühlte, als hätte sie eine völlig neue Welt betreten.

»Überall Wasser. Sogar die Luft fühlt sich nass an«, murrte Mallow.

»Und es wird *Wochen* dauern, den Gestank der Kuhfladen von den Stiefeln zu waschen«, entgegnete Tansy angewidert.

»Seid einfach froh, dass es hier nur Kühe gibt und keine Rächer«, tadelte Aster.

Inzwischen war es längst dunkel geworden, aber sie hatten noch nicht einen Rächer gehört. Aster hatte immer gewusst, dass Rächer außerhalb des Grinds so selten waren wie eine zweiköpfige Schlange. Trotzdem war es, nachdem sie ihren Chor Nacht für Nacht vernommen hatten, unheimlich, nun von solch einer umfassenden Stille umgeben zu sein. Lebten die Hellblütigen wirklich so? Ohne Angst, frei, auch nach Einbruch der Dunkelheit umherzuschlendern, ohne einen Gedanken an die Toten zu vergeuden?

In Northrock würde es nicht einmal richtig dunkel werden. Das war eine richtige Stadt, eine moderne Stadt, die Einzige in Arketta, die Voltrizität nutzte. Sogar hier, eine Meile außerhalb, konnten sie den Glorienschein weißblauen Lichts erkennen, der die Sterne überdeckte. Die Umrisse der Stadt hoben sich wie die Zähne an einem Schlüsselbart vom dunklen Hintergrund ab.

Eine fremde Welt.

Im Grind hatte Aster zumindest gewusst, womit sie zu rechnen hatte. Welche Gefahren mochten hier auf sie lauern?

Sie drehte sich zu Violet um, die sich ein wenig von den anderen abgesondert hatte. Zu Beginn ihrer Flucht hatte Aster mit nichts anderem gerechnet. Nun aber kam es ihr ungewöhnlich vor. Zumal dies eine ideale Möglichkeit für Violet wäre, sich über die Umgebung zu beklagen oder sie alle daran zu erinnern, dass ihr Vater in dieser Stadt eine große Nummer war. Doch sie ließ die Gelegenheit ziehen, ohne auch nur einen einzigen Kommentar abzugeben. So reserviert hatte sich Violet seit der Nacht bei den Skorpionen nicht mehr gegeben, und damals war das verständlich gewesen – die Skorpione waren immerhin Fremde für sie, und Violet war als einzige Hellblütige besonders aufgefallen.

Aber uns kennt sie, also was ist dieses Mal los?

Vielleicht brannte sie einfach auf etwas Süßdistel – das war die erste Nacht, in der sie darauf verzichten musste, nachdem sie wochenlang die Dosis verringert hatte.

Oder sie war nervös wegen des Zusammentreffens mit Lady Ghost. Falls aber etwas dahintersteckte, worüber sie sich alle Sorgen machen sollten, dann musste Aster das wissen.

Sie bahnte sich einen Weg durch das Gras, bis sie und Violet Seite an Seite nebeneinanderher stapften.

»Bereit für morgen?«, fragte Aster.

Misstrauisch beäugte Violet sie. »Was meinst du?«

»Nichts, nur …«

»Ich weiß, wohin wir gehen.«

»Ich habe nie gesagt, du wüsstest es nicht.« Aster gab nicht auf. »Macht dir irgendetwas im Zusammenhang mit Lady Ghost zu schaffen? Bist du besorgt, sie könne nicht da sein?«

Violet bedachte sie mit einem schiefen Grinsen. Ihre Stiefel plätscherten durch einen seichten Teich. »Ein bisschen spät, um mich das zu fragen, meinst du nicht?«

»Du weißt, wie ich es hasse, wenn jemand eine Frage mit einer Gegenfrage beantwortet.«

»Also gut – nein, ich bin nicht besorgt wegen Lady Ghost.«

»Aber wegen irgendetwas bist du besorgt. Das sehe ich in diesen kleinen Knopfaugen.«

»Seit wann kümmert dich das?«

Aster gab den Versuch auf, sich ihr mit Humor zu nähern, und legte eine Hand auf Violets Arm. »Hey, ich will mich bloß vergewissern, dass es dir gut geht.«

Aber Violet schnaubte nur verächtlich. »Dafür ist es auch ein bisschen spät.«

Was soll das nun wieder heißen?

»Violet ...«

»Aster!«, rief Zee weiter vorn. »Da ist eine verlassene Scheune. Dort können wir uns für den Rest der Nacht verkriechen.«

»Lasst uns das machen«, antwortete Aster. Sie waren schon zu lange unterwegs, um noch vor Sonnenaufgang nach Lady Ghost zu suchen. Aster warf Violet einen letzten Blick zu, ehe sie zu den anderen lief.

In der baufälligen alten Scheune kletterten sie hinauf auf den Heuboden, um den Ratten zu entkommen, die sich unten breitgemacht hatten. Den größten Teil ihrer Sachen hatten sie zurücklassen müssen, als sie den Zug geentert hatten, also mussten sie nun unter dünnen Decken schlafen und hatten nur Trockennahrung zu essen. Der Geruch von Feuchtigkeit und Moder hing in der Luft, und Aster war, als müsste sie durch einen schmutzigen Lumpen atmen.

Aber dies war auch ihre letzte Nacht auf der Reise.

Morgen um diese Zeit wären sie bei Lady Ghost.

Morgen um diese Zeit wären, sofern alles gut ging und die Versprechungen zutrafen, die Kokarden weg.

»Ich übernehme die erste Wache«, meldete Violet sich freiwillig, als alle ihren Schlafbereich absteckten.

Aster runzelte die Stirn. »Also gut, wenn du willst. Aber weck mich, falls du irgendwas brauchst.«

»Sofern du mir kein luxuriöses Hotelzimmer anzubieten hast, glaube ich nicht, dass das notwendig sein wird«, entgegnete Violet trocken.

Tja, wenn Violet sich wieder wie eine Zicke aufführen wollte, dann war das vermutlich ein gutes Zeichen, überlegte Aster, zog sich die Decke über die Schultern und machte es sich in Erwartung einer ruhelosen Nacht bequem. Natürlich war sie wegen des morgigen Tages nervös, aber darunter lag noch etwas anderes, zart wie eine Seifenblase – gespannte Erregung.

Es ist noch nicht zu spät, ein solches Leben zu führen, hatte Clementine gesagt. Ein Leben, wie sie es sich gewünscht hatte …

Vielleicht hatte sie recht. Vielleicht auch nicht. Aber wenn die Kokarden erst weg waren …

Aster schlummerte ein, gestattete sich erstmals, von den Möglichkeiten zu träumen. Aber kaum hatte sie die tiefsten Tiefen des Schlafs erreicht, rüttelte jemand sie wieder wach.

Clementine. Sie beugte sich mit vor Panik geweiteten Augen über Aster.

»Wach auf!«, flüsterte sie eindringlich. »Es ist wegen Violet. Sie ist fort.«

KAPITEL ZWANZIG

Aster warf die Decke von sich und sprang auf. Violet hätte Wache halten sollen. Warum zur Hölle war sie dann nicht hier?

»Violet?«, rief sie in die Dunkelheit, erhielt aber keine Antwort.

Schon breitete sich Furcht in ihren Eingeweiden aus, und sie griff nach dem Messer an ihrer Hüfte. Aber es war auch verschwunden. Suchend betrachtete sie den Dielenboden, wohl wissend, dass sie es nicht finden würde.

»Was ist los?«, murmelte Tansy, als Clementine sie wach rüttelte.

»Violet ist weg«, sagte Clem.

»Weg?«, fragte Tansy und setzte sich auf. »Wahrscheinlich ist sie nur rausgegangen, um sich zu erleichtern.«

»Aber nicht mit meinem Messer«, entgegnete Aster. »Violet?«, rief sie erneut vergeblich.

Nun hatten sich auch Mallow und Zee aufgesetzt. »Vielleicht hat sie das Messer genommen, weil sie Angst vor der Dunkelheit hatte. Ihr wisst doch, wie sie ist«, mutmaßte Mal.

Aber dann fiel Aster auf, dass etwas an der leeren Messerscheide befestigt war – ein säuberlich gefalteter Umschlag, versiegelt mit Wachs.

Was zur Hölle ist das? Wer immer diesen Brief geschrieben hatte, Violet konnte es nicht gewesen sein. Sie hatten weder Umschläge noch Siegelwachs dabei. Und dieses Wachs war so kalt und hart wie ein Knopf – es war schon vor langer Zeit getrocknet.

Aster zog den Umschlag von der Scheide und schlitzte das Wachs mit dem Daumennagel auf. Dabei gingen ihr alle möglichen Erklärungen durch den Kopf. Ob jemand Violet entführt hatte und dies ein Erpresserbrief war? Das Papier war vom Alter weich geworden und knisterte kaum, als sie es auseinanderfaltete, doch es war zu dunkel, um die Worte zu entziffern.

»Kann jemand ein Streichholz anzünden?«, bat Aster, der das Grauen in die Kehle stieg.

Nach scheinbar endlosen Sekunden hatte Zee ein Streichholz gefunden und angezündet. Mit einem leisen Zischen flammte es auf. Aster hielt den Brief ins Licht. Die Tinte war verblasst, aber sie konnte die Worte, geschrieben in einer krakeligen Schrift, gerade noch erkennen.

»Meine liebste Violet«, las Aster mit gedämpfter Stimme vor. *»Ich weiß nicht, wann du diese Worte lesen wirst, aber wenn du es tust, dann wisse, dass ich dich mehr liebe als alles andere und es nicht ertragen kann, von dir getrennt zu sein. Doch ich habe eine Chance, zu fliehen und ein besseres Leben für uns aufzubauen, und die muss ich ergreifen. Falls das Schlimmste eintrifft und ich es nicht zu dir zurückschaffe (denn nur das Schlimmste kann mich daran hindern zurückzukommen!), dann musst du dir unsere Gutenachtgeschichte selbst erzählen. Erzähl sie dir jeden Abend. Denn die Seraphantin wartet, und die Worte werden dich zu ihr führen. Ich werde dich immer lieben. Ma.«*

»Warte mal …«, murmelte Clementine, als Aster verstummte. »Violet hat uns erzählt, ihre Mutter habe vor ihrem

Tod einen Brief für sie zurückgelassen. Bevor sie … Selbstmord begangen habe. Vielleicht ist er das.«

Tansy schüttelte langsam den Kopf. »Ich weiß nicht. Das klingt gar nicht nach den Worten einer Frau, die vorhat, sich das Leben zu nehmen.«

»Also schön, aber warum hat Violet uns diesen Brief überhaupt hinterlassen? Und wo ist sie *jetzt*?«, fragte Mallow.

»Ob sie uns verlassen hat, um allein nach Lady Ghost zu suchen?«, murmelte Tansy.

Bei dem Gedanken wurde Aster ganz schlecht. Sie griff nach dem Theomitring, den sie am Hals trug, und atmete erleichtert auf, als sie feststellte, dass er immer noch da war.

»Nein, das kann sie nicht getan haben, sonst hätte sie den Ring mitgenommen, um sie zu bezahlen«, überlegte Aster laut. »Sie muss woandershin gegangen sein.«

»Schön«, schnaubte Mal. »Und wie zur Hölle sollen wir Lady Ghost ohne sie finden?«

Das Streichholz erlosch. Zee entzündete ein weiteres. Aster ging den Brief noch einmal durch, und ihre Haut kribbelte vor lauter Frustration.

Unsere Gutenachtgeschichte … die Worte führen dich zur Seraphantin …

»Erinnert sich jemand, ob Violet etwas über eine Gutenachtgeschichte erzählt hat?«, fragte Aster, die allmählich den Verdacht hegte, dass »die Seraphantin« nur eine andere Bezeichnung für Lady Ghost sein konnte und dieser Brief sie zu ihr führen sollte.

Was aber immer noch nicht verriet, warum Violet verschwunden oder wo sie jetzt war.

»Ich bin ziemlich sicher, dass Violet die Gutenachtgeschichte in derselben Nacht erwähnt hat, in der sie uns von dem Brief erzählt hat«, sagte Clementine. »Da waren wir bei den Skorpionen und haben darüber gesprochen, wie wir alle nach Green Creek gelangt sind.«

»Aber die Geschichte selbst hat Violet uns nicht erzählt, was soll uns dann der Brief nützen?«, wollte Mallow wissen.

»Denkt nach, worüber hat sie in der Nacht gesprochen?«, forderte Tansy sie auf.

Für einen Moment kehrte Schweigen ein, während alle sich zu erinnern versuchten. Das zweite Streichholz erlosch, und eine kleine Rauchfahne kräuselte sich in der Dunkelheit.

Violets Mutter war das Kind einer hellblütigen Familie und nach Green Creek geschickt worden, überlegte Aster.

Und weil sie eine Hellblütige war, hatte der Arzt sie nicht kaputtgeschnitten.

Irgendwann wurde sie mit Violet schwanger und verliebte sich in ihren Vater, einen reichen Aufschneider.

Der versprach, sie aus dem Welcome House rauszuholen, damit sie als Familie zusammenleben konnten.

Aber stattdessen ließ er sie im Stich, und Violets Mutter nahm sich vor Kummer das Leben.

»Violets Vater war ein Stahlmagnat, richtig?«, fragte Zee, der anscheinend die gleichen Fakten im Kopf durchging. »Wie hieß er noch gleich?«

»Tom Wells«, antwortete Tansy.

»Und sie hat auch gesagt, er würde in Northrock leben, wisst ihr noch? In einem vergoldeten Herrenhaus auf dem höchsten Berg«, fügte Clementine hinzu.

»Tja, jetzt sind wir kurz vor Northrock. Vielleicht ist sie …« Aster brach ab und rief sich Violet im Lager Red Claw in Erinnerung, als sie Geschichten mit den Skorpionen ausgetauscht hatten.

Und deinetwegen ist dein Vater auch nie zurückgekommen? Du bist ihm immer noch nicht begegnet?

Noch nicht. Aber eines Tages.

Als sie das gesagt hatte, war ein seltsamer Ausdruck in Violets Augen gewesen. Etwas Düsteres. Ein Geheimnis. Und womöglich ein Plan.

»Vielleicht hatte sie nie vor, mit uns zu Lady Ghost zu gehen«, sinnierte Aster. »Vielleicht wollte sie nach Northrock, um ihren Vater zu suchen.«

»Wohnt Lady Ghost dann überhaupt in Northrock?«, fragte Mallow aufgebracht. »Oder hat Violet sich die ganze Sache nur ausgedacht, damit wir sie zu dieser Stadt begleiten?«

Aster schüttelte den Kopf, schluckte, um die lodernde Glut in ihrer Kehle zu löschen. Nach allem, was sie zusammen durchgestanden hatten, allem, was sie miteinander geteilt hatten – was, wenn Violet sie die ganze Zeit doch nur benutzt hatte?

Aber wie dem auch sei, ohne sie war der Brief nutzlos.

Aster schloss die Augen, um die wütenden Tränen zurückzuhalten. Violet hatte schon früher Mädchen hintergangen. Dafür war sie bekannt. Aber das wäre wirklich ein starkes Stück, sogar für ihre Verhältnisse.

Etwas stimmte hier nicht.

»Ihr bleibt alle hier«, sagte sie mit fester Stimme und steckte den Brief ein. »Ich werde sie suchen.«

Aster schlüpfte in ihren Mantel, setzte den Filzhut auf und verschwand in der Nacht. Ihr blieben nur wenige Stunden bis Sonnenaufgang, und sie musste in ihr Versteck zurückkehren, ehe es hell wurde.

Was bedeutete, dass sie sich besser beeilte.

Sie hüpfte über den niedrigen Zaun, der die Rinderweide umgab, und lief den sanften Hang zum Mercy hinunter, dem Fluss an der Stadtgrenze von Northrock. Er sah aus, als wäre er mindestens eine halbe Meile breit, und strömte stet und gleichmäßig dahin. Schlitternd kam Aster am Flussufer zum Stehen, und ihre Stiefel schmatzten im Morast. Der Gestank des Wassers drehte ihr den Magen um. Würde sie versuchen hindurchzuschwimmen, würde sie davongetragen werden, dessen war sie sich sicher. Und jede Brücke mochte zugleich einen Kontrollpunkt der Gesetzeshüter darstellen so wie die Durchgänge der Mauern im Grind. Wie zur Hölle konnte Violet es auf die andere Seite geschafft haben?

Aster knirschte mit den Zähnen. Die höchste Erhebung in Northrock konnte sie von hier aus sehen. Sie konnte sogar die Umrisse des Herrenhauses erkennen, das von seinem Thron dort oben auf die Stadt hinabblickte. Doch es hätte sich nicht weiter entfernt anfühlen können.

Sie würde das Risiko eingehen müssen, es an der Brücke zu versuchen.

Aster lief am Ufer entlang, bis sie eine Steinbrücke erreichte, die den Mercy an einer Engstelle überquerte. Dort versteckte sie sich in einem Gebüsch. Die Gedanken überschlugen sich in ihrem Kopf. Sie würde warten müssen, bis ein Lieferwagen vorbeikäme, und auf die Ladefläche springen. Sie betete, dass es nicht zu lange dauern würde. Zee hatte erzählt, die meisten Lieferungen in die Stadt würden über Nacht stattfinden, aber da hatten sie über Güterzüge gesprochen. Sie hatte keine Ahnung, ob das auch für den Güterverkehr auf der Straße galt.

Ich habe keine Zeit für so etwas, dachte sie, und die Ungeduld nagte an ihren Eigenweiden. Je länger sie hier wartete, desto größer war die Gefahr, dass Clementine und die anderen entdeckt wurden, Violet von wo aus auch immer weiterziehen würde oder dass die Sonne aufging und …

Jemand kam die Straße herauf. Aster spannte die Muskeln an, machte sich bereit. Aber es war eine private Kutsche wie die, die sie ausgeraubt hatten. Auf keinen Fall konnte sie dort aufspringen, ohne entdeckt zu werden. Mit einem enttäuschten Seufzer kauerte sie sich wieder in das Gebüsch und wartete darauf, dass die Kutsche vorbeifuhr.

Die Minuten vergingen zäh. Die Straße blieb verlassen. Das schwarze Wasser unter der Brücke rauschte mit ewig gleichem Tosen vorüber. Asters Muskeln fingen an zu schmerzen, weil sie so lange in zusammengekauerter Haltung verharrte, und die Bisswunde, die der Rächer hinterlassen hatte, pochte im gleichen Rhythmus wie ihr Puls. Müdigkeit zerrte an den Rändern ihres Bewusstseins, ließ ihre Augen schwer werden und verwirrte ihre Gedanken.

Dann, gerade als Aster aufgeben und zu Fuß über die Brücke stürmen wollte, zur Hölle mit den Kontrollpunkten, hörte sie eine weitere Kutsche die Straße heraufkommen.

Und dieses Mal war es ein Lastkarren.

Ein Milchwagen, wie Aster einen Moment später erkannte, vollgepackt mit großen Metallfässern voller Milch und Sahne. Und die Ladefläche war nicht überdacht.

Aster wickelte sich das Staubschutztuch um das Gesicht. Stellte sich auf die Fußballen. Kaum holperte der Wagen auf das Kopfsteinpflaster der Brücke, schlug sie zu, stürmte hervor und kletterte auf die Ladefläche. Sobald sie sicher war, dass die Räder genug Lärm gemacht hatten, um ihr Eindringen zu übertönen, zog sie eine der Decken hervor, die zwischen die Milchkannen gestopft worden waren, und versteckte sich darunter.

Der Weg über die Brücke schien endlos lange zu dauern. Trotz der kalten Luft lief Aster der Schweiß über den Nacken. Als der Wagen anhielt, erstarrte sie. Sie konnte die Stimmen der Gesetzeshüter hören, die den Fahrer nach seinem Namen und seinem Passierschein fragten. Das Licht einer Laterne glitt über die Ladefläche, sickerte durch das Gewebe der Decke, unter der Aster sich versteckte. Einmal, zweimal. Dann, nach einer langen Zeit der Stille, winkten die Gesetzeshüter sie durch.

Aster atmete auf, zählte bis tausend, um sicher zu sein, dass sie weit genug von dem Kontrollpunkt entfernt waren, und sprang von dem Wagen.

»Hey!«, rief jemand. Aber Aster schob sich schon an den Leuten auf der Straße vorbei und tauchte in die erste Gasse ab, die sie finden konnte, rannte, so schnell ihre Beine sie tragen wollten. Feuchtigkeit und Dunkelheit erinnerten sie an den Weg durch den Minenschacht, aber anstelle von Steinen und moderndem Holz musste sie hier Mülleimern und zerbrochenen Flaschen ausweichen. Aster warf einen Blick zurück, um sich zu vergewissern, dass sie nicht verfolgt wurde, ehe sie langsamer weiterging, ihr Hemd glatt strich und auf die Hauptstraße zurückkehrte.

Das also ist Northbrock, dachte sie und nahm sich einen Moment Zeit, um sich ein Bild von ihrer Umgebung zu machen. Die Gebäude hier waren so hoch wie die Bäume im Grind und hüllten die Pflasterwege in tiefe Schatten. Sogar jetzt, lange nach Sonnenuntergang, waren die Straßen voller Menschen – von Pferden gezogene Doppeldeckerbusse, Händler, die ihre Waren verhökerten, Gesetzeshüter zu Fuß und zu Pferd, Männer in maßgeschneiderten Anzügen, die aus Spielhallen stolperten, und Männer in Lumpen, die an Türen bettelten. Der purpurblaue Lichtschein der voltrisch betriebenen Straßenlaternen, die ein gerade noch wahrnehmbares Summen verbreiteten, tauchte die ganze Stadt in ein unirdisches Licht.

Aster kämpfte gegen die Übermacht der Eindrücke an – Licht, Lärm, intensive Gerüche, sowohl süß als auch faulig. Sosehr sie sich auch bemühte, in der Menge zu verschwinden, wusste sie doch, dass sie mit ihrer schmutzigen Wegemannkleidung auffallen musste. Sie zog sich die Hutkrempe tiefer ins Gesicht und ließ sich von der Flut der Menschen mitziehen. Sie hatte keine Ahnung, wohin sie ging, und wenn sie sich nicht beeilte, würde ihre Kokarde sie vor all diesen Leuten bloßstellen.

Panik lastete von allen Seiten auf ihr. Da waren zu viele Leiber, die ihren streiften, zu viele Augen, die ihr Gesicht betrachteten. Ihr wurde schwindelig. Schweiß bedeckte ihre Handflächen. Schließlich fing sie an, sich gegen die Leute zu stemmen, die sie umzingelten, kämpfte um ihre Konzentration. Sie hatte keine Zeit zu verlieren, nicht heute Nacht. Sie musste das vergoldete Herrenhaus auf dem höchsten Berg finden …

Jemand packte ihr Handgelenk. Aster unterdrückte einen Aufschrei.

»Das Gesetz ist hinter dir her. Folge mir«, flüsterte ihr eine Stimme ins Ohr. Dann ließ die Hand sie wieder los, und jemand schob sich an ihr vorbei, eine Gestalt in einem vielfach geflickten schwarzen Mantel, der an den Ellbogen von der Abnutzung grau geworden war. Den Kragen hatte sie zum Schutz vor der Nachtluft hochgeschlagen. Aster blieb gerade genug Zeit, um zu sehen, dass kein Schatten zu Füßen der unbekannten Person lag, ehe sie beide in der Menge untertauchten.

Aster klopfte das Herz bis zum Hals, doch sie schluckte die Furcht hinunter. Sie hatte keinen Grund, dieser Person zu vertrauen, aber sie musste sich nur einmal umschauen, um festzustellen, dass tatsächlich zwei Gesetzeshüter sie beobachteten, von denen einer bereits die Hand auf den Schlagstock an seinem Gürtel gelegt hatte. Fluchend beeilte sie sich, um nicht den Anschluss zu verlieren.

»Wer zur Hölle bist du?«, knurrte Aster. Nun erkannte sie, dass ihre Führerin eine junge staubblütige Frau war, etwa so alt wie sie selbst. Ihre Augen waren schwarz wie die Nacht, und sie hatte eine kurze spitze Nase.

»Punkte für den Einsatz. Du hast wenigstens *versucht,* dich unauffällig zu verhalten. Aber du wirst feststellen, dass es ein gewaltiger Unterschied ist, ob man durch die Stadt oder durch den Grind schleicht.«

»Woher weißt du …«

»Das Staubschutztuch fällt zuerst auf. Hier oben gibt es keinen Staub. Außerdem bist du gekleidet, als wärst du gerade vom Einband eines Billigromans über die Berge gesprungen. Aber am schlimmsten ist die Art, wie du dich mit großen Augen umschaust. Jeder kann sehen, dass du zum ersten Mal in der Stadt bist«, zählte das Mädchen auf und führte sie kundig durch die Menge. »Ich folge dir schon, seit du von dem Lieferwagen gesprungen bist. Ein paar von uns übernachten in der alten Mühle weiter unten an der Straße, und dem Gesetz ist jeder Grund recht, um uns unter Arrest zu stellen und in den Grind zurückzuschicken. Daher kann ich nicht zulassen, dass du hier irgendwelchen Ärger machst.«

»Ich bin nicht hier, um Ärger zu machen«, brauste Aster auf. »Ich suche jemanden, und ich habe keine Zeit …«

»Weißt du überhaupt, wohin du gehst?«

Aster zögerte.

»Lass dir von mir helfen. Von Staubblütiger zu Staubblütiger.«

»Ich habe nichts, um dich zu bezahlen.«

»Natürlich hast du das.« Das Mädchen hielt Asters Taschenuhr hoch – die noch Augenblicke zuvor in ihrer hinteren Tasche gesteckt hatte. Fluchend wollte Aster danach greifen, aber das Mädchen riss sie fort und bot ihr stattdessen die freie Hand. »Mein Name ist Cora.«

Aster nahm an, sie hatte nicht allzu viel Grund, sich zu beklagen, da sie die Uhr schließlich einem Aufschneider gestohlen hatte. Trotzdem …

»… freut mich«, murmelte sie und schüttelte Cora die Hand, hatte aber nicht vor, ihren eigenen Namen preiszugeben. »Ich muss zu Tom Wells' Haus. Heute Nacht. Er ist ein Stahlmagnat. Kennst du ihn?«

Cora zog eine Braue hoch. »Natürlich. Er lebt zusammen mit all diesen anderen hochwohlgeborenen Mistkerlen in der Oberstadt und beschäftigt Männer, die sein Haus Tag und Nacht bewachen. Ich kann dich in die Nähe bringen, aber dann bist du auf dich gestellt.«

Aster nickte und bemühte sich, die Angst, die beständig an ihren Eingeweiden nagte, ebenso zu ignorieren wie den Schmerz, der sich ausgehend von der Kokarde durch ihren Körper fraß. Sie folgte Cora eine Gasse hinunter, die sich wenig von der unterschied, die sie zuvor durchquert hatte. Argwöhnisch hielt sie die ganze Zeit die Faust geballt. Schließlich könnte dieses Mädchen sie ebenso gut in eine Falle locken. Aber Aster war verzweifelt. Sie hatte keine Wahl.

»Was willst du überhaupt von Wells?«, fragte Cora, während sie Aster weiter durch die Innenstadt von Northrock führte.

»Mach dir darüber keine Gedanken.«

»Kein Grund, zickig zu sein.«

Doch Aster war nicht in der Stimmung für eine Plauderei. Sie rieb sich mit der Schulter die Seite ihres Halses und bemühte sich, der Kokarde darüber hinaus keine Beachtung zu schenken. »Wir müssen uns beeilen.«

Cora nickte und ging schneller. Je weiter sie in Richtung Oberstadt kamen, desto sauberer und stiller wurden die Straßen. In diesen Gassen gab es weder Ratten, noch schliefen Trunkenbolde ihren Rausch im Rinnstein aus. Sie gingen eindeutig in die richtige Richtung. Für einen Moment empfand Aster tiefe Erleichterung und Dankbarkeit dafür, dass ihr Vertrauen offenbar belohnt wurde.

»Wie auch immer, falls du vorhast, in Northrock zu bleiben, dann wirst du irgendwann lernen müssen, wie das hier läuft«, bemerkte Cora nach einer Weile. »Diese Gegend ist gefährlich für Staubblütige.«

Schlimmer als der Grind kann es nicht sein, dachte Aster.

»Werde ich nicht. In Northrock bleiben, meine ich«, grummelte sie. Aber dann ließ sie sich doch erweichen, froh darüber, dass sie an diesem fremden Ort jemanden gefunden hatte, der bereit war, ihr zu helfen. »Aber ... danke. Ich weiß deine Sorge zu schätzen.«

Cora zuckte mit den Schultern. »Du musst wohl über eine gewisse Gewandtheit verfügen, wenn du es geschafft hast, dem Grind zu entfliehen und bis hierher zu kommen. Meine Freunde und ich könnten jemanden wie dich brauchen, solltest du es dir irgendwann anders überlegen.«

Sie erreichten das Ende einer Gasse, die in einen leeren Platz mündete, und Cora blieb stehen. Auf allen Seiten des Hofes standen große gemauerte Herrenhäuser, die in dem gelben Lichtschein erstrahlten, der durch die vergitterten Fenster fiel. Mindestens ein halbes Dutzend Wachen patrouillierten durch das Gebiet.

»Tom Wells lebt in dem da«, sagte Cora und zeigte auf das

Gebäude direkt voraus. »Von hier an musst du allein weiter. Viel Glück.«

Aster schluckte. »Gut. Danke.« Sie drehte sich um und wollte sich verabschieden, aber da war Cora schon in der Dunkelheit verschwunden.

Aster war auf sich gestellt. Und sollte Violet nicht hier sein …

Nein, sie hatte keine Zeit, so zu denken.

Aster huschte aus der Gasse heraus, ehe sie es sich anders überlegen konnte, und hielt sich beständig in den Schatten. Diese Wachen waren gewöhnliche Sterbliche, keine Raubvögel, dennoch würde es nicht leicht werden, ihnen aus dem Weg zu gehen.

Durch die Stadt zu schleichen ist tatsächlich anders, als durch den Grind zu schleichen.

Aster hob ein Bruchstück eines Ziegelsteins vom Boden auf und warf es so weit in die entgegengesetzte Richtung, wie sie nur konnte. Krachend prallte es auf. Der nächste Wachmann lief hin, um nachzusehen; Aster hastete um den Hof herum, bis sie die andere Seite erreicht hatte, und quetschte sich dann zwischen den Gitterstäben des eisernen Tors vor Tom Wells' Haus hindurch. Ein kurzer Weg führte zur Vordertür und teilte sich vor einem schmucken Springbrunnen. Aster schlich weiter, bemüht, sich auf das Plätschern des Wassers zu konzentrieren und nicht auf ihren eigenen hämmernden Herzschlag.

Fast geschafft.

Etwas bewegte sich vor ihr. Aster erstarrte. Instinktiv griff sie nach dem Messer und fluchte im Stillen, als ihr einfiel, dass es nicht mehr da war. Jemand saß auf der Veranda, beinahe vollständig verdeckt von einem großen Strauch.

Aster zögerte. Das war kein Gesetzeshüter und auch kein Wachmann, so viel konnte sie erkennen. Aber wer immer das war, er würde vermutlich um Hilfe schreien, sobald er sie sah.

Andererseits könnte die Person auch etwas über Violet wissen. Aster war schon so weit gekommen. Ohne Antworten gefunden zu haben, würde sie nicht gehen.

Erst als sie näher herangekommen war, erkannte sie, dass die Person auf der Veranda Violet selbst war. Sie kauerte vorgebeugt da und weinte leise. Und sie hielt sich Asters Messer an die Kehle. Violet hatte ihr Staubschutztuch abgelegt und drückte die Klinge an der Kokarde in die Haut.

»Violet?«, flüsterte Aster erschrocken und zog ihr eigenes Staubschutztuch herunter, damit Violet sie erkennen konnte, ging aber nicht näher heran. Zu sehr fürchtete sie, sie könnte Violet ängstigen und dazu treiben, sich selbst zu verletzen.

Was im Namen der Toten geht hier vor?

»Ich … ich konnte es nicht«, stammelte Violet. »Wenn ich immer noch auf Süßdistel wäre, dann hätte ich es gekonnt, glaube ich. Aber jetzt spüre ich viel zu viel. Ich konnte mich nicht überwinden.«

»Violet, ich habe keine Ahnung … Wovon redest du?«, fragte Aster und schob sich langsam näher heran. Violet hatte das Messer sinken lassen, aber die Knöchel der Hand, die das Heft umfassten, waren immer noch ganz weiß.

»Ich habe meinen Vater gesehen, Aster. Mit seinen echten Töchtern. Er hat zwei, ungefähr halb so alt wie ich. Sie sehen genauso aus wie ich – genauso wie *er* –, das gleiche Haar, die gleichen Augen. Er hat sie umarmt und geküsst und sie in seine Kutsche gehoben. Die leben das Leben, das *ich* hätte haben sollen. Ich habe das alles von hier aus beobachtet.« Mit dem Messer deutete sie auf die niedrigen Sträucher, die das Haus einrahmten wie der Zuckerguss einen Kuchen, und die Klinge zitterte in ihrer Hand.

Aster war, als würde Violet eine andere Sprache sprechen, so schwer fiel es ihr, die Worte zu verarbeiten, bis sie zusammen mit dem, was sie vor sich sah, einen Sinn ergaben: Violet, die ein Messer auf sich selbst richtete. Der Zorn, der Aster angetrieben hatte, als sie hergekommen war, diese Übelkeit erregende Angst, Violet könnte sie verraten haben – all das schwand langsam dahin, abgelöst von einem Gefühl der Unwirklichkeit. Sie hatte nicht gewusst, was sie vorfinden würde, aber damit hatte sie gewiss nicht gerechnet.

»Ich verstehe das nicht«, gestand Aster schließlich.

Violet blickte auf und sah sie aus geröteten Augen an, deren blaue Iris tränenfeucht glänzte.

»Ich bin hergekommen, um ihn umzubringen, Aster«, sagte sie, und jedes Wort fiel mit diamantener Härte und Klarheit. »Ich bin nach Northrock gekommen, um Tom Wells dafür zu töten, was er meiner Mutter angetan hat, und anschließend mich selbst, um all dem Elend, das er mir bereitet hat, ein Ende zu setzen. Aber ich konnte es nicht. Ich war nicht stark genug. Selbst nach all dem, was wir seit Green Creek durchgestanden haben, war ich nicht stark genug.«

Ihre Stimme brach, und ihr Körper erbebte unter neuerlichem Schluchzen. Sie barg das Gesicht in den Händen. Endlich wagte sich Aster ganz zu ihr und setzte sich neben sie auf die Veranda, so gut hinter dem Gebüsch verborgen, wie es eben möglich war. Nach einem kurzen Moment der Unsicherheit legte sie den Arm um Violets Schulter und gestattete ihr, sich anzulehnen.

»Violet, du bist so ziemlich der stärkste Mensch, den ich kenne«, sagte Aster – und sie meinte es auch so. Violet war schon vieles gewesen, aber niemals schwach. Nie hatte sie im Welcome House irgendjemanden ihre Furcht sehen lassen, und auch nachdem sie geflohen waren, hatte sie sich davon nicht aufhalten lassen. »Die Tatsache, dass du es nicht getan hast, beweist das nur umso mehr.«

Violet schüttelte den Kopf. »Ich habe versagt. Ich will das schon seit Jahren tun, Aster. Mein ganzes Leben lang. In den meisten Nächten war es das Einzige, das mich aufrecht gehalten hat. Ich wusste, ich muss lange genug überleben, um diesen Mann sterben zu sehen. Ich habe nie irgendeinen Aufschneider so sehr gehasst wie ihn. Und als ich gesehen habe, dass du und Clementine euch auf die Flucht vorbereitet, da war mir klar, dass das meine einzige Chance sein könnte, nach Northrock zu gelangen und ihn für das, was er uns angetan hat, bezahlen zu lassen.« Frustriert ließ sie das Messer fallen. »Und ich habe versagt. Also wozu das alles? Sag es mir. Warum atme ich überhaupt noch?«

»Weil du es *verdienst,* hier zu sein«, sagte Aster eindringlich. »Violet, hör mir zu. Du brauchst *gar nichts* von Tom Wells. Nicht sein Herrenhaus, nicht seine Kutsche und ganz sicher nicht seine Akzeptanz. Und du brauchst auch seine Reue nicht, hörst du? Du kannst ohne all das fortgehen und wirst immer noch ganz sein.«

»Du hast leicht reden«, murmelte Violet.

»Nein, eigentlich nicht.« Aster reckte das Kinn vor. »Du kennst mich, Violet. Wann bin ich je einem Kampf ausgewichen? Ich bin den ganzen Weg hierhergekommen, um mit *dir* zu kämpfen.« Violet zog eine Braue hoch und lachte hüstelnd. »Ich dachte, du hättest uns zum Sterben in der Scheune zurückgelassen.«

»Nein, das hätte ich nie getan! Ich … ich habe den Brief hinterlassen. Den Brief meiner Mutter«, sagte Violet hastig. »Ich habe euch über Lady Ghost nicht belogen. Es gibt sie wirklich. Meine Mutter hat mir das immer erzählt. Ist das durch den Brief nicht klar gewesen?«

Aster runzelte die Stirn. »Nicht so ganz.« Sie zog den Brief hervor. »Das *ist* der Brief, von dem du sprichst, nicht wahr? Die letzten Worte deiner Mutter, ehe sie sich das Leben genommen hat? Ich muss gestehen, so liest er sich überhaupt nicht. Vielleicht hast du uns den falschen Brief dagelassen.«

»Nein, das war der einzige …«, entgegnete Violet und starrte auf das Papier, als fürchtete sie, es könnte sie beißen. »Was … was steht denn drin?«

Aster zögerte. »Was *glaubst* du, was da drinsteht?«

»Als … als meine Mutter ihn mir gegeben hat, hat sie gesagt, der Brief würde mir verraten, wie ich Lady Ghost finden kann, wenn ich älter bin und wir nicht zusammen zu ihr gehen können, so wie wir es geplant hatten.« Violet dachte kurz nach. »Schau, sie hat mir immer gesagt, wenn wir erst bei meinem Vater leben würden, dann würde er dafür bezahlen, dass unsere Kokarden entfernt werden, weil er reich wäre. Sie hat mir den Brief nur für alle Fälle gegeben, und damit ich mir keine Sorgen machen muss.« Sie wischte sich mit dem Handrücken über die Augen, ehe sie fortfuhr: »Aber am Tag danach … da ist sie gestorben. Da hat sie mich verlassen. Mich alleingelassen. Und … und ich … ich weiß nicht. Das war ein ganzes Jahr, bevor ich lesen gelernt habe, und als ich es dann konnte, hatte ich zu viel Angst, um die Zeilen zu lesen und herauszufinden, was meine Mutter noch gesagt hat. Zu erfahren, warum sie … sich umgebracht hat.« Violet zögerte. »Kannst du mir den Brief vorlesen, Aster?«, fragte sie dann. »Ich habe immer … Ich schaffe es einfach nicht, ihn zu lesen.«

Eine beinahe kindliche Furcht, wie Aster sie bei ihr noch nie wahrgenommen hatte, lag in Violets Stimme. Aber in dem Brief stand nichts, was sie fürchten müsste, oder doch?

Aster hielt ihn ins Mondlicht und fing verunsichert an, ihn vorzulesen. Dabei beobachtete sie Violet aus den Augenwinkeln.

Noch ehe sie fertig war, schluchzte Violet gequält. »Sie hat versucht, mich zu *retten*?«, würgte sie hervor, riss Aster den Brief aus der Hand und las ihn selbst. »Ich habe immer gedacht, sie habe mich im Stich gelassen, aber hier steht, sie wollte … sie würde nie …«

Als sie den Schmerz in Violets Tonfall hörte, schmolz auch der Rest von Asters Zorn dahin.

»Violet«, setzte sie an, während sie sich durch die eigene Verwirrung wand, »bist du *sicher,* dass deine Mutter Selbstmord begangen hat? Wenn dieser Brief der einzige Beweis ist, den du hast … Na ja, daraus geht klar hervor, dass sie andere Pläne hatte.«

Violet tat einen tränenfeuchten Atemzug. »Mother Fleur war diejenige, die mir erzählt hat, wie meine Mutter gestorben ist. Ich hatte nie einen Grund, ihr nicht zu glauben …« Doch nun war der Zweifel in ihren Worten spürbar. »Mother Fleur lügt. Das weiß ich. Ich habe ihr sogar manchmal beim Lügen geholfen, aber sie hat *mich* nie belogen, Aster. Mir gegenüber war sie anders. Sie hat gesagt, sie werde mich so lieben, wie meine Mutter es nie getan habe. Sie hat gesagt, meine Mutter habe bedauert, dass ich je geboren wurde, und das sei mit ein Grund, warum sie sich umgebracht habe – weil sie meinen Vater nie haben konnte und weil sie mich nicht lieben konnte, nicht solange ich sie ständig an den Mann erinnerte, der ihr das Herz gebrochen hatte. Es ist meine Schuld, dass sie Selbstmord begangen hat.«

Verhobelte Hölle. Aster fühlte sich elend.

»Hör mal, Violet«, sagte sie, »was immer deine Mutter

getan oder nicht getan hat, es war nie deine Schuld. *Niemals.* Das musst du dir klarmachen.«

Violet blinzelte Aster an und schüttelte nur stumm den Kopf.

»Mother Fleur hat das bestimmt nur gesagt, um dich gefügig zu machen«, fuhr Aster fort. »Um sich deine Loyalität zu sichern.«

»Das ist ihr dann wohl gelungen«, sagte Violet dumpf. »Zuerst wollte ich ihr nicht glauben. Natürlich nicht. Aber da hat sie mir erzählt … Ich erinnere mich genau an ihre Worte, sie sagte: *Falls du je geglaubt hast, deine Mutter würde dich lieben, dann lag das nur daran, dass sie sehr gut darin war, Gefühle vorzutäuschen, die sie gar nicht hatte. Wie es alle Good Luck Girls tun müssen.* Wie *ich* es seither immer getan habe.«

Plötzlich traf die Erkenntnis Aster wie ein Schlag in den Magen. »Dann hast du also die ganze Zeit gedacht, dieser Brief …«

»Ich weiß es nicht, Aster!«, erwiderte Violet und klang nun ziemlich frustriert. »Ich habe versucht, *gar nicht* darüber nachzudenken. Aber ja, tief im Inneren habe ich geglaubt, dieser Brief sei eine Art Geständnis, in dem sie mir sagt, dass sie mich nie geliebt hat und bedauert, dass ich je geboren wurde. Dass sie sich das von der Seele schreiben wollte, ehe sie durch den Schleier getreten ist.« Sorgfältig faltete sie den Brief zusammen und steckte ihn ein. »Das musst du verstehen. Ich hätte den nie bei euch zurückgelassen, hätte ich nicht ernsthaft geglaubt, was meine Mutter mir auch gesagt hat: dass dieser Brief den Weg zu Lady Ghost weist. Ich habe es so sehr gewollt – so sehr gebraucht –, dass das wahr ist. Mir war nur nicht klar, dass ihre Hinweise sich in unserer Gutenachtgeschichte verbergen.«

Violet hob das Messer wieder auf und reichte es Aster, in deren Kopf es drunter und drüber ging.

War Violet wirklich so überzeugt gewesen, dass dieser Brief sie zu Lady Ghost führen würde, bedachte man, welche Lügen sie über ihre Mutter geglaubt hatte? Aster studierte ihr Gesicht. Violet sah unendlich erschöpft aus, noch immer unfähig, all den Schmerz, den sie zuvor erlebt hatte, loszulassen. Und beim Anblick ihrer blutunterlaufenen Augen und der tränenverkrusteten Wangen brachte Aster es nicht über sich, Violet noch irgendwelche weiteren Fragen zu stellen – vielleicht hatte sie tief im Inneren wirklich an Lady Ghost geglaubt, vielleicht hatte sie sich auch nur eingeredet, sie würde an sie glauben, weil das die einzige Möglichkeit für sie gewesen war, mit ihrer Trauer fertigzuwerden. Aster würde es nie genau wissen, und in diesem Moment war das auch nicht wichtig. Nicht mehr.

»Wie auch immer«, sagte Violet und seufzte schwer. »Wenn du die ganze Sache vergessen und mich hier dem Gesetz überlassen willst, nehme ich dir das nicht übel. Ich bin genauso schlimm wie Mother Fleur, denn ich habe euch alle angelogen. Und es ist nicht so, als hätte ich noch etwas, wofür es sich zu leben lohnt. Meine echte Mutter ist schließlich immer noch tot.«

»Violet, nein. Du kommst mit uns. Mother Fleur ist … sie ist böse. Was sie dir angetan hat, war niederträchtig. Und die Aufschneider sind auch böse, bedenkt man, wie viel Schmerz und Leid sie verursachen. Aber ich will verdammt sein, ehe ich akzeptiere, dass man böse sein muss, um dieses Leben irgendwie zu meistern. Wir sind nur so weit gekommen, weil wir einander vertraut und aufeinander aufgepasst haben. Und genauso werden wir auch weitermachen, hörst du?« Aster schluckte, als ihr klar wurde, dass ihre Worte ebenso ihr selbst wie Violet galten. »Trotz allem, was sie uns genommen haben, konnten sie uns das nicht nehmen. Wir haben immer noch unsere Menschlichkeit. Und das ist mehr, als die von sich sagen können.«

Lange Zeit schwieg Violet. »Ich weiß nicht«, sagte sie nach einer Weile. »Du hattest recht, damals in Clearwater, weißt du? Ich war gemein zu dir und den anderen Mädchen. Ich war bereit zu tun, was immer nötig war, um mir das Leben zu erleichtern. Weil ich einfach … ich war immer wütend, dass so ein Leben *mir* zugestoßen ist, verstehst du? *Mir* hätte so etwas nicht passieren dürfen. Dem hellblütigen Mädchen mit dem reichen Vater.« Sie schüttelte den Kopf und schürzte angewidert die Lippen. »Aber dieses Leben hätte keine von uns je führen sollen. Und ich habe es euch allen nur noch schwerer gemacht. Eines Tages wäre ich genauso schlimm geworden wie Mother Fleur. Sogar schlimmer.« Sie sah Aster direkt in die Augen. »Ich weiß, das ist nicht genug, und ich weiß, es ist zu spät, aber es tut mir leid, Aster. Alles, was ich getan habe, tut mir leid.«

Aster kämpfte mit den Tränen, schluckte sie hinunter, überrascht über dieses Aufwallen der Gefühle. Ihr war gar nicht bewusst gewesen, wie wichtig es für sie war, diese Worte von Violet zu hören, wie lange sie darauf gewartet hatte – auf eine ehrliche Antwort, ein Versprechen, sich zu bessern.

»Tja, wenn du uns gegenüber etwas wiedergutmachen willst, dann kann ich mir keine bessere Möglichkeit vorstellen, als dass du uns wie versprochen zu Lady Ghost bringst«, entgegnete Aster mit einem angespannten Kichern, ehe sie Violet ein schwaches Lächeln schenkte. »Also, kommst du freiwillig mit mir zurück zu den anderen, oder muss ich dich hinschleifen?«

Violet lachte dankbar, und Aster half ihr auf die Beine. Gemeinsam schlichen sie zurück zum Tor.

Und dann flogen die Türen auf, und eine Flut von Gesetzeshütern mit Gewehren strömte hindurch.

KAPITEL EINUNDZWANZIG

Aster saß auf der Ladefläche des Wagens der Gesetzeshüter, die Hände gefesselt, doch den Kopf hoch erhoben. Violet kauerte ihr gegenüber. Ihr Gesicht sah in der Düsternis aschfahl aus. Neben jeder von ihnen hockte ein Gesetzeshüter mit schussbereitem Gewehr. Asters Herz drosch gegen ihre Rippen, aber ihr Verstand blieb klar. Nun, da das Schlimmste eingetroffen war, fühlte sie sich sonderbar gelassen. Zumindest waren Clementine und die anderen in Sicherheit.

Du kommst hier raus. Du wirst sie wiedersehen, sagte Aster sich im Stillen.

Die Alternative war zu entsetzlich, sie sich auch nur vorzustellen. Sie musste sie verdrängen, durfte lediglich darüber nachdenken, wie sie fliehen könnten. Sie versuchte, diese Überlegungen Violet allein durch Blicke zu vermitteln, aber die fühlte sich immer noch so elendig, dass sie gar nicht reagierte. Ihre Augen blickten glasig ins Nichts, und das Haar hing ihr ins Gesicht. Ihre Apathie machte Aster mehr Angst als alles andere. Es war, als hätte sie aufgegeben.

Der Wagen holperte über irgendein Hindernis auf der Straße. Aster bewegte die Beine, um sich abzustützen. Prompt versetzte ihr der Gesetzeshüter zu ihrer Linken einen Stoß in die Seite. Sie biss die Zähne zusammen. Der Wagen hatte keine Fenster, aber Aster war klar, dass sie schon recht lange unterwegs waren – länger, als der Weg zum hiesigen Gefängnis dauern dürfte, sogar in einer so großen Stadt wie Northrock.

Wo zur Hölle fuhren sie hin?

Aster schluckte die Furcht hinunter, die in ihrer Kehle aufstieg. Endlich hielten sie an. Einer der Gesetzeshüter stand auf, öffnete die Schiebetür des Wagens und sprang zu Boden. Die anderen brachten Aster und Violet hinaus.

Northrock war immer noch in der Ferne erkennbar, ein warmer Lichtschein in der Finsternis, aber nun befanden sie sich im Umland und offenbar auf einem opulenten Anwesen. Das Gras wuchs üppig, die Luft war angefüllt mit Gartengerüchen. Aster schauderte, als der Wind in ihre Ärmel pfiff.

»Da entlang«, sagte einer der Gesetzeshüter und drehte sie grob in die andere Richtung. Nun sah Aster das Herrenhaus selbst vor sich, erbaut aus hartem weißem Stein, der sich drei Stockwerke hoch auftürmte. Erneut warf sie Violet einen Blick zu, um sich einen Eindruck davon zu verschaffen, ob ihre Freundin eine Idee hatte, wo sie sein könnten, aber Violet hielt noch immer den Blick gesenkt und schien etwas vor sich hin zu murmeln. Ein Gebet?

Die Gesetzeshüter drängten sie voran.

Asters Stiefel knirschten auf dem Kies. Mit gefesselten Händen konnte sie sich nicht wehren. Sollte sie davonlaufen, würde sie zweifellos erschossen werden. Aber zugleich war sie sich mit jedem Schritt sicherer, dass sie, sollte sie dieses Gebäude betreten, nie wieder herauskommen würde.

Endlich hatten sie die Eingangstür erreicht, vor der ein Mann stand und auf sie wartete. Er trug eine perfekt geschneiderte Nadelstreifenweste und hatte die makellos weißen Ärmel seines Hemds bis zu den Ellbogen hochgekrempelt, als hätte er mit den Händen gearbeitet. Himmelblaue Augen blickten unter der Krempe seiner Melone hervor.

Aster schluckte die Galle hinunter, die ihr in den Hals stieg. Als sie diese Augen zum letzten Mal gesehen hatte, da hatten sie sie über einen Abgrund hinweg angestarrt.

»Mr. McClennon«, grüßte ihn der Gesetzeshüter hinter Aster. »Wir haben die Mädchen. Wohin sollen wir sie bringen?«

Jerrod McClennon.

Asters Entschlossenheit bekam Risse. Es konnte nichts Gutes verheißen, dass er den Befehl gegeben hatte, sie auf sein privates Anwesen zu bringen statt ins Gefängnis. Und es war auch zweifellos ungesetzlich, aber wer sollte ihn schon aufhalten? Hilflos sah sie zu, wie Glimmer zwischen McClennon und dem Gesetzeshüter die Hand wechselte. Endlich blickte Violet Aster an, als würde sie nun langsam begreifen, wie verzweifelt ihre Lage war.

McClennon führte die kleine Gruppe auf einem gepflasterten Weg um das mächtige Gebäude herum zu einem Kellereingang, der von zwei Raubvögeln bewacht wurde, die ein Gefühl der Furcht verbreiteten. Die Raubvögel bückten sich und öffneten die Türflügel, hinter denen ein gähnender Treppenschacht in Sicht kam.

Wir sehen uns wieder, das garantiere ich euch.

Und wenn eure Zeit gekommen ist, dann werdet ihr es wissen.

Und Aster wusste es.

Sie fing an, sich ernsthaft zu wehren, versuchte, ihre Arme aus dem Griff des Gesetzeshüters zu befreien, während das Herz in ihrer Brust raste. Es war nicht mehr wichtig, dass das alles nutzlos war. Lieber würde sie kämpfend hier sterben als gefangen unten im Keller.

»Schluss damit!«, tadelte McClennon. Sogleich richtete der Raubvogel seinen Blick auf sie und jagte ihr einen Dolch aus purer Angst in die Brust. Eiskalt breitete sie sich aus, bis Aster sich klamm und zittrig fühlte. »Während eures Aufenthalts werdet ihr euch wie Damen benehmen.«

Aster knirschte unter dem Einfluss des Schmerzes in ihrem Schädel und der Panik, die in ihrem Blut aufwogte, mit den Zähnen. Sie fühlte es kaum, als der Gesetzeshüter ihr die Handfesseln abnahm. Er schob sie voran, und einer der Raubvögel packte ihre Schulter und führte sie hinter McClennon die Steinstufen hinunter. Der andere Raubvogel folgte ihnen mit Violet, die im Dunkeln stolperte. Die Raubvögel konnten natürlich perfekt sehen, aber McClennon hatte eine Laterne, in deren Lichtschein Aster vor ihnen vage mehrere Räume erkennen konnte.

Kerkerzellen.

McClennon stellte die Laterne auf einem Tisch ab und zog einen Schlüsselring von einem Haken an der Wand. Aster befeuchtete die Lippen, suchte verzweifelt nach einem Fluchtweg. Wieder zappelte sie im Griff des Raubvogels, doch der trat ihr nur kurz von hinten ans Bein, sodass ihr Knie nachgab.

»Ihr fragt euch bestimmt, warum ich euch hierher habe bringen lassen«, bemerkte McClennon im Plauderton, während er den richtigen Schlüssel suchte. Die Raubvögel erhöhten ihren Druck auf Asters Geist. »Das liegt daran, dass ihr Mädchen etwas Besonderes seid – natürlich seid ihr nicht die Ersten, die aus einem Welcome House geflohen sind, aber ihr seid unzweifelhaft die Ersten, die dabei einen meiner Angehörigen getötet haben. Daher scheint es nur passend, wenn ich mich eures Falls persönlich annehme. Mr. Mason unten in der Gesetzmeisterei ist mir in diesem Punkt gern entgegengekommen.«

»Was für ein Ort ist das hier?«, fragte Violet mit tonloser Stimme. Das waren ihre ersten Worte, seit sie gefangen genommen worden war.

McClennon fand den gesuchten Schlüssel und öffnete ohne jede Eile das Vorhängeschloss vor der nächsten Zelle. »Ich habe mehrere Raubvögel zur Bewachung des Anwesens in meinen Diensten und gestatte ihnen, sich hier unten an Freiwilligen in ihrer Kunst zu üben. Sie leisten wirklich faszinierende Arbeit.«

Aster drehte sich der Magen um. »Freiwillige?«

»Staubblütige tun alles, wenn man ihnen anbietet, sie von ihren Schulden zu befreien. Jeder hat seinen Preis – aber das wisst ihr natürlich.« Mit einem Nicken deutete er auf die Zelle. »Geht jetzt da rein. Wir haben morgen einen langen Tag vor uns.«

Aster und Violet traten in die Zelle, zu geschwächt, um Widerstand zu leisten, und McClennon legte das Schloss vor, das mit einem leisen Klicken einrastete. Er ging, ohne sie noch eines Blicks zu würdigen, und nahm die Laterne mit – aber die Raubvögel blieben, und Aster spürte, dass sie sie stumm beobachteten. Krachend fiel die Kellertür zu.

Aster und Violet suchten einander im Dunkeln und glitten zu Boden, um sich auf die festgestampfte Erde zu setzen. Zunächst wagte keine von ihnen, etwas zu sagen, während die Raubvögel sie belauschten, aber allein Violets gleichmäßigem Atem zu lauschen war schon tröstlich für Aster.

»Wie geht es dir?«, flüsterte sie nach einiger Zeit.

Violet seufzte schwer. »Das war eine höllische Nacht, so viel steht fest.« Aster ahnte, dass Violet sich ihr zuwandte. »Danke für … vorhin …« Ob sie sich wegen der Raubvögel oder um ihrer selbst willen vage ausdrückte, vermochte Aster nicht zu sagen.

»Schon gut«, meinte sie, tastete nach Violets Hand und drückte sie. Es war ein Versprechen: *Wir kommen hier wieder raus.*

Violet erwiderte die Geste, als wollte sie sagen: *Das ist ein Haufen Kuhscheiße, aber trotzdem danke.*

Sie verfielen erneut in Schweigen.

Den Toten sei Dank, dass Clementine und die anderen nicht hier sind, dachte Aster. Das war ihr einziger Trost, und sie klammerte sich daran fest. Zee hatte versprochen, bei ihnen zu bleiben. Selbst wenn sie Lady Ghost nicht finden sollten, dann konnte er sie vielleicht zurück zu den Skorpionen bringen.

Trotz allem war es auch jetzt noch nicht zu spät für sie.

Aster wollte wach bleiben, aber die Erschöpfung forderte ihren Tribut. Inzwischen musste es fast Morgen sein. Sie biss sich in den Daumen, hoffte, der Schmerz würde reichen, um sie bei Sinnen zu halten. Die Furcht in ihren Eingeweiden nahm zu, und das lag nicht nur an den Raubvögeln – es lag ebenso an der Vorstellung, allein im Dunkeln zu bleiben und der Gnade anderer ausgeliefert zu sein. Und sollte sie einschlafen, dann wäre sie nur noch verwundbarer.

Aber es dauerte nicht lange, bis die Kälte in ihre Haut sickerte, die Dunkelheit an ihrem Bewusstsein nagte und sie der Müdigkeit nachgab, die Besitz von ihr ergriffen hatte.

Als Aster erwachte, hatte sie keine Vorstellung davon, wie viel Zeit vergangen sein mochte. Aber McClennon war wieder da, und das Licht seiner Laterne fiel auf ihre Gesichter.

Und er war nicht allein.

»Ich dachte, ihr könntet ein wenig Gesellschaft brauchen«, sagte er und schwang seine Laterne, um ihnen zu zeigen, was hinter ihm war.

Tansy, Mallow … und Clem.

Nun ließ auch der Rest ihres Mutes Aster im Stich. Sie hätte womöglich alles überstehen können, hätte sie nur gewusst, dass Clementine entkommen war. Aber jetzt …

McClennon öffnete die Zellentür, scheuchte die anderen zu Aster und Violet hinein und schloss wieder ab.

»Ich habe euch Mädchen ja gesagt, wir werden uns wiedersehen, und jetzt habe ich den ganzen Strauß«, sagte er und gluckste zufrieden vor sich hin. »Wisst ihr, was das Beste an Arketta ist? Ein Mensch bekommt in diesem Land, so viel oder so wenig er verdient. Die Tage des Imperiums und seiner tyrannischen Könige sind vorüber. Stattdessen hat der arbeitende Mann die Herrschaft übernommen, und wenn er seine Schuld bezahlt hat, dann kann er selbst leben wie ein König. Ruhm der Zeche, wahrhaftig.« McClennon marschierte vor der Zelle auf und ab, während er sprach, und gestikulierte dabei, als würde er sich an ein offizielles Publikum wenden. »Ihr seid alle noch jung und haltet solche Möglichkeiten für selbstverständlich. Ihr grollt dem Welcome House, obwohl andere dafür gestorben wären, an eurer Stelle zu sein. Ihr wolltet Freiheit, ohne vorher etwas dafür zu leisten. Und das Schlimmste ist, ihr habt die Gesetze missachtet, die unsere Gesellschaft zusammenhalten. Ihr habt einen ehrbaren Mann getötet. Ich verstehe, dass euch das kriminelle Verhalten im Blut liegt – die Wissenschaft sagt, ihr könnt einfach nicht anders –, dennoch …«

Niemand von ihnen rührte sich, als McClennon verstummte. Die beiden Raubvögel, die ihn flankierten, sandten einen schwachen Strom aus Angst durch Asters Blut, doch der war nichts im Vergleich zu dem Zorn, der in ihr aufwallte. Sie schürzte die Lippen, wütend über McClennons Worte. Seine Lügen. Er nahm sich Zeit, um zum Punkt zu kommen, und sie wagte nicht, darüber nachzudenken, welche Strafe er wohl am Ende dieser kleinen Ansprache über sie verhängen würde.

McClennon verschränkte die fleischigen Arme vor der Brust. »Zu eurem Glück, Mädchen, bin ich ein barmherziger Mann. Ich glaube an zweite Chancen und Wiedergutmachung. Unser Staat wurde auf diesen Idealen gegründet, und an diesen Idealen werde ich auch als euer Gouverneur festhalten. Mir ist bewusst, dass diejenige, die meinen Neffen ermordet hat, die einzig wirklich Kriminelle hier ist. Die Übrigen sind nur Mitläufer, willensschwach und rückgratlos, wie es bei eurem Volk so häufig der Fall ist.«

Wieder ging er auf und ab. Einmal. Zweimal. Dann fuhr er fort: »Die Umstände verweisen eindeutig auf Clementine, das Mädchen, dem das Glück zuteilwurde, von Baxter auserwählt zu werden. Aber ich würde nur ungern eine Strafe ausüben, solange ich nicht zweifelsfrei weiß, ob dem so ist. Welche Art Gouverneur wäre so respektlos gegenüber unseren Bürgern, nicht wahr? Also, sobald ihr mir erzählt, welche von euch Baxter getötet hat – Clementine oder nicht –, verspreche ich, dass der Rest von euch sicher nach Green Creek zurückkehren und seine Arbeit wieder aufnehmen kann.«

»Sie sollten uns alle gehen lassen«, sagte Aster, ehe irgendjemand anders sich zu Wort melden konnte, vor allem aber bevor Clementine sich selbst ausliefern würde. Sie glaubte nicht einen Moment lang, dass McClennon sein Versprechen halten würde, aber sollte es eine Chance geben, hier lebend rauszukommen, so würde sie sie ergreifen.

Doch McClennon spießte sie nur mit einem angewiderten Blick auf. »Es war Mord, wie vom Gesetz festgelegt, und dieses Gesetz ist eindeutig, wenn es darum geht, wie mit Mördern zu verfahren ist. Ich nehme an, die Exekution wird ein großes Spektakel werden. Die Öffentlichkeit wird das einfordern. Aber es gibt keinen Grund für die anderen von euch, sich für die Täterin zu opfern. Also, wer war es?« Er sah eine nach der anderen an. Sie alle erstarrten, wechselten Blicke untereinander. Aster sah die Furcht in den Augen der anderen, aber auch die Entschlossenheit. Keine von ihnen würde etwas sagen.

Dann verlagerte Clementine kaum merklich das Gewicht. Aster ergriff ihre Hand.

»Nun gut«, sagte McClennon schließlich. »Ich werde euch morgen wieder fragen.« Angespannt atmete Aster aus, als er Anstalten machte davonzugehen, doch dann hielt er inne und drehte sich wieder zu ihnen um.

»Ach, und wie ich bereits sagte – ein Mensch bekommt hier so viel oder so wenig, wie er verdient. Wenn ihr also essen wollt, werdet ihr dafür arbeiten müssen. Ich bin überzeugt, diese beiden hier werden euch mit Vergnügen dabei helfen.« Er nickte den Raubvögeln zu, lächelte noch einmal und verschwand die Treppe hinauf.

Kaum war die Kellertür hinter McClennon zugefallen, zog Aster Clementine in ihre Arme.

»Wie zur Hölle konnte er euch alle finden?«, fragte Aster, zitternd vor Zorn und Furcht. Die Raubvögel waren immer noch bei ihnen und musterten sie schweigend. Dieses Mal hatte McClennon seine Laterne dagelassen – ganz sicher nicht aus Gefälligkeit, sondern damit sie genug sehen konnten, um ihre »Arbeit« zu tun. Aster schrak vor dem Blick der Raubvögel zurück, die gemächlich die Mädchen von Kopf bis Fuß musterten.

»Wir waren besorgt um euch«, antwortete Mallow und hielt sich mit schmerzverzerrter Miene die Seite. »Wir sind in die Stadt gegangen, um nach euch zu suchen, aber sie war voller Gesetzeshüter.«

»Und Zee?«, fragte Violet und nahm damit Asters nächste Frage vorweg.

Clementine warf einen Blick auf die Raubvögel. »Er … ist allein weg. Wir haben ihn darum gebeten. Es gibt Orte, die wir nicht aufsuchen konnten, er aber schon, weil er ein Mann ist.«

»Ich bin sicher, McClennon hätte Zee hergebracht, hätten sie ihn erwischt«, murmelte Tansy. »Darum denke ich, wir haben allen Grund zu glauben, dass er nicht geschnappt wurde.«

»Und allen Grund zu glauben, dass er keine Ahnung hat, wo wir sind«, fügte Mallow bitter hinzu.

Asters Mut sank noch ein bisschen mehr. Nun konnten sie also auch nicht darauf zählen, dass er ihnen aus dieser Lage heraushelfen würde. Nicht dass sie damit überhaupt gerechnet hätte. McClennon hatte gesagt, dass etliche Raubvögel das Anwesen bewachten, und vermutlich hatte er die zwei, die er hier unten stationiert hatte, nicht einmal mit einbezogen.

»Ich habe nachgedacht, und ich … ich möchte freiwillig die Schuld auf mich nehmen«, sagte Clementine vorsichtig. Solange die Raubvögel sie belauschten und ihre Gefühle lasen, konnte sie nichts offen sagen, aber wenn das Welcome House sie eines gelehrt hatte, dann, wie man einen Raubvogel hinters Licht führte.

»Nein«, sagte Aster.

»Niemand von uns kann die ganze Schuld auf sich nehmen«, stimmte Tansy zu.

»Ich schon«, murmelte Violet, aber Aster brachte sie mit einem Blick zum Schweigen.

»Nein«, sagte sie noch einmal. »Du gehörst jetzt zu uns, Violet. Bis zum Ende.« Sie ließ den Blick über die anderen schweifen. »*Keine* von uns wird die Schuld auf sich nehmen. Wir überlegen uns etwas anderes.«

Aber Asters Worte klangen sogar in ihren eigenen Ohren unglaubwürdig. Wenn es nicht anders ging, würde sie sich selbst für schuldig erklären, das hatte sie schon in dem Moment gewusst, in dem sie Baxters Leichnam auf Clementines Bett hatte liegen sehen.

So weit wird es nicht kommen, ermahnte sie sich im Stillen. Sie hatten immer einen Weg gefunden, ob Glaslampe, Süßdistelelixier, Bank oder Zug.

Aber nun waren ihnen die Möglichkeiten ausgegangen.

»Vielleicht findet Zee uns doch«, sagte Clementine leise.

Aster und Violet sahen einander in die Augen. Sie konnten nicht frei sprechen, aber das mussten sie auch nicht, um sich gegenseitig zu vermitteln, dass sie die trostlose Wahrheit kannten.

Sie waren auf sich allein gestellt.

KAPITEL ZWEIUNDZWANZIG

Es wurde Morgen, auch wenn sie das in ihrer unterirdischen Zelle nicht erkennen konnten. Das einzige Anzeichen dafür, dass die Sonne aufgegangen war, war die Ankunft eines Hausdieners, der einen Topf mit heißem Getreidebrei trug. Seine dunklen Augen waren unentwegt auf den Boden gerichtet.

»Ihr erinnert euch sicher, was Mr. McClennon gesagt hat«, bemerkte der jüngere der beiden Raubvögel. »Umsonst gibt es hier nichts. Wenn ihr dieses Essen haben wollt, müsst ihr eine Gegenleistung erbringen.«

»Mach's dir selbst«, knurrte Mallow, und Aster grinste schwach.

Seine Augen blitzten vor Niedertracht. »Ganz wie ihr wollt«, konterte er, und eine Woge des Kummers strömte über sie hinweg. Aster wurde eng in der Brust, ihre Kehle war wie zugeschnürt, und ihr stiegen Tränen in die Augen. »Am Abend kehren wir zurück«, sagte er. »Hoffentlich seid ihr bis dahin zur Vernunft gekommen.«

Er schob einen Krug mit Wasser durch die Gitterstäbe, ließ das Essen aber gerade außer Reichweite stehen. Der Geruch reichte, damit Asters Magen sich zusammenkrampfte. Die Raubvögel und der Hausdiener gingen ohne ein weiteres Wort davon, und Aster wischte sich mit dem Ballen ihrer gesunden

Hand die Tränen aus den Augen. Sie verspürte kaum Erleichterung darüber, dass sie nun unter sich waren.

»Sieht aus, als würden wir nur nachts bewacht«, bemerkte Tansy leise. »Vielleicht haben die Raubvögel Wichtigeres zu tun.«

»Den Toten sei Dank«, murrte Mallow mit blassem Gesicht.

Aster verschwieg, was ihr durch den Kopf ging: dass McClennon die Raubvögel vermutlich auf Zee angesetzt hatte und dass er sie hier unten nur allein lassen würde, wenn er absolut sicher war, dass sie nicht entkommen würden.

Aber zumindest konnten sie nun offen sprechen.

»Geht es jeder von euch gut?«, fragte Aster.

Alle murmelten eine Zustimmung, auch wenn sie etwa so lebendig aussahen wie der Sack voller Kätzchen, die Clementine daheim, ehe sie im Welcome House gelandet waren, vor dem Ertrinken gerettet hatte.

»Also«, sagte Clem, und ihr Blick wanderte zwischen Aster und Violet hin und her. »Wir haben die ganze Geschichte noch gar nicht gehört. Wohin bist du letzte Nacht verschwunden, Violet?«

Aster verlagerte schweigend ihr Gewicht auf dem Boden. Diese Geschichte wiederzugeben war nicht ihre Angelegenheit. Es dauerte einen Moment, dann schluckte Violet und erzählte sie selbst. Mit jedem Wort wurde ihre Stimme kräftiger. Und sie ließ nichts aus – nicht ihren Plan, erst ihren Vater und dann sich selbst umzubringen, nicht die Lügen, die sie über ihre Mutter geglaubt hatte, nicht das Bedauern darüber, wie sie die anderen Mädchen wegen ihres eigenen Grolls behandelt hatte. Clementine, Tansy und Mallow lauschten wortlos, und ihre Mienen wechselten von Erschrecken über Mitgefühl zu Unsicherheit. Vielleicht waren sie noch nicht bereit, Violets Entschuldigung dafür, wie sie sie in der Vergangenheit behandelt hatte, zu akzeptieren – aber vielleicht glaubten sie angesichts der Umstände auch, sie müssten das tun.

Dann, endlich, brach Tansy das Schweigen.

»Danke, dass du uns das erzählt hast, Violet«, sagte sie. »Ich … es tut mir leid, was dir und deiner Mutter passiert ist. Was Mother Fleur dir angetan hat …«

»Sie hat uns allen wehgetan«, erwiderte Violet tonlos. »Ich bin die Einzige, die ihr auch noch geholfen hat.«

»Dieser Mensch bist du aber nicht mehr«, gab Clementine zurück.

»Ja, Violet, ohne dich wären wir nie so weit gekommen«, sagte Mallow. »Ich bin froh, dass du hier bist. Ich meine nicht *hier*, aber du weißt schon …«

Aster und die anderen nickten zustimmend.

»Da ist noch etwas, Violet«, sagte Aster. »Vielleicht kannst du uns jetzt die Gutenachtgeschichte deiner Mutter erzählen. Die, die uns angeblich verraten kann, wo wir Lady Ghost finden.«

»Wozu?«, fragte Violet in einem trostlosen Tonfall.

»Damit wir herausfinden, wo sie ist«, fasste Aster das Offensichtliche in Worte.

Aster hatte keine Ahnung, wie sie je die Gelegenheit haben sollten, ihre Suche nach Lady Ghost wiederaufzunehmen, aber darum ging es nicht. Sie brauchten etwas, woran sie glauben konnten.

Violet nickte ihr kaum erkennbar zu, als hätte sie begriffen, was Aster von ihr wollte. »Na ja, die Story hat immer gleich angefangen«, sagte sie. »*Es war einmal eine Seraphantin, die lebte in einem Schloss aus Theomit inmitten von zehn Klauen.* Danach hat sie sich immer verändert. Jedes Mal ist ein anderes Waisenmädchen in Schwierigkeiten geraten – es ist in einen Brunnen gefallen oder hat sich im Wald verirrt oder wurde von Banditen entführt oder irgendwas anderes. Dann hat es den Namen der Seraphantin gerufen, und die Seraphantin ist gekommen, hat es gerettet und ihm die Möglichkeit geboten, mit ihr im Schloss zu leben. *Und von da an waren sie so sicher wie die Sterne am Himmel*, das hat meine Mutter mir immer erzählt.«

»Die Seraphantin muss Lady Ghost sein«, begann Aster und sprach aus, was sie schon gedacht hatte, als sie erstmals den Brief in der Scheune gelesen hatte. »Verzweifelte Mädchen rufen sie an, damit sie sie rettet.«

»Das ergibt einen Sinn«, stimmte Clementine zu und fummelte an ihrem Armband herum. »Aber natürlich gibt es in Arketta keine Schlösser aus Theomit, also was könnte das bedeuten?«

»Und die zehn Klauen«, fügte Mallow hinzu. »Wofür mögen die stehen?«

Violet zuckte mit den Schultern. »Meine Mutter hat mir das nie erklärt, und ich war sowieso zu klein, um Fragen zu stellen. Mir hat nur die Vorstellung gefallen, ich würde mit einem Haufen anderer verlorener Mädchen und einem freundlichen Geist in einem Schloss leben. Ich wusste nicht, dass es dabei um *Lady Ghost* ging.«

Aster stand auf und fing an, in der kleinen Zelle auf und ab zu marschieren. Lady Ghost lebte irgendwo, wo es eine Menge Theomit gab, so viel war klar.

»Eine Mine vielleicht«, schlug Mallow vor. »Meint ihr, sie wohnt in einer Mine wie die Skorpione?«

»Du könntest recht haben«, meinte Clementine.

»Das dachte ich auch«, stimmte Aster zu. »Aber falls das stimmt, wie finden wir dann heraus, wo diese Mine ist?« *Falls wir je die Gelegenheit dazu bekommen, sie zu suchen.* Aster bemühte sich, die bohrende Stimme in ihren Ohren zu ignorieren.

»Da müssen wohl die Klauen ins Spiel kommen«, meldete Tansy sich zu Wort. »Weißt du noch irgendwelche anderen Einzelheiten, Violet?«

Violet schüttelte den Kopf. »Ich war natürlich noch sehr jung. Vielleicht erinnere ich mich nur nicht mehr.«

»Wir finden es schon heraus«, bemerkte Clementine zuversichtlich. Niemand antwortete, als wollten sie sich alle noch ein wenig länger mit dieser Fantasievorstellung vergnügen.

»Wo wollt ihr alle hin, wenn ihr die Kokarde erst los seid?«, fragte Tansy.

»Ich baue mir irgendwo im Wald im Norden Arkettas eine hübsche Hütte«, antwortete Mallow prompt. »Der Grind kann von mir aus zur Hölle fahren. Du bleibst doch bei mir, oder, Tansy? Wir könnten so ein schönes, stilles Leben führen.«

»Solange ich dabei irgendwie medizinisch arbeiten kann«, sagte Tansy. »Mir war nie klar, wie viel ich gelernt habe, ehe wir das Welcome House verlassen haben.«

»Ich will in die Stadt«, sagte Clementine. »An einen Ort wie Northrock mit ganz vielen Leuten … da könnte ich einfach … verschwinden.« Sie verlagerte unbehaglich ihr Gewicht. »Und natürlich nehme ich Zee mit.«

Aster sagte nichts. Noch vor kurzer Zeit hätte der Gedanke, dass Clementine sich für das ganze Leben an Zee binden wollte, sie dermaßen erzürnt, dass ihr die Spucke weggeblieben wäre, aber inzwischen sah sie in ihm eher so etwas wie einen Bruder. Jetzt würde sie sich wünschen, er wäre für Clementine da.

»Was ist mit dir, Aster?«, erkundigte sich Tansy.

»Ich gehe mit Clem«, sagte Aster leise. Ein dumpfes Gefühl der Einsamkeit hatte sich in ihre Brust geschlichen. Mallow hatte Tansy, und Clementine hatte Zee … Vor einer ganzen Weile, an den Annagoldfällen, hatte sie Violet erzählt, sie könne sich nicht vorstellen, jemals irgendjemandem so nahe zu sein, und das war immer noch so. Aber sie hoffte, es würde nicht ewig so bleiben, wenn sie erst hier raus wären. Das Welcome House hatte ihr schon so viel genommen.

Aber zumindest hätte sie mit Clem immer eine Familie. Und vielleicht …

»Möglicherweise … möglicherweise versuche ich, mich den Skorpionen anzuschließen«, antwortete Aster und dachte an das, was ihre Schwester gesagt hatte – dass es nicht zu spät für sie sei, ihr eigenes Leben zu leben. »Die könnten für die Neulinge der Welcome Houses viel Gutes tun, und zur Hölle mit ihnen, sollten sie meinen, wir wären die Hilfe nicht wert. Dann werde ich jeden dieser Idioten das Gegenteil lehren. Jemand muss sich um Mädchen wie uns kümmern.«

»Wie die Seraphantin in der Geschichte?«, fragte Violet und zog eine Braue hoch.

Aster lachte verlegen. »Vielleicht. Ich meine, wir haben Adeline geholfen. Vielleicht hat sie nun die Möglichkeit, einmal ein glückliches Leben zu führen. Das hoffe ich zumindest.« Asters Nacken brannte, und sie sah Violet an, begierig darauf, die Aufmerksamkeit von sich abzulenken. »Wie steht es mit dir, Violet? Wenn deine Kokarde weg ist – was tust du dann als Erstes?«

Violet sah Aster ganz ruhig in die Augen. Und dann lächelte sie überraschend.

»Solange ihr mich haben wollt, wäre ich glücklich damit, einfach bei euch zu bleiben.«

In der Nacht kehrten die Raubvögel zurück. Asters Magen knurrte, als ihr der Geruch des Essens in die Nase drang, welches der Hausdiener dieses Mal mitgebracht hatte – gebackene Süßkartoffeln, die in Butter schwammen.

»Also, die Damen, was soll es sein?«, stichelte der jüngere Raubvogel. »Seid ihr zur Vernunft gekommen?« Der ältere der beiden Raubvögel gab nie auch nur ein Wort von sich, aber irgendwie ängstigte er Aster nur umso mehr. Seine Augen waren die eines Toten.

»Wir haben keinen Hunger«, erwiderte Aster rundheraus.

»Seid ihr bereit, eure Verbrechen zu gestehen?«, meldete sich der Ältere nun doch zu Wort. Seine Stimme klang so sanft wie fallender Sand.

»Das müssen wir auch ablehnen.«

»Es tut mir leid, das zu hören«, kommentierte der jüngere Raubvogel und sog Luft zwischen den Zähnen hindurch, ehe er vor dem Hausdiener, der erschrocken zusammenzuckte, mit den Fingern schnippte. »Geh und sag Mr. McClennon, dass es heute Abend kein Geständnis geben wird.« Er widmete sich wieder den Mädchen. »Wir werden die ganze Nacht hier sein, falls ihr es euch anders überlegt. Ihr könnt das hier beenden, wann immer ihr wollt.«

Aster und die anderen legten sich zum Schlafen auf den kalten, harten Boden, aber immer, wenn Aster gerade wegschlummerte, stupsten die Raubvögel ihren Geist an, sandten ihr einen kurzen Stich reiner Panik, sodass sie jedes Mal erschüttert und voller Abscheu erwachte. Sie weigerte sich, ihnen die Befriedigung zu verschaffen, ihre Erschütterung wahrzunehmen, doch es wurde immer schwerer, Haltung zu bewahren, je weiter die Nacht voranschritt. Sie unterdrückte Flüche und wortlose Schreie, kämpfte gegen das Bedürfnis, an das Gitter des Käfigs zu stürzen, fest entschlossen, für die anderen tapfer zu sein.

Um den Schlaf gebracht zu werden bedeutete auch, dass ihr die Erleichterung verwehrt blieb, das Hungergefühl für eine Weile nicht zu spüren, das sich in ihrem Bauch festgekrallt hatte.

Als es endlich Morgen wurde und der Hausdiener zurückkehrte, hatte sie kaum geschlafen – und so wie es aussah, war es den anderen nicht besser ergangen.

Der Hausdiener hielt wie stets den Blick gesenkt, während die Raubvögel die Mädchen fragten, ob sie nun bereit seien, aufzugeben und sich für das Essen erkenntlich zu zeigen. Dieses Mal gab es keine schnippischen Antworten, sondern nur dumpfes, hasserfülltes Schweigen.

»Wie ihr wollt«, sagte der junge Raubvogel achselzuckend. Damit ließen sie die Mädchen allein wie schon am vorangegangenen Morgen. In der Minute, in der die Kellertür zufiel, schwand die Spannung aus der Luft.

»Beim Schleier, mir ist so übel«, murmelte Clementine.

»Wir sollten versuchen zu schlafen, solange sie weg sind«, schlug Tansy vor. Ihr Haar hatte sich aus dem Zopf gelöst, und ihre Augen waren blutunterlaufen.

Aster sagte nichts. Sie war schon früher so hungrig gewesen. Mit Ausnahme von Violet hatten sie das vermutlich alle bereits erlebt. Sie wusste aus Erfahrung, dass sie auch noch einen weiteren Tag ohne Nahrung durchstehen würde, sollte es nötig sein. Aber wenn ihnen die Raubvögel zudem den Schlaf raubten …

»Jeder, der essen will, sollte essen«, sagte sie schließlich. »Wir geben McClennon doch nur das, was er will, sollte eine von uns sterben.«

»Wir geben ihm auch das, was er will, wenn wir uns diesen Mistkerlen mit den toten Augen anbieten«, erwiderte Mallow. »Ich bin nicht so weit gekommen, um jetzt aufzugeben.«

Aster und Violet wechselten einen Blick. Die anderen hatten sich noch nie einem Aufschneider hingeben müssen, ihre Ablehnung war nur zu verständlich. Aber Aster … sie hatte diese Schwelle bereits überquert, um zu überleben, und wenn es eine Möglichkeit gab, dass sie auf diese Weise alle retten könnte, dann wusste sie, sie würde es wieder tun. Trotzdem bereitete ihr die Vorstellung derartige Qualen, wie nicht einmal die Magie der Raubvögel sie hätte hervorbringen können. Und was Mallow gesagt hatte, war nur allzu wahr: Dafür hatten sie diesen weiten Weg nicht gemacht.

»Wie auch immer, Tansy hat recht«, sagte Aster. »Wir sollten jetzt schlafen. Die Toten wissen, dass wir heute Nacht keinen Schlaf bekommen werden.«

Doch auch ohne von den Raubvögeln gepeinigt zu werden, fiel Aster es schwer, Schlaf zu finden. Erinnerungen aus dem Welcome House kehrten zurück, verdrängte Schrecken, welche die Raubvögel aufgewühlt hatten – und mit diesen Erinnerungen kamen der Kummer und die Scham, die Aster in den tiefsten Tiefen ihres Herzens versteckt gehalten hatte. Sie schwollen in ihrer Brust an, drohten sie zu ersticken und verdoppelten noch die Angst, die ihr die Raubvögel bereits aufgezwungen hatten.

Sie pendelte zwischen Wachen und Schlafen, und ihre Träume waren genauso Schrecken erregend wie die Realität.

Es schien eine Ewigkeit zu dauern, bis die Raubvögel mit dem Abendessen zurückkehrten. Bis dahin war Aster der Appetit vergangen, auch wenn sich ihr Magen beim Geruch des Essens erneut zusammenzog. Es war, als wütete ein wildes Tier in ihren Eingeweiden und fräße sie langsam von innen heraus auf.

»Gesteht«, befahl der junge Raubvogel, den der Humor nun

offenbar verlassen hatte. Vielleicht hatte McClennon Druck auf ihn ausgeübt, damit er endlich Ergebnisse lieferte.

Aber die Mädchen schwiegen weiter.

Sie verweigerten auch die Nahrung, und der Hausdiener ließ das Essen gerade außerhalb ihrer Reichweite auf dem Boden stehen. Die Speise vom Vortag verdarb inzwischen langsam, und Fliegen schwärmten um den Topf herum. Ihr winselndes Summen trieb Aster in den Wahnsinn. Der Wasserkrug wurde nachgefüllt, aber den Durst zu löschen verstärkte Asters Hunger nur noch mehr.

In der Nacht spielten die Raubvögel wieder mit ihnen – dieses Mal pflanzten sie ihnen Visionen ein. Das war offenbar die Spezialität des alten Raubvogels und eine seltene Gabe dazu. Er schickte braunschwarze Schaben, so lang wie ein Finger, Asters Beine hinauf, zeichnete sie mit schwärenden Wunden, in denen fette Maden glänzten, schlitzte die Adern in ihren Armen auf und ließ sie zusehen, wie das Blut aus ihrem Körper strömte.

Aster schrie. Sie alle schrien. Sie wusste, dass nichts davon real war, aber sie spürte die Beine der Schaben, roch ihr eigenes faulendes Fleisch, fühlte sich benommen, als würde sie tatsächlich Blut verlieren. Der junge Raubvogel grinste, als er sie jenseits ihrer vorgespielten Tapferkeit endlich brechen sah, aber der ältere Raubvogel sagte kein Wort, rührte sich nicht einmal, sondern saß so still da wie ein Stein, während er sie folterte.

Es wurde Morgen.

»Gesteht«, befahl der junge Raubvogel.

Aster schüttelte den Kopf. Sie hatte kaum noch die Kraft, sich zu bewegen. Die Folter der letzten Nacht war sogar schlimmer gewesen als die Qualen, denen man sie wie alle Mädchen ausgesetzt hatte, um jeglichen Widerstand zu brechen, kaum dass sie im Welcome House eingetroffen war.

Mit einem Ruck seines Kinns zeigte er auf den Hausdiener, der, die Augen auf den Boden geheftet, eine dampfende Platte mit Eiern und Brot in Händen hielt. »Esst«, befahl er nun.

Aster sah die anderen an. Tansy schluchzte stumm. Mallow hatte einen Gesichtsausdruck wie ein Kaninchen im Schatten eines Falken. Clementine hielt die Augen geschlossen und die Knie an die Brust gezogen. Violets Miene spiegelte erbitterte Konzentration. Aber alle schüttelten den Kopf, als Aster ihnen in die Augen blickte.

Er schürzte die Lippen, überzog sie zum Abschied alle mit tiefem Kummer und machte dann kehrt, um zusammen mit dem anderen Raubvogel zu verschwinden.

»Was hat er euch gezeigt?«, fragte Aster.

»Schlangen«, sagte Clementine prompt. Als sie die Augen öffnete, schimmerten Tränen darin. »Rasselschwänze. Ich habe ihr Gift in meinen Adern gespürt. Woher wusste er das? Kann er … können die unsere Gedanken lesen?«

»Nein, die haben nur einen guten Instinkt, der ihnen sagt, was uns Angst macht«, murmelte Violet.

»Mein Bruder war tot«, sagte Mallow in teilnahmslosem Tonfall. »Er sah aus, als wäre er totgeprügelt worden. Sein Gesicht …« Sie drehte sich zu Violet um. »Das war nicht real, oder? Wissen die etwas, das ich nicht weiß? Über Koda …«

»Nein, nichts von alldem ist real«, antwortete Aster rasch. »Wie Violet gesagt hat, die wissen nur, wie sie uns quälen können.«

»Nach alldem kann ich bestimmt nicht schlafen«, murrte Mallow.

Aber sie versuchten es. Wenn es erst Abend würde und die

Raubvögel zurückkehrten, dann, so ermahnte Aster die anderen, würden sie all ihre Kräfte für die vor ihnen liegende Nacht brauchen. Sie bettelte ihre Freundinnen mehr oder weniger an, sich im Gegenzug für eine Mahlzeit anbieten zu dürfen, aber die anderen blieben resolut.

»Ich verspreche, wir schaffen es hier raus«, beschwor Aster sie, als auch der Hausdiener sich zum Gehen wandte. »Ich verspreche es. Bleibt stark.«

»Du glaubst dir ja selbst nicht«, spottete er.

Sie maß ihn mit einem finsteren Blick.

Doch im Herzen wusste sie, dass er recht hatte.

Drei weitere Nächte und Tage zogen ohne Nahrung oder echten Schlaf dahin. Die Quälereien der Raubvögel wurden mit jeder Nacht grausamer. Aster erhielt Visionen, in denen Clementine verweste, erfuhr tiefste Einsamkeit und entsetzliche Furcht, das Gefühl zu ertrinken, bei lebendigem Leib zu verbrennen und zu Tode gequetscht zu werden. Am sechsten Tag in McClennons Kerker war sie kaum noch bei Bewusstsein. Ihr Hunger war so grimmig, dass sie ständig würgte, und sie wusste nicht mehr, wo das Wirken der Raubvögel endete und wo ihre eigenen echten Qualen begannen.

Sie alle waren in schlechter Verfassung, aber Clementine schien es am schlimmsten zu treffen. Aster hasste McClennon dafür, dass er ihr das antat, und noch mehr hasste sie es, dass sie so vollkommen hilflos war. Sie wischte Clementine die Flüssigkeit, die sie erbrochen hatte, mit ihrem Ärmel vom Kinn und wünschte verzweifelt, sie könnte mehr für sie tun.

»Aster«, sagte Clem, als der Hausdiener mit ihrem Frühstück gegangen war, und ihre Stimme klang dünn vor Erschöpfung. »Aster, das bringt nichts. Ich muss es ihnen sagen.«

»*Nein*«, widersprach Aster, obwohl sie im Stillen überlegt hatte, ob sie selbst gestehen sollte. Viel länger konnten sie das nicht durchstehen. »McClennon wird uns schon nicht sterben lassen. Das kann er nicht. Dann bekommt er nie die Befriedigung, uns gebrochen zu haben. Und er wird nie Antworten erhalten. Er muss irgendwann damit aufhören.«

»Oder er denkt sich etwas Schlimmeres aus«, unkte Violet.

Aster schaffte es nicht einmal, verärgert zu sein. Sie wusste, dass Violet recht hatte, aber das konnte sie schlecht zugeben.

»Wir kommen hier raus …«, setzte sie an.

»Bei den Toten, Aster, wenn du das noch ein einziges Mal sagst …«, fiel Mallow ihr knurrend ins Wort. Ihre Lippen waren rissig, die Augen blutunterlaufen.

Aber Aster weigerte sich aufzugeben. »Wir schaffen das. Clementine, sieh mich an«, sagte sie, denn ihre Schwester hatte angefangen zu weinen. »Weißt du noch, was ich dir in deiner Glücksnacht gesagt habe? Bevor das alles passiert ist? Ich habe dir das Armband gegeben und dir gesagt, dass du alles überleben kannst. Und das hier wirst du auch überleben, Clem, das verspreche ich dir. Ich hole dich hier raus.«

Clementine betrachtete das Armband, strich mit dem Finger über das komplizierte Diamantrasselschwanz-Muster. Sie schien immer noch mit den Tränen zu kämpfen, doch dann änderte sich plötzlich etwas in ihrer Mimik, und sie hakte langsam die Haarnadel aus, mit der das Armband befestigt war.

Ein Lächeln breitete sich über ihr Gesicht wie die Schwingen eines Vogels, der im Begriff war davonzufliegen.

»Also gut«, sagte sie, bemüht, in einem ruhigen Tonfall zu sprechen. »Wer von euch Luckers weiß, wie man ein Schloss knackt?«

Aster zog vorsichtig die Haarnadel aus dem Armband. Sie bestand aus einem biegsamen Metall, aber mit ein bisschen Mühe gelang es ihr, sie in zwei Stücke zu brechen – eines, um Hebelwirkung zu erzielen wie beim Drehen eines Schlüssels, das andere, um die Stifte dahin zu schaffen, wo sie sie brauchten. Ein Aufschneider hatte ihr einmal erzählt, wie er das Schloss im Haus seiner ehemaligen Geliebten geknackt hatte, und Aster hatte alle nötigen Einzelheiten im Gedächtnis behalten.

Aber sie hatte es noch nie selbst versucht.

»Kannst du überhaupt sehen, was du tust?«, fragte Clementine.

»Ausreichend«, murmelte Aster, kniete sich vor dem schweren Vorhängeschloss zu Boden und steckte ihr provisorisches Werkzeug hinein. Es war nicht einfach, es zu positionieren, und sie verdrehte sich den Kopf, um das Schlüsselloch zu sehen. Kaum hatte sie sich an die Arbeit gemacht, verfielen die anderen um sie herum in Schweigen, lauschten auf das Kratzen von Metall auf Metall.

Nichts.

Aster tat einen beruhigenden Atemzug. »Lasst es mich noch mal versuchen«, sagte sie, um einen lockeren Ton bemüht. »Wir wissen nicht, in welche Richtung der Schlüssel gedreht wird. Vielleicht muss ich es andersherum versuchen.«

Sie fing noch einmal an, und die Haarnadelteile rutschten über ihre verschwitzten Finger.

»Wie lange haben wir noch, bis die Raubvögel zurückkommen?«, fragte Violet angespannt.

Es war unmöglich zu sagen, wie spät es war. Sie mochten jede Minute wiederauftauchen. Aber selbst wenn sie es nicht taten, hatte Aster immer noch keine Ahnung, wie sie von dem Anwesen entkommen sollten, ohne erwischt zu werden.

Alles zu seiner Zeit.

»Ich glaube, da bewegt sich was«, sagte Aster plötzlich, und die Aufregung rauschte durch ihre Adern.

Das Schloss klickte und öffnete sich.

»*Hölle,* ja. *Hölle,* ja«, jubelte Mallow.

Aster drehte sich um und grinste die anderen an. »Beim Schleier, wir haben es geschafft …«

Die Kellertür wurde geöffnet und ließ eine Kaskade schwindenden Sonnenscheins herein.

Aster klopfte das Herz bis zum Hals, als sie hastig und mit zitternden Händen das Schloss wieder zudrückte. Kaum fertig, blickte sie auf.

Und erkannte, dass es zu spät war.

Der Hausdiener.

Er hielt einen Krug Wasser in den Händen und starrte sie aus seinen großen braunen Augen an. Aster spannte sich, begegnete seinem Blick. Wenn er nun kehrtmachte, um zu McClennon zu laufen und sie zu verraten, hätten sie keine Chance, das Schloss schnell genug erneut zu knacken, um ihn aufzuhalten.

Sie befeuchtete die Lippen. Reckte die Hände hoch.

»Ihr müsst euch beeilen«, sagte der Hausdiener mit klarer, fester Stimme. »McClennons Männer haben gerade das Anwesen verlassen. Sie glauben, sie haben den Wegemann südlich von hier entdeckt. Sie wissen nicht, wann sie zurück sein werden.«

Clementine gab einen verzweifelten Laut von sich, und Aster hatte Mühe zu begreifen.

»Du sagst, die Raubvögel seien fort?«, fragte sie immer noch angespannt.

»Ich lasse die Kellertür unverschlossen«, antwortete er, schob den Krug mit Wasser zwischen den Gitterstäben hindurch und ging, ehe sie Zeit hatten, ihm noch weitere Fragen zu stellen. Die Tür fiel krachend zu.

Aster blickte die anderen an und sah ihren eigenen Schock in deren Zügen.

»Meint ihr, er hat recht?«, fragte Tansy. »Es sind gerade gar keine Raubvögel da, die das Anwesen bewachen?«

»Er hat auch gesagt, Zee sei irgendwo in der Nähe«, bemerkte Clementine. »Wir müssen ihn finden, ehe die Raubvögel es tun.«

»Nein, wir müssen so weit weg wie möglich von diesem Ort«, erwiderte Violet sanft. »Zee kann auf sich aufpassen. Das weißt du selbst.«

»Wir können nicht einmal sicher sein, ob der Hausdiener die Wahrheit gesagt hat«, gab Aster zu bedenken.

»Er hat gesehen, dass wir an dem Schloss herumgefummelt haben«, konterte Tansy. »Und statt uns mit Vergeltungsmaßnahmen zu drohen, hat er uns gesagt, wir sollten schnell verschwinden, weil das unsere einzige Chance sein könnte.«

»Ja, aber er könnte gelogen haben«, wandte Aster erneut ein. »Das alles könnte eine Falle sein.« Sie hegte den Verdacht, dass McClennon bald etwas Neues ausprobieren würde – vielleicht tat er das gerade. Vielleicht wollte er sie glauben machen, sie hätten sich befreien können, nur um sie dann alle wegen des Verbrechens zu belangen, einen Fluchtversuch unternommen zu haben. Aster hatte genug erlebt, um solch eine glückliche Wendung infrage zu stellen.

Clementine versuchte bereits, das Schloss erneut zu öffnen. Mallow sah Aster an.

»Meinst du wirklich, wir können ihm nicht trauen?«, fragte sie.

Aster zögerte. Der Hausdiener war nicht wie die Raubvögel.

Sie dachte daran, dass er nicht über ihr Leiden gelacht und nicht versucht hatte, ihnen ein Geständnis zu entlocken. Dass er stets den Blick abgewandt hatte, wenn die Raubvögel sie gedrängt hatten, ihre Körper hinzugeben. Dass er vermutlich selbst unter McClennon gelitten hatte, dass er auf seine Art vielleicht auch ein Gefangener war.

Aber vor allem dachte Aster an Violet, Zee, Sam und Eli. Menschen, denen Aster trotz ihrer Furcht Vertrauen entgegengebracht hatte, das belohnt worden war. Es gab Zeiten, da war es gefährlicher, Leuten keine Chance zu geben, als das eigene Schicksal in deren Hände zu legen. Zeiten, in denen man es allein einfach nicht schaffen konnte. Zeiten, in denen man Hilfe brauchte.

Und sosehr es sie auch ängstigte, Aster spürte, dass dies so eine Zeit war.

»Nein«, sagte sie endlich. »Ich denke, wir können ihm trauen.« Sie sah Clementine an. »Und ich denke, er hat recht. Wir müssen uns beeilen.«

Genau wie der Hausdiener versprochen hatte, war die Kellertür unverschlossen. Bei dem Knarren, das ertönte, als sie sie aufstießen, zuckte Aster zusammen, aber dann schlug ihr die frische Luft ins Gesicht, kühl und klar wie ein Bach an einem Sommertag. Inzwischen war es draußen dunkel, und kalte Sterne sprenkelten den Himmel. Aster erschauerte, als der Wind in den Treppenschacht fegte, und sie drehte sich um und sah die anderen an, die sich hinter ihr drängelten.

»Auf drei«, flüsterte sie und hoffte, sie würden die Furcht in ihrer Stimme nicht hören. »Eins … zwei …«

Sie rannten los.

Aster gestattete sich einen kurzen Moment der Erleichterung, als sie sich durch die Schatten stahlen und an der Seite des Hauses entlangliefen. Nirgendwo war ein Raubvogel zu sehen. Trotzdem mussten sie damit rechnen, dass einer oder zwei zurückgeblieben waren, um über das Anwesen zu wachen, und die konnten überall sein.

»Wohin, Aster?«, wisperte Tansy. Sie duckten sich tief, während sie über den dichten Teppich aus Gras huschten und einen weiten Bogen um die Stellen machen, die in dem Lichtschein lagen, der durch die Fenster des Hauses auf den Rasen fiel. Der Geruch der Erde drang schwer in Asters Nase.

»Wir müssen Zee finden«, antwortete Clementine an ihrer Stelle.

»Und das werden wir, aber zuerst müssen wir von hier weg«, sagte Aster. »Der Junge hat gesagt, die Raubvögel seien gerade jetzt hinter Zee her – wie sollen wir gegen die alle antreten?«

»Wir können ihn nicht einfach im Stich lassen.«

»Ruhe!«, flehte Aster. »Wir suchen uns einen Platz, an dem wir in Deckung gehen und herausfinden können, was vor sich geht. Wir können Hilfe holen und zurückkommen, um ihn zu befreien. Aber vielleicht bleibt er ihnen auch einen Schritt voraus, und wir finden eine Möglichkeit, ihn einzuholen.«

»Aber …«

»Wir können nicht *zu* den Raubvögeln laufen, Clem«, ging Mallow dazwischen. »Nicht ohne unsere Waffen und unsere Pferde und … Hör mal, wenn jemand diese Mistkerle austricksen kann, dann ist es Zee. Hab ein bisschen Vertrauen in ihn.«

Clementine gab auf, aber Aster sah ihr an, dass sie immer noch besorgt war. Und Aster war ebenfalls besorgt – nicht nur um Zee, sondern um sie alle. Sie waren nicht in der Verfassung, um lange zu laufen. Das Adrenalin hielt sie vorerst auf den

Beinen, aber schon jetzt war ihr schwindelig, und ihre Glieder zitterten, nachdem sie fast eine Woche kein Essen und kaum Schlaf bekommen hatte.

Rums. Ein leiser, dumpfer Schlag. Aster drehte sich um. Violet lag am Boden.

»*Violet!*«, flüsterte Aster heiser, und es klang doch wie ein Aufschrei. Sie rannten zu ihr. Sie lag zusammengekrümmt im Gras, das Gesicht totenblass, die Augen halb geschlossen und blicklos. Aster schlug ihr sacht auf die Wange. Violet stöhnte, kam aber nicht zu sich. »Violet! Hilf ihr«, sagte Aster verzweifelt und wirbelte zu Tansy herum.

»Ich … ich weiß nicht … ob ich das kann«, stammelte sie. »Erst der Süßdistelentzug, dann die lange Zeit ohne Nahrung – ich glaube, das war mehr, als ihr Körper verkraften konnte.«

»Dann komm«, erwiderte Aster, »nimm ihre Beine.«

Asters Herz pochte schmerzhaft in ihrer Brust, und selbst als jede von ihnen ein Glied von Violet ergriffen hatte, waren sie kaum stark genug, um sie hochzuheben. Stattdessen war Aster selbst einer Ohnmacht gefährlich nahe. Schwärze sammelte sich an den Rändern ihres Blickfelds, während sie darum kämpfte, Violets Arm nicht loszulassen. Kaum hatten sie ein paar Schritte getan, fing Violet an zu würgen.

»Schnell, legt sie ab und dreht sie auf die Seite!«, befahl Tansy. »Sonst erstickt sie.«

Schüsse in der Ferne.

Die Raubvögel kamen.

Ach, im Namen der Toten …

»Aster.« Violet hustete schwach, aber sie war wach. »Lasst mich hier zurück.«

»Hölle, nein …«

»Ich kann nicht mit euch mithalten. Ich …« Sie schauderte,

würgte erneut, trocken und quälend. »Ich will nicht, dass ihr sterbt. Geht einfach …«

»Sei still, Violet, wir gehen ohne dich nirgendwohin«, sagte Mallow wütend und versuchte, Violet wieder auf die Beine zu ziehen, doch ihre eigenen Arme zitterten heftig.

»Ich sehe ihre Spur!«, rief eine Männerstimme.

Aster sah Clementine an. Panik raste durch ihre Adern.

Ihre Schwester würde sterben, wenn sie nicht sofort verschwanden.

Sie alle würden sterben.

»Tu nur … ein einziges Mal … in deinem verdammten Leben … was dir gesagt wird«, bettelte Violet.

Aster begegnete ihrem Blick, schüttelte den Kopf.

Nein. Sie werden sie töten. Nein …

Violets Lider flatterten erneut, und sie starrte ins Nichts.

»Aster …«, wisperte Tansy.

»Wir gehen.« Asters Stimme klang in ihren eigenen Ohren, als käme sie aus weiter Ferne. Sie drückte Violets Hand und stand auf, ehe sie es sich anders überlegen konnte. »Folgt mir.«

Niemand sagte etwas, als sie losrannten. Und obwohl ihre Kehle wie zugeschnürt war von den Tränen, die nicht laufen wollten, blickte Aster nicht zurück.

KAPITEL DREIUNDZWANZIG

In dem Zustand, in dem sie sich befanden, konnten sie ihren Verfolgern unter keinen Umständen davonlaufen. Aster empfand nicht einmal Erleichterung, als sie die beängstigend offene Grasfläche überquert hatten und in die relative Sicherheit des Waldes eintauchten. Sie hatte keine Ahnung, wohin sie liefen, sie wusste nur, sie mussten weg von McClennon.

Während sie sich einen Weg durch das Unterholz bahnten, über Wurzeln kletterten und Ästen auswichen, verfielen sie in einen langsameren Schritt. Sie hatten keine Laterne, die ihnen den Weg hätte leuchten können, und das Licht der Sterne war gerade hell genug, um überhaupt etwas zu erkennen. Niemand von ihnen sagte ein Wort, und die Stille lastete schwer wie ein Grabstein auf ihnen.

Du gehörst jetzt zu uns, Violet. Bis zum Ende. Asters eigene Worte hallten durch ihre Ohren.

McClennon hatte sie zur Lügnerin gemacht.

Plötzlich raschelte es vor ihnen. Aster erstarrte, signalisierte den anderen, ebenfalls stillzuhalten. Die Umrisse eines Mannes mit einem Gewehr tauchten zwischen den Bäumen auf.

Er ließ die Waffe langsam sinken, und dann blitzten seine Zähne in der Dunkelheit auf, als er zu grinsen begann. »Und ich dachte schon, ich muss in das Haus einbrechen.«

»Zee«, hauchte Clementine mit zitternder Stimme. Sie lief

voran und schlang die Arme um ihn – und dann, sichtlich überraschend für Clem, küsste er sie und lachte halb verlegen, als sie sich von ihm löste.

»Ich … ich dachte, ich hätte euch verloren«, sagte er. »Was ist los?«, fragte er dann.

»Violet«, gestand Clementine kläglich. »Sie …«

»Sie ist zurückgeblieben«, fiel Aster ihr ins Wort. Sie hatten keine Zeit, um das Wiedersehen mit Zee zu feiern, und sie hatten auch keine Zeit, um darum zu trauern, dass Violet nicht mehr bei ihnen war. Wenn sie jetzt nicht entkamen, wäre Violets Opfer umsonst gewesen. »Wir müssen weiter.«

Jemand musste die harten Entscheidungen treffen.

»Mist«, murmelte Zee, zögerte aber nicht, sondern winkte ihnen zu, ihm tiefer in den Wald hinein zu folgen.

»Wir haben gehört, die Raubvögel seien hinter dir her«, sagte Tansy und hörte sich recht kurzatmig an. Das taten sie alle. Andererseits kam es einem Wunder gleich, dass sie sich überhaupt noch auf den Beinen halten konnten.

»Waren sie … sind sie«, bestätigte Zee. »Als mir klar wurde, dass ihr alle McClennon in die Hände gefallen sein musstet, bin ich euch zu seinem Anwesen gefolgt. Ich habe versucht, einen Weg an den Raubvögeln vorbei zu finden, die den Besitz bewachen. Aber die waren zu aufmerksam, und ich musste mich immer wieder zurückziehen, ehe ich auch nur die geringste Chance hatte, mich an ihnen vorbeizuschleichen. Heute Nacht hat einer von ihnen mich dann schließlich entdeckt, und eine Minute später waren sie alle hinter mir her. Ich habe es geschafft, vor ihnen zu bleiben, hatte aber keine Ahnung, wohin ich gehen sollte – bis ich euch durchs Unterholz stolpern hörte.«

»Hast du etwas zu essen?«, fragte Mallow.

»Essen?«

»McClennon hat uns hungern lassen«, erklärte Clementine.

»Verhobelter Mistkerl«, fluchte Zee finster. »Es gibt ein verlassenes heiliges Haus in der Nähe, in dem ich Unterschlupf gefunden habe. Ein bisschen Nahrung ist noch übrig. Ich bringe uns sofort hin.«

Während sie durch den Wald marschierten, erzählten sie ihm die Geschichte ihrer Gefangennahme. Aster kam sich vor wie eine Schlafwandlerin, die durch einen Albtraum wanderte. Sie hatte entsetzliche Angst, die Raubvögel könnten sie einholen, ganz besonders, da die beritten waren, während sie und die anderen zu Fuß gehen mussten. Aber Zee blieb stets konzentriert, führte sie durch die Dunkelheit und verwischte unterwegs ihre Spuren.

»Da sind wir«, sagte er endlich und zeigte auf das heilige Haus. Dort hatten einst die Dienstboten, die auf McClennons Anwesen arbeiteten, gebetet, nahm Aster an. Es gab auch noch einige andere verfallene Häuser in der Nähe. Sie fragte sich, wo die Dienerschaft jetzt lebte. Etwas an den verlassenen Häusern ließ sie Böses ahnen.

Aber alles war besser als McClennons Keller.

»Wir können nur für einen Moment bleiben«, warnte Zee, als Tansy auf einer der Bänke zusammenklappte. »Die Raubvögel würden uns erwischen, wenn wir die Nacht hier verbringen.« Er duckte sich hinter der Kanzel, zog einen Rucksack und eine Feldflasche hervor und reichte beides herum. In dem Rucksack waren gesalzenes Schweinefleisch und trockenes Brot. Aster war noch nie im Leben so froh gewesen, fades Essen zu sehen.

»Wir sollten von hier aus direkt zu Lady Ghost gehen«, bemerkte Clementine mit vollem Mund. »Violet hat uns gesagt, wie wir sie finden können.«

»Tatsächlich?«, hakte Zee nach.

»Na ja, gewissermaßen«, meinte Aster und verdrängte den Schmerz in ihrem Herzen. »Sie hat uns einen Hinweis gegeben. Was weißt du über einen Ort, der ›Zehn Klauen‹ genannt wird? Wir glauben, Lady Ghost könnte sich dort in einer verlassenen Theomitmine verstecken.«

Plötzlich kam es ihr närrisch vor zu glauben, dass irgendetwas an dem Gerücht dran war – dass die Zehn Klauen existierten, dass Lady Ghost dort lebte, dass Violets Mutter diese Dinge gewusst hatte und dass sie die Geschichte richtig interpretiert hatten. Ihr schien es, als wären das alles nichts weiter als törichte Hoffnungsschimmer von Menschen, die verzweifelt etwas brauchten, woran sie sich festhalten konnten. Und vielleicht hatten sie genau das die ganze Zeit getan.

Doch zu Asters großem Erstaunen nickte Zee.

»Die Zehn Klauen?«, wiederholte er. »Den Namen kenne ich nicht, aber es *gibt* zwei Berge nördlich von hier, von denen die Einheimischen sagen, sie sähen aus wie ein Paar Katzenpfoten, und in dem Tal zwischen ihnen befindet sich eine Mine. Ich würde sagen, das ist es zumindest wert, einen Blick darauf zu werfen.«

»Ist das Tal weit?«, fragte Aster und hielt den Atem an. Womöglich hatten sie nun eine weitere monatelange Reise vor sich. Eine, die zu überleben ihnen ziemlich schwerfallen würde.

Aber da lebte Zees Grinsen wieder auf. »Wir können es bis übermorgen schaffen.«

In dem Moment, in dem sie die beiden Berge in der Ferne erblickte, wusste Aster, dass sie am richtigen Ort waren. Dies waren nicht die düsteren Erhebungen mit den rötlichen Felsen, die sie aus dem Grind kannten, sondern in das tiefe Grün der hiesigen Wälder gehüllte Hügel mit grauem Felsgestein, das sich zum Gipfel hin in zehn zerklüftete Spitzen aufteilte, die sich deutlich vor dem blauen Himmel abzeichneten.

Asters Hoffnung erklomm ihrerseits einen neuen Gipfel, so hoch wie die Berge selbst, und ihre Brust war plötzlich so leicht, es war, als stürzte sie aufwärts. Doch sie bemühte sich, das Gefühl zu unterdrücken. Die letzten zwei Tage waren sie endlos durch den Wald gekrochen, hatten gegessen, was immer sie hatten finden können, und ohne die Behaglichkeit ihrer Decken unter freiem Himmel geschlafen. Aster hatte sich immer noch nicht ganz von der Gefangenschaft erholt – oder von dem Schock, Violet zu verlieren. Wie es schien, hatte das niemand von ihnen. Sie fühlte sich außergewöhnlich zerbrechlich, verunsichert, ihr Geist erschien ihr wie ein zerbrochener Spiegel, dessen Einzelteile sie nicht wieder ganz hatte zusammensetzen können, und ihr Körper erinnerte sie an eine im Wind rasselnde Vogelscheuche. Sie waren so weit gekommen, hatten so viel durchlitten, dass sie nun nicht sicher war, wie sie die Kraft finden sollte weiterzumachen, falls sich herausstellte, dass Lady Ghost doch nicht dort war. Die ganze Geschichte mochte nicht mehr sein als eben das – eine Geschichte. Oder, schlimmer, eine Falle, geschaffen, um dumme, leichtgläubige Mädchen in die Fänge des Gesetzes zu locken.

Zu diesem Zeitpunkt war Furcht für Aster wie ein vertrauter alter Freund. Sie wollte nur das Beste für sie alle. Aber seit sie Green Creek verlassen hatten, hatte sie auch gelernt, dass sie manchmal falschlag. Es hatte einigen Mut erfordert, aus dem Welcome House zu fliehen, und es würde weiteren Mut erfordern, die Sache jetzt zu Ende zu bringen.

»Sind wir auch bestimmt am richtigen Ort?«, fragte Clementine, und ihre Finger wanderten zu ihrer Kokarde und folgten dem Muster der Tinte. Wie Aster schien sie stets zu befürchten, sie könnte sich zu viel erhoffen.

Aber Aster nickte. »Sieht für mich aus wie zwei Katzenpfoten. Zumindest soweit irgendwelche Berge dazu überhaupt in der Lage sind. Warst du schon einmal hier, Zee?«

»Nein, aber ich bin anderen Wegemännern begegnet, die hier waren«, erwiderte Zee. »Sie sagen, im Winter ist es höllisch in dem Tal. Die Stadt wurde schon vor langer Zeit aufgegeben.«

Es gab keinen Grund, nicht weiterzugehen, dennoch standen sie alle schweigend am Waldrand, zögernd, ergriffen von Furcht.

Dann tat Aster einen Schritt voraus.

Die Luft hier oben war frisch und kühl; nicht so bitterkalt wie der Grind nach Sonnenuntergang, aber frostig genug, dass Aster unter ihren Hemdsärmeln eine Gänsehaut bekam, als sie den Schutz der Bäume hinter sich ließen und zu der verlassenen Stadt im Tal hinabstiegen. Da es noch Tag war, war von den Relikten, die diesen Ort zweifellos für sich beanspruchten, nichts zu sehen, und bei Nacht wollte Aster sich die verlassene Stadt gar nicht vorstellen. Während sie stumm durch das Labyrinth aus leeren Gebäuden gingen, konnte sie das Gefühl, beobachtet zu werden, nicht abschütteln.

Endlich führte Zee sie zum Mineneingang. Hier waren keine Symbole in das Holz geschnitzt worden, um den Ort als etwas Besonderes zu kennzeichnen. Vor dem Schacht blieb er stehen. Er wirkte unsicher, schien aber nicht gewillt, etwas zu sagen. Aster schob sich vorsichtig an ihm vorbei.

»Kommt schon«, sagte sie mit fester Stimme. Seit sie aus Green Creek geflüchtet waren, war etwas mehr als ein Monat vergangen, mehr als ein Jahr seit Asters Glücksnacht und ein ganzes Jahrzehnt, seit ihre Eltern sie verkauft hatten. Sie nickte, wie um sich selbst zu bestärken. »Wir haben lange genug gewartet.«

Zee entzündete eine Laterne, und sie stiegen den Minenschacht hinab. Dieser war sogar noch verfallener als der von Red Claw – keine Planke führte auf einem sicheren Weg über das Geröll, und an einer Stelle mussten sie über die Überreste einer Einsturzstelle klettern. Niemand sprach, aber die Stille zwischen ihnen war so aufgeladen wie die Luft während eines Gewitters. Aster spürte die zunehmende Aufregung und Sorge mit jedem hallenden Schritt.

Als sie das Ende des Schachts erreicht hatten, wurden sie von zwei jungen Frauen in Empfang genommen – beide mit voltrischen Gewehren ausgestattet.

Die Frau auf der linken Seite hatte ihr weißblondes Haar zu einem militärischen Kurzhaarschnitt gestutzt, während die auf der rechten Seite ihr dickes schwarzes Haar mit einem Staubschutztuch umwickelt hatte. Beide trugen identische, langärmelige schwarze Kleider mit einer grauen Schärpe, die von der Schulter zur Hüfte verlief, und beide hatten Kokarden – eine Art Vögel. Aster wurde flau, als die Enttäuschung ihr Herz mit eiserner Faust umklammerte. Wenn sie Kokarden hatten … wenn Lady Ghost den Fluch doch nicht aufheben konnte …

War Lady Ghost überhaupt hier?

Jemand war jedenfalls hier. Hinter den beiden Frauen leuchtete ein Tunnel in warmem gelbem Laternenlicht.

Niemand lächelte, niemand sprach. Die Frauen warteten darauf, dass sie sich erklärten.

Aster schluckte. »Wir sind gekommen, um Lady Ghost zu sehen«, sagte sie ohne viel Hoffnung und drehte sich, um den beiden ihre eigene Kokarde zu zeigen. »Wir … wir haben einen langen Weg zurückgelegt.«

Endlich lächelte die Frau zur Linken verhalten. Beide senkten ihre Waffen. Die Frau auf der rechten Seite winkte sie zu sich.

»Folgt mir«, sagte sie.

Die beiden Frauen brachten sie zu einem offenen Bereich jenseits des Tunnels, der etwa so groß war wie der Empfangssaal in Green Creek. Grubenlampen hingen an der Decke und verbreiteten ihr Licht in jedem Winkel. Der Raum erinnerte Aster ein wenig an die Versammlungshalle von Red Claw – vollgestopft mit Reihen von langen Tischen und einem kürzeren Tisch auf der Vorderseite, an dem wohl die Anführer sitzen mussten. Mehrere kleinere Schächte zweigten von diesem zentralen Bereich ab, führten vielleicht zu Schlaf- und Lagerräumen. Ungefähr zwanzig Frauen verteilten sich an den langen Tischen und plauderten, während sie ihr Abendessen verspeisten, aber am vorderen Tisch saß lediglich eine ältere Frau, die sich nun erhob und auf Aster und die anderen zuging. Wie all die anderen Frauen trug sie ein schwarzes Kleid mit grauer Schärpe. Ihre Haut war welk und blass, und das dünne aschgraue Haar umrahmte in wirren Büscheln ihr Gesicht. Stille senkte sich über den Raum, als sie sich Aster näherte.

Aster verspürte plötzlich das absurde Bedürfnis, einen Knicks zu machen, sich zu verbeugen, zu bedanken oder zu entschuldigen. Tränen schnürten ihr die Kehle zu. Es war also doch real, die Geschichte war real, Lady Ghost war *real* …

»Willkommen«, sagte die Frau mit einem freundlichen Lächeln. »Ich bin Lady Ghost.«

Aster wollte ihr die Hand schütteln, aber da meldete sich die blonde Frau neben ihr zu Wort.

»Und ich bin Lady Ghost«, sagte sie.

»Und ich bin Lady Ghost«, ließ sich nun die dunkelhäutige Frau mit dem Staubschutztuch vernehmen.

Die Frauen an den Tischen sprachen im Chor: »Ich bin Lady Ghost.«

Verwirrt blickte Aster sich um und wandte sich an Clementine.

»Das verstehe ich nicht«, stammelte sie. »Ist das eine Art Scherz? Eine Prüfung …?«

»Es ist die Wahrheit«, sagte die alte Frau. »Es hat nie nur eine einzige Frau namens Lady Ghost gegeben. Das sind wir alle. Wir arbeiten zusammen. Die Geschichten, die ihr gehört habt … Wir alle haben dazu beigetragen, sie zu verbreiten.« Mit einem Nicken deutete sie auf die Vorderseite des Raums. »Kommt, setzt euch zu mir, dann werde ich es euch erklären.«

Die beiden Frauen, die sie hergebracht hatten, kehrten zurück, um den Minenschacht zu bewachen, während Lady Ghost – wie, fragte Aster sich, mochte wohl ihr richtiger Name lauten? – langsam, als bereiteten die Schritte ihr Schmerzen, wieder zu ihrem Tisch ging. Aster und die anderen wechselten kurze Blicke. Alle schienen so verwirrt zu sein wie sie selbst, aber die Aufregung war immer noch da und vibrierte stärker denn je.

Endlich würden sie Antworten erhalten.

Die anderen Frauen widmeten sich wieder ihrem Essen und ihren Gesprächen. Im Vorbeigehen kam Aster allerdings nicht umhin festzustellen, dass sie alle Kokarden hatten – manche waren schon recht verblasst, trotzdem … Vielleicht dauerte es lange, sie zu entfernen? Jahre möglicherweise? Befangen kratzte Aster sich am Hals.

»Kommt«, sagte Lady Ghost und signalisierte ihnen, sie sollten Platz nehmen. Alle glitten auf die Bank ihr gegenüber. Mallow, Tansy und Clem summten beinahe vor freudiger Erwartung, aber Aster blieb reserviert – sie konnte nicht aufhören, an Violet zu denken, deren Schicksal sie erst hierhergeführt hatte. Ja, sie hatte ihre eigenen Zwecke verfolgt, als sie sie nach Northrock gelotst hatte, aber sie hatte immerhin geglaubt, sie habe sie mit den Anweisungen zurückgelassen, die sie brauchen würden, um diesen Ort zu finden. Zee fummelte an seinem Ärmel herum und wirkte so gehemmt, wie Aster ihn noch nie erlebt hatte. Vielleicht kam er sich hier so fehl am Platz vor wie Violet bei den Skorpionen.

Aster saß Lady Ghost direkt gegenüber. Und auch sie hatte eine Kokarde, wie Aster nun erkannte: Eine Spur verblasster Edelsteine tüpfelte Wange und Hals. Wieder schlichen sich Zweifel in Asters Herz.

Lady Ghost entging nicht, wohin sie schaute. »Man wird sie nicht los«, beantwortete sie die unausgesprochene Frage. »Das ist auch nur ein Teil des Mythos, fürchte ich. Aber die meisten Mädchen, denen wir geholfen haben, haben sich durch die Kokarde nicht davon abhalten lassen, in Ferron eine andere Arbeit zu finden.«

»Moment … in Ferron?« Clementines Stimme klang auffallend hoch und atemlos.

»Das ist es, was wir hier tun – wir helfen Mädchen, die Grenze nach Ferron zu überqueren und ein neues Leben zu beginnen. Es gibt auch dort noch genug Leute, die falschen Überzeugungen anhängen – ich will euch nichts vormachen, es ist nicht perfekt –, aber dort gibt es keine Staubblutschuld, keine Welcome Houses, keine Pachtminen, keine Raubvögel, keine Rächer, keine Landesherren. Ihr werdet endlich frei sein.«

Fassungslos starrten alle fünf sie an, und für einen Moment

herrschte Schweigen. Die Skorpione waren Jahre davon entfernt, einen sicheren Weg nach Ferron zu finden, und niemand sonst war je auch nur nahe dran gewesen.

»Ist das wahr?«, wisperte Clem.

»Das hätte ich nicht für möglich gehalten«, bekundete Mallow kopfschüttelnd.

Lady Ghost lächelte. »In dieser Welt ist viel mehr möglich, als ihr euch vorstellen könnt.«

»Nur nicht, die Kokarden loszuwerden«, sagte Aster. Die Worte purzelten einfach über ihre Lippen, ehe sie sie zurückhalten konnte.

Sie konnte sich auch eines gewissen Gefühls des Scheiterns nicht erwehren – sie waren den ganzen Weg gekommen, um sich die Kokarden entfernen zu lassen, und nun hatten sie lernen müssen, dass das nie geschehen würde. Die Aussicht, nach Ferron zu entkommen, konnte die Frage nicht auslöschen, die sich in ihren Eingeweiden erhob: Wie sollte sie das Welcome House je wirklich hinter sich lassen, wenn doch auf ihrer eigenen Haut geschrieben stand, wohin sie gehörte?

Du wirst es nie hinter dir lassen, ganz egal, wie weit du läufst, antwortete flüsternd eine kleine Stimme in ihrem Kopf. Der Gedanke erfüllte sie mit Trauer, womit sie gerechnet hatte, und mit Erleichterung, womit sie nicht gerechnet hatte. Immerhin konnte sie nun endlich aufhören davonzulaufen.

Green Creek würde immer ein Teil von ihr bleiben, ob sie die Kokarde trug oder nicht. Sie konnte die Vergangenheit nicht ändern.

Aber sie musste sich von ihr auch nicht ihre Zukunft diktieren lassen.

»Richtig« antwortete Lady Ghost leise. »Das ist nicht möglich.«

»Die Grenze zu überqueren«, fragte Clementine und klang recht verunsichert. »Ist das teuer? Denn …«

Lady Ghost schüttelte den Kopf. »Es gibt keinen festen Preis. Als dies alles angefangen hat, da hat es uns etwa tausend Adler pro Kopf gekostet, jemanden über die Grenze zu bringen und Vorkehrungen in Ferron zu treffen. Aber wir haben nie erwartet, dass die Frauen, denen wir geholfen haben, uns den ganzen Betrag zurückerstatten, und inzwischen sind wir besser organisiert, also …« Sie breitete die Hände aus, die Handflächen nach oben gewandt. »Was immer ihr erübrigen könnt, werden wir würdigen. Was ihr wirklich tun müsst, ist, uns eine Antwort auf folgende Frage zu geben: Möchtet ihr, dass wir euch helfen, euch jenseits der Grenze ein neues Leben einzurichten?«

»Ja, zur Hölle«, sagte Mallow. »Ich will das.« Tansy lachte, und die beiden wandten sich einander zu und küssten sich beglückt, lösten sich wieder voneinander und strahlten über das ganze Gesicht. Dann sahen sie die anderen an.

»Ferron! Wir gehen nach Ferron!«

Aster empfand ihre Aufregung als herzerwärmend. Zwar war das nicht der Traum, den sie alle in den endlosen Tagen zu Pferd und in McClennons Keller gehegt hatten, aber vielleicht lag das nur daran, dass ihnen dergleichen gar nicht in den Sinn gekommen war. Wenn sie Tansy und Mallow anblickte, konnte Aster ihnen ansehen, dass das alles, wovon die beiden geträumt hatten, noch in den Schatten stellte.

»Kann Zee mitkommen?«, fragte Clementine Lady Ghost. »Wir hätten es ohne ihn nie bis hierher geschafft, und er ist nun genauso in Gefahr wie wir, weil er uns geholfen hat.«

»Dann werden wir uns etwas einfallen lassen«, sagte Lady Ghost und lächelte Zee an, dessen Züge sich unter einem Ausdruck der Dankbarkeit entspannten. Er und Clementine umarmten einander mit geschlossenen Augen. Zee streichelte Clems Hinterkopf, und sie barg ihr Gesicht an seinem Hals. Und für einen Moment erfüllte der Anblick all ihrer Freunde, die nun glücklich und auf dem Weg in die Freiheit waren, Aster mit einer tiefen Freude.

Dafür hatten sie alles aufs Spiel gesetzt, und das war jede Drangsal wert, die sie hatten auf sich nehmen müssen.

Clem griff nach Asters Hand, und Aster ließ zu, dass sie sie umfasste, während die vier anfingen, Lady Ghost mit Fragen zu überschütten.

»Wie ist das Leben in Ferron?«

»Ist es wahr, dass es dort voltrische Züge gibt, die unterirdisch fahren?«

»Können wir wirklich eine Vorführung mit laufenden Bildern sehen?«

Aster selbst steckte auch voller Fragen, doch die waren anderer Natur. Warum war sie nicht so aufgeregt wie die Übrigen? Warum konnte sie diesen Moment nicht teilen? Sie dachte immer noch an Violet, aber natürlich taten die anderen das auch, und das war lediglich ein Teil des Problems. Denn da gab es noch mehr. Violet würde nicht das einzige Mädchen sein, das sie zurückließen. Da waren noch mehr. Mädchen, deren Gesichter sie nie gesehen hatte, deren Namen sie nie erfahren würde. Aster dachte an Adeline, eingesperrt in dem Gefangenentransport. Sie hatten es geschafft, sie zu retten, aber es gab noch so viele weitere Mädchen, unterwegs zu einem Welcome House oder bereits dort eingesperrt.

Und Lady Ghost wird für sie kämpfen. Das ist nicht deine Verantwortung. Clementine schon. Du hast sie dort herausgeholt. Du verdienst es, frei zu sein.

Aber alle verdienten es, frei zu sein. Alle verdienten es, so etwas zu erleben.

Aster sah ihre Freunde an, die alle zu aufgeregt waren, um überhaupt zu merken, wie schweigsam sie geworden war, isoliert durch ihre eigene Unschlüssigkeit. Ihr Magen krampfte sich schmerzhaft zusammen.

Wenn du für Clementine verantwortlich bist, kannst du sie nicht allein lassen. Sie braucht dich immer noch.

Aber brauchte ihre Schwester sie wirklich? Sie hatte Mallow und Tansy. Sie hatte Zee. Sie hatte *sich.* Clem war im letzten Monat erwachsen geworden, so schwer es Aster auch fiel, das zu akzeptieren. Sie würde verstehen.

Ich bin müde, dachte Aster. Das war das letzte Argument, und es hätte beinahe gereicht, sie zu überzeugen. Alles, was sie gewollt hatte, was sie während ihres ganzen Lebens gewollt hatte, war, dem Grind zu entkommen. Sie könnte den Rest ihrer Tage in Ferron mit den Leuten verbringen, die sie liebte. Das klang so wundervoll wie all die Träume, die sie sich als kleines Mädchen zurechtgelegt hatte – sogar noch wundervoller, denn dieser Traum konnte wahr werden.

Aber dann fiel ihr die Unterhaltung mit Eli wieder ein, die Wahrheit, die er mit sanfter Stimme, doch voller Überzeugung ausgesprochen hatte. Er hatte gesagt, er habe das Gefühl, er sei es anderen schuldig, ganz gleich, wie ungerecht es auch schien, dass überhaupt irgendjemand von ihnen kämpfen musste.

Aster wollte anderen staubblütigen Frauen helfen, so wie er und sein Bruder staubblütigen Männern halfen. Die Skorpione und Lady Ghost hatten schon jetzt unermesslich viel Gutes getan. Aber wenn jemand beide zusammenbringen könnte …

»Ich … ich möchte bleiben«, sagte Aster schließlich und sah erst Clementine und dann Lady Ghost an. Sie schluckte, vorbei an dem dicken Kloß in ihrer Kehle, gab sich Mühe, mit ruhiger Stimme zu sprechen. »Ich möchte in Arketta bleiben und an eurer Seite kämpfen.«

»Aster, *nein.* Das ist zu gefährlich«, rief Clementine, ehe Lady Ghost antworten konnte. »Wir haben es endlich bis hierher geschafft, wir können jetzt nicht zurück ...«

»Ich bin fest entschlossen, Clem«, sagte Aster sanft. »Ich werde wegen Violet zurückgehen – ich werde wegen all der anderen zurückgehen.«

Für einen Moment wirkte Lady Ghost sehr ernst, aber ihr Lächeln kehrte bald zurück. »Nun, wenn das dein ehrlicher Wunsch ist, dann schätzen wir uns glücklich, dich bei uns zu haben. Aber du musst dich nicht sofort entscheiden. Ich nehme an, ihr alle würdet das gern überschlafen.«

Aster nickte, obwohl sie sich ihrer Sache mit jedem Moment sicherer war.

»Ihr müsst sehr müde sein«, sagte Lady Ghost. »Wie wäre es, wenn ich euch zeige, wo ihr heute Nacht schlafen könnt?«

Damit stand sie auf und winkte ihnen zu, ihr zu folgen.

Sie verbrachten eine Woche in Lady Ghosts Obhut, ruhten sich aus, erholten sich von ihren Wunden und bereiteten sich auf die Weiterreise vor. Ein Wagen sollte Clementine, Tansy, Mallow und Zee am nächsten Morgen über die Grenze bringen. Sie alle hatten darum gebettelt, dass man ihnen genau erzählte, wie das ablaufen werde, wie es überhaupt möglich sei, eine Grenze zu überqueren, die anscheinend kein anderer Staubblütiger je überqueren konnte – aber Lady Ghost hatte gesagt, dass es vorerst besser sei, wenn selbst unter den Menschen, denen sie vertrauten, nur wenige die Einzelheiten kannten. Für den Fall, dass doch einmal etwas schiefging. »Sagen wir einfach, es erfordert eine Menge Arbeit und Mut und wichtige Verbindungen auf *beiden* Seiten der Grenze.«

Aster hätte nie gedacht, dass sie so glücklich und traurig zugleich sein könnte.

Clementine war in ihre Koje geschlüpft, und Aster hatte sie in die Arme genommen und ihr einen Kuss auf die Stirn gedrückt.

»Bist du *sicher,* dass du nicht mit uns kommen willst, Aster?«, fragte Clementine. »*Wirklich* sicher?«

Aster schwieg eine ganze Weile. Dann: »Ich muss einfach ständig daran denken, wie viele andere Mädchen wie wir noch da draußen sind. Mädchen, die nicht das Glück haben, dass jemand sich um sie kümmert. Es ist solch ein Wunder, dass wir es hierhergeschafft haben, Clem. Ein unfassbares Wunder. Die Chancen dafür standen vielleicht eins zu tausend. Es ist dringend Zeit, diese Schieflage zu korrigieren.«

»Ich weiß.« Clementine seufzte. »Ich weiß nur nicht, wie ich damit umgehen soll, dass wir nun getrennte Wege gehen. Ich war nie ohne dich.«

Aster verspürte einen Stich in der Brust. Plötzlich breiteten sich Zweifel in ihr aus. Vielleicht brauchte Clementine sie nicht mehr, aber was, wenn sie Clementine immer noch brauchte? Denn Aster wusste bar jeden Zweifels, dass sie diese Reise nie überlebt hätte, wäre ihre Schwester nicht das Licht gewesen, das die Dunkelheit in ihr vertrieben hatte. Sie hätte das Welcome House nicht überlebt, hätte sie sich seinen Schrecken allein stellen müssen.

Aber Aster würde all die anderen Frauen haben … und sie würde auch Clementine haben. Zeit und Entfernung bedeuteten nichts hinter dem Schleier. Irgendwie, auf irgendeiner Ebene, würden sie immer zusammen sein.

Tränen benetzten Asters Wangen. Wann hatte sie das letzte Mal geweint? Sie wusste es nicht mehr. »Wenn die Zeit gekommen ist, kehre ich zu dir zurück«, versprach Aster ganz leise, sie flüsterte kaum. »Wir *werden* wieder zusammen sein, hörst du?«

Clementine nickte, und Aster wusste, dass auch sie weinte. Aster drückte ihre Schwester noch etwas fester an sich und küsste sie erneut, und wenige Augenblicke später waren beide eingeschlafen.

KAPITEL VIERUNDZWANZIG

Drei Wochen später

»Bist du auch sicher?«, fragte die blonde Frau – Robin, ihr Name war Robin, wie Aster inzwischen wusste.

Aster hatte in den vergangenen drei Wochen viel gelernt – sie hatte erfahren, wie die Frauen es schafften, Mädchen über die Grenze zu schmuggeln, hatte von der Hellblütigen gehört, die in einem Regierungsamt arbeitete und Teil des Plans war. Sie hatte erkannt, dass ihre Zimmergenossin sie an Clementine erinnerte und dass das manchmal tröstlich und manchmal unerträglich war. Und sie hatte gelernt, wie viele Risiken die Frauen an jedem einzelnen Tag eingingen, an dem sie ihre Arbeit taten.

Aber es gab auch ein paar Dinge, die sie nicht genau wusste und einfach glauben musste, weil sie tief im Herzen fühlte, dass die anderen sich in Ferron eingerichtet hatten, dass sie ein neues Leben begannen. Und dass das, was Aster tat, exakt das war, was sie tun musste.

Aster nickte und bemühte sich, die Nadel in Robins Hand ebenso wenig anzusehen wie die Tinte neben ihr – Schleiertinte, die Art, die nötig war, um Tätowierungen zu schaffen, die nicht abgedeckt werden konnten, Tätowierungen, die hell erglühten, wenn man es versuchte. Ihre erste Kokarde war nicht weniger als eine gewaltsame Entehrung gewesen. Sie hatten sie festgehalten, sie hatten sie verletzt, sie hatten sie für immer gezeichnet. Aber so viel sie ihr auch genommen hatten, sie würden ihr nicht die Zukunft rauben. Diese Kokarde würde etwas anderes sein. Sie stand für den Kampf, den sie gewählt hatte. Keine Flucht mehr, kein Verstecken … und keine Scham.

»Ich glaube, du bist die Erste, die so was tut«, murmelte Robin, als sie Asters Hals sanft mit einem Tuch säuberte. »Das wird den anderen Mädchen etwas zum Tuscheln geben.«

»Die anderen Mädchen tuscheln immer«, entgegnete Aster mit einem schiefen Lächeln. Inzwischen hatte sie Gelegenheit gehabt, alle kennenzulernen, und bald wäre sie eine von ihnen und würde die Arbeit tun, die getan werden musste. »Geben wir ihnen etwas, *worüber* sie tuscheln können.«

»Also gut, dann entspann dich«, sagte Robin und erwiderte das Lächeln. Im nächsten Moment drückte sie die Nadel in Asters Haut. Aster hielt still. Es brannte, aber auch nicht mehr, als es die Kokarde tat, wenn sie sie abdeckte. Doch dies – dies würde sie mit Stolz vorzeigen. Es würde all das repräsentieren, was sie überstanden hatte. Ihre Zeit als Daybreak Girl, in der sie das Licht des neuen Tages an jedem einzelnen Morgen gefürchtet hatte, und ihre Zeit als Sundown Girl, in der sie sein Erlöschen noch mehr gefürchtet hatte. Ihr ganzes Leben als Staubblütige, die in der Sonne stand, ohne dass ihr ein Schatten zu Füßen lag.

Nie mehr würde sie sich in der Dunkelheit verkriechen, um zu verbergen, wer sie war.

Als Robin fertig war, strahlte sie Aster an. »Alles in Ordnung?« Aster nickte. Robin führte sie zum Spiegel, und Aster starrte ihr eigenes Gesicht an. Ihre Haut war nach den Wochen unter freiem Himmel von einem tieferen Braun als zuvor. Die Narbe an ihrer Wange war so zerklüftet wie der Grind selbst. Ihre Augen waren gealtert, leuchteten aber hell, erfüllt von all den neuen Möglichkeiten. Sie sah nicht Aster im Spiegel, sondern Dawn, das Mädchen, das sie einmal gewesen war, und die Frau, die sie zu sein hoffte.

Und da, an der Seite ihres Gesichts, verliefen Lichtstrahlen bis zum Hals hinab, ausgehend von den Blüten am Rand ihrer Wange: Ihre Kokarde war zu einer leuchtenden Sonne geworden.

DANKSAGUNG

Die Dankesbekundungen für ein Romandebüt könnten mühelos so lang werden wie der Roman selbst. Ich habe so vielen Leuten dafür zu danken, dass sie mich in meinem Autorenleben bis zu diesem Punkt gebracht haben, und ich bin jedem Einzelnen unglaublich dankbar.

Zunächst möchte ich mich bei dem Team von Dovetail bedanken, Lynn Weingarten und Marianna Baer. Ihr zwei seid sozusagen die Mission – dieses Buch hätte ohne eure ständige Orientierungshilfe nie abgehoben oder die Turbulenzen überstanden.

Ich kann euch gar nicht genug für den intensiven Gedankenaustausch, die aufmunternden Worte und die umfassenden und wohlüberlegten Rückmeldungen danken. Dies ist eine Geschichte, die unter anderem davon handelt, den eigenen Zorn und die eigene Furcht zu verstehen und in etwas Gutes zu verwandeln – danke, dass ihr mir geholfen habt, meine Gefühle in die einzelnen Kapitel zu transferieren.

Außerdem habe ich meiner bemerkenswerten Redakteurin Melissa Frain zu danken, deren Unterstützung von Anfang an unerschütterlich war. Ein ebenso großer Dank geht an den Rest des Tor Teams – Melanie Sanders, meine adleräugige Lektorin, Saraciea Fennell, meine Publizistin, und Elizabeth Vaziri, Redaktionsassistentin – von einer Assistentin zur anderen, ich weiß wirklich nicht, wie ich das alles ohne deine harte Arbeit hätte schaffen sollen.

All meinen anderen Mentoren bei YA ein riesiges Dankeschön dafür, dass sie mich in diese Welt geführt und mir geholfen haben, mich darin zurechtzufinden. Cheryl Klein – ich hätte mich nie aus unserer Ecke des Mittelwestens gewagt, hättest du mir nicht die Gelegenheit gegeben, mit dir zusammenzuarbeiten, und mich ermutigt, meine Schreiberei weiterzuverfolgen. Jill Santopolo – deine Anleitung hat mir so viel mehr Vertrauen in meine eigene Arbeit geschenkt, und ich hätte niemals die Chance gehabt, dieses Buch zu schreiben, hättest du mir nicht die richtige Richtung gezeigt. Meinen tief empfundenen Dank an euch beide.

Ebenso dankbar bin ich meiner wunderbaren New School MFA-Familie, die mir die Gemeinschaft geboten hat, die jeder Autor braucht, um bei Verstand zu bleiben. Besonderer Dank geht an Darcy Rothbart für all die konstruktive Kritik, für das Lesen erster Entwürfe, dafür, die Schwachstellen im Plot bei einem Drink mit mir zu besprechen, und für ihre Antworten auf meine aufgeregten Textnachrichten um drei Uhr morgens. Ohne die Hilfe von euch allen hätte ich das nicht durchgestanden.

Außerdem hatte ich jahrelang einige der besten Schreiblehrer der Welt. Jeder Autor behauptet das, aber das macht es nicht weniger wahr! Ganz besonders Mary Klayder kann ich nicht genug danken für all die Liebe und Unterstützung, die sie ihren Schülern hat zukommen lassen. Du hast mir so viel Mut gemacht, meine Wahrheit auszusprechen. Und Mrs. McCormick – die erste Lehrerin, die ich hatte, die aussah wie ich, und die Erste, die mir gesagt hat, ich hätte der Welt durch meine Schreiberei etwas Besonderes zu geben – danke, dass du diesem schwarzen Mädchen die Hoffnung geschenkt hast, seine Träume könnten wahr werden.

Für diese Geschichte habe ich viele Nachforschungen angestellt, und es gab eine Handvoll Bücher, die besonders hilfreich waren:

The Half Has Never Been Told: Slavery and the Making of American Capitalism von Edward E. Baptist, New York 2014.

Slavery by Another Name: The Re-Enslavement of Black Americans from the Civil War to World War II von Douglas A. Blackmon, New York 2009.

Bury My Heart at Wounded Knee: An Indian History of the American West von Dee Brown, London 1991. Auf Deutsch: *Begrabt mein Herz an der Biegung des Flusses*, Köln 2012.

Wicked Women: Notorious, Mischievous and Wayward Ladies from the Old West von Chris Enss, Guilford 2015.

Gateway to Freedom: The Hidden History of the Underground Railroad von Eric Foner, Oxford 2015.

Sex Trafficking: Inside the Business of Modern Slavery von Siddharth Kara, New York 2009.

Girls Like Us: Fighting for a World Where Girls Are Not for Sale, an Activist Finds Her Calling and Heals Herself von Rachel Lloyd, New York 2011.

Diese Quellen waren unschätzbar wertvoll für mich, und die Geschichte ist durch sie unendlich viel besser geworden. Vielen Dank an diese Autoren. Und auch euch danke ich, meinen einfühlsamen Lesern, die mir geholfen haben, die emotionale Wahrheit zu erzählen. Alle Fehler im Text stammen allein von mir.

Und schließlich möchte ich meiner Familie für ihre endlose Liebe und Unterstützung danken. Ihr habt meine Geschichten gelesen, seit ich sie mit Buntstift geschrieben und mit Heftklammern gebunden habe. Diese hier gehört uns allen.